셜록 홈스의 개선

The Triumphant Return of Sherlock Holmes

SHERLOCK HOLMES NO GAISEN by Tomihiko Morimi

copyright ⓒ 2024 Tomihiko Morimi
All rights reserved.
First published in Japan in 2024 by CHUOKORON-SHINSHA, INC.
This Korean edition is published by arrangement with
CHUOKORON-SHINSHA, INC., Tokyo
in care of Tuttle-Mori Agency, Inc., Tokyo,
through JM CONTENTS AGENCY CO., Seoul.

이 책의 한국어판 저작권은 JMCA를 통한 저작권사와의 독점 계약으로
내 친구의 서재에 있습니다.
저작권법에 의해 한국 내에서 보호를 받는 저작물이므로 무단전재와 복제를 금합니다.

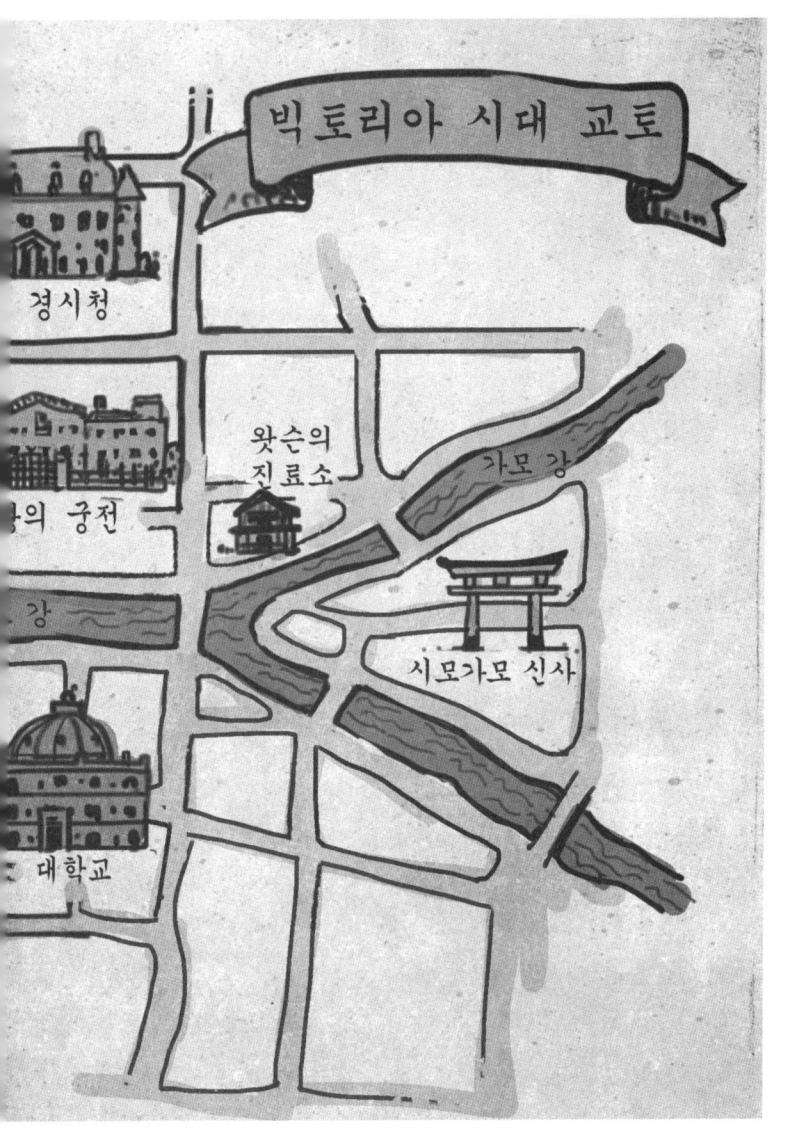

목차

프롤로그 … 007

1장 제임스 모리어티의 방황 … 011
2장 아이린 애들러의 도전 … 069
3장 레이첼 머스그레이브의 실종 … 145
4장 메리 모스턴의 결의 … 267
5장 셜록 홈스의 개선 … 367

에필로그 … 468

편집자의 말 … 496

지난 몇 년간, 나는 셜록 홈스 씨의 허가를 얻어 그가 조사한 사건의 기록을 잡지 《스트랜드 매거진》에 발표해왔다. 교토 안팎의 탐정소설 애호가들이 그의 모험담에 열광해 명탐정 셜록 홈스의 명성이 만천하에 자자했다.

아닌 게 아니라 셜록 홈스는 천재였다.

그러나 그의 명성은 홈스 혼자만의 힘으로 얻은 것이 아니다.

자칫하면 무미건조해질 수 있는 사건 기록을 '피가 끓고 몸이 절로 들썩거리는 로맨스'로 꾸민 사람은 누구인가. 일부러 '무능한 조수'를 연기해 독자의 공감을 얻어온 사람은 누구인가. 편집자의 요구에 응해 잠자는 시간을 쪼개가며 책상에 들러붙어 있었던 사람은 누구인가.

말할 것도 없이 나, 존 H. 왓슨이다.

'왓슨이 있기에 홈스가 있다.'

자, 제군, 복창하라.

'왓슨이 있기에 홈스가 있다.'

이 불멸의 진리를 제군이 가슴에 새겨 존 H. 왓슨이라는 유일무이한 존재에 대해 합당한 경의를 표해준다면 내 소소한 바람은 이루어질 것이다.

홈스담譚이 실린 《스트랜드 매거진》은 날개 돋친 듯 팔렸다. 잡지 판매량과 더불어 홈스의 명성도 최고조에 달해, 데라마치 거리 221B는 교토 안팎에서 밀려든 의뢰인들로 문전성시를 이루었다. 현관 안으로 채 들어가지 못한 사람들이 데라마치니조 모퉁이까지 줄을 서 그들을 상대로 과자며 음료수를 파는 노점까지 출현했다.

흡사 기온 축제처럼 떠들썩한 분위기에 우리는 모두 들떠 있었다.

셜록 홈스는 꼬리에 꼬리를 물고 들어오는 사건에 푹 빠져 있었고, 나는 메리 모스턴 양과 결혼해 염원하던 진료소를 시모가모 신사 부근에 개업하려 준비하고 있었다. 모든 것이 너무나도 순조롭게 풀리는 바람에 우리는 그만 깜박 잊고 있었다. 그 모든 영광이 '셜록 홈스의 천재성'이라는 정체불명의 토대 위에 지어진 사상누각이라는 사실을.

소동은 홈스가 다음과 같이 중얼거리면서 끝이 났다.

"이상한데. 하늘에서 내린 재능은 어디로 갔지?"

홈스의 슬럼프가 어느 시점에서 시작됐는지 정확히 말하기는 쉽지 않다.

그는 어느새 그 수렁에 발을 들여놓았고, 거기에 바닥이 없다는 것을 알았을 때는 이미 돌이킬 수 없는 지경에 이르러 있었다. 그러다 '붉은 머리 연맹 사건'이라는 크나큰 실패가 셜록 홈스를 완전히 재기 불능에 빠뜨리고 말았다.

그때부터 셜록 홈스는 데라마치 거리 221B에 틀어박혔다.

홈스가 심각한 슬럼프에 빠지면서 그때까지 그에게 빌붙어 살아온 우리도 거기에 말려든 것은 말할 것도 없다. 홈스담의 연재가 불가피하게 무기한 연기되어 《스트랜드 매거진》 판매량은 급감했다. 원고료 수입을 믿고 빚을 낸 탓에 진료소 경영도 빠듯해졌다. 장밋빛 미래가 돌연히 사라진 것이다.

그 어떤 프로페셔널도 실패가 있고 좌절이 있고 불우한 시기가 있는 법이다. 그런 때, 그는 세상 사람들 눈에는 보이지 않는 무대 뒤에 틀어박혀 푸념도 하고 자포자기도 하고 무릎을 끌어안고 눈물 흘리기도 한다. 명탐정 셜록 홈스도 예외는 아니었다.

이 수기는 탈출 불가능한 미궁으로 변한 무대 뒤에서 보내는 보고서다.

어느새 발을 들여놓은 무대 뒤에서 우리는 일찍이 경험한 적 없는 '비탐정소설적 모험'을 본의 아니게 해야 했던 셈인데, 세상 사람들은 그 모험에 관해 알지 못했다. 슬럼프에 빠진 뒤로 세상 사람들에게 셜록 홈스는 죽은 것이나 다름없었으며, 나 존 H. 왓슨도 마찬가지였기 때문이다.

셜록 홈스의 침묵은 존 H. 왓슨의 침묵이기도 했다.

10월 하순, 상쾌한 황혼 녘이었다.

시모가모혼 거리에 있는 자택 겸 진료소에서 아내 메리와 홍차를 마시는데 하녀가 우편물을 가져왔다. 청구서며 의사회 회보와 함께 예쁜 편지봉투 하나가 있었다.

홈스담 애독자가 보낸 편지였다.

존 H. 왓슨 선생님께

가을이 끝나가는 지금, 왓슨 선생님께서 더욱 건승하심을 경하드립니다.

어머니는 '선생님은 바쁘셔서 독자가 쓴 편지를 읽으실 시간이 없어요'라 합니다. 그래도 저는 포기하지 않을 거예요. 많이 보내면 그만큼 선생님 눈에 띌 기회도 늘어날 테니까요.

전 열네 살 된 여자애예요. 아버지는 수입 잡화점을 경영하는 상인인데 어머니와 오빠도 아버지 일을 거들어요. 어느 날, 오빠가 《스트랜드 매거진》이라는 잡지를 사오면서 저는 홈스 씨의 모험담과 운명적인 만남을 이루었어요. 너무 재미있어서 흥분한 나머지 열이 나서 의사 선생님까지 불러야 했어요(지금은 열이 내렸으니까 걱정하지 마세요!). 그 뒤 가족 모두가 홈스 씨 팬이 됐어요. 소설을 잘 읽지 않는 아버지까지 '배울 것이 매우 많다. 장사에도 도움이 된다'라면서 읽는답니다.

그렇기에 홈스담 연재가 중단됐을 때 가족 일동이 눈앞이 캄캄해졌습니다. 홈스 씨의 모험담은 저희 가족에게 마음의 벗이었거든요. 물론 홈스 씨나 왓슨 선생님께도 여러모로 사정이 있으시리라는 것은 알지만…….

왓슨 선생님, 제발 홈스담을 다시 연재해주세요.

아무쪼록 잘 부탁드립니다.

이만 줄입니다.

홈스 팬 소녀가

내가 턱을 괴고 생각에 잠겨 있으려니 메리가 "독자 편지예요?"라고 말했다. 나는 "응" 하고 대답했다. 잡지 연재가 중단된 지 벌써 1년이 지났다. 그런데도 여태껏 거의 매일 팬레터가 왔다.

"그 사람 생각하죠?"

"아니, 그런 게 아니야."

"거짓말 마요. '그 사람' 생각을 하는 얼굴인데요."

메리는 셜록 홈스를 늘 '그 사람'이라고 불렀다. 적어도 지난 반년 동안은 달리 부르는 것을 듣지 못했다.

또 '그 사람'한테서 전보가 왔어요.

또 '그 사람'이 빈둥대요?

또 '그 사람'한테 가게요?

그럴 때 메리는 매번 뭐라 표현할 수 없는 표정을 지었다.

메리가 사쿄 구와 가미교 구를 다 합쳐도 견줄 이 없는 미인이라는 것은 모두가 인정하는 사실인데, '그 사람'을 화제에 올릴 때만은 그런 미모에도 어렴풋이 그늘이 드리웠다. 그건 그것대로 아내의 아름다움을 돋보이게 해주는 터라 테이블 맞은편에서 눈살을 찌푸리는 메리의 얼굴에 다시금 반하게 되는데, 그런 도착적인 심리를 아내에게 들키면 안 된다.

나는 짐짓 넌더리 내는 표정을 지었다.

"하여간 난감한 친구라니까, 홈스는."

무엇보다도 아내의 감정에 동조하는 것이 중요하다.

메리에게 '셜록 홈스'라는 존재는 우리 장래 설계를 산산조각 낼 수 있는 위험 요인이었다. 홈스는 지평선에 어른거리는 불길한 먹구름이요, 가정 내분의 불씨요, 재앙의 징조였다. 눈앞의 위협에 대비를 게을리하지 않는 메리의 태도는 전적으로 정당한 것이라고 나도 생각했다.

"그 사람이 그렇게 되고 나서 벌써 1년이에요." 메리는 아름다운 눈썹을 찡그리며 말했다. "요새 들어 그런 생각이 많이 드는데, 그 사람은 슬럼프에서 탈출할 마음이 없는 거예요. 그 상태를 즐기는 거라고요."

"즐기는 건 아닐걸."

"당신이 그렇게 오냐오냐하니까 그 사람이 계속 빈둥대는 거라고요. 제발 더 의연한 태도를 가져줘요."

"그렇지만 메리, 우리는 홈스한테 갚아야 할 은혜가 있잖아."

나는 독자의 편지를 봉투에 넣고 일어나 창가로 다가갔다.

창 너머로 먼지투성이 시모가모혼 거리를 삯마차가 달카닥달카닥 달려가는 모습이 보였다.

길 건너 맞은편에 자리한 시모가모 신사의 숲을 석양빛이 비추었다. 진료소를 차리기에는 다소 외진 지역이지만, 의지할 것이라곤 얼마 안 되는 군인 연금뿐이었던 나 같은 헐랭이 군의관이 이렇게 독립해 개업할 수 있었던 것은 믿기지 않을 만큼 운이 좋았다 할 수 있을 것이다.

지금으로부터 4년 전, 내가 아직 홈스와 데라마치 거리 221B에 함께 살던 무렵, 메리 모스턴은 사건을 의뢰하러 우리에게 찾아왔다. 당시의 경위는 '네 사람의 서명' 사건으로 발표한 바 있다.

그 일을 계기로 나는 메리 모스턴 양에게 청혼했으니 홈스가 우리 부부의 연을 맺어주었다는 것은 인정하지 않을 수 없다. 하지만 우리 신혼 가정을 붕괴 직전의 위기로 몰아넣은 사람 또한 홈스였다.

지난 1년간, 그의 슬럼프에 말려들어 진료소 경영도, 내 정신 상태도, 메리의 장래 설계도 종종 파탄 위기에 직면해야 했다. 처음에는 메리에게도 존경하는 인물이었던 '홈스 선생님'이 어느새 '홈스 씨'가 되더니 이윽고 '그 사람'으로 강등된 것도 무리가 아니었다 하지 않을 수 없다.

메리는 일어나 창가로 다가와 내 옆에 섰다.

"존, 당신은 셜록 홈스 전속 기록자가 아니잖아요. 언제까지 그 사람 슬럼프에 휘말려야 해요?"

"그건 그런데……."

"앞을 똑바로 보며 새로운 한 걸음을 내디디는 거예요." 그렇게 말하며 아내는 내 뺨에 입을 맞추었다. "용기를 가져요."

그날 밤 클럽에서 의사회 친구를 만나기로 되어 있었다.

"서스턴 씨를 만나죠?"

"응. 클럽에서 당구 치기로 했어." 나는 현관에서 메리에게 말했다. "늦을 테니까 먼저 자."

진료소를 나선 나는 시모가모혼 거리에서 삯마차에 올라탔다. 마차가 아오이 다리를 서쪽으로 건너는데 카모 강변의 저녁 풍경이 보였다. 쪽빛 땅거미가 내린 강변을 사람들이 저마다 산책하고 있었다. 왼편으로 보이는 다이몬지 산은 붉은 노을빛으로 물들었다.

현재 슬럼프 중인 홈스는 '빅토리아 시대 교토'라는 거친 바다에서 조난당한 로빈슨 크루소나 다름없는 신세였다. 오늘도 데라마치 거리 221B 집에 틀어박혀 긴 의자에서 뒹굴며 '하늘이 내린 재능은 어디로 갔나?'라 한탄하고, 삼라만상을 '소화에 좋은 것'과 '나쁜 것'으로 분류하며 빈둥빈둥 인생을 허비하고 있을 게 틀림없었다.

고진 다리 부근에 있는 단골 클럽에 들러 서스턴에게 전갈을 남긴 뒤, 나는 다시 마차에 올라타 가와라마치 거리를 따라 내려갔다. 목적지는 데라마치 거리 221B, 셜록 홈스의 자택 겸 사무소였다. 서스턴에게는 미안하지만 홈스가 어떻게 지내는지 마음에 걸렸다.

2주 전 치고받고 싸운 뒤로 홈스와 만나지 않았다.

이윽고 마차는 마루타마치 거리에서 데라마치 거리로 들어섰다. 포석을 깐 도로 양옆으로 잡화점이며 담배 가게, 유서 깊은 과자 가게 등이 늘어서 있었다. 이 길을 지날 때마다 지금으로부터 10년 전, 셜록 홈스와 처음 함께 살기 시작했을 때가 생각났다. 데라마치 거리 221B 현관 앞에서 마차를 내려 벨을 울리자 하숙집 주인 허드슨 부인이 문을 열어주었다.

1장 제임스 모리어티의 방황

하숙집은 냉기와 더불어 음울한 분위기가 감돌았다.

"홈스는 어떻게 지내지?"

"와주셔서 다행이에요, 왓슨 선생님."

허드슨 부인은 안심한 듯 말했다. "홈스 씨는 며칠 전부터 계속 방에 틀어박혀 계세요. 커튼도 걷지 않고 식사도 거의 드시지 않네요. 난 이제 무용지물이다, 은퇴하는 수밖에 없다, 그런 말씀을 하면서요."

"또 그 소리군."

"이번에는 진심일지도 몰라요."

"어이없는 소리! 보나 마나 말뿐이야."

나는 한숨을 쉬고 열일곱 단 계단을 올라갔다.

허드슨 부인의 "싸우시면 안 돼요"라 하는 목소리가 쫓아왔다.

홈스가 심각한 슬럼프에 빠지면서부터 1년째 나는 신작을 발표하지 못했다.

열광적인 탐정소설 애호가들은 애가 타서 '홈스를 슬럼프에 빠뜨린 것은 왓슨이다'라는 음모론을 퍼뜨리고 있었다. 명탐정 홈스에 대한 실망이 파트너 왓슨에 대한 노여움으로 바꿔치기된 것이다. 이제 홈스 대신 비난을 받는 것은 넌더리가 났다.

셜록 홈스의 방은 어둑어둑하고 여전히 어수선했다. 읽다만 신문이며 범죄 기록이 나뒹구는 바닥은 발 디딜 틈도 없었고 의자와 테이블이 새 떼처럼 흩어져 있었다. 화학 실험대에서는 초산 냄새가 났고 벽에는 권총 탄환 자국이 수두룩했다. 벽난로의 맨틀피스에는 홈스의 부활을 기원해 허드슨 부인이 한쪽 눈을 그려 넣은 달마 오뚝이가 먼지를 뒤집어쓴 채 놓여 있었다.

"어이, 홈스, 살아 있나?"

"으음" 하고 신음하는 소리가 들렸다. "왓슨인가?"

나는 어둑어둑한 방을 가로질러 벽난로 앞에 놓인 긴 의자로 다가갔다.

셜록 홈스는 회색 가운을 입고 긴 의자에 누워 있었다. 얼굴은 수염이 꺼칠하게 났고 눈은 멍하니 천장을 보고 있었다. 사이드테이블에 놓인 어항에서는 투실투실하게 살찐 금붕어 '왓슨'이 뻔뻔스러운 표정으로 물에 떠 있었다.

볼멘 얼굴의 담수어는 홈스가 가을 축제 때 야점에서 손에 넣었다. 지금으로부터 2주 전, 홈스는 내게 갖은 푸념을 늘어놓더니 "자네는 완전히 남의 일 대하듯 하는군"이라고 화를 내며 금붕어에게 '왓슨'이라는 이름을 붙이고 새 파트너로 발탁하겠다고 말했다. 그 일이 발단이 되어 치고받는 싸움이 벌어지자 허드슨 부인이 달려와 꽃병의 물을 끼얹었다. 어떻게 생각해도 삼십 줄에 들어선 신사들이 할 짓이 아니었다.

나는 가스등을 켜고 안락의자에 앉았다.

"컨디션이 안 좋은가 보군."

"호전될 기미가 전혀 없어."

"의뢰도 조금은 있을 텐데?"

"그런 인간들은 관심 없어! 다 쓰잘머리 없는 의뢰뿐이라고."

"괜한 트집 잡아서 문간에서 돌려보내는 게 아니고?"

홈스는 실쭉해서 입을 다물었다. 정곡을 찔린 모양이다.

"요컨대 자네는 실패하는 게 두려운 거지. 아닌 게 아니라 그렇게 빈둥대고 있으면 실패할 염려도 없고 명탐정의 자존심을 지킬 수도 있어. 하지만 언제까지 그런 식으로 얼버무릴 수 있을 것 같나? 그만 정신 차리고 사건을 조사해서 자기 가치를 증명하라고."

"내가 게으름 피운다는 소리인가?"

"피우고 있잖아."

"아니지. 그렇게 보이는 건 자네 눈이 삐어서야."

홈스는 부스스 일어나 앉더니 언짢은 듯 나를 노려봤다.

"뭘 모르는군, 왓슨. 어찌하여 셜록 홈스는 슬럼프에 빠졌는가. 그게 바로 사상 최대의 난해한 사건이라고. 나는 '자기 자신'이라는 까다로운 사건과 씨름하는 중이란 말이네. 그런데 속세의 하찮은 문제를 상대하고 있을 겨를이 있겠나. 도대체가 자네야말로 전혀 협조해주지 않잖아. 정말 친구

맞아?"

"친구가 맞느냐고? 잘도 그런 소리를 하는군!"

'붉은 머리 연맹' 사건이라는 대실패로부터 약 1년. 파트너로서, 친구로서, 의사로서 나는 셜록 홈스를 곤경에서 구해내기 위해 갖은 노력을 다했다. 발 지압기부터 한약에 이르기까지 생각나는 수단은 다 써봤다. 매일 벤텐辯天(변재천의 준말-옮긴이) 님께 기도드리고 심산에 올라 폭포수를 맞았으며 아리마 온천에 탕치하러도 갔다. 하지만 아무 효과가 없었다. 날마다 홈스의 슬럼프에 휘둘린 탓에 급기야 과로로 쓰러져, 격노한 메리가 홈스에게 항의하러 쳐들어갔을 정도였다. 나도 온갖 고초를 겪은 것이다.

"나도 내 인생이 있어. 자네 뒤치다꺼리만 하고 있을 수는 없다고."

"흥! 보나 마나 부인이 소중한 거겠지."

"아내가 소중한 건 당연하지 않나."

"허, 그래? 그럼 그 소중한 부인과의 만남을 주선해준 사람은 누구지? '네 사람의 서명' 사건이 없었으면 자네가 메리 모스턴 양을 만나는 일도 없었다고. 내가 두 사람 연을 맺어주지 않았으면 자네는 지금도 이 하숙집 삼층에서 빈둥대면서 '내 색시는 어디에' 같은 소리를 중얼거리고 있었을 걸. 누구 덕에 독신 귀족을 졸업할 수 있었지? 예쁜 부인을 찾았으니 이제 나는 볼 일 없다고? 아내를 찾으려고 나랑 모험한 건가? 자네 부부는 좀 더 나한테 고마운 줄 알아야 해. 아침 점심 저녁 하루 세 번 내가 있는 방향을 향해 절을 하라고."

"홈스, 그럼 나도 한마디 하겠네."

"아무렴, 좋다 마다. 하고 싶은 말이 있으면 얼마든지 해보라지."

"애당초 자네가 유명해진 건 누구 덕이지? 《스트랜드 매거진》에 내가 사건 기록을 썼기 때문에 자네 이름이 널리 알려져 재미있는 사건 의뢰가 들어오게 된 거라고. 내가 없었으면 자네는 지금도 무명 탐정으로 이 하숙집에서 썩고 있었을걸. 전부 자네 혼자 힘으로 이룩했다 생각하지 말라고."

홈스는 "그깟 게 뭐라고!"라며 코웃음 쳤다.

"얄팍한 대중오락소설 아닌가. 한낱 어린애 속임수일 뿐이지. 그런 걸 써달라고 부탁한 적 없어. 애초에 소설을 쓰고 싶어 한 사람은 자네잖나. 자네는 날 출세 도구로 이용한 셈이야. 그러겠다면 얼마든지 그래도 되지만 생색은 내지 말아주면 좋겠군. 자네 힘이 없었어도 난 당연히 두각을 나타냈을 테니까."

"아, 그러셔?" 나도 코웃음으로 갚아주었다. "그럼 왜 지금 그 모양이지?"

여기에는 홈스도 대꾸하지 못했다.

"이제 그만 현실을 직시하라고, 홈스. 맨날 핑계만 늘어놓지 말고."

"그럼 어디 한번 말해보시지, 왓슨. 자네에게 현실이란 뭔가. 결국 부인 손아귀 안 아닌가. 거기가 그렇게 쾌적한가? 아플 때나 건강할 때나 자네는 부인 손아귀 안에 있지. 자네는 정말 그걸로 만족하나? 메리는 인정머리 없는 여자야. 사건을 해결해줬을 때는 사근사근하게 굴더니 내가 좀 슬럼프에 빠졌다고 금세 그렇게 싹 돌아설 줄이야."

"메리를 모욕하는 건 용서 못 해."

"하여간 어이가 없군. 자네는 완전히 부인의 노예야."

나는 의자에서 일어나 홈스에게 덤벼들려 했다.

그러나 갑자기 허무해졌다. "이제 지긋지긋해"라 하고는 도로 앉았다.

이렇게 내가 몰래 홈스를 만나러 온 것을 알면 메리는 격노할 것이다. '홈스 문제'는 우리 부부의 화약고나 다름없었다. 조금이라도 잘못 다루었다가는 왓슨 가가 심각한 내전 상태에 돌입할 게 분명했다. 그만한 위험을 무릅쓰고 만나러 왔건만 이렇게 시시한 말다툼을 벌여 무슨 의미가 있다는 말인가. 지난 1년간 우리는 한 발짝도 전진하지 못했다.

그런데도 나는 홈스를 내버려둘 수 없었다. 그게 가장 큰 문제였다.

홈스는 긴 의자에서 일어나 바닥에 나뒹구는 바이올린을 집었다.

그건 그가 아직 대학생이었을 때 도지東寺 도깨비 시장에서 발견했다는 스트라디바리우스였다. 홈스의 실력은 빈말로라도 좋다 할 수 없었다. 메리와 결혼해 시모가모로 이사한 뒤로도 슈텐도지가 이 가는 소리 같은 소음이 카모 강을 넘어 쫓아오는 듯했다.

"바이올린은 참아달라고."

"누구도 내 예술적 감흥을 막을 권리는 없어."

홈스가 끼익끼익 연주를 시작해 나는 한숨을 쉬며 벽난로를 바라봤다.

얼마 지나자 천장에서 쿵쿵 발 구르는 것 같은 소리가 들렸다.

"어라?" 나는 천장을 올려다봤다. 하숙집 삼층은 과거에 내가 살던 방인데 지금은 비어 있을 터였다. "어이, 삼층에 누가 있나?"

그러나 홈스는 분노한 형상으로 스트라디바리우스를 켤 뿐이었다. 연주가 열을 띨수록 천장에서 들리는 발소리도 커졌다. 갑자기 위층에서 냅다 팽개치듯 문 닫는 소리가 들리더니 노여움 어린 발소리가 계단을 내려왔다.

곧 지팡이를 든 노인이 방에 뛰어들었다.

"불쾌하기 그지없는 연주를 당장 멈춰."

"죄송하지만 무슨 말씀인지 안 들립니다." 홈스는 활을 놀리며 소리쳤다. "연주 중이라 말이죠."

"그 연주를 그만두라는 말이다. 멈추지 못할까, 이 얼간이 같은 놈!"

노인은 시커먼 옷을 입었고 몸은 깡마른 데다 등이 심히 굽었다. 수려한 이마는 창백했고 눈은 움푹 꺼졌다. 얇은 입술을 씰그러뜨리고 머리를 천천히 흔들며 홈스를 노려보는 모습은 먹잇감을 점찍은 소름 끼치는 구렁이 같았다. 척 봐도 예사 사람이 아니었다.

홈스는 혀를 차고 연주를 멈추었다.

"무슨 일입니까. 딱 5분 들어드리죠."

"내가 무슨 말을 하고 싶은지 이미 잘 알 텐데."

"그럼 제가 무슨 말을 하고 싶은지도 이미 잘 아실 테죠."

"꼭 해야겠다?"

"물론입니다."

노인은 주머니에서 작은 검정 가죽 수첩을 꺼냈다.

"10월 15일 밤, 귀군은 나를 방해했어. 이틀 뒤 10월 17일 심야, 또다시 나를 방해했어. 20일에는 귀군 탓에 귀중한 수면 시간을 빼앗겨서 21일에 일이 전혀 손에 잡히지 않았어. 여기 하숙으로 이사 온 뒤로 귀군의 끊임없는 방해로 인해 내 연구는 지연될 대로 지연되고 있네. 도저히 간과할 수 없는 손실이야."

"입주할 때 허드슨 씨가 설명했을 텐데요."

"아닌 게 아니라 바이올린 이야기는 들었네. 하지만 이렇게 심할 줄은 몰랐다고. 어떻게 하면 그런 소리가 나지? 참 서툴기 짝이 없군!"

"못 참겠으면 얼른 나가면 될 것 아닙니까."

"그럴 수는 없어. 반년치 집세를 미리 내고 말았다고."

노인은 수첩을 주머니에 넣고는 물어뜯을 것 같은 눈초리로 홈스를 노려봤다.

"허드슨 부인 말을 듣자 하니 귀군은 저명한 탐정이라지? 하찮은 직업이야! 범죄자 꽁무니를 쫓아다니는 것뿐 아닌가."

"물리학자라고 다를 바 없을 것 같은데요." 홈스는 대꾸했다. "자연 꽁무니를 쫓아다니는 것뿐 아닙니까."

노인은 노여움에 몸을 떨며 지팡이를 쳐들었다. 홈스는 즉각 스트라디바리우스로 방어 자세를 취했다. 흡사 간류지마에서 결투에 임하는 검객 같았다.

노인은 독사처럼 홈스를 노려보며 "나는 우주의 진리를 탐구하는 것이야"라고 으르렁거리듯 말했다.

"이 하숙에 이사 온 것도 하잘것없는 속세의 관계를 끊고 위대한 이론을 완성하기 위해서야. 그 이론은 우주 중심에 자리하는 수수께끼를 해명하고 인류를 새로운 단계로 인도할 테지. 그렇건만 그 망할 바이올린이 방해를 해. 귀군은 나라는 한 개인의 일을 방해하는 것이 아니야. 인류의 발전 그 자체를 방해하는 것이라고. 부끄러운 줄 알게!"

노인은 단숨에 지껄인 뒤 지팡이를 내렸다.

"오늘은 이쯤 하고 넘어가주겠네. 그렇지만 다음엔 용서하지 않을 줄 알라고."

그러고는 몸을 돌려 검은 질풍처럼 나갔다.

"모리어티 교수라고?" 나는 놀라 물었다. "제임스 모리어티 교수 말인가?"

홈스와 나는 창가의 원형 테이블을 둘러싸고 저녁식사를 하고 있었다.

허드슨 부인은 식사를 가져다준 김에 아까부터 나와 잡담을 나누고 있었다. 그러던 중 그녀에게서 삼층 신참에 관해 들었다. 전혀 예상치도 못한 인물이었다.

제임스 모리어티 교수는 응용물리학 연구소 교수로, '만국박람회'나 '달 로켓 계획' 같은 국가적 프로젝트에도 관여하는 한편 몇 년 전 베스트셀러가 된 통속적 자기계발서 『영혼의 이항 정리』의 저자이기도 했다.

"명사 중의 명사 아닌가. 그런 인물이 어째서 이런 곳에 왔지?"

"개인적인 연구에 집중하기 위해서라던데요. 그래서 대학 연구소도 그만두셨다라고요. 괴짜이기가 홈스 씨나 오십

보백보랍니다. 낮에는 거의 외출하지 않다가 밤늦게 나가서 새벽에나 들어오시죠. 대체 어디서 뭘 하시는 건지! 딱 한 번 카트라이트란 젊은 분이 온 것 말고는 찾아오는 사람도 없다니까요."

"허드슨 씨도 참 잘 괴상망측한 하숙인을 끌어모으는군."

"팔자려니 해야죠."

허드슨 부인은 그렇게 말하며 곁눈으로 홈스를 노려봤다.

"홈스 씨, 바이올린 연주를 삼가달라고 말씀드렸을 텐데요."

홈스는 새鳥 요리와 파이를 먹으며 "동거인이라면 참아야죠"라고 말했다. "싫으면 나가든지요. 집세를 선불로 받았으니 허드슨 씨는 손해 볼 것 없잖습니까."

"그건 그렇지만 가엾잖아요."

"그딴 인간이 뭐가 가엾다고!"

홈스는 모리어티 교수에게 심술을 부리는 것이리라.

그의 저서 『영혼의 이항 정리』에 씁쓸한 기억이 있기 때문이다.

올해 초여름, 슬럼프에서 벗어나려 악전고투 중이던 홈스는 그 신비주의적 자기계발서의 가르침을 실행하겠다고 했다. 때마침 하늘이 먹구름으로 뒤덮여 천둥이 쉴 새 없이 치고 있었다. 홈스는 천지의 리듬과 동조해 잃어버린 재능을 되찾고자 데라마치 거리 221B 옥상으로 달려 올라가서는 옷을 벗어던지고 뇌우를 맞으며 마구 춤추었다. 그러나 파렴치한 춤이 불러온 것은 홈스의 잃어버린 재능이 아니라 데라마치 거리를 순찰 중인 경찰관이었다.

하마터면 유치장에 처넣어질 뻔한 것을 교토 경시청, 곧 스코틀랜드 야드 레스트레이드 경위의 온정으로 풀려났지만, 이 사건은 홈스의 마지막 남은 존엄마저 앗아갈 뻔했다. 그 뒤 홈스가 『영혼의 이항 정리』를 벽난로에 던져 넣은 것은 말할 것도 없다.

"그러게 새 하숙인을 왜 받아가지고."

"그럼 홈스 씨가 그만큼 집세를 더 내주실 건가요?"

"당연히 그럴 생각이었죠."

"언제요?"

"언젠가 슬럼프에서 벗어나면……."

"무슨 그런 느긋한 소리를 하시나요. 저도 먹고살아야 한다고요."

허드슨 부인은 어이없다는 표정을 지었다. "그러니까 전부터 말씀드렸죠. 리치버러 부인하고 의논해보라고요. 분명 좋은 지혜를 주실 거예요."

"리치버러 부인이 누구지?"

"저런, 왓슨 선생님은 모르세요?"

수상쩍은 영매야, 하고 홈스가 내뱉듯 말했다.

"몇 년 전부터 시작된 심령주의 붐에 편승해서 이름을 날린 사기꾼이지. 신자들한테 돈을 뜯어서 난젠지 일대에 호화로운 저택을 지었어. 이거 보세요, 허드슨 씨, 전 심령주의 같은 건 일절 믿지 않습니다. 수정구슬이니 사후 세계에서 보내는 메시지니 엑토플라즘이니 그딴 것에 의지하느니 슬럼프가 도져서 굶어 죽는 편이 낫겠습니다."

마침 그때 현관 초인종이 울렸다. 허드슨 부인은 볼멘 표정으로 일어섰다.

"알았어요. 그렇게 리치버러 부인 도움을 받기 싫으면 왓슨 선생님과 상의해서 얼른 슬럼프에서 탈출하세요. 만약 집세가 밀리는 사태가 벌어지면 스트라디바리우스를 파셔야 해요."

허드슨 부인은 골을 내며 계단을 내려갔다.

홈스는 파이를 입에 문 채 뚱하니 입을 다물고 있었다.

모리어티 교수에게 손님이 찾아온 듯했다.

삼층으로 올라가는 발소리가 들리나 싶더니 허드슨 부인이 문을 열고 슬쩍 들어왔다. "카트라이트 씨예요"라고 속삭였다. "늘 찾아오는 사람이죠."

"어떤 사람이지?" 나는 물었다.

"젊은 학자인데 모리어티 교수님 제자라나 봐요."

허드슨 부인은 문에 귀를 갖다대고 위층에서 들리는 소리를 엿들었다. 나도 일어나 문으로 다가갔다. 홈스는 관심 없다는 듯 하품하고는 방을 가로질러 벽난로 앞 좋아하는 안락의자에 책상다리를 하고 앉았다. 파이프에 담배를 담으며 "프라이버시 침해 아닙니까?"라고 말했다. 허드슨 부인은 "집주인의 의무를 다하는 거예요"라고 대꾸했다.

나도 허드슨 부인을 따라 문에 귀를 댔다. 삼층에서 무슨 대화가 오가는지 내용은 알 수 없었지만, 모리어티 교수는 손님을 방 안으로 들이려 하지 않는 모양이었다. 한동안 실랑이가 이어진 뒤, 거칠게 문을 닫는 소리가 나더니 손님이 계단을 내려오는 소리가 들렸다.

허드슨 부인이 방문을 열고 불렀다.

"카트라이트 씨, 잠깐 들렀다 가시겠어요?"

상대는 스무 살 갓 넘었을까 말까 하는 청년이었다. 머리는 옅은 밤색, 금테 안경을 썼고 호리호리한 몸에 회색 외투를 입었다. 불발로 끝난 면회의 영향인지 해쓱한 얼굴에 서글픈 표정을 띠고 있었다.

허드슨 부인이 "안색이 안 좋으시네요", "걱정이 있으신가 봐요", "다른 사람한테 털어놓으면 편해져요"라 하자, 카트라이트 군은 비척비척 안으로 들어왔다. 마음고생이 이만저만이 아닌 듯했다. 멍한 표정으로 긴 의자에 앉은 그는 "셜록 홈스 씨와 왓슨 선생님이세요"라고 허드슨 부인이 말하자 흠칫 놀라 홈스의 얼굴에 재차 시선을 옮겼다. "홈스 씨라고요? 명탐정이신?"

"네, 그렇습니다. 제가 명탐정 홈스죠."

자조하듯 말하고는 홈스가 입을 열려 하지 않기에 내가 청년을 상대해야 했다. "모리어티 교수님과 아는 사이군요?"

"네. 대학 응용물리학 연구소에서 일하는 월터 카트라이트라고 합니다. 모리어티 교수님은 학부 시절 은사죠."

"모리어티 교수님 같은 유명한 물리학자가 왜 이런 하숙집에 틀어박혀 계시는 겁니까? 정신적으로 코너에 몰린 것처럼 보이는 데다 생활도 이해가 안 되는 점투성이입니다. 홈스도 동거인으로서 걱정하고 있거든요. 무슨 사정이 있는 건지 알려주시겠습니까."

"아니, 그렇지만……"

카트라이트 군은 어물거렸다.

"교수님 사생활에 관련된 이야기를 제가 할 순……"

"이것도 모리어티 교수님을 위한 일입니다. 홈스도 저도 그런 문제에 익숙하니까 절대로 외부에 발설하는 일은 없을 겁니다."

"맞아요. 도와드릴 수 있을지도요." 허드슨 부인이 말했다.

주저하던 카트라이트 군은 "저한테도 수수께끼입니다"라며 한숨을 쉬었다.

"모리어티 교수님은 연구자로서도 교육자로서도 훌륭한 인물이셨습니다. 전 학창 시절 가르침을 받고 작년 봄부터 정식으로 응용물리학 연구소의 연구원이 돼서 교수님 밑에서 경험을 쌓는 걸 긍지로 여기고 있었습니다. 그런데 작년 가을경부터 교수님은 연구소에 모습을 보이지 않게 되셨습니다. 그러더니 갑자기 사직하신 겁니다."

"이유가 뭐였죠?"

"전혀 모릅니다. 일신상의 이유라고만 하시더라고요."

모리어티 교수는 한동안 행방이 묘연했다고 했다.

그러다 겨우 지난주에야 카트라이트 군은 교수를 다시 만날 수 있었다.

그날 밤 카트라이트 군은 연구소 동료들과 폰토초로 놀러 나갔다. 밤이 이슥해 집에 가는데 산조 큰다리 어귀에 주저앉은 사람이 보였다. 행인에게 방해가 되는 것도 아랑곳없이 그 인물은 작은 검정 가죽 수첩에 뭔가를 일심불란으로 적고 있었다. 그가 얼굴을 들었을 때 카트라이트 군은 저도 모르게 소리쳤다.

"선생님! 이런 데서 뭘 하시는 겁니까!"

그러자 모리어티 교수는 급히 수첩을 집어넣고 도망쳤다.

교수가 마음에 걸린 카트라이트 군은 동료들과 헤어져 모리어티 교수를 뒤쫓았다. 그렇게 해서 교수가 데라마치 거리 221B에 산다는 사실을 밝혀낸 것이다. 하지만 교수는 방에 들여주지 않았다.

"난 더없이 중대한 연구를 하는 중이야."

모리어티 교수는 문틈으로 말했다.

"멍청이들에게 방해받고 싶지 않다. 내버려둬."

카트라이트 군은 "제가 도와드릴 일은 없습니까?"라고 물었다. 모리어티 교수는 콧방귀를 뀌고는 "귀군이 무슨 도움이 된다는 거지?"라며 조소했다. 카트라이트 군은 충격을 받았다. 과거에 모리어티 교수는 제자의 의견도 귀 기울여 듣는 사람이었다. 교수가 걱정돼 오늘 다시 찾아왔지만 상대도 해주지 않더라고 했다.

"뭐가 어떻게 된 건지 전 통 모르겠습니다."

카트라이트 군은 비통한 목소리로 말했다.

"신생님은 마치 뭔가에 홀린 사람 같습니다."

"사정은 잘 알았습니다. 저희가 조사하죠."

"잘 부탁드립니다."

카트라이트 군은 그렇게 말하고는 힘없는 발걸음으로 방에서 나갔다.

허드슨 부인은 식기를 거두어 나갈 때 내게 의미심장하게 눈짓했다. '뭐든 좋으니 홈스에게 일을 시켜라'라는 의미인 듯했다. 실의에 빠진 카트라이트 군을 억지로 방에 들어오게 한 것도 그런 의도에서였을 것이다. 하여간 가늠하기 어려운 집주인이라 하지 않을 수 없다. 내가 고개를 끄덕이자 그녀는 만족스레 자신도 고개를 끄덕이고 나갔다.

셜록 홈스는 안락의자에서 무릎을 끌어안고 있었다.

"멋대로 의뢰를 받지 마."

"잔소리 말고 자네도 나서라고."

나는 긴 의자에 앉아 몸을 내밀었다. "어떻게 생각하나?"

"어떻게도 생각하지 않아. 모리어티 교수 본인이 말하지 않았나. 속세와의 관계를 끊고 연구에 몰두하고 싶다고. 그냥 그뿐이네. 누구한테 폐 끼치는 것도 아닌데 하고 싶은 대로 하게 놔두면 돼. 대체 자네들은 뭐가 불만인가."

"하지만 모리어티 교수의 행동은 정상이 아니야."

"글쎄, 그럴까."

"아무 맥락도 없이 명예로운 교수 자리를 버리고 이런 곳에 틀어박혀 있지 않나. 애제자를 방에 들여주지도 않고. 그렇게까지 하면서 무슨 연구를 하는 걸까. 게다가 허드슨 부인 말로는 밤마다 나가서 새벽에야 들어온다고 하지 않나. 그런 노인이 밤새도록 밖을 돌아다니면서 뭘 하는 거지?"

"뒷골목에서 미녀를 살해하기라도 한다는 말인가?"

그럴 가능성도 있다는 생각이 들어 나는 슬그머니 천장을 올려다봤다. 삼층에서는 아무 소리도 들리지 않았다. 황량한 방 안 모습이 뇌리에 떠올랐다. 모리어티 교수는 책상에 들러붙어 수상쩍은 연구에 몰두하고 있다. 홀홀 타는 난롯불이 옆얼굴을 비추고 있다. 눈은 열에 들뜬 것처럼 빛을 발하고 입가에는 사악한 웃음을 머금고 있다.

"오늘 밤 교수를 미행해보지 않겠나? 뭘 하는지 밝혀내자고."

"어이가 없군!"

홈스는 탄식했다.

"자네가 의뢰를 받았으니 자네 혼자서 해."

"아무렴, 그러고말고. 나 혼자서라도 하겠네."

나는 일어나 노여움을 담아 홈스를 내려다봤다.

"하여간 꼴 한번 한심하군, 홈스! 겉으로는 아무리 하찮아 보여도 이면에 어떤 범죄가 숨어 있을지 모른다. 그게 자네 지론 아니었나? 예전 같으면 자네가 맨 먼저 덤벼들었을 텐데. 지금 자네한테 부족한 건 스스로 재미있는 사건을 찾아내려는 기개야. 일해! 뭐든 좋으니까 사건을 조사하라고!"

내가 훈계하는 동안 홈스는 대꾸하지 않았다. 안락의자에서 몸을 움츠리고 입꼬리를 늘어뜨린 채 토라진 어린애 같은 표정을 짓고 있었다.

"알았네, 왓슨."

이윽고 홈스는 탄식했다.

"자네 뜻을 따라주지, 그러면 될 거 아닌가."

모리어티 교수는 밤 9시경 외출했다.

우리는 조금 거리를 두고 그를 뒤쫓았다. 밤의 데라마치 거리에는 가스등과 진열창 불빛이 반짝이고 있었다. 모리어티 교수는 검은 망토, 검은 중산모, 검은 장갑, 검은 지팡이까지 검정 일색의 차림새로 인도를 따라 남쪽으로 천천히 걸어갔다.

"가지, 홈스."

나는 말했다. 홈스는 마지못해 따라왔다.

니조데라마치에 이르자 모리어티 교수는 오른쪽으로 방향을 틀었다.

니조 거리는 거기서부터 데라마치 거리와 전혀 다르게 어둑어둑해진다. 벽에 회를 바른 오래된 건물이 좁은 도로 양옆으로 즐비하고 징검돌처럼 띄엄띄엄 가스등이 있었다. 스포트라이트 같은 빛 속에 모리어티 교수의 시커먼 모습이 나타났다가 다시 어둠에 녹아들었다. 반복되는 모습이 환상적으로 느껴져 모리어티 교수가 마치 이 세상 사람이 아닌 것 같았다. 홈스와 나는 어둠에 몸을 숨기며 발소리를 죽이고 추적을 계속했다.

교수가 기괴한 행동을 보인 것은 야나기노반바 거리에 접어들었을 때였다.

네거리 모퉁이의 가로등 밑에 털실로 뜬 모자를 쓴 꽃 파는 소녀가 서 있었다. 이런 곳에서 꽃을 살 사람은 얼마 없을 것이다. 실제로 소녀가 팔에 안은 바구니는 팔리지 않은 꽃으로 가득했다. 모리어티 교수는 멈춰 서서 소녀를 사납게 노려봤다. 나는 "홈스!" 하고 속삭이며 걸음을 서둘렀다. 교수의 무시무시한 눈초리에 꽃 파는 소녀는 겁에 질려 얼어붙어 있었다.

모리어티 교수는 주머니에서 지폐를 꺼냈다.

남은 꽃을 전부 줘.

그렇게 말한 모양이다.

소녀는 한순간 멍하니 쳐다보다가 주뻣주뻣 바구니를 내밀었다. 모리어티 교수는 바구니에 들어 있던 꽃을 서툴게 안고는 "거스름돈은 됐네"라며 가볍게 손을 내젓고 걷기 시작했다. 멀어져가는 모리어티 교수의 뒷모습을 소녀는 어안이 벙벙해서 바라봤다.

어안이 벙벙한 것은 우리도 마찬가지였다.

"꽃은 왜 사는데?"

그 뒤 모리어티 교수는 계속 남쪽으로 걸어 이윽고 시조 거리에 이르렀다.

큰길 양옆으로 큰 건물이 줄을 짓고 건물과 건물 사이는 안개 속에 가스등 불빛으로 흐릿하고 신비스럽게 반짝였다. 교토에서 가장 큰 대로는 밤이 이슥해도 혼잡했다. 일 끝내고 집에 가는 상인과 퇴역 군인, 부랑자, 순찰 중인 경찰관, 근위병 무리, 온갖 잡상인, 넋 나간 듯 서 있는 샌드위치맨······. 지체 높은 신사를 기온으로 실어 나르는 유개 사륜마차, 느릿느릿 나아가는 짐마차 그리고 무수한 삯마차가 오갔다. 짙은 안개에 싸인 시끌벅적한 거리를 모리어티 교수는 꽃을 한 아름 안고 일심불란으로 걸어갔다.

미녀한테 청혼이라도 하는 건가? 하고 홈스가 말했다.

두 시간쯤 뒤, 홈스와 나는 기야마치의 펍에 있었다.
나는 테이블에 팔꿈치를 괴고 바깥에 흐르는 다카세 강을 바라봤다.
홈스를 만나기 전, 아프가니스탄에서 갓 귀국했을 때가 생각났다. 당시 나는 쥐꼬리만 한 군인 연금만을 가지고 붓코지 근처 싸구려 숙소에서 궁핍하게 지냈다. 밤거리에 나가봤자 수중에 가진 돈이 없으니 별달리 할 수 있는 일도 없고 그렇다고 삭막한 숙소로 돌아갈 마음은 나지 않아, 이렇게 값싼 술집을 돌며 가스등이 비추는 다카세 강을 바라보곤 했다.
카운터에 시선을 주니 모리어티 교수는 술잔을 노려보며 시커먼 석상처럼 꼼짝도 하지 않았다. 곁에는 꽃 파는 소녀에게서 산 꽃이 쌓여 있었다. 명백히 기이한 모습에 술집 주인도 명랑한 취객들도 구태여 말을 걸려 하지 않았다. 시끌벅적한 술집에서 모리어티 교수가 앉은 근처만 딴 세상처럼 어두침침하게 느껴졌다.
홈스는 아까부터 테이블에 편 지도를 노려보고 있었다.
"법칙성이 전혀 없는데."
"틀림없나?"
"아무렇게나 걷고 있는 것으로만 보이네."

1장 제임스 모리어티의 방황

그는 그렇게 말하며 휴대용 지도를 내 쪽으로 밀었다.

나는 지도를 봤다. 모리어티 교수가 걸어온 경로가 기입되어 있었다. 선은 동서로 뻗은 시조 거리를 휘감듯하며 무수한 뒷길을 구불구불 지났다. 얼마 동안 노려봤지만 아닌 게 아니라 홈스 말처럼 아무렇게나 걷는 것으로만 보였다.

그날 밤만큼 기묘한 '미행'은 경험한 적이 없었다.

범죄 행위 같은 것은 일절 보지 못했다. 그렇다고 긴긴 가을밤 발 닿는 대로 산책하는 것처럼 보이지도 않았다. 일심불란으로 걸어가는 모리어티 교수의 뒷모습은 미궁의 출구를 필사적으로 찾는 듯한 기이한 기백이 넘쳤다.

교수는 이따금 우뚝 멈춰 섰다. 문을 닫은 상점 앞이며 휑 뎅그렁한 공터 등 언뜻 보면 아무 특징 없는 장소였다. 거기서 그는 묵도하듯 머리를 숙였다가 얼마 뒤 다시 걸음을 뗐다. 그러고 나면 꽃 파는 소녀에게 산 꽃 한 송이가 길에 떨어져 있었다. 마치 죽은 이에게 바치는 것처럼.

"대체 뭘 하는 거지?"

"꽃을 사는 게 범죄는 아니잖나."

홈스는 말했다. "밤에 산책하는 것도 범죄는 아니야."

그러고는 입을 다물고 지루하다는 듯 궐련 담배를 피웠다.

나는 시끌벅적한 술집 '벤보 제독정亭' 안을 둘러봤다. 주인은 윈디게이트라는 중년 남자인데 젊었을 때 상선을 탄 모양이다. 뱃사람 출신의 가게답게 벽에는 닻이며 나침반이 장식되어 있었다. 모리어티 교수는 여전히 카운터에 팔꿈치를 괴고 고통을 견디듯 구부정하게 앉아 있었다. 조는 것처럼 보이기도 했다.

그때 기야마치 거리에 면한 입구로 몸집이 작은 남자가 들어왔다.

나는 처음에 남자에게 관심을 기울이지 않았다. 머리는 덥수룩하고 옷은 후줄근한 것이 술에 취한 사무원 같은 인상이었다. 그런 남자는 이 부근에 얼마든지 있다. 힘없는 발걸음으로 우리 옆을 지난 남자는 모리어티 교수 옆에 앉아 주인 윈디게이트와 말을 주고받고 맥주 한 잔을 주문했다. 그가 우연히 이쪽을 돌아봤을 때, 흰담비족제비 같은 얼굴을 어디서 본 적 있다는 생각이 들었다.

이상해서 홈스에게 귓속말로 물었다.

"저 남자 본 적 없나? 낯이 익은데."

홈스는 돌아보더니 콧바람을 불었다.

"뭐야, 레스트레이드 경위잖나."

"레스트레이드라고? 거짓말이겠지. 전혀 다르지 않나."

"변장하고 잠복 수사라도 하나 보지. 내버려둬, 저런 녀석은."

그렇게 둘이 소곤거리다 보니 레스트레이드 경위도 우리를 알아차린 모양이었다. 망연한 표정으로 카운터에서 일어나 비척비척 우리 테이블로 다가왔다. 레스트레이드는 갑자기 수염이 꺼칠한 얼굴을 구기며 "홈스 씨!" 하고 외쳤다. 그러고는 음식 찌꺼기와 먼지로 뒤덮인 바닥에 무릎을 꿇고 "정말 죄송합니다"라며 머리를 조아렸다. 술집은 물을 끼얹은 듯 조용해졌다.

"전 바닥을 기어 마땅한 먼지벌레입니다."

레스트레이드는 불분명한 목소리로 말했다.

"밥 대신 먼지를 먹고 살렵니다."

벤보 제독정 바닥에는 영양가 많은 먼지가 쌓여 있을 것 같지만, 비굴하기 그지없는 그 말은 교토 경시청의 호랑이 형사로 이름을 떨치는 레스트레이드 경위답지 않았다. 홈스도 어안이 벙벙한 듯했다. "무슨 일이 있었던 건가, 레스트레이드."

"슬럼프에 빠져서요."

레스트레이드는 이마를 바닥에 벅벅 비벼댔다.

"이제는 홈스 씨의 괴로움을 뼈저리게 알겠습니다."

1년 전 붉은 머리 연맹 사건으로 홈스가 세상 사람들에게 갖은 비웃음을 샀을 때, 레스트레이드는 홈스를 감싸기는커녕 '아마추어 탐정이 수사를 방해했다'고 홈스를 비난하며 노골적으로 자기 체면만 살리려 했다. 그때부터 홈스와 레스트레이드는 절교 상태였다.

"지금까지 온갖 결례를 저지른 것을 진심으로 사과드립니다."

레스트레이드는 울먹이며 말했다.

"어처구니가 없을 정도로 사건이 해결되지 않는 겁니다."
 레스트레이드는 더러운 바닥에 무릎을 끌어안고 앉아 있었다.

 붉은 머리 연맹 사건을 계기로 홈스와 결별한 이래로 그의 수사는 가는 데마다 암초를 만나기 시작했다고 한다. 전에는 사건의 핵심을 금세 감잡을 수 있었건만 지금은 아무것도 생각나지 않았다. '이상하네' '슬럼프인가?' 하고 고개를 갸웃거리는 사이에 범죄수사과의 라이벌들(애설니 존스, 브래드스트리트, 스탠리 홉킨스)은 잇따라 성과를 거두었다.

 그러자 더더욱 자신감을 잃어 일이 손에 잡히지 않게 됐다.
 다른 형사들은 아무도 위로해주지 않았다. 그때까지 레스트레이드가 보인 화려한 활약을 모두 내심 고깝게 여겼을 것이다. 1년 전까지는 경시총감의 신임도 두터웠건만 이제는 날이면 날마다 총감실로 불려가 호통을 들어야 했다. 범죄수사과에서 쫓겨나는 것도 시간문제였다.

 지난주, 과거에 홈스의 부진을 신나서 보도했던 〈데일리 크로니클〉이 '레스트레이드 경위, 부진'이라는 기사를 실었다. 만사에 염증이 난 레스트레이드 경위는 요새 날이면 날마다 여기 기야마치 일대에서 술독에 빠져 지낸다고 했다.

"그래, 자네도 고생이 많았군."

1장 제임스 모리어티의 방황

셜록 홈스는 곱씹듯 말했다.

하지만 내가 보기에 레스트레이드가 슬럼프에 빠진 원인은 명백했다.

지금까지 그가 교토 경시청의 에이스로서 여러 까다로운 사건을 해결할 수 있었던 것은 홈스의 적절한 조언 덕이었다. 다시 말해 그도 나와 마찬가지로 호화 여객선 '홈스 호'의 승무원이었고 홈스와 더불어 침몰한 것이었다.

놀랍게도 레스트레이드 자신에게는 그런 자각이 없었는데, 그보다 더 놀라운 것은 홈스가 순순히 레스트레이드를 동정한다는 사실이었다. 1년에 걸친 슬럼프와의 힘겨운 싸움이 같은 병으로 고통받는 이들에 대한 동지애 같은 것을 길렀나 보다.

홈스는 레스트레이드의 등을 다정하게 두드렸다.

"레스트레이드, 이제 그만 일어나지."

"이런 먼지벌레를 용서해주시는 겁니까, 홈스 씨."

"먼지벌레라 하자면 나도 먼지벌레야. 그만 됐네, 이미 지나간 일 아닌가."

레스트레이드의 팔을 붙들고 일으켜 세운 홈스는 이마에 들러붙은 영양가 많은 먼지를 떨어주고, 눈물 콧물을 닦아주고, 우리 테이블에 합석하게 했다. 레스트레이드는 맥주를 마시며 "꼭 캄캄한 미궁에 발을 들여놓은 기분입니다"라 말했다.

"자신감이 전혀 안 생기는군요. 겨우 1년 전까지만 해도 모든 일이 다 잘 풀렸는데……. 수사과 동료들은 비웃지, 세상 사람들은 비난하지, 아내와 딸은 실망하지. 이럴 바에야 차라리 오하라 마을로 좌천돼서 양 도둑이랑 술래잡기나 하는 게 낫겠습니다. 아무도 없는 곳에 틀어박히고 싶습니다. 차라리 들판에 피는 한 떨기 제비꽃이 되고 싶습니다."

"심정은 내가 잘 아네, 레스트레이드."

홈스는 레스트레이드 경위의 기운을 북돋아주듯 말했다.

"아닌 게 아니라 우리는 현재 밑바닥 신세네. 유의미한 일은 무엇 하나 이루지 못하고 세상 사람들 시선은 차가워. 하지만 이런 식으로 패배자 소리를 들을 때야말로 서로 돕고 지내야 하는 법. 힘들면 언제든 데라마치 거리 221B로 찾아와. 함께 손을 잡고 고경苦境에 맞서자고. 슬럼프란 무엇인가. 지난 1년 동안 나는 온 힘을 다해 이 난해한 사건에 임해왔네. 광명은 아직 보이지 않네만 나는 결코 포기하지 않아. 이 까다로운 문제를 반드시 해결해 보이고 말겠어."

레스트레이드는 감격해 홈스의 손을 붙들었다.

"꼭 부탁드립니다. 이제 믿을 건 홈스 씨뿐입니다, 홈스 씨!"

두 사람이 굳은 악수를 나누는데 옆 테이블에 있던 남자가 일어나 "죄송합니다만" 하고 말했다. 헌팅캡을 쓰고 콧수염을 기른 남자였다.

"셜록 홈스 씨, 레스트레이드 경위님이시죠?"

남자의 얼굴을 보자마자 홈스의 표정이 돌변했다. "이놈이!"

홈스는 일어서 남자의 가슴을 쿡 질렀다. 상대방은 아연해 "뭐 하는 겁니까?"라고 말했다. 홈스가 당장이라도 덤벼들 것 같은 기색이라 레스트레이드와 나는 황급히 그를 붙들었다. "〈데일리 크로니클〉 기자지!" 홈스가 소리쳤다.

"근황을 여쭤보려는 것뿐이잖습니까."

"보나 마나 쓸데없는 기사를 쓰려는 거지. 당장 꺼져!"

"네, 쓰고 말고요. 맞은 값은 해야죠."

기자는 술집에서 달아나며 내뱉듯 말했다.

"패배자 동맹 결성이라니 꽤 재미있는 기사가 나오겠는데요."

〈데일리 크로니클〉 기자가 내뺀 뒤로도 홈스의 노여움은 가라앉지 않았다. 레스트레이드 경위가 걱정스러운 표정인 것은 홈스에 대한 동정이 반, 나머지 절반은 기자가 쓸 기사에 대한 불안일 것이다. 홈스는 단숨에 맥주 잔을 비우고 "나는 인생 최대의 난해한 사건과 씨름하는 중이라고"라 으르렁거리듯 말했다. "바보 놈들이 훼방놓게 둘 수는 없어."

그때 나는 카운터에 눈길을 돌렸다가 소리쳤다.

"홈스!"

어느새 모리어티 교수가 사라지고 없었다.

나는 급히 레스트레이드에게 작별을 고하고 기야마치 거리로 달려나갔다.

거리에 늘어선 싸구려 주점이 떠들썩한 불빛을 포석을 깐 인도에 던지고 있었다. 얼굴이 불그레한 취객들이 갈지자걸음으로 오가고, 폰토초로 이어지는 곁길로 빨려 들었다. 나는 대구루루 굴러온 실크해트를 걷어찼다. 모자는 다카세 강으로 굴러떨어져 가스등 불빛을 반사하며 떠내려갔다. 모리어티 교수는 어디에도 보이지 않았다.

"왓슨, 그만 가자고."

뒤따라온 홈스가 말했다.

"그런 배회 노인을 따라다녀봤자 무슨 소용인가."

우리는 시조 큰다리 서쪽 어귀로 갔다. 웅장한 국회의사당이 카모 강을 따라 남쪽으로 이어지고, 시계탑 빅벤이 드높이 솟았다. 카모 강의 안개가 한층 짙어져 시조 큰다리는 흡사 안개 속에 뜬 것처럼 보였다. 다리 건너 펼쳐진 기온의 거리도 안개 바다에 잠겨 붉은 제등 불빛만이 흐릿하게 빛났다. 카모 강 맞은편에는 대극장 '미나미 좌'가 우뚝 솟아 있는데, 이쪽은 이미 조명이 꺼져 커다란 지붕이 중세 시대의 고성처럼 시커멨다. 빅벤의 종이 울리기 시작했다. 오전 영 시였다. 장엄한 종소리가 밤거리로 퍼져 나갔다.

나는 시조 큰다리 난간에 손을 얹고 상류 쪽을 유심히 살폈다.

"저기다!"

나는 몸을 내밀며 가리켰다.

모리아티 교수는 강가를 터벅터벅 북쪽으로 걸어갔다.

나는 시조 큰다리 어귀에서 강변으로 달려 내려가 다시 추적을 개시했다. 홈스는 투덜거리며 따라왔다. 얼마 동안은 강 양옆으로 거리의 불빛이 반짝였지만, 산조 큰다리 밑을 지나면서 번화가의 불빛이 멀어졌다.

주위를 에워싼 묵직한 안개가 점차 짙어졌다.

이 안개는 문명의 유해한 숨결과 카모 강의 안개가 섞인 것이었다. 아프가니스탄에서 돌아와 싸구려 숙소에서 지내던 무렵, 이 안개는 참으로 불쾌했다. 상이군인으로 전쟁터에서 돌아와 기댈 데도 없이 싸구려 숙소에서 썩고 있던 당시의 내게 몸을 짓누르는 듯한 안개는 암담한 미래 그 자체처럼 느껴졌다.

"나는 얼른 집에 가서 자고 싶네만."

홈스는 안개로 덮인 강변을 걸으며 말했다.

"레스트레이드한테도 말했다시피 나는 인생 최대의 난제와 씨름하는 중이야. 쓸데없는 일에 시간을 쓸 겨를이 없다고."

"잔소리 말고 따라오라니까."

"대체 왜 그러나, 왓슨."

"난 자네가 의욕을 되찾았으면 하는 거야."

"그게 다가 아닌 것 같은데. 자네 오늘 좀 이상해."

고진 다리에 접어들었을 때 안개 너머가 부옇게 밝아졌다. 가까이 다가가자 부랑자들이 피운 모닥불이라는 것을 알 수 있었다. 모리어티 교수가 모닥불 곁을 지날 때 부랑자들이 겁에 질린 듯 뒷걸음쳤다. 교수의 얼굴이 어지간히 무서웠나 보다.

모닥불을 지나친 뒤 돌아보니 불의 온기가 마음에 스며드는 듯했다. 인간 세상의 마지막 보루처럼 느껴졌다. 그럴 만도 한 것이, 거기서부터 강변은 한층 황량해졌다. 안개로 가려진 달빛은 힘이 없어 카모 강변 풀밭에 사람들이 밟고 다녀 생긴 길 말고는 거의 아무것도 보이지 않았다. 흡사 세계의 끝으로 향하는 외길 같았다.

모리어티 교수가 떨어뜨린 꽃이 동그마니 놓여 있었다.

"여기에도 있군."

나는 꽃을 주웠다.

그리고 앞쪽 안개 속을 뚫어지게 바라봤다.

모리어티 교수는 검은 망토 자락을 펄럭이며 비척비척 걸어갔다.

어째서 모리어티 교수가 이렇게 마음에 걸리는 거지?

검은 망투를 입은 음울한 뒷모습에서, 이 세상에 자신이 있을 자리가 없다는 서글픔이 강하게 느껴졌다. 어쩐지 소름 끼치는 뒷모습이었다.

긴 밤을 떠돌다 지칠 대로 지쳐서 차가운 안개에 젖어 사라진다.

그 모습은 10년 전 홈스를 만나기 이전의 나 같기도 했고, 슬럼프 탈출을 단념한 홈스의 말로 같기도 했다. 지금 생각하면 그날 밤, 내가 모리어티 교수의 추적을 포기할 수 없었던 것은 그런 이유에서가 아니었을까.

"가자고, 홈스!"

나는 낮은 목소리로 말하고 걸음을 뗐다.

홈스는 여전히 툴툴거리며 따라왔다.

셜록 홈스는 심각한 슬럼프에 빠졌다.

그 사실을 교토 안팎에 알린 것은 '붉은 머리 연맹 사건'이었다.

작년 늦가을, 저베즈 윌슨이라는 선명한 붉은색 머리의 상인이 기묘한 문제에 관해 상의하러 데라마치 거리 221B로 찾아왔다. 윌슨 씨는 시조야나기노반바 거리에서 작은 전당포를 경영하는데, 묘한 계기로 '붉은 머리 연맹'이라는 조직의 일원이 됐다. 붉은 머리 연맹은 어느 대부호의 유언에 의해 '붉은 머리 사람들과 그 자손의 번영을 위해' 설립된 조직인데, 회원들은 형식뿐인 간단한 일(헤이본샤의 〈세계 대백과사전〉 전집을 베껴 쓰는 것)을 하고 큰돈을 보수로 받는다고 했다. 운 좋게 붉은 머리 연맹에 가입이 허락된 이래로 윌슨 씨는 기묘한 아르바이트와 보수에 만족하며 살아왔다.

그런데 그날 아침 여느 때처럼 붉은 머리 연맹 사무실로 가니, '붉은 머리 연맹은 해산했음'이라고 쓴 종이가 문에 붙어 있었다. 꼭 너구리에게 홀린 것 같지 않나. 어떻게 된 영문인지 조사해주면 좋겠다는 게 윌슨 씨의 의뢰였다.

바로 현장에 간 우리는, 야나기노반바 거리에 면한 윌슨 씨의 전당포 뒤가 시조 거리에 면한 대형 은행의 금고와 담장을 끼고 맞닿아 있다는 것을 알았다. 게다가 그 은행에서는 바로 얼마 전 대량의 나폴레옹 금화를 지하 금고에 보관했다고 했다.

만약 '붉은 머리 연맹'이 좀처럼 자리를 비우지 않는 윌슨 씨를 매일 일정 시간 강제적으로 외출하게 하기 위해 마련한 방편이었다면? 주인이 없는 전당포에서 모종의 검은 계획이 진행되고 있었던 게 틀림없다. 전당포가 담장을 끼고 대형 은행의 금고와 인접해 있다는 사실이 판명된 이상, 그게 '나폴레옹 금화 강탈을 목적으로 한 땅굴 파기'라는 것은 명백했다. 붉은 머리 연맹이 해산했다는 것은 이제 윌슨 씨가 외출할 필요가 없어졌다는 뜻이며, 그건 곧 땅굴이 완성됐음을 의미한다는 게 홈스의 추리였다.

"틀림없어. 그자들은 오늘 밤 금화 강탈에 나설 테지."

나는 홈스의 추리를 조금도 믿어 의심치 않았다. 모든 게 앞뒤가 맞았다.

그리하여 우리는 교토 경시청 레스트레이드 경위에게 연락하고 은행장에게 알려 은행 지하 금고실로 갔다. 날이 밝을 때까지 그곳에 잠복해 땅굴에서 기어나오는 범인들을 현행범으로 체포할 작정이었다. 우리는 기다렸다. 추위가 뼛속까지 스미는 지하 금고실에서 한결같이 기다렸다. 기다리고 또 기다렸다. 그러나 범인들은 나타나지 않았다.

나중에 판명된 바로, '붉은 머리 연맹은 해산했음'이라 쓴 종이는 어느 인물의 장난에 불과했다. 그 인물은 지난번 결원 보충 때 윌슨 씨에게 자리를 빼앗긴 것에 앙심을 품고 있었다. 바꿔 말해 붉은 머리 연맹은 정말 있었던 것이다. 금화 강탈 계획은 일절 없었고 땅굴도 존재하지 않았다.

그 다음 주 데라마치 거리 221B를 찾아온 윌슨 씨는 "죄송합니다, 제가 지레짐작했습니다"라 하고는 쥐꼬리만 한 수고비를 두고 갔다. 지금도 윌슨 씨는 붉은 머리 연맹 사무실에 다니며 〈세계 대백과사전〉 전집을 꾸준히 베끼고 있을 것이다.

윌슨 씨야 그러면 됐다 치고, 딱하게 된 것은 홈스였다.

붉은 머리 연맹이라는 괴상망측한 조직, 작은 전당포와 인접한 대형 은행, 때마침 지하 금고로 운반된 나폴레옹 금화. '금화 강탈'이라는 범죄를 가정하면 그런 단편들이 완벽하게 들어맞는다. 하도 완벽해서 홈스가 속은 것이었다. 은행장을 설득해 다수의 경관을 대기시켰건만 태산 명동에 서일 필조차 못 되었다.

자신만만했던 만큼 홈스의 자존심은 산산조각 났다.

그 다음 주, 당장 〈데일리 크로니클〉에 '셜록 홈스 씨, 실패하다'라는 제목으로 기사가 실렸다. 홈스의 탐정 능력에 의문을 제기하는 기사는 레스트레이드 경위의 신랄한 코멘트로 끝을 맺었다. 레스트레이드는 '홈스 씨의 빗맞은 추리가 경찰 업무를 방해한다'라고 시사했다.

홈스는 가라스마오이케에 위치한 〈데일리 크로니클〉 본사로 쳐들어가 '알지도 못하면서 아무렇게나 쓰지 마라'라고 항의했지만 불에 기름을 붓는 격이었다. 〈데일리 크로니클〉은 그 전말을 '셜록 홈스 씨, 날뛰다'라는 제목으로 한층 우스꽝스러운 기사로 썼다. 기사를 읽은 홈스는 노여움에 얼굴이 창백해져 일리형 2호 권총을 품에 넣고 나가려 했다. 허드슨 부인과 나는 죽을 힘을 다해 그를 붙들어야 했다.

기사는 큰 반향을 일으켜 홈스의 악평은 교토 안팎으로 널리 퍼졌다.

홈스와 내가 데라마치 거리로 돌아온 것은 이튿날 아침이었다.

이른 아침 데라마치 거리는 표백된 것처럼 새하얗게 보였다. 야채를 싣고 니시키 시장으로 가는 짐수레가 달카닥달카닥 느긋한 소리를 내며 우리를 추월했다.

홈스도 나도 녹초가 되어 있었다.

"이게 마지막 한 송이군."

나는 221B 현관 앞에서 꽃을 주웠다.

모리어티 교수는 이미 데라마치 거리 221B로 돌아와 있었다.

삼층 창문을 망연히 올려다본 뒤 우리는 현관문을 열고 안으로 들어갔다. 계단을 기어올라가 이층 홈스의 방에 다다랐다.

홈스가 벽난로에 불을 지피는 동안 나는 커튼을 열어 빛을 방에 들였다. 메리가 일어나기 전에 진료소로 돌아가야 했지만 더는 한 발짝도 움직일 수 없었다. 몸은 얼음장처럼 찼고 기분은 최악이었다.

우리는 밤을 꼬박 새워 모리어티 교수를 계속 추적한 것이었다.

어젯밤 카모 강을 거슬러 올라가 데마치야나기로 간 모리어티 교수는 가모 큰다리를 건너 이마데가와 거리를 동쪽으로 나아갔다. 한밤의 대학가는 고요해 마치 석조 미궁 같았다. 그렇지만 모리어티 교수는 대학에 무슨 볼일이 있는 것 같지는 않았다.

대학가를 지나 긴카쿠지 거리로 나오자, 거기서부터 시라카와 거리를 북쪽으로 한없이 올라가다가 기타오지 거리를 서쪽으로 나아갔다. 가모 강(카모 강鴨川과 가모 강賀茂川은 일본어 히라가나와 한글 표기가 동일하지만 교토 북쪽을 흐르는 賀茂川를 '가모 강', 교토 중심부를 흐르는 鴨川를 '카모 강'으로 구분하여 표기함-옮긴이)을 건너서부터는 바야흐로 그냥 닥치는 대로 걷는 것으로만 보였다. 이마미야 신사와 다이토쿠지 절 일대를 돌아다니고 킨카쿠지 절을 지나 기타노덴만구를 돌고 직물 공장이 빽빽이 들어선 니시진을 배회한 다음, 센본 거리를 남하해 니조 성에 다다랐을 무렵에는 동녘 하늘이 밝아오고 있었다. 그 뒤 마루타마치 거리를 동쪽으로 걸어 데라마치 거리로 돌아온 것이다.

"자네 때문에 생고생을 했군."

홈스는 안락의자에 앉으며 신음했다.

"모리어티 교수는 아무런 나쁜 짓도 하지 않았어. 드러난 사실은 교수가 무시무시한 건각이라는 것뿐 아닌가."

나는 긴 의자에 쓰러져 끙끙 앓는 것 말고는 아무것도 할 수 없었다.

넌 대체 뭘 하는 거냐, 왓슨.

겨우 1년 전까지만 해도 홈스와의 모험은 경이적인 사건의 연속이었다. 그와 함께 데라마치 거리 221B를 나서면 매혹적인 모험으로 이어지는 문이 잇따라 열렸다.

그런데 지금은 어떤가. 우리는 하룻밤 동안 외로운 노인의 꽁무니를 따라다녔을 뿐이다.

크림색 블라인드가 아침 햇빛에 반짝였다. 새로운 하루의 시작을 고하는 햇살에 한층 서글픈 기분이 들었다. 그때 아래층에서 초인종이 울렸다. 홈스는 맨틀피스의 시계를 보더니 얼굴을 찡그렸다. "이렇게 이른 아침부터 몰상식한 인간이 다 있군."

초인종 소리는 좀처럼 그치지 않았다. 이윽고 잠에서 깬 허드슨 부인이 서둘러 복도를 달려갔다. 그녀는 문을 연 뒤 이른 아침에 찾아온 손님과 현관 앞에서 소곤소곤 말을 주고받았다. "전보인가?" 홈스가 말했다. 하지만 그게 아니었다. 곧 누가 계단을 올라오는 소리가 들렸다. 심상치 않은 노기가 느껴지는 발소리였다.

나는 벌떡 일어나 앉았다.

메리다!

그 순간 피로가 단숨에 달아났다.

아내 메리는 셜록 홈스를 항상 '그 사람'이라고 부른다.

그녀의 홈스에 대한 심적 거리를 나타내는 표현인 셈인데, 그게 단순히 '마음에 들지 않는다'라는 것뿐이라면 그런대로 대화의 여지도 있을 것이다. 그러나 현재 메리에게 홈스라는 존재는 그런 우아한 수법이 가능한 대상이 아니었다.

지금까지 '홈스 선생님'에서 '홈스 씨' 그리고 '그 사람'으로 호칭이 바뀔 때마다 아내의 세계에서 홈스는 변모했다. 바야흐로 홈스는 '남편 동료'도 '남편 친구'도 아니었다. 남편이 독자에게 비난받는 것, 진료소 경영이 어려운 것, 사랑하는 남편과의 사이에 갈등이 생긴 것…… 그 모든 일의 원인을 따지면 반드시 셜록 홈스라는 가증스러운 존재에 도달했다.

이제 메리에게 홈스는 피와 살을 지닌 인간이 아니라 세상 모든 문제를 낳는 제악의 근원, 악의 화신이었다.

나는 의자에서 벌떡 일어나 홈스의 팔을 붙들었다.

"큰일났네, 홈스. 메리가 오겠어!"

"왜 그러나. 뭘 그렇게 허둥대."

"이제 자네를 안 만나겠다고 약속했거든. 여기 온 건 비밀이라고."

"자네는 바보인가." 홈스는 어이없다는 듯 말했다. "왜 그런 쓸데없는 약속을 해? 메리의 눈이 장식으로 달린 줄 아나?"

"방법이 없었다고. 어쩌지?"

"이렇게 된 이상 각오하는 수밖에 없어."

홈스는 말했다. "정정당당하게 맞서도록."

"맞서려면 자네 혼자 맞서. 나까지 말려들게 하지 말고."

"어이, 잠깐. 엄밀히 말하면 말려드는 건 내 쪽인데."

그렇게 옥신각신하는데 문을 똑똑 노크하는 소리가 들렸다. 잠시 숨을 멈춘 뒤 홈스가 "네"라고 말하자 메리가 조용히 들어왔다. 회색 외투를 입었고 몹시 창백한 얼굴은 피로

1장 제임스 모리어티의 방황

해 보였다. "오랜만에 뵙습니다, 홈스 씨."

그러더니 메리는 냉랭한 눈빛으로 나를 바라봤다.

"이런 데서 뭐 해요?"

"아니, 그게……."

"서스턴 씨와 당구 치러 간 거 아니었어요?"

"물론 서스턴하고 당구 치러 갔지. 그 뒤 주점에서 우연히 홈스를 만나서 말이야. 정말로 우연이었어."

메리는 아름다운 눈썹을 올리며 "그래서요?" 하고 물었다.

"응, 뭐, 오랜만에 만나기도 했고 좋은 기회다 싶어서, 앞으로 어떻게 할지 같이 이야기해보자, 이렇게 돼서 말이야. 물론 당신 마음은 내가 알지. 아는데, 가능하면 당신 지적을 건설적으로 검토하면서 우리 나름대로 타개책을 찾아보려고……."

횡설수설하자 홈스가 옆에서 거들어주었다.

"그런데 긴급 의뢰가 들어온 거네."

"의뢰라고요?" 메리는 의아스레 말했다. "어떤 의뢰죠?"

"물론 우리 관계를 자네가 못마땅하게 여기는 건 잘 알고 있어. 하지만 어쨌거나 국가적으로 중대한 사건이라 말이야. 왓슨의 협조가 꼭 필요했거든. 걱정 끼쳐 미안하네. 사과하지."

"그래, 맞아, 메리. 피치 못할 사정이 있었어."

메리는 가볍게 고개를 끄덕이더니 생각지도 못한 말을 꺼냈다.

"노인을 살금살금 따라다니는 게 국가적 사건하고 무슨 상관이 있나요?"

홈스와 나는 어안이 벙벙했다. 어떻게 알지? 하고 나는 중얼거렸다.

"어제 당신 눈치가 영 이상하길래 나중에 클럽에 가봤어요. 서스턴 씨가 계셨는데 약속을 취소한다는 전갈을 받았다고 가르쳐주시더라고요. 그렇다면 당신은 데라마치 거리 221B에 간 게 틀림없다고 생각했죠. 여기 와봤더니 마침 두 사람이 현관에서 나오더군요. 그래서 몰래 미행하기로 했어요. 아내로서 당연한 권리 아닌가요? 당신은 나한테 거짓말했으니까."

"미행을 했다고?" 나는 아연했다. "밤새도록?"

"이래 봬도 기숙학교 시절 유능한 신문부원이었으니까요. 탐정 흉내 정도는 아무것도 아니에요. 난 하룻밤 내내 당신들 뒤에 있었다고요! 자, 내 질문에 답해보시죠. 그게 어디가 국가적으로 중대한 사건인가요?"

메리는 홈스와 나를 균등하게 노려봤다. 나는 바야흐로 끽소리도 할 수 없었다. 모리어티 교수를 미행하는 데 열중하느라 우리도 미행당하는 줄은 꿈에도 몰랐다. "자네가 이겼어." 홈스가 선선히 백기를 들었다. "우리는 새 동거인 모리어티 씨를 미행하고 있었어. 그자는 범죄자도 뭣도 아니야.

1장 제임스 모리어티의 방황

평범한 은퇴한 대학교수지."

"다시 말해 그냥 노는 중이었군요?"

"그렇게 되려나."

"홈스 씨, 부탁이 있습니다."

메리는 위엄 어린 목소리로 말했다. 포레스터 부인 집에서 가정교사로 일했을 때 단련한 목소리는 아내가 본격적으로 전투 태세를 갖추었다는 것을 의미했다.

"존과 인연을 끊어주세요."

"단도직입이군, 메리."

"단도직입으로 말해야 알아들어주시니까요."

"아니, 그렇지만……" 하고 내가 끼어들려 하자 메리는 손을 슥 들었다.

"여기는 나한테 맡기고 당신은 가만있어요."

그러더니 메리는 홈스를 똑바로 응시했다.

"홈스 씨. 물론 저도 남편 마음은 이해합니다. 당신은 존의 동료에, 전 동거인에, 게다가 우리 부부를 맺어준 사람이죠. 함부로 대할 수 없는 은인이에요. 하지만 지금 두 사람은 서로 상대방의 발목만 잡고 있어요. 시간만 낭비하고 있다고요. 어젯밤 일이 좋은 예겠죠. 아무 죄도 없는 노인을 반 장난으로 따라다니면서 쓰잘머리 없는 탐정 놀이나 하고 말이에요. 홈스 씨도 사실 아시잖습니까. 남편은 현실을 외면하고 있어요. 당신과 탐험했던 나날을 그리워하는 것뿐이라고요. 이렇게 당신을 계속 만나는 한 미련을 버리지 못할 겁니다. 홈스 씨, 남편을 소중히 여기는 마음이 있다면 이렇게 건전하지 못한 관계는 그만둬주세요. 그게 당신을 위한 일이기도 합니다."

"그래, 자네 말이 맞을지도 모르지."

"그럼……."

"그렇지만 이건 왓슨과 내 문제야. 물론 자네는 아내로서 왓슨과 얼마든지 대화할 수 있어. 하지만 내가 어떻게 사느냐에까지 참견할 권리는 없어. 자네에게 왓슨이 소중한 사람인 것처럼 나한테도 저 친구는 소중한 사람이야. 지난 1년간 난 슬럼프란 인생 최대의 난해한 사건과 씨름해왔네. 어떻게든 이 난국에서 빠져나가야 해. 그러기 위해선 왓슨의 도움이 없어선 안 돼."

진지한 말에 깊은 감동을 받은 것은 부정할 수 없다.

"저런 말은 무시해요."

메리가 즉각 소리쳤다.

"늘 저 수법에 넘어가잖아요!"

데라마치 거리를 내다보는 창문이 한층 밝아졌.

아침 햇빛이 어수선한 실내를 비추었다.

그곳은 과거에 내가 살았던 방이요, 홈스와 함께한 수많은 모험의 출발점이 된 방이었다. 낯선 도회지였던 빅토리아 시대 교토가 가슴 설레는 모험으로 가득 찬 세계로 변모한 것은 오로지 셜록 홈스가 있어서였다. 내가 마음속 깊은 곳에서부터 홈스에게 바라는 것은 모험을 유발하는 신비한 힘 그 자체였다. 얼마만큼 실망에 실망이 거듭되어도 나는 '셜록 홈스의 개선凱旋'이라는 꿈을 버릴 수 없었다.

홈스가 창으로 다가가 블라인드를 올렸다.

"메리, 좀 더 시간을 주겠나?"

"난 이 이상 존이 괴로워하는 모습을 보고 싶지 않아요."

"나도 괴로워하는 중이네만."

"당신은 마음대로 괴로워해요. 원해서 하는 일이니까."

메리는 얼굴을 숙이고 분한 듯 말했다. "하지만 이이한테는 이이 인생이 있어요. 존 H. 왓슨은 셜록 홈스 전속 기록자가 아니라고요."

홈스는 아무 말도 하지 않았다. 창유리에 이마를 댄 채 침묵했다.

"홈스 씨, 내 말 듣고 계시는 거예요?"

"잠깐만, 메리. 지금 그게 문제가 아니야."

홈스는 오른손을 슥 들었다. "무슨 일이 생긴 것 같군."

그러고 보니 밖에서 들리는 사람들 목소리가 커진 듯했다. 해가 이미 떠 거리가 움직이기 시작할 때였지만 그래도 이상할 정도로 소란스러웠다. 홈스가 창문을 열자 행인들이 "위험해!", "경솔한 짓은 그만둬!" 하는 목소리가 뚜렷이 들렸다.

홈스는 창밖으로 몸을 내밀고 상체를 비틀어 하늘을 올려다봤다.

다음 순간, 그는 뒤로 펄쩍 물러나듯 창문에서 몸을 떼더니 문으로 갔다.

"서둘러, 왓슨. 옥상이야!"

"무슨 일인가?"

"모리어티 교수가 뛰어내리려 하고 있어!"

홈스는 질풍처럼 방에서 뛰쳐나가 계단을 달려 올라갔다.

데라마치 거리 221B에서 셜록 홈스와 함께 살던 시절, 나는 사건 기록을 집필하다가 막히면 종종 하숙집 옥상에 올라가곤 했다. 버섯처럼 돋은 벽돌 굴뚝을 제외하면 빨래 건조대와 작은 벤텐 사당만 있는 살풍경한 옥상이었다. 동쪽으로 카모 강 너머 전원 지대와 히가시 산이 보이고, 서쪽으로는 매연으로 뒤덮인 대도시가 펼쳐져 있었다.

홈스를 따라 옥상으로 뛰쳐나갔을 때 하늘은 우중충하게 흐렸다.

"모리어티 교수님!"

홈스가 달리며 불렀다.

모리어티 교수는 데라마치 거리에 면한 흉벽 위에 서 있었다. 우리를 등진 채 힘없이 고개를 떨어뜨리고 있었다. 바람에 펄럭이는 검은 망토가 거대한 까마귀를 생각나게 했다.

홈스는 벤텐 님을 모신 사당을 지나 모리어티 교수에게 곧장 달려갔다.

맹렬한 기세로 보건대 '설득' 같은 느긋한 수단을 취할 생각은 없는 듯했다. 올바른 판단이었다. 홈스가 달려오는 것을 알아차리고 모리어티 교수가 돌아봤다. 웃는지 우는지 알 수 없는 기이한 표정이 얼굴을 스친 듯 보인 순간, 그는 천천히 몸을 뒤로 눕혔다. 데라마치 거리에서 구경하던 이들이 비명을 질렀다.

홈스는 흉벽에서 몸을 내밀어 뒤로 자빠지는 모리어티 교수의 망토를 두 손으로 붙들었다. 홈스의 몸을 지탱하는 것은 아무것도 없었다. 그는 내가 뒤쫓아올 것을 예상해 목숨을 건 도박에 나선 것이었다.

나는 즉각 홈스의 허리를 붙들었지만 금세 강한 힘에 의해 끌려갔다. 홈스의 몸이 팽팽하게 당긴 줄처럼 떨렸다. 모리어티 교수의 목숨도, 홈스의 목숨도, 평소 왕진을 다니며 단련된 내 하체 힘에 달려 있었다.

그때 등이 따뜻해졌다. 목덜미에 뜨거운 입김이 닿았다. 우리를 따라온 메리가 필사적으로 나를 뒤에서 끌어안은 것이었다.

"여보, 꽉 붙들어요!" 메리가 소리쳤다. "힘내요! 힘내요!"

모리어티 교수를 홈스가 붙들고, 홈스를 내가 붙들고, 나를 메리가 붙들었다. 아무리 애를 써도 뽑히지 않던 커다란 순무가 쑥 뽑히듯 메리가 가세하면서 형세는 역전됐다.

홈스는 해머던지기를 하듯 모리어티 교수를 회전시켜 가까스로 옥상으로 던졌다. 교수는 검은 공처럼 구르고 우리는 벌렁 나자빠졌다.

기력도 체력도 다한 우리는 얼마 동안 꼼짝도 하지 못했다. 옥상에 망연히 드러누워 있으려니 멀리서 구경꾼들의 환성이 들려왔다. 이윽고 홈스가 몸을 일으켜 "모리어티 교수님?"이라고 말했다. "다친 데는 없습니까?"

"난 쓸모없는 인간이네."

모리어티 교수는 몸을 움츠리고 울고 있었다.

"하늘이 내린 재능은 어디로 갔나?"

홈스는 천천히 모리어티 교수에게 다가갔다.

"사정을 말씀해주시겠습니까. 도움이 될 수 있을지도 모릅니다."

모리어티 교수는 일어나 앉아 띄엄띄엄 신상 이야기를 시작했다.

그는 작년 가을경부터 심각한 슬럼프에 빠졌다고 했다. 그 어떤 수학적 아이디어가 떠올라도 결과로 이어지지 않았다. 괴로운 나머지 불면에 시달리게 됐다. 공직에서 물러난 것은 어떻게 해서든 슬럼프에서 탈출하기 위해서였다. 바꿔 말하면 모리어티 교수는 이 하숙집 삼층에 틀어박혀 자신의 슬럼프를 '연구'하고 있었던 것이다.

하지만 아무리 노력해도 타개책을 찾아내기는커녕 슬럼프가 점점 도질 뿐이었다. 절망에 빠진 모리어티 교수는 어젯밤 마침내 카모 강에 몸을 던지기로 결심하고 집을 나섰는데, 무슨 영문인지 홈스와 내가 내내 따라붙는 통에 좀처럼 결심이 서지 않았다. 그대로 하룻밤 꼬박 걸어 다니다가 데라마치 거리 221B로 돌아왔다. 그리고 부득이 옥상에서 뛰어내리려는데 우리가 붙든 것이었다.

"대체 나를 괴롭히는 게 무엇일까."

모리어티 교수는 고개를 떨어뜨린 채 울먹였다.

"가령 어떤 수학적 발견을 했다 치지. 그건 언뜻 보면 흠잡을 데 없어. 그런 때는 참으로 행복해. 손안에 '진리'가 있다는 기쁨이 나를 채워줘. 그런데 다음 날이면 발견에 허점이 드러나. 나는 어떻게든 그 구멍을 메우려고 하지만 애를 쓰면 쓸수록 구멍이 되레 커지는 것이네. 긴긴 고투 끝에 필사적으로 구하려 했던 게 쓰레기에 불과하다는 것을 깨닫게 돼. 손안에 있는 줄 알았던 '진리'는 어느새 먼지처럼 사라지고 없는 것이야."

홈스는 동정하듯 말했다.

"심정은 잘 압니다. 저도 같은 문제를 갖고 있거든요."

모리어티 교수는 흠칫 놀라 고개를 들었다.

"귀군도 슬럼프라고?"

"현재 인생 최대의 난해한 사건과 씨름 중이죠."

홈스는 모리어티 교수에게 손을 내밀었다.

"어떻습니까, 교수님. 힘을 합쳐 이 수수께끼에 맞서보지 않겠습니까."

그 뒤, 메리와 나는 시모가모로 돌아왔다.

삯마차는 썰렁한 흐린 하늘 아래를 달렸다.

마차에서 메리는 연신 하품을 참았다. 지칠 대로 지쳐 입을 열기도 귀찮은 듯했다. 홈스와 나에 대한 노여움은 모리어티 교수를 둘러싼 소동으로 인해 일시적으로 흐지부지된 모양이다. 실제로 결과만 보면 홈스와 나의 '탐정 놀이'는 무익하지 않았다. 모리어티 교수의 목숨을 구할 수 있었으니까.

나는 모리어티 교수가 떨어뜨린 꽃들을 떠올렸다.

그렇군, 하고 중얼거렸다.

"그 꽃은 세상에 작별을 고하는 거였어."

"아뇨, 그게 아니에요."

메리가 몸을 옴짝이며 말했다.

"그 사람은 도움을 청한 거예요. 누가 알아차려주길 바란 거라고요."

나는 옆에 앉은 메리의 얼굴을 봤다. 아내는 성격이 깐깐한 소녀처럼 눈살을 찌푸리며 창밖으로 지나치는 도로를 노려보고 있었다. 차가운 아침 공기와 밤새도록 걸어다닌 피로 탓에 뺨이 희다 못해 투명해 보였다. 눈꼬리에 맺힌 눈물방울이 보석처럼 반짝였다.
"아무튼 오늘은 용서해줄게요."
그렇게 말하며 메리는 내 어깨에 머리를 기대고 눈을 감았다.

11월 첫째 주 일요일, 나는 허드슨 부인과 마차를 타고 가고 있었다.

가와라마치산조에서 올라탄 삯마차는 산조 큰다리를 건너 벽돌 건물이 늘어선 도로를 느긋이 나아갔다. 목적지는 난젠지 부근, 유명한 영매 리치버러 부인의 저택 '퐁디셰리 로지'였다.

허드슨 부인은 모양을 한껏 내고 소풍이라도 가는 양 들떠 있었다.

"분명 도움되는 조언을 해주실 거예요."

"그렇게 대단한 사람인가?"

"그럼요! 그 사람은 사상 최고의 영매라고요."

허드슨 부인이 부동산 투자에 성공을 거둔 것도 그 영매 덕인 모양이었다. 실제로 허드슨 부인은 221B 말고도 데라마치 거리 일대에 몇몇 물건을 소유해 데라마치 부동산왕의 길을 순조롭게 걷고 있었다. "저번에도 그 사람 조언으로 221B 맞은편에 한 채 더 샀거든요." 허드슨 부인은 득의양양하게 말했다. "그런데 인테리어 공사를 끝내자마자 근사한 하숙인이 나타났지 뭐예요. 아이린 애들러 씨라고, 무대에 서던 분이래요."

"이거야 원, 대단한데."

"그 사람 조언은 틀림없다는 이야기예요."

리치버러 부인이라는 영매에 관해서는 나 자신도 어느 정도 조사해봤다.

왕궁 점성술사의 흐름을 이어받는 가계家系라는데, 그건 어디까지나 본인 주장일 뿐 출신은 잘 알 수 없었다. '인도 오지에서 심령술의 진리를 연구했다'라 하고, 몇 년 전부터 교토 안팎에서 빈번히 강령 모임을 주최하기 시작했다. 지체 높은 신사숙녀 중에도 신봉자가 많으며 작금의 심령주의 붐을 불러온 주요 인물 중 하나라 할 수 있을 것이다.

나도 어쨌거나 과학자라 심령주의 붐에 회의적이다. 하지만 홈스의 슬럼프 문제에 관해서는 쓸 수 있는 수단은 다 써봤다고 단언할 수 있었다. 이제 심령주의건 뭐건 도움만 된다면 뭐든 상관없다는 심정이었다.

"좌우지간 홈스를 어떻게 해야 해. 모리어티 교수랑 빈둥댄다고 사태가 호전될 리 없으니 말이지."

"두 분이 친하게 지내니까 시샘하시는군요?"

허드슨 부인은 미소 지었다. "하여간 신사 분들은 왜 그렇게 질투심이 강한지."

"시샘하는 게 아니야. 더할 나위 없이 짜증 나는 것뿐이라고, 허드슨 씨."

"그래요, 그런 걸로 치죠. 하지만 홈스 씨도 홈스 씨예요. 왓슨 선생님이 계시는데 모리어티 교수님이랑 그렇게 친하게 지내다니……. 뭐, 덕분에 모리어티 교수님도 요새는 꽤 표정이 편안해지셨지만요."

퐁디셰리 로지는 난젠지 북쪽, 히가시 산 기슭에 있었다.

난젠지 정박장에서 시라카와 거리를 북쪽으로 올라가니 오른쪽으로 귀족의 별택 및 거상의 저택이 늘어서 있었다. 어느 저택이나 광대한 부지를 둘러싼 긴 돌담 너머로 나뭇가지가 보였다. 리치버러 부인의 저택은 다른 곳에 손색이 없을 만큼 번듯했다.

마차는 석조 문을 지나 나뭇가지 사이로 비친 햇빛으로 얼룩덜룩 물든 자갈길을 나아갔다.

11월에 들어서도 홈스는 여전히 데라마치 거리 221B에 틀어박혀 있었다.

큰 변화는 그렇게 서로 으르렁대던 삼층 주민 제임스 모리어티 교수가 홈스 방에서 죽치고 지내게 됐다는 것이었다. 교수도 심각한 슬럼프로 고통받는 중이라는 사실이 판명되자 두 사람은 그 자리에서 의기투합했다.

"하여간 참 답답합니다."

"그래, 그렇지, 내 그 기분 알다마다!"

그런 말을 주고받으며 온종일 너울너울 늘어져 있다.

그건 내게 참으로 불쾌한 일이었다. 나는 어떻게든 홈스가 탐정업으로 복귀할 수 있도록 애쓰는 중이건만, 그들은 서로 상대방의 마음의 상처를 할짝할짝 핥아줄 뿐 내 말을 진지하게 귀담아들으려 하지 않았다. 귀담아듣기는 고사하고 홈스는 "요컨대 샘난다는 거지?"라고까지 했다. 내가 그들의 생활 태도에 대해 잔소리하는 것은, '홈스의 파트너'라는 영예로운 지위를 모리어티 교수에게 빼앗기기 싫어서라는 것이다. 자만도 그런 자만이 없다.

"난 자네를 생각해서 하는 말이네."

나는 말했다. "대체 언제까지 빈둥대며 지낼 셈인가."

"우리는 '자기 자신'이라는 난해한 사건과 씨름하는 중이라고."

홈스가 파이프 담배를 피우며 말하자, 긴 의자에 앉은 모리어티 교수는 "아무렴, 그렇고 말고"라며 고개를 끄덕였다. "우리는 전력을 다하고 있어. 이 정도로 난해한 수수께끼가 또 있을까."

말은 그럴싸하게 하지만 현실 도피를 하는 것뿐이다.

이윽고 교토 경시청의 레스트레이드 경위까지 드나들게 되어 데라마치 거리 221B는 패배자들의 막장이 됐다. 레스트레이드는 "홈스 씨 덕택에 살아갈 용기를 얻었습니다"라고 말했다. "사건은 여전히 하나도 해결되지 않습니다만."

내가 데라마치 거리 221B에 드나드는 것을 메리는 물론 눈치채고 있었다.

하지만 메리는 아무 말도 하지 않았고 나도 홈스 이야기를 꺼내지 않았다.

지난달 홈스에게 폭발시킨 메리의 노여움은 '모리어티 교수의 목숨을 구하다'라는 뜻밖의 전개로 일단 잠잠해진 듯 보였다. 하지만 그건 활화산이 일시적으로 휴지기에 들어간 것에 불과해 언제 어떤 계기로 다시 폭발할지 알 수 없었다. 그때 촉발될 메리와의 싸움은 우리 부부의 역사에 길이 남을 미증유의 대전이 될 것이다.

마차는 큰 저택 현관 앞에 멈춰 섰다. 맞이하러 나온 집사는 현관홀 오른쪽에 위치한 대기실로 우리를 안내하고 "여기서 잠시 기다려주십시오"라 말했다.

말이 대기실이지, 내 자택 겸 진료소가 통째로 들어앉을 만큼 넓은 방이었다.

문에서 볼 때 왼쪽 벽에 근사한 대리석 벽난로가 있었다. 맨틀피스에는 인도 조각상들을 늘어놨고 패널 벽은 호화로운 태피스트리로 장식했다. 오른쪽에 늘어선 큰 창문들 밖에서는 히가시 산을 배경으로 펼쳐진 정원을 눈부신 햇빛이 비추었다.

감탄하며 정원을 바라보는데 허드슨 부인이 속삭였다.

"저택이 훌륭하죠? 세인트사이먼 경의 별택이래요."

"세인트사이먼 경?" 나는 놀라 되물었다. "사라진 신부 사건의?"

"리치버러 부인이 그 사건을 해결했거든요. 그 뒤로 세인트사이먼 경은 심령주의를 신봉하게 돼서 부인의 활동을 후원하게 됐다나요."

"홈스에게는 알리지 않는 게 낫겠군."

"세인트사이먼 경한테 호되게 혼났으니 말이죠."

세인트사이먼 경의 사라진 신부 사건이 벌어진 것은 작년 가을, 홈스에게 슬럼프의 징후가 나타나기 시작했을 무렵이었다. 결국 홈스는 세인트사이먼 경의 사라진 신부 사건을 해결하지 못해서 '무능하다'느니 '허세뿐'이라느니 '게으름뱅이'라느니 실컷 욕을 먹었다. 그런 세인트사이먼 경이 후원하는 영매에게 도움을 청하는 것은 홈스의 자존심이 허락하지 않을 것이다.

이윽고 집사가 나타나 우리를 이층으로 안내했다.

"허드슨 부인과 왓슨 선생님이십니다."

뒤에서 집사가 문을 닫자 거의 아무것도 보이지 않게 됐다. 두꺼운 벨벳 커튼이 창을 완전히 가려 실내는 흡사 밤처럼 어두웠다. 불빛이라곤 왼편에 있는 작은 벽난로의 불과 안쪽 테이블에 놓인 촛불뿐이었다. 흔들리는 불빛이 바닥에 깐 호랑이 가죽과 인도 조각상을 비추었다. 내가 "리치버러 부인?"하고 부르자, 오른쪽 어둠에서 물이 뽀글뽀글 솟는 것 같은 소리가 들렸다.

"어서 오세요, 왓슨 선생님."

어둠 속에서 달짝지근한 목소리가 말했다.

"허드슨 부인께 말씀은 많이 들었답니다."

어둠에 눈이 익으니 커다란 긴 의자에 포동포동한 여성이 산더미 같은 쿠션 속에 파묻히듯 앉아 있는 게 보였다. 황혼녘 하늘 같은 군청색 드레스를 입고 우아하게 물담배를 피우고 있었다. 리치버러 부인이 "이쪽으로 오세요"라며 손짓하기에, 우리는 발밑에 주의하며 어둠 속을 나아가 그녀와 마주 보게 놓인 두 의자에 앉았다.

리치버러 부인은 잘은 몰라도 아마 사십대 후반일 듯했다. 부릅뜬 듯한 커다란 눈에, 얼굴은 네모지고 컸다. 화장이 짙은 탓에 허옇고 큰 얼굴이 공중에 떠 있는 듯 보였다.

"드디어 뵙게 됐군요. 이날을 얼마나 기다렸는지요."

"기다리셨다는 게 무슨 말씀이신지?"

"셜록 홈스 씨는 심각한 슬럼프에 빠지셨다죠? 허드슨 부인께 말씀을 듣고 꼭 힘이 되어드리고 싶었거든요. 그런 저명하신 명탐정을 고경에서 구해드릴 수 있다면 그보다 더 큰 영광이 어디 있겠습니까. 사실 전 왓슨 선생님이 쓰신 책, 다시 말해 홈스담의 열렬한 애독자거든요."

"그건 뜻밖이군요. 심령주의와 탐정소설은 물과 기름이란 생각이 듭니다만."

"우리 심령주의자를 비합리적인 인간이라고 생각하시죠?"

리치버러 부인은 의미심장하게 웃으며 쿠션에 기댔던 몸을 일으켰다.

"하지만 그건 심령주의를 오해하시는 거예요. 우리는 근대적인 합리적 사고를 영계靈界로까지 확대하려는 것뿐이랍니다. 심령의 세계를 과학적으로 증명하려 하는 과학자들은 계속 늘어나는 추세고, 우리 같은 직업적 영매도 그런 연구에 결코 협조를 아끼지 않습니다. 이건 아주 합리적인 태도가 아닐까요?"

나는 고개를 끄덕였다. "그렇군요, 맞는 말씀입니다."

"그럼 제가 탐정소설을 사랑하는 이유도 아실 수 있을 테죠."

리치버러 부인은 기쁜 듯 말했다. "전 말하자면 심령 세계의 수수께끼를 탐구하는 탐정입니다. 그렇기에 홈스 씨에게 동지애에 가까운 감정을 느낀답니다. 지금은 어렵더라도 홈스 씨도 언젠가 심령 세계의 존재를 인정하실 수밖에 없게 될 거예요. 우리가 손을 잡으면 풀지 못할 수수께끼가 없을 테죠. 이 세상에는 신비적인 게 아무것도 없습니다."

심령주의의 옳고 그름은 일단 밀어놓고 그녀가 하는 말에 논리적으로 모순은 없었다. 말투도 냉정했다. 그저 수상쩍기만 한 인물은 아닌 듯했다.

"리치버러 부인, 홈스 씨 말인데요."

허드슨 부인이 몸을 내밀었다. "어떻게 생각하세요?"

리치버러 부인은 지긋이 눈을 감더니 물담배를 피우며 이야기했다.

"홈스 씨가 슬럼프에서 빠져나오려면 애초에 왜 슬럼프에 빠졌는지 원인을 밝혀야 합니다. 하지만 인간은 놀랄 만큼 자기 자신을 모른단 말이죠. 특히 홈스 씨의 슬럼프처럼 까다로운 문제는 본인이 모르는 자기 자신, 다시 말해 심령적인 영역까지 포함해서 생각하지 않으면 결코 해결할 수 없어요."

리치버러 부인은 천천히 일어나 방 중앙에 놓인 큰 테이블로 다가갔다. 테이블 위 폭신한 군청색 쿠션을 얹은 작은 받침대에 수정구슬이 놓여 있었다. 리치버러 부인의 말에 우리는 그녀와 마주 보고 앉았다.

"이 수정구슬은 심령적인 에너지를 집약하기 위한 거랍니다. 왓슨 선생님은 홈스 씨의 둘도 없는 친구로서, 허드슨 부인은 홈스 씨의 집주인으로서 그분의 심령적 에너지를 나눠 받았어요. 그 에너지는 대단히 미약해서 저 같은 영매도 이런 도구를 써야 구현할 수 있거든요."

리치버러 부인은 수정구슬 위로 손을 들고는 크게 숨을 내쉬며 눈을 감았다.

"되도록 마음을 차분하게 가라앉히고 수정구슬을 바라보세요."

허드슨 부인은 두 손을 꽉 부르쥐고 진지한 눈빛으로 수정구슬을 응시했다. 영 어처구니없었지만 여기까지 와서 괜히 오기를 부려봤자 의미가 없다. 나도 허드슨 부인을 따라 수정구슬을 바라봤다. 수정구슬은 촛대의 불빛을 받아 반짝였다. 리치버러 부인의 군청색 드레스가 몽롱하게 비쳐 보였다.

얼마 지나자 갑자기 등골이 오싹했다. 실내가 썰렁해졌다.

테이블 위 촛불이 흔들리고 있었다. 창문은 꽉 닫혀 있건만 어디서 바람이 드는 걸까. 나는 살며시 얼굴을 들었지만 리치버러 부인은 수정구슬 위로 손을 든 채 꼼짝하지 않았다. 기이한, 소름 끼치는 분위기가 방 안을 메웠다.

허드슨 부인이 흠칫 놀라 말했다.

"뭐가 보이는데요."

수정구슬 속이 흐릿하게 밝았다.

어안이 벙벙해서 바라보고 있으려니 빛 속에 사람 모습이 나타났다.

고개를 수그리고 있어 얼굴은 보이지 않았지만, 호리호리하고 어딘지 모르게 쓸쓸해 보이는 소녀였다. 나는 두 눈을 비볐다. 하지만 틀림없이 소녀의 모습이 보였다. "보이지?" 하고 내가 소곤거리자, 허드슨 부인은 여러 번 힘차게 고개를 끄덕였다. "보여요! 보여요!"

"이 소녀는 영계에서 부르고 있습니다."

리치버러 부인은 엄숙하게 말했다.

"이 인물이 홈스 씨가 슬럼프에 빠지게 된 원인인 듯하군요."

그 순간, 수정구슬의 빛이 사라지면서 소녀의 모습도 보이지 않게 됐다.

리치버러 부인에 따르면, 홈스의 마음에 깊이 새겨진 상처 같은 것이 그런 이미지로 나타난 것이라 했다. 꽤 오래전 사건과 관련이 있는 모양이라고 부인은 말했다. "그 이상 말씀 드릴 수 있는 게 없네요. 역시 홈스 씨께서 직접 오시는 게 제일 좋아요. 최소한 당시 무슨 일이 있었는지 알 수 있다면……."

허드슨 부인이 먼저 방을 나서고 내가 따라 나가려는데, 리치버러 부인이 내 팔에 살며시 손을 얹었다. 그녀는 "언제든지 상담하러 오세요"라고 말했다. 허연 달 같은 얼굴이 어둠 속에 떠 야릇한 향기가 풍겼다. 그녀는 열띤 어조로 속삭였다.

"왓슨 선생님, 전 홈스 씨께 힘이 되어드리고 싶어요."

그 뒤, 허드슨 부인과 나는 퐁디셰리 로지에서 나와 난젠지로 갔다.

히가시 산이 난젠지에 거인처럼 그늘을 드리우고 있었다. 산의 냉기에 싸인 절 경내는 군용 외투를 입은 젊은 장교와 신사숙녀, 상인 가족 등 수많은 참배객으로 붐볐다. 산문 앞 삯마차 대기소에서는 마부들이 담배를 피우며 담소하고 있었다.

경내 솔숲을 걷다 보니 비로소 현실로 돌아온 느낌이 들었다.

"리치버러 부인은 대단한 인물이군."

"그렇죠?"

"놀라운 체험이었어."

나는 수정구슬에 비쳤던 소녀의 모습을 다시 떠올려봤다.

그녀가 누구든 간에 내가 모르는 사람이라는 것은 분명했다. 홈스의 마음에 깊은 상처를 남겼을 사건을 허드슨 부인이나 내가 잊었을 리 없다. 그렇다면 홈스와 내가 만나기 전에 있었던 사건이라는 뜻이다.

지금으로부터 10년 전, 의학생 시절 친구인 스탬퍼드의 소개로 우리는 동거 생활을 시작했다. 생각해보면 나를 만나기 전, 신참 탐정 시절에 홈스가 어떤 사건을 맡았는지 나는 아무것도 알지 못했다.

"어떻게든 홈스를 리치버러 부인한테 데려가야겠어."

2장 아이린 애들러의 도전

"설득이 가능할까요?"

"여차하면 목에 올가미를 걸어서라도 끌고 가야지."

우리는 경내를 지나 산문 앞에서 손님을 기다리는 마부를 불렀다.

삯마차를 타고 비탈을 내려가자 안개와 매연으로 덮인 시가지가 눈 아래 펼쳐졌다. 부옇게 흐린 태양이 아타고 산 너머에 떠 있었다.

데라마치 거리 221B에서는 그날도 '패배자 동맹' 집회가 열렸다.

내가 방에 가니, 홈스는 안락의자에 앉아 파이프 담배를 뻐끔뻐끔 피우며 긴 의자에 앉은 모리어티 교수, 레스트레이드 경위와 이야기를 나누고 있었다. 평소처럼 자신들의 슬럼프를 두고 빈둥빈둥 쓰잘머리 없는 잡담을 늘어놓는 모양이었다.

모리어티 교수가 "조바심 내지 않고 차분히 임하는 게 중요하네, 레스트레이드"라고 말했다. "급할수록 돌아가야 하는 법."

"하지만 직무상 너무 느긋하게 기다릴 순 없어서요."

"아예 오하라 마을로 좌천돼보는 것도 나쁘지 않아." 홈스가 무책임한 소리를 했다. "차분하게 자기 자신을 돌아볼 수 있어. 지금 자네한테는 그런 시간이 필요하단 말이지. 혹시 자네가 좌천되면 우리도 함께 따라가겠네. 들판에 드러누워 구름을 바라보며 슬럼프라는 고경에 맞서 싸우면 돼. 자네도 올 거지, 왓슨?"

"터무니없는 소리 말라고."

그때 나는 창가에 서서 담뱃불을 붙이려 하고 있었다.

"나한테는 메리가 있고 진료소 경영도 해야 해. 내가 왜 오하라 마을에 가야 하지? 애초에 슬럼프에 빠진 사람은 자네들이지 내가 아닌데."

"저딴 소리를 하는데요, 모리어티 교수님." 홈스가 고자질하듯 소곤거리자, 교수는 엄숙한 표정으로 고개를 내저으며 "본인은 인정하기 싫어하는 법"이라 말했다. 홈스는 헛기침을 하더니 "왓슨" 하고 말했다.

"아닌 게 아니라 자네한테는 멋진 부인도 있고 염원하던 진료소도 손에 넣었으니 겉만 보면 순풍에 돛 단 것 같겠지. 하지만 내실은 겉모습만큼 번듯하지 않아. 환자도 별로 없는 데다 개업할 때 빌린 대출금도 갚아야 하니 진료소 경영이 여의치 않아. 적자를 메우려면 부업에 기댈 수밖에 없어. 그런데 자네는 벌써 1년 가까이 탐정소설을 쓰지 않았단 말이지."

"그건 자네 슬럼프 탓이잖나."

"자네는 맨날 그렇게 내 탓만 하네만."

홈스는 의기양양하게 말했다.

"요는 내가 없으면 글을 쓸 수 없다는 이야기야. 다시 말해 내 문제는 자네 문제고, 내가 슬럼프면 자네도 슬럼프라는 뜻이라고. 그런데도 자네는 마치 순전히 피해자이기만 한 것처럼 굴면서 모든 책임을 나한테 떠넘기려고 들거든. 자기는 상관없는 척하면 안 돼. 현실을 똑바로 보라고, 왓슨."

'패배자 동맹'을 결성한 이래로 홈스의 말투는 한층 궤변에 가까워졌다. 원래라면 사건 해결에 써야 할 지적 에너지가 모조리 현실 도피를 변명하는 데에 쓰였다. 이대로 가면 슬럼프가 도질 뿐이었다.

나는 한숨을 쉬며 창밖으로 시선을 돌렸다.

그때 맞은편 집 창문을 아름다운 모습이 가로질렀다.

아주 잠깐 본 것뿐이었지만 어쩐지 메리를 닮은 듯했다.

하지만 이건 자주 있는 일이었다. 시내에서 조금이라도 마음이 가는 여성을 보면 나는 그 사람의 자태에서 매번 메리의 편린을 찾아내곤 했다. 여성에 국한된 것도 아니었다. 시바견, 눈사람, 후시미 인형, 여름귤, 수수경단……. 조금이라도 마음이 가는 대상이면 생물 비생물 가리지 않고 삼라만상에 메리의 모습이 깃들었다.

그 불가사의한 현상을 나는 '아내의 편재'라 부르는데, 워낙 빈번히 발생하는지라 그때는 딱히 관심을 두지 않았다.

나는 머리를 흔들어 잡념을 떨치고 반격에 나섰다.

"현실을 똑바로 보지 않는 사람은 자네지."

"우리는 슬럼프라는 문제와 씨름하고 있어."

"그게 현실 도피라는 소리야."

"슬럼프를 받아들이는 게 현실을 외면하는 것은 아니네. 용기 있게, 차분히, 인생의 근본 문제에 맞서는 것이지. 그런데 자네는 '일을 해라', '사건을 해결해라', '존재 가치를 증명해라' 하고 잔소리만 해. 나한테 묻는다면 현실 도피를 하는 사람은 자네야. 그렇게 나를 몰아세워서 자기 문제를 외면하려 하고 있어."

"좋아, 그럼 어디 한번 끝까지 가보자고."

나는 홈스에 대한 노여움을 억누르며 다음과 같이 말했다.

"자네의 슬럼프 문제에 관해 내가 생각한 게 하나 있네. 여기 데라마치 거리 221B에서 나하고 동거하기 전, 자네에게도 신참 탐정 시절이 있었을 테지. 당시 자네는 무명이었어. 실패를 몇 차례 경험하면서 일의 요령을 터득했을 거야. 그 시기에 조사한 사건들을 하나하나 검토하다 보면 슬럼프에서 탈출할 단서를 얻을 수 있지 않겠나?"

"그래." 모리어티 교수가 고개를 끄덕였다. "왓슨 군 의견에도 일리는 있군."

"홈스 씨가 신참 탐정이던 시절입니까. 10년도 더 전이군요."

레스트레이드 경위가 그때를 떠올리듯 눈을 가늘게 떴다. 레스트레이드는 홈스를 알고 지낸 기간이 나보다 더 길다.

"당시 홈스 씨는 참 시건방졌죠. 그렇게 얄미울 수 없었습니다. 카모 강에 빠뜨려줄까 몇 번을 생각했는지."

"그때부터 홈스는 천재적이었나?"

"그야 그렇죠."

"특히 애먹었던 사건은?"

"글쎄요. 그런 사건이 있었던가?"

이상하게도 내가 그 화제를 꺼내자마자 방금 전까지 나불나불 잘도 떠들던 홈스가 입을 딱 다물어버렸다. "어때, 홈스, 인상에 남은 사건은 없었나?" 하고 묻자, 그는 사납게 노려보며 "어째서 갑자기 그런 소리를 하는 거지?" 하고 되레 따졌다.

"어째 수상한데."

"뭐가 수상하다는 건가?"

"그러고 보니까 아침에 허드슨 부인이 유난스레 차려입고 나갔지."

홈스는 눈을 가늘게 떴다. "설마 그 영매를 만나러 간 건가?"

내가 어물거리자 홈스는 "맞는군?" 하고 재차 말했다. 사건은 하나도 해결하지 못하면서 왜 쓸데없는 감만 발달한 것인지.

"밑져야 본전 아닌가. 힌트가 될 게 있을지도 모른다 싶어서."

내가 어깨를 으쓱하며 말한 순간, 홈스는 벌떡 일어섰다.

홈스의 노여움은 무시무시했다. 그는 부지깽이를 구부려 혼신의 힘으로 벽난로에 던지며 "이 바보 천치 얼간이가!" 하고 외쳤다. "다른 사람도 아니고 그런 가짜 영매한테 도움을 청했다고? 대체 무슨 생각인가!"

얼마나 서슬이 시퍼런지 모리어티 교수와 레스트레이드 경위도 어안이 벙벙한 듯했다.

"그렇게 화낼 건 없잖나. 난 자네를 위해서……."

"지금은 이런 신세라도 나는 천하의 명탐정이라고!"

홈스는 이마에 힘줄을 불끈거리며 고함쳤다. "심령주의 따위를 어떻게 의지하겠나. 게다가 리치버러 부인의 후원자는 세인트사이먼 경이라 하지 않나. 그 재수 없는 풍선 귀족 놈! 자네가 무슨 짓을 했는지 아나. 자네는 내 얼굴에 먹칠을 한 거야! 참 고맙기도 하지! 하여간 자네는 정말 도움되는 파트너로군!"

홈스는 혀를 차고 안락의자에 앉아 언짢은 듯 고개를 돌렸다. 모리어티 교수와 레스트레이드 경위도 거북한 표정으로 눈을 들지 못했다.

그때 허드슨 부인이 다기를 들고 들어왔다.

"홍차 드시고 진정하세요."

허드슨 부인은 말했다. "바깥까지 소리가 다 들려요."

홈스가 괜한 고집을 부린다는 생각밖에 들지 않았다. 지난 1년간 그는 명탐정에 걸맞은 일을 아무것도 하지 못했는데, 이제 와서 '긍지'에 연연한들 무슨 의미가 있나? 이 판국에 심령주의건 뭐건 쓸 수 있는 수단은 뭐든 쓰면 될 것 아닌가. 역시 메리 말이 옳을지도 모르겠다. 홈스는 진심으로 슬럼프에서 탈출할 마음이 없는 것이다.

나는 입을 열기도 싫어져 창가에서 홈스를 등지고 섰다.

허드슨 부인에게 홍차를 받아 이른 오후의 데라마치 거리를 내려다봤다.

그때 한 신사가 인도를 걸어오는 게 보였다. 벨벳 중산모에 벨벳 양복, 고지식하게 다듬은 콧수염. 매우 유복한 신사 같은 풍모인데, 어딘지 모르게 불안 어린 표정으로 번지수를 일일이 확인하며 걸어왔다. 그런 사람이 대개 홈스를 찾아온 의뢰인이라는 것은 오랜 경험을 통해 알고 있었다.

그런데 이상한 일이 벌어졌다. 벨벳 신사는 221B 현관 앞에 멈춰 서더니 '여기군' 하고 고개를 끄덕이고도 초인종을 울리려 하지 않았다. 대신 길 건너편에 있는 건물로 시선을 돌렸다. 잠시 주저한 끝에 신사는 길을 건너 맞은편 건물 초인종을 울렸다. 하녀가 나와 공손히 신사를 안으로 안내했다.

"어이, 이거 뭔가 이상한데."

나는 중얼거렸지만 아무도 듣고 있지 않았다.

아까부터 홈스는 허드슨 부인과 심령주의를 놓고 말다툼

을 벌이고 있었다. 허드슨 부인은 투자에 성공한 경험에 의거해 심령주의를 비호하는 논진을 펴고, 홈스는 "심령 세계와 부동산 가격이 무슨 연관이 있다는 겁니까?"라고 지당한 반론을 제기하고 있었다.

"그럼 옥상에 있는 벤텐 님 사당은요?" 허드슨 부인은 맞받아쳤다. "홈스 씨는 매일 아침 그곳에서 기도를 올리고 새전을 바치시잖아요? 제가 슬럼프 탈출을 기원해서 한쪽 눈을 그려 넣은 달마 오뚝이도 맨틀피스에 장식하지 않았나요? '심령주의는 과학적 근거가 없다'고 하시는데, 그럼 벤텐 님이나 달마 오뚝이엔 있습니까?"

"그건 기분 문제니까 괜찮은 겁니다."

"그럼 심령주의를 믿는 '기분'이 들면 되잖아요."

나는 "허드슨 씨" 하고 끼어들었다. "맞은편에 아이린 애들러란 사람이 이사 왔다고 했지? 은퇴한 배우라고 했는데 지금은 뭘 하지?"

"어머, 말씀 안 드렸던가요?"

허드슨 부인은 냉담하게 말했다. "애들러 씨는 탐정이에요."

그 발언은 우리에게 깊은 충격을 주었다. 홈스는 의자 팔걸이를 붙잡은 채 입을 다물었다. 얼마 동안 침묵이 흐른 뒤 모리어티 교수가 위엄 있게 "허드슨 부인" 하고 말했다. "부인은 홈스 군 편인 줄 알았네만."

"물론 전 언제든 홈스 씨 편이에요."

"그럼 어째서 영업상의 적수에게 맞은편 집을 빌려주는 짓을 한 건가?"

"제가 어떤 세입자를 들이든 그건 제 마음이죠. 게다가 요새 홈스 씨는 매번 의뢰를 거절하시잖아요. 맞은편에 탐정 사무소가 하나 더 있으면 사람들도 헛걸음하지 않아도 되죠."

"그 정도가 아니라 손님을 빼앗기기 시작했어."

나는 창을 가리키며 말했다. "실제로 지금도 한 명 빼앗긴 참이네."

"그럼 되찾으면 되죠. 자, 지고 있을 때가 아니에요!"

허드슨 부인은 부인 나름대로 홈스의 고갈된 투쟁심에 불을 붙이려 하는 것일 수도 있었다. 새끼를 발로 뻥 차 골짜기에 떨어뜨리는 용맹한 암사자의 모습이 뇌리에 떠올랐다. 그때 레스트레이드가 창을 똑똑 치며 말했다. "저것도 의뢰인 아닙니까?"

후줄근한 외투를 입고 살집이 조금 있는 남자가 221B 현관 앞에 서 있었다. 초인종을 울릴까 말까 주저하며 길 건너편을 흘끔거렸다. "홈스, 자네는 분하지도 않나!" 나는 말했다. "이러다 의뢰인을 모두 아이린 애들러한테 빼앗기겠어."

"이럴 때가 아닙니다. 붙들어오겠습니다!"

레스트레이드 경위는 목줄 풀린 사냥개처럼 뛰쳐나갔다.

레스트레이드를 뒤따라 내가 데라마치 거리로 나갔을 때, 살집 있는 남자는 이미 길 건너 아이린 애들러의 집 초인종을 울리려 하고 있었다. 레스트레이드와 나는 서둘러 길을 건너 "혹시 탐정을 찾으시는지?" 하고 말을 걸었다. 상대방은 의아스레 돌아봤다.

나는 최대한 붙임성 있게 웃음을 지으며 "운이 아주 좋으시군요"라고 말했다. "우리는 명탐정 셜록 홈스의 사무소에서 왔습니다. 홈스 씨는 마침 국가적으로 중대한 사건을 해결한 참이라 지금은 손이 비어 있거든요. 파격적인 상담료로 의뢰를 받겠습니다."

"아니, 사양하겠네."

살집 있는 남자는 얼굴을 찌푸리며 고개를 흔들었다.

"홈스는 이제 글렀잖나. 지난 1년 동안 신통한 소문을 듣지 못했어."

아랑곳없이 초인종을 울리려는 남자의 팔을 레스트레이드 경위가 붙들고 "군소리 말고 이리 와!"라고 했다. 상대방은 "이게 무슨 짓인가"라며 눈을 둥그렇게 떴다.

"그런 행동은 곤란해, 레스트레이드. 이 사람은 범죄자가 아니라고."

"분하잖습니까. 이자는 홈스 씨를 바보 취급했단 말입니다. 홈스 씨를 바보 취급하는 건 절 바보 취급하는 거나 똑같다고요!"

2장 아이린 애들러의 도전

"대체 무슨 이야기인데? 이 손 놓으라니까!"

살집 있는 남자와 레스트레이드 경위는 거센 몸싸움을 벌였다. 남자는 당연히 격하게 저항하며 "사람 살려! 사람 살려!" 하고 소리쳤다. 이른 오후의 데라마치 거리에 술렁거림이 번지고 행인들이 멈춰 섰다. 양산을 쓴 부인들이 눈살을 찌푸리고, 삯마차 마부가 몸을 내밀고, 제복을 입은 시종이 흥미진진하게 구경했다. 헌팅캡을 쓴 남자가 다가와 "사건입니까?"라고 물었다. 레스트레이드 경위는 돌아보고 넌더리 난다는 듯 혀를 찼다.

"아무것도 아니야, 피터스. 얼른 가라고."

"그럴 순 없죠. 재미있을 것 같은 냄새가 풀풀 풍기는데요."

자세히 보니 남자는 지난달 폰토초 술집에서 홈스와 한판 붙었던 〈데일리 크로니클〉 기자였다. 그는 기대에 찬 표정으로 서둘러 수첩을 꺼냈다. 사태는 급속히 달갑지 않은 방향으로 흘러가고 있었다. 나는 레스트레이드 경위에게 "일단 후퇴하자고"라 귀띔했지만, 오기가 난 레스트레이드는 남자의 팔을 놓으려 하지 않았다.

눈앞의 문이 열리더니 키 큰 여자가 나타났다.

"왜 이렇게 시끄럽죠?"

그 사람이 아이린 애들러였다.

상상했던 것보다 훨씬 젊었다. 아마 메리와 비슷한 또래일 것이다. 바른 자세며 또렷한 목소리가 정말로 무대를 경험한 사람답게 당당했다. 의지가 강해 보이는 짙은 눈썹과 오똑한 코, 기름하고 날카로운 눈. 수수한 색의 드레스를 입었는데도 온몸에서 넘치는 기백은 감출 길이 없어 범상한 인물이 아니라는 것을 한눈에 알 수 있었다.

"아이린 애들러 씨죠?"

살집 있는 남자가 도움을 청하듯 소리쳤다.

"당신을 만나러 왔는데 이 사람들이 방해하지 뭡니까!"

아이린 애들러는 "어머나!"라며 눈을 크게 떴다. 그러고는 행실이 불량한 학생을 꾸중하는 교사처럼 레스트레이드와 나를 노려봤다. "왓슨 선생님과 레스트레이드 경위님이시죠? 두 분에 관해 잘 알고 있답니다. 그만 그분 팔을 놔주세요. 설마 진심으로 제 의뢰인을 가로챌 생각이신가요?"

구경꾼들이 웅성거리자 레스트레이드는 마지못해 살집 있는 남자의 팔을 놓았다.

그때 "가로채는 건 그쪽 아닙니까" 하는 목소리가 들렸다.

뒤를 돌아보니 홈스가 구경꾼들을 헤치며 나타났다. 후줄근한 실내복 차림으로 부리가 호박琥珀으로 된 브라이어 파이프를 쥐고 있었다. 모리어티 교수가 그림자처럼 뒤에 서 있었다.

"아이린 애들러 씨입니까?"

"셜록 홈스 씨죠?"

2장 아이린 애들러의 도전

홈스와 아이린 애들러는 상대방을 어림잡듯 서로를 쳐다봤다.

아이린 애들러는 "가로챘다고 하시다니 유감이군요"라 말했다. "당신이 탐정으로서 역할을 다하지 않으니까 제가 받을 수밖에 없지 않습니까."

"당신이 나를 대신할 수 있다는 말입니까?"

"네, 물론이죠."

"이거야 원, 자신감이 참 대단하시군요."

"홈스 씨, 어째서 사건을 조사하지 않는 거죠? 교토 경시청은 여전히 무능하고 지난 1년간 미제 사건은 계속 늘어나고 있습니다. 많은 사람들이 고통받고 있는데 당신은 사건 해결에 나설 생각이 전혀 없어요. 탐정의 기개를 잃은 거라면 셜록 홈스의 시대는 이제 끝났다는 뜻이죠. 앞으로는 제 시대입니다."

용맹스러운 말에 구경꾼들이 술렁거리며 환성과 박수가 터져 나왔다. 스포트라이트를 받은 것처럼 반짝반짝 빛나는 아이린 애들러에 비하니 실내복 차림에 수염이 꺼칠한 홈스는 한층 비참해 보였다. 내가 씁쓸하게 보고 있으려니 〈데일리 크로니클〉 기자가 "잠깐만요"라며 손을 들었다. "탐정 대결을 해보면 어떻겠습니까? 우리 신문에 특별 코너를 마련해 두 분이 해결한 사건 건수를 발표하죠. 올해 섣달그믐까지 사건을 더 많이 해결한 사람이 '명탐정' 칭호를 획득하는 겁니다."

"재미있겠네요."

아이린 애들러는 미소 지었다.

"홈스 씨, 어때요? 도전을 받아들이시겠어요?"

구경꾼들의 시선이 홈스에게 쏠렸다. 그는 눈살을 찌푸리며 생각에 잠겨 있었다.

나는 황급히 홈스의 팔을 붙들고 "도발에 넘어가면 안 돼"라고 소곤거렸다. 지난 1년간 홈스가 해결한 사건은 단 한 건도 없었다. 아무리 생각해도 승산이 없었다. 아이린 애들러의 홍보만 될 뿐 홈스에게 득이 될 요소는 아무것도 없지 않나.

"이제 와서 물러날 수 있나."

홈스는 밉살스럽다는 듯 내 손을 뿌리쳤다.

"좋습니다, 애들러 씨. 도전을 받아들이죠."

소동의 전말은 이튿날 〈데일리 크로니클〉에 실렸다.

아이린 애들러 씨, 도전장을 던지다

궁지에 몰린 셜록 홈스 씨

'명탐정' 칭호는 누구 손에?

피터스 기자는 다음과 같은 글로 기사를 맺었다.

'셜록 홈스 씨는 빛나는 업적을 지닌다. 하지만 본지에서도 종종 보도한 바와 같이 지난 1년간의 방황은 차마 눈 뜨고 볼 수 없을 지경이었다. 과연 홈스 씨는 아이린 애들러 씨에게 승리해 '명탐정' 칭호를 손에 넣을 수 있을 것인가. 홈스 씨의 분발을 기대해본다.'

아이린 애들러는 그야말로 혜성처럼 나타난 신인이었다.

원래는 미나미 좌 대극장 무대에 서던 배우였는데, 작년 가을 갑작스레 은퇴하더니 1년간의 공백 끝에 데라마치 거리에서 사립 탐정업을 시작한 모양이었다. 하지만 화려한 변신의 이유나 사생활에 관해서는 일절 말하려 하지 않았다. 집요하게 물고 늘어지는 기자에게는 "왜 당신한테 그런 걸 말해야 하죠?"라 경멸조로 말한다고 한다.

아이린 애들러가 두각을 나타냈을 때, 교토 경시청은 '아마추어 탐정이 뭘 할 수 있다고'라며 전혀 상대하지 않은 모양이다.

그런데 애설니 존스 경위, 브래드스트리트 경위, 스탠리 홉킨스 경위 같은 간판 형사들이 속속 그녀에게 패배하면서 교토 경시청은 공황 상태에 빠졌다. 게다가 아이린 애들러는 과거의 홈스와 달리 교토 경시청의 '체면을 세워주는' 배려와는 거리가 먼 인물이었다. 가차 없이 공적을 모조리 빼앗았고 대중은 재미있어하며 갈채를 보냈다. 무사할 수 있었던 사람은 범죄수사과의 먼지투성이 구석에서 찬밥 신세로 지내던 레스트레이드 경위 정도였다.

아이린 애들러는 순풍을 맞아 크게 나래를 펴고 날아오르려 하는 힘이 넘쳐 흘렀다. 그건 천부적인 재능에 끈기 어린 노력이 더해진 곳에 운명의 여신이 미소 지어주었을 때에만 나타나는 신비적인 힘이었다. 과거에 셜록 홈스에게 미증유의 성공을 안겨준 힘이기도 했다. 바야흐로 홈스의 신변에 그런 것은 눈곱만큼도 없었다.

그로부터 약 2주간, 나는 홈스를 찾지 않았다.
리치버러 부인에게 찾아간 게 홈스의 역린을 건드려 출입이 금지됐기 때문이다.
"자네하곤 절교야." 홈스가 말했다. "탐정이 하는 일은 엄밀한 과학이라고. 영매나 의지하는 인간은 조수가 될 수 없어. 자네가 없어도 금붕어 왓슨이 있지. 금붕어는 그나마 자기 분수를 알거든."
〈데일리 크로니클〉의 탐정 대결은 교토 안팎으로 널리 소문이 퍼졌다.
셜록 홈스와 아이린 애들러, 승자는 누구?
내 진료소에 다니는 환자들 사이에서도 대결이 화제를 모아 대기실에서 내기를 하는 이들까지 나타났다. 그중에서도 퇴역 군인인 존슨 씨가 특히 열심이라, 사흘이 멀다 하고 '여기가 아프다', '저기가 아프다' 하고 찾아오는 것은 홈스 쪽 정보를 얻어내기 위해서였다. "요새 홈스를 못 만나서요"라고 내가 쌀쌀맞게 말하면, 존슨 씨는 히죽거리며 "뭘 감추

2장 아이린 애들러의 도전

고 그러시나"라고 말했다.

"댁은 그 사람 파트너잖아. 홈스가 이길 가능성은 얼마나 될 것 같나?"

존슨 씨에게 아비산을 먹이지 않은 것은 내가 고결한 의사라서다.

이달 들어 아내 메리는 홈스를 잊어버린 것처럼 매일 활발히 움직였다. 원래 자선 위원회 활동을 열심히 했는데, 창작 교실 같은 것을 다니기 시작해 도서관에도 가고 밤늦게까지 글을 쓰곤 했다.

차분하게 부부간의 대화를 나눌 수 있는 것은 식사 시간 정도였건만, 나는 대개 울적하게 생각에 잠겨 있었다. 그건 매일 배달되는 〈데일리 크로니클〉 때문이었다. 보면 안 된다고 생각하면서도 봐야 직성이 풀렸다.

특별 코너에는 홈스와 애들러가 해결한 사건의 숫자가 큼직하게 실려 있었다.

아이린 애들러가 해결한 사건은 맹렬한 속도로 늘어갔다. 그런데 홈스의 해결 건수는 제로에서 조금도 변화하지 않았다. 매일 아침 〈데일리 크로니클〉을 펴 부동의 제로를 볼 때마다 나는 "그거 보라니까!" 하고 한숨을 쉬었다.

악질적인 농담이나 다름없었다. 매일매일 교토 안팎의 가정에 홈스의 무능함을 광고하는 것 같은 일 아닌가.

식탁에서 신문을 노려보는 내게 메리가 말했다.

"그 사람 생각을 하는 거죠?"

목소리에 연민 비슷한 것이 어려 있었다.

"조바심 날 만도 해요. 그 사람한테 승산은 없을 것 같네요."

"그렇다니까, 메리." 나는 한숨을 쉬었다. "아이린 애들러의 도전을 받아들이지 말았어야 했어. 그때 홈스를 때려눕혀서라도 말렸어야 했는데. 하지만 더 화가 나는 건 말이지, 이렇게 속절없이 당하면서도 그 녀석이 나한테 도와달라고 안 하는 거라고. 내 기분을 전혀 몰라."

"원래부터 그런 사람이었잖아요."

"더 심해졌다고. 모리어티 교수 탓이야."

"모리어티 교수라면 지난달에 우리가 구한 영감님 말이에요?"

"그 헐렝이 물리학자 놈, 홈스한테 아주 딱 붙어 있지 뭐야. 나를 두고 아주 자기가 홈스의 파트너 행세를 한다니까. 그런 인간이 어떻게 홈스의 파트너 노릇을 한다고. 홈스를 제일 잘 아는 사람은 나야. 나는 셜록 홈스의 세계적 권위자라고!"

"물론 그렇죠. 그렇지만 당신이 간다고 도움이 되겠어요?"

나는 말문이 막혔다. 메리는 진지한 눈빛으로 나를 바라보고 있었다.

"존, 지금까지 그 사람 슬럼프 때문에 얼마나 힘들었어요?

그 사람은 당신 생각을 전혀 안 해줘요. 자기 좋을 대로 이용하는 것뿐이죠. 올여름에 당신, 과로로 쓰러질 만큼 괴로웠잖아요. 또 똑같은 일을 되풀이할 생각이에요? 홈스 씨 파트너 자리는 이참에 아예 모리어티 교수님한테 넘기면 되잖아요."

"그렇지만 난 홈스의 파트너야."

"그 사람 시대는 이제 끝났어요. 아이린 애들러는 천재예요."

메리는 팔을 뻗어 따스한 손으로 내 손을 잡았다. 나는 서글픈 기분으로 테이블에 내던진 신문을 바라봤다. 셜록 홈스가 해결한 사건, 0건.

홈스여, 어째서 전력을 다하지 않는가?

"난 잘된 일이라고 생각해요."

메리는 내 손을 꼭 쥐며 말했다.

"이제야 당신을 되찾을 수 있을 것 같네요."

나중에 안 일인데, 11월 초순부터 중순에 걸쳐 셜록 홈스가 받은 의뢰는 서른 건이 너끈히 넘었다. 보름 정도의 기간에 비해 이상하리만큼 많았다. 그중에는 전 같으면 문간에서 돌려보냈을 것 같은 사건도 다수 포함되어 있었다. 홈스가 가리지 않고 닥치는 대로 의뢰를 받았다는 것을 알 수 있었다. 이 대담한 방향 전환의 원인이 아이린 애들러라는 '라이별'의 출현에 있었다는 것은 말할 것도 없다.

하지만 문제는 홈스가 사건 해결에 전혀 나서지 않는다는 점이었다.

데라마치 거리 221B를 찾아갈 수도 없으니 나는 데라마치니조 모퉁이에 있는 찻집에서 허드슨 부인을 만나 홈스의 근황을 들었다. 허드슨 부인 말로는, 홈스는 닥치는 대로 사건 의뢰를 받아만 놓고 정작 조사는 시작하려 하지 않는다고 했다.

"그럼 뭘 하는데?"

"모리어티 교수님이랑 방에 틀어박혀 계세요."

허드슨 부인은 말했다. "슬럼프 연구를 한다나요."

후세 나의 벗 셜록 홈스의 평전을 쓰려는 사람이 있다면, 이 시기 홈스의 무시무시한 공전을 알고 아연할 것이다. 홈스는 닥치는 대로 의뢰를 받아놓고도 사건을 해결하기 위한 구체적인 노력은 일절 하지 않고 모리어티 교수와 자신들의 슬럼프에 관한 논의만 거듭하고 있었다. 미치지 않았으면 할 수 없는 짓이었다. 〈데일리 크로니클〉의 '해결 건수'가 제로에서 변하지 않을 만도 했다.

"대체 어떻게 하시려는 걸까요."

허드슨 부인과 나는 한숨을 쉬며 쓴 커피만 마셨다.

홈스와 내가 이룩해온 것이 송두리째 무너지는 기분이었다. 물론 홈스의 탐정으로서의 명성은 지난 1년간 계속된 슬럼프로 이미 실추됐다. 하지만 신문지상의 대결은 어디까지나 '예감'에 불과했던 사실을, 즉 명탐정 셜록 홈스 시대의 종말을, 만천하에 똑똑히 드러내는 결과를 가져왔다.

홈스는 최대의 위기에 직면해 있었다. 그런 상황에 얌전히 지켜만 보고 있을 수는 없었다. 어떻게든 그를 설득해 눈앞의 위기에 맞서야 한다.

급기야 참을성이 바닥 난 나는 데라마치 거리 221B로 쳐들어갔다.

그런데 그날 나는 홈스를 만나지도 못했다.

내가 계단을 오르려 하자마자 검은 그림자가 앞에 드리웠다. 모리어티 교수가 내 앞을 가로막듯 버티고 서 있었다. 이층 창문으로 드는 빛이 역광이 되어 섬뜩한 그림자처럼 보였다. "그냥 가주게." 엄숙한 목소리가 계단 위에서 들려왔다. "귀군이 홈스를 만나는 것은 허락할 수 없어."

"당신한테 그런 말을 들어야 할 이유는 없는데."

"그럴까."

"난 홈스의 파트너야."

"파트너라고? 귀군은 그저 기록자지."

모리어티 교수는 거만하게 나를 내려다보며 비웃듯이 말했다.

"지금까지 귀군이 쓴 홈스담의 가치는 전적으로 홈스 군의 천재적 재능에 의거하네. 귀군이 기록을 담당하게 된 것은 그저 우연이야. 요컨대 귀군은 어디까지나 타인으로 대체가 가능하다는 뜻이지. 누구보다도 귀군 자신이 그걸 잘 알고 있을 텐데. 귀군이 그렇게 홈스 군을 채근하는 건 홈스 군이 탐정으로 활약해주지 않으면 귀군은 평범한 동네 의사에 그치기 때문이야. 다시 말해 순전히 이기적인 이유에서지, 순수한 우정의 발로라고 할 수 없어. 반면에 홈스 군과 나는 진리에 대한 사랑으로 맺어져 있네."

"잘난 척하긴. 그저 같은 패배자가 필요한 것뿐이면서."

"뭐라고?"

"함께 빈둥댈 동지가 생겨서 좋겠어."

나는 교수를 노려봤다. "당신이 홈스를 망치고 있는 거야!"

"귀군처럼 이해심 있는 친구를 둬서 홈스 군은 참 행복하겠군."

모리어티 교수는 비꼬듯 말했다. "나는 홈스 군의 고뇌를 뼈저리게 알 수 있네. 홀로 자기 자신이란 수수께끼와 대면하는 게 얼마나 가혹한 행위인지, 귀군 같은 범용한 인간은 이해하지 못해. 이해하지 못하면 이해하지 못하는 대로 얌전히 지켜보면 될 것을, '게으름 부리지 마라', '일을 외면하지 마라' 하고 시건방진 소리를 늘어놓고 싶어하지. 나한테 묻는다면 귀군 같은 속물의 공허한 질타와 격려 따위 발톱에 낀 때만큼도 쓸모가 없네."

"틀어박혀 있을 때가 아닐 텐데. 사건을 해결해야지."

나는 소리쳤다. "신문을 봐. 속절없이 당하고 있잖나!"

"그렇게 눈앞의 승패에 얽매이니까 가짜 영매 따위에 속아 넘어가는 것이야. 귀군은 문제의 본질을 몰라. 우리가 해결해야 할 문제는 유일무이하며 최대의 수수께끼인 우리 자신의 슬럼프뿐. 이 수수께끼를 풀 수만 있다면 홈스 군은 속세의 하잘것없는 사건 따위 얼마든지 해결할 수 있어. 애들러 같은 어린 계집은 두려울 게 없네."

모리어티 교수의 검은 모습은 흡사 역귀 같았다. 지난달 홈스에게 모리어티 교수를 미행하자고 제안한 사람이 나라는 것은 정말이지 얄궂은 일이었다. '뛰어내리게 그냥 뒀어야 하는데' 하는 생각이 가슴을 스쳤음을 고백하련다.

"홈스!"

나는 이층을 향해 고함쳤다.

"이대로 계속 틀어박혀 있을 생각인가?"

그러나 이층은 고요했다. 홈스는 대답도 하지 않았다.

삯마차는 카모 강을 건너 전원지대를 달려갔다.

카트라이트 군이 살고 있는 대학가는 요시다 산 기슭에 위치했다.

무슨 수를 써서라도 모리어티 교수를 쫓아내야겠다.

그렇게 생각했을 때 머리에 떠오른 게 그의 제자 카트라이트 군이었다.

햐쿠만벤 교차로에서 마차를 내려 이마데가와 거리를 동쪽으로 걸어가니 중세 시대의 성 같은 웅장한 건물이 펼쳐졌다. 중후한 벽이며 어두운 창, 흐린 하늘에 우뚝 솟은 첨탑이 보였다. 홈스는 이곳에서 학창시절을 보내며 추리하는 버릇을 남용해 학우들에게 경원당했다. 기숙사 문에서 들여다보니 푸릇푸릇한 잔디와 말라붙은 수로처럼 인적이 없는 회랑이 보였다.

이마데가와 거리 북쪽에 자리한 카트라이트 군의 연구실은 비교적 새로운 갈색 벽돌 건물이었다. 내가 찾아가자 청년은 "왓슨 선생님!"이라며 눈을 둥그렇게 떴다. 나는 "갑자기 찾아와서 미안하네"라 말했다. "실은 모리어티 교수님 일로 상의할 게 있어서 말이지."

"들어오세요. 마침 잠깐 쉴 생각이었거든요."

카트라이트 군은 당황하면서도 연구실에 들어오게 했다.

연구실은 커다란 움막 같았다. 벽 하나를 차지한 서가에는 두꺼운 책이 빽빽이 꽂혀 있고, 큰 칠판에 수수께끼 같은 수식이며 도형이 가득했다. 중앙에 놓은 큰 테이블에는 계산 용지와 참고서가 쌓여 있고 천체 모형이며 작은 달 로켓이 장식되어 있었다.

흡사 마술사의 작업실에 들어온 느낌이라 두리번거리고 있으려니, 카트라이트 군은 난로에 석탄을 더 넣은 다음 중정에 면한 창가 테이블에서 홍차를 따라주었다. "홈스 씨와 왓슨 선생님께 무척 감사하게 생각하고 있습니다"라 말했다. "모리어티 교수님의 목숨을 구해주셨다고 들었거든요."

"아니, 그건……." 나는 머뭇거렸다. "어쩌다 운이 좋았던 것뿐이네."

"지난주에 데라마치 거리 221B에 갔는데, 교수님이 몰라보게 좋아지셨길래 놀랐습니다. 홈스 씨와 마음이 참 잘 맞으시나 보더라고요. 어째 살아갈 힘을 되찾으신 것 같아서 얼마나 기뻤는지 모릅니다. 솔직히 말씀드려서 모리어티 교수님이 슬럼프 때문에 괴로워하실 거란 생각은 못 해봤거든요. 힘든 내색을 절대로 하지 않는 분이라서요."

"그런 말을 듣고 부탁하려니 난처하네만……."

"무슨 부탁이신데요?"

"대학으로 복귀하도록 교수님을 설득해줄 수 없겠나?"

아닌 게 아니라 홈스도 모리어티 교수도 슬럼프 때문에 힘들어하고 있었다. 하지만 내가 보기에 그들은 자신들의 슬럼프를 과대시해 현실을 외면하려 하고 있었다. 실제로 홈스는 아이린 애들러에게 도전을 받고도 사건 해결에 나서려 하지도 않았다. 그런 태도는 되레 그들의 슬럼프를 악화시키는 게 아닌가. 나는 그런 취지로 이야기했다.

"왓슨 선생님 말씀이 맞을지도 모릅니다."

카트라이트 군은 생각에 잠겨 말했다. "하지만 이런 식으로 생각할 수도 있지 않을까요. 홈스 씨와 모리어티 교수님의 슬럼프는 본질적으로 같은 것이고, 두 분은 현실을 외면하는 게 아니라 정말로 수수께끼를 풀려고 하시는 걸지도 모르죠."

"그게 무슨 뜻이지?"

카트라이트 군은 금테 안경을 닦으며 이야기를 시작했다.

"뛰어난 수학자는 자연계의 근저에 있는 수학적인 구조를 직관적으로 발견한 다음 그걸 증명합니다. 수학자는 수학적 구조로 향하는 나침반 같은 걸 지니고 있죠. 그런데 어쩌다가 나침반이 고장 나면 어떻게 될까요? 훌륭한 아이디어가 떠올라도 현실이 그걸 모조리 부정합니다. 홈스 씨도 같은 상태가 아닐까요?"

아닌 게 아니라 카트라이트 군은 홈스가 처한 상황을 정확히 표현했다. 붉은 머리 연맹 사건의 어처구니없는 결말을 떠올려보라. 홈스가 천재적으로 풀어낸 수수께끼를 '현실'이 모조리 가차 없이 부정하지 않았나.

"왜 그런 일이 생기는 걸까."

"그건 저도 모르겠습니다."

카트라이트 군은 도로 안경을 썼다. 렌즈가 번득였다.

"지금까지 모리어티 교수님은 혼자 고통받으셨습니다. 그 때문에 전 교수님이 홈스 씨를 만나신 게 기쁩니다. 두 분이 힘을 합치면 고장 난 나침반을 고치는 방법을 찾아낼지도 모르죠. 설령 그렇게 안 되더라도 서로 위로하고 위로받을 수 있는 친구가 생긴 겁니다. 교수님을 홈스 씨에게서 떼어 놓는 짓은 전 못 하겠습니다."

그렇게 말하고 카트라이트 군은 거북한 듯 고개를 떨어뜨렸다.

"도움이 못 돼서 죄송합니다."

카트라이트 군과 악수하고 연구실에서 나오려다가 문 옆 서가에 '심령 현상 연구 협회' 기관지가 늘어선 것을 발견했다. 빼서 넘겨봤다. 쟁쟁한 과학자들이 기고한 글이 실려 있었다. 어디까지나 심령 현상을 과학적으로 조사하는 단체이지, 심령주의자 단체가 아니었다. 카트라이트 군은 머뭇머뭇 말했다. "지난가을에 저도 가입했거든요. 모리어티 교수님은 심령주의를 철저하게 부정하시지만요."

"자네는 심령주의를 믿나?"

"아직 뭐라 말은 못 하겠습니다. 그러니까 조사해보고 싶은 거죠."

무심코 기관지를 훑어보는데 낯익은 얼굴 사진이 눈에 띄었다. 흐릿한 흑백 사진에서도 그 인물의 관록이 여실히 느껴졌다. 심령 현상 연구 협회에 소속된 과학자와 리치버러 부인의 대담 기사였다. 내가 "리치버러 부인이군"이라 중얼거리자 카트라이트 군은 뜻밖이라는 표정을 지었다. "부인을 아십니까?"

"한 번 만난 적이 있어. 꽤나 흥미로운 인물이더군."

"실은 부인에게 공동 연구를 제안했는데요."

그렇게 말하더니 카트라이트 군은 서둘러 덧붙였다.

"모리어티 교수님께는 말씀하지 말아주세요. 꾸중하실 겁니다."

그날 밤 나는 의사회 친구들과 고진 다리 부근 클럽에서 당구를 쳤다.

셜록 홈스와 아이린 애들러의 탐정 대결은 클럽에서도 크게 화제를 모아 내기까지 벌어졌다. 홈스에게 걸 사람은 없을 듯했으나 한 친구가 "그렇지도 않아"라고 말했다. 아닌 게 아니라 현시점에서는 아이린 애들러가 압승을 거두고 있지만, 아무리 그래도 셜록 홈스가 한 건도 해결하지 못한다는 것은 부자연스럽다. 이건 홈스 씨의 작전이고 후반에 들어와 단숨에 추적할 생각이라는 이야기였다.

"어쨌거나 아직 한 달이나 남았지. 자네 생각은 어떤가, 서스턴?"

가와라마치오이케에 큰 병원을 차린 의대 동창 서스턴은 친구들 중 가장 성공한 인물이다. 시모가모에 진료소를 개업할 때도 그에게 이것저것 많이 물었다.

그는 당구대 위로 몸을 굽히며 나를 흘깃 봤다.

"내가 건다면 단연 아이린 애들러인데."

"저런, 그래?"

"왓슨의 안색을 보라고. 내내 우중충하지 않나. 홈스 씨의 패색이 짙다고 파트너 본인이 광고하고 다니는 셈이야."

서스턴은 씩 웃고 공을 쳤다. 나는 쓴웃음을 짓는 수밖에 없었다.

이윽고 다른 친구들이 가고 나자 나는 서스턴과 담화실로 갔다. 카모 강에 면한 천장이 높은 방에서 남자들이 삼삼오오 모여 앉아 담소를 나누고 있었다.

우리는 위스키를 마시며 큰 창문으로 바깥을 바라봤다. 카모 강에 낀 안개가 짙어 강 건너 불빛이 어슴푸레한 빛 덩어리로만 보였다. 선창에 붙들어 맨 작은 배의 모습이 음울한 것이 어쩐지 '삼도천'의 나루터가 생각났다.

얼마 동안 창밖의 안개를 바라본 뒤 나는 서스턴에게 물었다.

"리치버러 부인을 아나?"

"리치버러 부인?"

서스턴은 의외라는 듯 나를 쳐다봤다.

"자네한테서 그 이름을 들을 줄은 몰랐는데. 심령주의에 눈떴나?"

"그런 건 아니고 그냥 호기심이네."

서스턴은 "흠" 하며 고개를 끄덕였다. 잠시 생각했다가 입을 열었다.

"아는 사람 소개로 몇 번 그 사람 강령술 모임에 초대받아 간 적이 있어. 조상님 목소리를 들려주더군. 공공연하게 인정하고 싶지는 않네만 그때 받은 조언은 큰 도움이 됐지. 리치버러 부인한테 뭔가 특별한 힘이 있다는 건 분명해."

"그럼 심령주의를 믿는다는 말인가?"

"그런 말은 아니야. 도움이 된 적도 있다는 것뿐이지. 그러니까 리치버러 부인과 뭔가 상의하고 싶다면 말리진 않겠네. 하지만 너무 빠지지 않는 게 좋을 거야. 스탬퍼드 이야기 못 들었나?"

"그러고 보니까 만난 지 오래됐군. 무슨 일 있었어?"

스탬퍼드는 의학생 시절 친구인데, 아프가니스탄에서 갓 귀국했을 무렵 하숙할 곳을 찾는 나를 홈스에게 소개해준 인물이다. 바꿔 말하면 내게는 생명의 은인이나 다름없는데, 여러모로 분주히 지내는 사이에 연락이 끊겼다.

"스탬퍼드는 리치버러 부인을 열렬하게 신봉하거든."

서스턴은 말했다. "심령주의와 현대 의학의 융합을 주창하면서 '심령 의사'를 자칭하는 바람에 제대로 된 의사는 상대도 해주지 않게 됐지 뭔가. 그래도 그 친구의 심령 치료 덕에 병이 나았다는 사람도 있거든. 그 부분이 쉽지 않단 말이지. 사기꾼이든 뭐든 사람들이 강하게 믿으면 현실은 움직여. 병이 낫기도 할 테고, 주가가 출렁이기도 해. 세인트사이먼 경은 리치버러 부인 덕에 한몫 보고 있다던데. 뭐, 조심은 하고 볼일이네."

서스턴과 헤어져 시모가모에 있는 집으로 돌아오니 거실에서 환한 불빛이 흘러나오고 있었다.

조용히 들여다보자 메리가 식탁에 쪽지와 노트를 벌려놓고 열심히 뭔가 쓰고 있었다. 테이블에 들러붙을 것처럼 구부정하게 앉아 무시무시하게 빠른 속도로 펜을 놀리며 콧노래까지 불렀다. 너무나도 즐거워 보이는 모습에 보는 나까지 기운이 났다. 내가 "다녀왔어" 하고 말하자 메리는 꺅 하고 소리 지르며 펄쩍 뛰어올랐다. 어지간히 집중했나 보다.

"바쁜가 보군. 그렇게 일이 밀렸어?"

내가 테이블을 가리키자 메리는 "네, 아, 맞아요"라며 고개를 끄덕였다. "자선 위원회 서류가 밀려서요. 당신 먼저 자요."

"너무 무리하지 말고. 잘 자."

나는 이층 침실로 올라가 잠자리에 들었다.

메리가 올라올 때까지 책을 읽으려 했는데 조금도 집중할 수 없었다.

지금까지 나는 유령이나 괴물 같은 것은 미신이며 과학의 발전에 의해 구축되어야 할 것이라 생각했다. 하지만 그렇게 덮어놓고 단정해도 되는 걸까.

우리는 이 세상의 구조에 관해 아주 작은 일부밖에 모른다. 카트라이트 군 같은 과학자도 심령주의를 진지하게 연구하려 하는 데다, 서스턴만 해도 리치버러 부인의 조언에 도움을 받았다는 것 자체는 부정하지 않았다. 수정구슬 속에 떠오른 소녀의 모습이 생각났다. 허드슨 부인도 같이 봤으니 내 착각이 아니라는 것은 분명했다.

이 소녀는 영계에서 부르고 있어요.

리치버러 부인은 그렇게 말했다.

그렇다면 수정구슬 속 소녀는 이미 죽었다고 봐야 할 것이다.

아마도 셜록 홈스는 나를 만나기 전에 그 소녀와 얽힌 사건에 관여했을 것이다. 과거의 사건에 관해 물었을 때 홈스가 그렇게까지 격앙한 것은, 심령주의에 대한 혐오감 때문만이 아니라 그 사건이 결코 건드리고 싶지 않은 '통한의 실패'여서가 아닐까. 게다가 리치버러 부인 말을 믿는다면 나와 만나기 전에 일어난 어떤 사건이 현재 홈스가 빠진 슬럼프와 연결되어 있었다.

그런 생각을 하는 사이에 나는 잠이 들었다. 메리는 올라오지 않았다.

일주일 뒤, 나는 다시 데라마치 거리 221B로 찾아갔다.

메신저보이가 허드슨 부인의 전갈을 가지고 왔을 때, 메리는 '기숙학교 시절 친구를 만난다'며 아침부터 나가고 없었다. 마침 다행이었다. 지금부터 내가 하려는 일을 메리가 캐

물을 염려는 하지 않아도 됐다. 남은 진찰을 서둘러 마친 나는 현관에 '임시 휴진'이라고 패를 건 다음 삯마차를 잡아 데라마치 거리로 갔다.

구름이 엷게 끼고 썰렁한 날씨였다. 가모 강둑의 나무들에 붉게 단풍이 들었다.

데라마치 거리 221B에서 초인종을 울리자 허드슨 부인이 기다렸다는 듯 문을 열어주었다. 그녀는 어쩐지 기대에 찬 것처럼 보였다. "그 인간들은 나가고 없는 거지?" 하고 확인하자 허드슨 부인은 힘차게 고개를 끄덕였다. "저녁이나 돼야 돌아오실 거예요. 다이몬지 산으로 소풍 가셨거든요. 덴구(얼굴이 붉고 코가 큰 상상 속 괴물-옮긴이)한테 가르침을 청하실 생각이래요."

"덴구라고?"

"그렇지 뭐예요. 대체 무슨 생각이신지."

나는 크게 한숨을 쉬지 않을 수 없었다. 이 시대 최고의 명탐정과 물리학자가 지혜를 쥐어짜 간신히 찾아낸 해결책이 겨우 '덴구를 사부로 모시기'라니……. 이제는 노여움을 넘어 측은함까지 느껴졌다. 어서 손을 써야 했다.

"레스트레이드한테도 연락했지?"

"네. 먼저 와서 이층에서 기다리세요."

내가 서둘러 계단을 올라가자 허드슨 부인도 따라왔다.

레스트레이드는 홈스의 방에서 난롯불을 쬐고 있었다. 나를 돌아본 얼굴은 뜻밖에도 지난번 봤을 때와는 다른 사람이 된 것처럼 표정이 밝았다. 흐리멍덩했던 눈은 생기를 되찾고 뺨도 살이 오른 데다 혈색이 좋았다. "여, 레스트레이드. 꽤나 좋아 보이는군."

"맞습니다. 덕분에 컨디션을 회복해서 말이죠."

레스트레이드 경위에게 아이린 애들러의 등장은 '하늘이 보우하심'인 듯했다. 라이벌 형사들은 모조리 그녀에게 공을 빼앗겨 이제 레스트레이드의 슬럼프 따위 이야깃거리도 되지 않았다. 범죄수사과는 뒤집어졌지만 지금까지 '아마추어 탐정'이라고 업신여겼던 아이린 애들러에게 이제 와서 머리를 숙일 수도 없는지라 동료들은 진퇴양난에 처했다고 한다. "녀석들 실태를 보도한 신문 기사는 전부 오려서 스크랩해놨거든요. 그걸 베개 밑에 넣었더니 매일 밤 잠을 푹 자게 돼서 컨디션이 전에 없이 좋습니다. 애들러 씨 덕택이에요. 아니, 오해하진 마세요. 전 언제든 홈스 씨 편입니다. 그러니까 이렇게 달려온 것 아닙니까."

레스트레이드 경위는 진지한 표정으로 몸을 내밀었다.

"상당히 난처한 상황 같던데요."

홈스가 의뢰를 잔뜩 받아놓고 방치하고 있다는 것은 레스트레이드도 알고 있었다. 그뿐 아니라 홈스에게 속았다는 의뢰인들이 '피해자 모임'을 결성해 바로 어제 교토 경시청에 피해를 고발하러 온 모양이다. 홈스는 사건을 해결해줄

기색이 보이지 않고 수사 상황을 문의해도 소식이 없는데 대체 어떻게 된 거냐 한다고 했다.

"어제는 간신히 달래 돌려보냈습니다만."

"의뢰인들이 화낼 만도 하지. 의뢰를 받아놓고 방치하고 있으니……. 그래 놓고 홈스와 모리어티 교수는 다이몬지 산으로 소풍 갔지 뭔가. 정상적인 판단력을 잃었다고 볼 수밖에 없어. 그러니까 우리가 해결해야 하네."

나는 얼마 전 리치버러 부인을 찾아간 전말을 레스트레이드에게 이야기했다.

리치버러 부인의 조언을 믿는다면, 과거에 홈스가 관여했던 어떤 사건이 현재의 슬럼프와 이어져 있다. 그 사건은 수정구슬에 비친 소녀와 연관이 있을 것이다. 하지만 홈스에게 직접 물은들 솔직하게 말해줄 것 같지 않다. 그는 심령주의자를 혐오하는 데다 그 사건은 그에게 '떠올리고 싶지 않은 과거'일 터이기 때문이다.

"홈스와 모리어티 교수는 얼마 더 있어야 돌아오겠지. 우리 둘이 분담해서 홈스의 사건 기록을 조사해 가능성이 있는 사건을 찾아내자고. 사건의 내용이 밝혀지면 리치버러 부인한테서 더 유익한 조언을 끌어낼 수 있어."

레스트레이드 경위는 팔짱을 끼고 생각에 잠겨 신음했다.

"심령주의가 모두 사기란 말은 아닙니다만, 리치버러 부인은 상당히 수상쩍은 인물인데요. 경시청에서도 주목하고 있는데 유력 귀족 중에 신봉자가 많아서 섣불리 손을 못 대거든요. 세인트사이먼 경이 뒷배를 봐준다는 건 아시죠?"

"다른 명안이라도 있으신가요?" 허드슨 부인이 말했다.

"아뇨, 그런 건 아닙니다만······."

"허락도 받지 않고 사건 기록을 뒤지는 게 도의에 어긋난다는 건 나도 잘 아네. 하지만 이대로 수수방관했다간 셜록 홈스는 아이린 애들러한테 패배하게 돼. 자네도 홈스가 슬럼프에서 못 벗어나면 곤란하잖나. 오하라 마을에서 양 도둑하고 숨바꼭질하고 싶나?"

레스트레이드는 잠시 생각하더니 결심한 것처럼 고개를 끄덕였다.

"알겠습니다. 해보죠. 어차피 잃을 것도 없는데."

나는 거실 옆 홈스의 침실에서 커다란 양철 궤를 끌어왔다. 대충 묶은 서류를 비롯해 다양한 잡동사니가 안에 들었다. 모두 홈스가 과거에 조사한 사건의 자료였다. "자네를 만나기 전에 조사했던 사건도 많이 있단 말이지"라고 의미심장한 말을 하며 보여준 게 한두 번이 아니었다.

찾아내야 할 사건의 조건은 다음과 같다.

1. 10년 이상 전 사건일 것.

2. 소녀와 관계된 사건일 것(아마도 사망했을 것이다).

3. 홈스가 해결하지 못했을 것.

레스트레이드가 양탄자에 책상다리를 하고 앉아 서류를

들추며 "수정구슬에 나타났다는 소녀는 나이가 몇 살쯤 됐습니까?" 하고 물었다. "확실히는 모르지만 십대 중반쯤 되려나." 나는 말했다. "좋은 집 따님일 거예요." 허드슨 부인이 말했다. "금발이 아름다웠죠."

그로부터 두 시간 이상, 우리는 묵묵히 산더미 같은 서류를 훑어봤다. 성가신 작업이었다. 홈스는 서류를 꼼꼼하게 분류, 정리해두지 않았거니와 글씨는 알아보기 힘든데 알아보면 알아보는 대로 그만 흥미가 생겨 읽는 데 몰두하게 됐다. 그래도 이럭저럭 전부 살펴봤지만 양철 궤에 그럼직한 사건 자료는 들어 있지 않았다.

"홈스가 선수를 쳐서 자료를 빼돌렸는지도 모르겠군."

방을 샅샅이 뒤져도 서류는 어디에도 없었다.

"이 이상은 방법이 없습니다." 레스트레이드가 손에 묻은 먼지를 털며 말했다. "은행 대여금고에 보관했을 수도 있고, 난롯불에 태웠을지도 모릅니다. 애초에 리치버러 부인이 말한 '사건'이 존재하지 않을 수도 있고 말이죠."

"허드슨 씨, 홈스가 요새 어디 가지 않았나?"

"내내 틀어박혀 계셨어요."

"정말로?"

"네. 벤텐 님께 참배드릴 때나 나가실까요."

그 순간, 허드슨 부인과 나는 흠칫해서 서로 마주 봤다.

우리는 앞다투어 방을 나서 옥상으로 올라갔다.

흐린 회색 하늘은 당장이라도 비를 뿌릴 듯했다. 차가운 늦가을 바람을 맞으며 우리는 황량한 옥상을 가로질러 벤텐 사당으로 다가갔다.

작은 사당은 허드슨 부인이 이 하숙집의 권리를 사기 전부터 여기 있었다고 한다. 벤텐 님을 모셨다는 것 말고는 유래를 전혀 알 수 없었다. 전에는 칠도 벗겨져 버려진 것이나 다름없는 상태였는데, 허드슨 부인이 수선한 덕에 지금은 기둥도 선명한 붉은색을 되찾은 사랑스러운 사당이었다. 슬럼프에 빠진 뒤로 홈스가 매일처럼 참배하며 인심 좋게 던져넣는 새전 덕에 허드슨 부인의 호주머니가 두둑해졌다.

나는 손뼉을 쳐 인사를 드린 다음 사당 문을 열어 안을 뒤졌다.

"어떻습니까?"

레스트레이드가 긴장한 목소리로 말했다.

손끝에 감촉이 느껴졌다. "뭐가 있군."

꺼내보니 가죽으로 장정한 낡은 노트 한 권이었다.

우리는 말없이 마주 봤다. 흐린 회색 하늘에서 빗방울이 톡 떨어졌.

방으로 돌아와 읽어보니 가죽 노트에 적힌 것은 머스그레이브 가에서 벌어졌던 사건의 기록이었다. 홈스의 메모에 따르면 12년 전 일인 듯했다.

머스그레이브 가는 오랜 역사를 지닌 교토의 가문이다.

16세기에 가미가모의 머스그레이브 가에서 분가했는데, 교토 서부로 이주해 헐스톤이라는 영주 저택을 지었다. 본가는 17세기 대란 당시 망하는 바람에 이제 '머스그레이브'라 하면 교토 서부의 머스그레이브를 가리켰다. 선대 로버트 머스그레이브는 사업가로서도 정치가로서도 유능해서 종래의 영지 경영뿐 아니라 철강업과 화학공업에까지 손을 대 성공을 거두었다. 15년 전 교토에서 개최된 만국 박람회도 선대의 수완 덕에 실현됐다. 당시 화제가 된 '크리스털 팰리스'는 지금도 오카자키 공원의 명물이다. 만국 박람회의 슬로건 '인류의 진보와 조화'는 머스그레이브 가의 가훈이기도 했다.

로버트 머스그레이브는 홀드허스트 경의 둘째 딸 엘리자베스와 결혼했는데, 그녀는 병치레가 잦은 데다 성격이 까다로웠고 로버트도 가정을 돌보지 않는 인물이었던지라 부부 사이는 양호하다 할 수 없었던 모양이다. 사건 당시 이미 고인이던 머스그레이브 부인에게는 아들과 딸이 있었다. 맏이인 레지널드는 스무 살, 동생 레이철은 열네 살이었다.

레이철 머스그레이브는 몸이 약해 외출도 잘 하지 않았던 모양이다. 그래도 지적 호기심은 왕성해서 헐스톤의 장서에 관해 누구보다도 많이 알았고, 어머니와 마찬가지로 피아노의 명수였으며, 천체 관측이나 과학 실험에도 관심이 있었다. 어렸을 때는 보름밤이면 오빠 레지널드와 함께 옥상으로 올라가 달을 관측했다고 한다. 학교에 다닐 기회는 없었지만 반년에 한 번 시시가타니 기숙학교 학생들을 다과회에 초대하는 게 즐거움이었다.

머스그레이브 양이 열네 살이 되자, 로버트 머스그레이브는 힐스톤에서 만찬회를 열어 교토 안팎의 귀족 자제를 초대하기 시작했다. 대외적인 이유는 여러 가지였지만 실제로는 레이철 머스그레이브의 남편감을 찾기 위해서였다. 교토 서부에서 으뜸가는 가문의 딸인 데다 재산도 막대하다 보니 젊은 신사들이 불에 꼬이는 여름철 벌레처럼 몰려들었다.

그러나 로버트 머스그레이브의 열의에도 불구하고 혼담은 좀처럼 성사될 기미가 없었다. 당사자인 머스그레이브 양 본인은 결혼에 관심이 없는데 아버지의 등쌀에 시달려 고민했던 것 같다는 하인의 증언도 있었다.

사건이 발생한 것은 그해 초겨울이었다.

마침 기숙학교 학생들이 힐스톤을 방문하는 날이었다.

머스그레이브 가가 대대로 이사를 역임해온 시시가타니 기숙학교 학생 몇 명이 머스그레이브 양이 주최하는 다과회에 초대됐다. 다과회 뒤에는 도서실이나 담화실에서 자유롭게 시간을 보낼 수 있었다. 머스그레이브 양은 평소와 다르지 않은 모습으로 여느 때처럼 여학생들을 대접했다 한다. 그런데 그날 저녁 마중 온 마차에 올라타기 위해 학생들이 현관

홀에 모여도 머스그레이브 양은 나타나지 않았다. 아무리 기다려도 오지 않기에 집사인 브런턴은 일단 학생들을 마차에 태워 보내고 하인들에게 저택을 샅샅이 뒤지도록 지시했다.

그러나 머스그레이브 양은 저택 어디에도 없었다.

로버트 머스그레이브가 거래처에서 돌아와 딸이 실종된 것을 알았다. 오빠 레지널드는 외국 여행 중이라 집에 없었다. 교토 경시청에 늦게 신고한 것은 가정 내 문제가 외부에 드러나는 것을 로버트가 꺼렸기 때문일 것이다. 형사들이 헐스톤에 도착한 것은 이튿날 이른 오후, 머스그레이브 양이 실종된 지 이미 꼬박 하루가 지난 뒤였다.

담당 형사의 지휘 아래 헐스톤 주위에서 대규모 수색과 탐문이 시작됐고, 다과회에 참석했던 기숙학교 학생들이 조사를 받았다. 머스그레이브 양의 결혼 상대 후보로 만찬회에 초대받은 적 있는 귀족 자제들도 마찬가지였다. 담당 형사는 온갖 방법을 동원해 심지어 영내 연못의 물까지 뺐지만 단서를 찾지 못했다.

머스그레이브 양이 실종된 지 약 2주 지나 셜록 홈스는 교토 서부로 향했다. 레지널드 머스그레이브는 홈스의 대학 시절 친구로, 학창시절부터 홈스의 특이한 재능을 높이 평가했다. 외국에서 돌아온 레지널드는 경찰이 아무런 단서도 찾아내지 못하자 홈스에게 사건 해결을 의뢰한 것이다.

홈스는 헐스톤에 머물며 철저하게 조사한 듯했다.

노트에는 수사 내용과 그가 검토한 몇 가지 가설이 날짜 순으로 적혀 있었다. 그러나 결정적인 실마리를 찾지 못하면서 노트에 기록한 내용도 점차 줄었다.

헐스톤에서 보낸 시간은 홈스에게 불쾌한 것이었다. 그렇지 않아도 사건은 뜬구름 잡는 양상이었는데, 로버트 머스그레이브가 비협조적이었기 때문이다. 로버트는 면전에서 홈스를 '아마추어 탐정'이라 욕하며 홈스의 대우를 둘러싸고 아들인 레지널드와 종종 충돌했다. '로버트 머스그레이브가 왜 그렇게 적대적인지 모르겠다'라는 메모가 있었다.

마지막으로 쓴 것은 헐스톤에서 벌어진 작은 사건에 관해서였다.

당시 홈스는 끝이 보이지 않는 조사에 대한 중압감으로 불면증에 시달리고 있었다. 그날 밤도 이 생각 저 생각 하며 어두운 복도를 헤매고 다닌 모양이다. 인기척이 거의 없는 구관舊館에 발이 다다랐을 때 그는 한 소녀와 마주쳤다. 소녀는 눈 깜짝할 새에 도망쳤다. 머스그레이브 양이라고 생각한 홈스가 호루라기를 불면서 순식간에 저택에 큰 소동이 벌어졌다.

하인들의 협조를 얻어 가까스로 소녀를 붙잡자, 다과회에 참석했던 기숙학교 학생이라는 사실이 판명됐다. 소녀는 과도한 '탐정 취미' 탓에 학교에서 종종 말썽을 일으키는 문제아였던 모양이다. '머스그레이브 양 실종 사건을 해결할 수 있다'고 생각해 기숙학교를 무단으로 빠져나와 헐스톤에 숨어든 것이다.

분노한 로버트 머스그레이브는 기숙학교 교장에게 소녀의 퇴학 처분을 요구하는 한편 홈스를 무능하다고 실컷 욕한 것 같다. 홈스는 노트에 '어처구니없군!' 하고 갈겨썼다. 어지간히 화가 치밀었던 모양이다.

하지만 실제로 홈스는 사건을 해결하지 못했다.

노트는 다음과 같은 말로 끝났다.

하늘이 내린 재능은 어디로 갔나?

레스트레이드와 허드슨 부인 그리고 나는 퐁디셰리 로지로 찾아갔다.

지난번과 마찬가지로 집사가 우리를 대기실로 안내했다. 레스트레이드는 "저택이 근사한데요"라며 감탄했다. 정원을 내다보는 큰 창문으로 비 내리는 히가시 산이 아주 가까이 보였다.

퐁디셰리 로지는 히가시 산 기슭에 위치하는지라 북쪽의 다이몬지 산은 보이지 않는다. 하지만 그곳도 풀솜 같은 안개비에 젖어 있을 것이다. 지금쯤 홈스와 모리어티 교수는 차가운 빗속에 낙엽을 헤치며 '덴구'를 찾고 있을까. 하여간 한심한 일이다. 산 요괴를 의지하느니 심령주의가 그나마 낫지 않나.

나는 리치버러 부인의 힘을 믿어볼 마음이 들기 시작했다.

12년 전 헐스톤에서 모습을 감추었을 때 레이첼 머스그레이브 양은 열네 살. 몸집이 자그마한 금발 소녀로, 실종 당시 복장은 간소한 흰색 드레스였다. 지난번 리치버러 부인의 수정구슬에 비친 소녀가 딱 그런 모습이었다. 우연한 일치일 것 같지는 않았다. 스스로 목숨을 끊었는지, 누군가에게 살해됐는지, 사고를 당했는지. 어쨌거나 레이철 머스그레이브가 영계에 있다면 지난 12년간 행방이 묘연했을 만도 하다.

또 홈스의 슬럼프가 '심령적인 메커니즘'에 기인한다면 우리가 해결할 수 없었던 것도 수긍이 갔다. 애초에 '탐정'과 '의사'의 영역이 아니었던 것이다. 리치버러 부인 같은 '영매'가 아니면 홈스를 슬럼프에서 구해낼 수 없을 것이다.

"꽤 오래 기다리게 하네요." 허드슨 부인이 말했다.

먼저 온 손님과의 면담이 오래 걸리는 듯 좀처럼 집사가 부르러 오지 않았다.

레스트레이드는 긴 의자에 앉아 홈스의 노트를 열심히 읽고 있었다.

"머스그레이브 가 사건은 기억납니다. 저도 수색에 동원됐거든요. 하지만 홈스 씨도 관여한 줄은 몰랐는데요."

레스트레이드는 얼굴을 들어 창밖을 멍하니 바라봤다.

"기묘한 사건이었습니다. 교토 서부의 명가에서 벌어진 사건이니까 교토 경시청 입장에선 어떻게든 해결해야 했죠. 로버트 머스그레이브는 유력 정치인이기도 했으니까 경시총감은 내무대신에게 상당한 압력을 받았을 겁니다. 실제로 베테랑 명형사가 헐스톤에 파견됐고 수사도 대대적으로 벌였습니다. 그런데 무슨 영문인지 갑자기 분위기가 바뀌어서 말이죠. 수사본부의 규모가 일찌감치 축소돼서 맥 빠졌던 게 기억납니다. 아직 아무 단서도 찾아내지 못했는데 교토 서부에서 철수하란 지시가 내려왔지 뭡니까."

"아닌 게 아니라 묘하군. 어떻게 된 거지?"

"당시엔 저도 신참 형사라 영문을 알 수 없었습니다만."

레스트레이드는 목소리를 낮추었다. "보아하니 상부에서 무슨 일이 있었던 모양입니다. 어느새 수사본부도 해산돼서 머스그레이브 양 실종 사건은 미제로 남았죠. 홈스 씨가 이 사건을 해결할 수 없었던 건 그런 사정하고도 관계가 있지 않을까요."

"압력을 가한 인물이 있었다는 뜻인가?"

"그것도 상당한 거물이 말이죠."

레스트레이드는 의미심장하게 말했다.

그로부터 12년, 머스그레이브 양은 여전히 행방을 알 수 없었다.

머스그레이브 양의 실종은 머스그레이브 가에 어두운 그늘을 드리웠다. 아니, 그 조용한 소녀가 있기에 머스그레이브 가는 그때까지 위태로운 균형을 유지할 수 있었던 것이다. 상실감을 메우기 위해서인지 로버트 그레이브는 무모한 사업에 잇따라 손을 댔으나 이전 같은 성공은 한 번도 거두지 못했다. 결국 로버트 머스그레이브는 딸의 실종으로 받은 타격에서 벗어나지 못한 것이다.

작년 여름, 로버트가 실의에 빠진 채 세상을 떠나면서 아들 레지널드가 대를 이었다.

"레이철이란 아가씨도 안됐네요."

허드슨 부인이 말했다. "살아 있었다면 메리 씨 또래겠어요."

"그나저나 이해가 안 되는데요." 레스트레이드가 고개를 갸웃했다. "홈스 씨는 왜 이 노트를 구태여 감춘 거죠?"

"누가 보면 창피해서겠지."

"이걸 읽기로는 그렇게 참혹한 실패 같지 않은데요."

레스트레이드는 눈살을 찌푸리며 페이지를 넘겼다. "홈스 씨는 탐정으로서 할 수 있는 일은 다 했고, 치명적인 실수를 저지른 것 같지도 않습니다. 창피하기로 말하면 작년 '붉은 머리 연맹 사건'이 훨씬 창피하잖습니까. 왜 이제 와서 12년 전 사건을 신경 쓰는 거죠? 뿐만 아니라 슬럼프에 빠지기까지……. 도무지 이해가 안 됩니다."

"리치버러 부인께 맡기자고요."

허드슨 부인이 위로하듯 말했다. "알 수 있게 설명해주실 거예요."

그때 복도에서 말소리가 들려왔다. 리치버러 부인과 면담을 마친 손님이 돌아온 모양이었다. 곧 두 여자가 대기실로 들어왔다. 그 순간, 허드슨 부인이 "어머나?" 하고 큰 소리로 말했다. 그들 얼굴을 보고 나도 놀랐다.

아이린 애들러와 아내 메리였다.

"이런 데서 뭘 해요, 존?"

"당신이야말로 기숙학교 친구를 만난다며?"

"네, 맞아요. 아이린은 기숙학교 동창생이거든요."

그 말을 듣고 나는 어안이 벙벙했다. 홈스가 아이린 애들러 탓에 궁지에 몰렸다는 이야기를 집에서 얼마나 많이 했는지 모른다. 그런데도 메리는 아이린과의 관계를 언급한 적이 한 번도 없었다. 명백히 의도적으로 말하지 않은 것이 분명하다.

내가 "왜 말하지 않았지?"라 묻자 메리는 "당신이 묻지 않았으니까요" 하고 새침하게 말했다.

"이런 데서 뵐 줄 몰랐네요."

허드슨 부인이 말했다. "저희는 홈스 씨 일로 상의드리러 왔답니다."

나는 허드슨 부인의 팔꿈치를 툭 쳤다. 아이린 애들러는 홈스의 라이벌이다. 홈스가 처한 상황을 구태여 알릴 필요는 없다.

허드슨 부인은 "어머!"라며 입을 다물었다. 아이린 애들러가 눈짓하자 메리가 살짝 고개를 끄덕이는 모습이 보였다.

그때 집사가 대기실로 들어왔다.

"리치버러 부인이 기다리십니다."

두 번째 방문인데도 그 방의 어둠에 익숙해질 수 없었다.

수정구슬이 놓인 테이블 너머에 앉은 리치버러 부인 뒤로 두꺼운 검정 벨벳 커튼이 늘어뜨려져 있었다. 촛불이 가면 같은 얼굴을 비추었다. 테이블 이쪽에 나무 의자 세 개가 부채꼴로 놓여 있었다. 레스트레이드가 자기소개를 하자 리치버러 부인은 "경위님의 활약은 말씀 많이 들었습니다"라며 미소 지었다. 상대방이 경찰 관계자라는 것을 알면 대개 긴장하게 마련이건만 리치버러 부인은 조금도 동요하지 않았다.

"셜록 홈스 씨는 함께 안 오셨군요."

"홈스도 고집이 세서 말입니다. 이리로 데려오기는 쉽지 않을 겁니다. 대신 단서가 될 만한 걸 가져왔습니다. 12년 전 일어난 사건의 기록입니다."

나는 가죽 장정 노트를 꺼내 테이블에 놓고 사건에 관해 간략하게 설명했다. 리치버러 부인은 눈을 반짝이며 몸을 내밀었다. 흥미가 동한 듯했다.

"수정구슬에 비친 건 머스그레이브 양이란 말씀이군요."

"네, 그렇습니다. 리치버러 부인, 부인은 그 소녀가 홈스의 슬럼프를 불러온 원인이라고 하셨죠. 확실히 홈스의 언동엔 불가해한 부분이 있습니다. 그 친구는 과거의 사건을 언급하길 꺼리고 이 노트도 일부러 감추기까지 했거든요. 우연 같지는 않습니다."

"맞습니다, 왓슨 선생님. 이건 우연이 아니에요."

리치버러 부인은 그렇게 말하고는 가죽 노트를 자기 쪽으로 끌어당겼다.

그녀는 테이블 위에 노트를 펴고 한 페이지씩 음미하듯 읽었다. 작은 단서도 놓치지 않겠다는 것이리라. 긴 시간을 들여 노트를 끝까지 읽은 그녀는 의자 등받이에 몸을 기대고 흐리멍덩한 눈빛으로 허공을 바라봤다.

"노트에서 심령적 힘이 강하게 느껴집니다."

리치버러 부인은 말했다. "아마 노트 자체가 영계의 부름을 매개하는 거겠죠. 머스그레이브 양의 영혼은 연신 뭔가를 호소하려 하고 있어요. 홈스 씨가 슬럼프에 빠질 만도 하네요. 심령적인 힘이 항상 작용하면서 홈스 씨를 12년 전의 미해결 사건으로 다시 데려가려 하고 있으니까요."

"머스그레이브 양은 무슨 말을 하려는 걸까요?"

리치버러 부인은 생각에 잠겨 노트를 내려다봤다.

"제가 이상한 건 12년 전 어째서 홈스 씨는 도중에 사건을 포기했나 하는 점입니다. 기숙학교 학생이 저택에 침입했다는 내용을 마지막으로 홈스 씨의 기록은 돌연히 끝났죠. 대체 무슨 일이 있었던 걸까요?"

나도 그 부분이 이상했다.

레스트레이드의 기억으로는 모종의 정치적 압력에 의해 교토 경시청의 수사는 흐지부지하게 끝난 모양이다. 하지만 홈스는 레지널드 머스그레이브에게 개인적으로 의뢰를 받은 것이라 교토 경시청의 수사 방침에 구속될 이유가 없었다. 설사 어떤 압력이 있었다 해도 고집 세고 자존심 강한 홈스가 그렇게 쉽사리 물러날 성싶지는 않았다.

허드슨 부인이 "잠깐만요"라며 머뭇머뭇 손을 들었다.

"아까 대기실에서 노트를 다시 살펴보다 깨달았는데 말이죠, 사건 기록은 도중에 갑자기 끝났지만 그게 마지막은 아니거든요. 페이지를 더 넘기면 훨씬 뒤쪽에 이상한 시 같은 게 쓰여 있더라고요."

허드슨 부인의 지적을 듣고 리치버러 부인은 페이지를 넘겼다. 얼마 동안 빈 페이지가 이어진 뒤 그녀의 손이 딱 멎었다.

"정말 뭐라 쓰여 있군요."

리치버러 부인은 소리 내어 읽었다.

그것은 누구 것이었는가.
가신 이의 것이다.
그것을 가질 이는 누구인가.

이윽고 오실 이다.

우리는 무엇을 내놓아야 하는가.

우리가 가진 모든 것을.

어찌하여 내놓아야 하는가.

위대한 각성을 위해.

우리는 서로 마주 봤다. 어떤 의식에 쓰는 문답 같은데 무슨 의미인지 알 수 없었다. 홈스는 어째서 그런 것을 노트에 적었나.

나는 "이게 뭘까요?"라고 말했다. 그런데 리치버러 부인은 대답하지 않았다.

그녀는 군청색 드레스를 입은 포동포동한 몸을 뒤로 젖힌 채 테이블에 편 노트를 응시하고 있었다. 미간에 주름을 잡고 눈을 가늘게 뜨며 애써 기억을 되살리는 듯 보였다.

이윽고 그녀는 가슴 한가득 숨을 들이쉬더니 눈을 크게 떴다.

사건의 진상을 간파한 순간의 홈스가 생각나는 표정이었다. 단 그녀 쪽이 훨씬 강렬했다. 두 눈은 형형하게 빛나고 입술은 이루 감출 수 없는 웃음으로 일그러졌다. 어딘지 모르게 사위스러운 표정에, 보면 안 될 것을 보는 기분이 들었다.

갑자기 레스트레이드가 내 팔을 쳤다.

"왓슨 선생님, 저걸 보세요!"

그가 가리킨 방향을 보니 테이블 위 수정구슬이 빛을 발하고 있었다.

몸을 내밀어 수정구슬을 들여다보자 고개를 수그린 소녀의 모습이 흐릿하게 보였다. 머스그레이브 양일까. 그런데 지난번과는 어째 인상이 다르다고 생각한 순간, 소녀는 고개를 들어 도전적인 눈빛으로 나를 노려봤다. 나는 놀라 숨을 훅 들이마셨다.

"메리 씨잖아요!"

허드슨 부인이 소리쳤다. "왜 메리 씨가 보이는 거죠?"

수정구슬 속 메리는 손을 크게 흔들며 우리를 향해 뭐라 말했다. 그러더니 종이 한 장을 들어 보였다. 거기에는 다음과 같이 쓰여 있었다.

다들 속고 있어요.

"이게 어떻게 된 일입니까?"

나는 강한 어조로 리치버러 부인에게 따졌다.

그때 등 뒤에서 문이 안쪽으로 열리면서 어두침침한 방에 빛이 비쳐들었다. 어둠을 몰아내듯 아이린 애들러가 경쾌하게 들어왔다.

리치버러 부인은 일어나더니 벽 쪽으로 달려가 초인종 끈을 잡았다. 하인을 부르려 했을 것이다. 아이린 애들러가 "그래 봤자 소용없어요"라고 말했다. 따귀를 갈기는 것처럼 매서운 목소리였다. 리치버러 부인은 끈을 놓고 침입자 쪽으로 돌아섰다. 얼굴은 가면을 쓴 것처럼 무표정했다.

"애들러 씨, 당신 면담은 끝났을 텐데요."

리치버러 부인은 엄숙한 목소리로 말했다.

"그만 가주시죠."

"미안하지만 그럴 순 없겠네요."

아이린 애들러는 미안해하는 내색 없이 말하고는 방을 곧장 가로질렀다.

그녀는 허드슨 부인과 나 사이를 지나 테이블 앞에 서더니 주저 없이 두 손으로 수정구슬을 잡았다. 너무나도 대담무쌍한 행동에 리치버러 부인도 제지하지 못했다. 아이린 애들러가 들어 올린 수정구슬은 빛을 잃었다. 수정구슬을 올려놓았던 쿠션 중앙이 둥글게 파여 있고 거기서 빛이 새어 나오고 있었다.

"이 방 바로 밑에 전용 스튜디오가 있거든요."

아이린 애들러는 의기양양하게 설명했다. 지하 스튜디오에서 대상물에 강한 빛을 비추면, 거울과 렌즈를 사용한 전달 장치를 통해 영상이 수정구슬 속에 장치한 거울에 투영된다. 듣고 보니 단순하고 소박한 광학적 트릭이었다. 우리가 알아차리지 못한 것은 구태여 그런 거창한 속임수를 쓸 사람이 있을 줄은 생각도 못 했기 때문이다.

"저 장치를 쓰면 원하는 걸 마음대로 보여줄 수 있죠."

아이린 애들러는 말했다. "방금 메리가 입증한 것처럼 말이에요."

아닌 게 아니라 우리는 방금 수정구슬에 비친 메리의 모습을 똑똑히 봤다. 그렇다면 지난번 우리가 본 머스그레이브 양으로 추정되는 소녀의 모습도 그와 똑같이 투영된 것이라는 뜻이다. 아이린 애들러의 트릭 공개와 메리의 입증 덕에 그때까지 리치버러 부인 주위에 감돌던 신비스러운 분위기는 안개처럼 사라져버렸다.

곁을 보니 허드슨 부인은 측은한 마음이 들 정도로 의기소침했다. 리치버러 부인을 사상 최고의 영매라고 생각했으니 그럴 만도 했다. 한편 레스트레이드는 찬탄 어린 눈빛으로 아이린 애들러를 바라보고 있었다. 아닌 게 아니라 그녀가 다소 연극적으로 보여준 '명탐정' 같은 활약은 황금기의 홈스를 방불케 했다.

리치버러 부인은 검정 벨벳 커튼을 배경으로 서 있었다.

"당신은 심령 현상을 몰라서 그래요, 애들러 씨."

리치버러 부인은 온화한 목소리로 말했다. "심령 현상이란 건 주관과 객관 사이에 위치하는지라 보는 이의 심리 상태에 크게 영향을 받는답니다. 믿는 이에겐 보이고 믿지 않는 이에겐 결코 보이지 않죠. 불신감이 심령 현상의 가장 큰 적인 거예요. 우리 같은 영매는 의뢰인에게서 의심하는 마음을 없애 의뢰인이 심령 세계의 존재를 진심으로 믿게 해야 합니다. 그러기 위해선 장치를 다소 이용할 때도 있습니다. 그냥 그뿐이에요. 그렇게 의기양양한 표정을 지을 일이 아니지 않나요?"

"다시 말해 의뢰인한테 속임수를 썼다는 걸 인정하는군요?"

"그런 말이 아니에요." 리치버러 부인은 고개를 흔들었다. "왓슨 선생님이라면 아시겠죠. 의사는 때에 따라 환자의 불안을 완화하기 위해서 죄 없는 거짓말을 하는 법입니다. 환자가 심적으로 안정되면 치료에 도움이 되기 때문이죠. 세상 사람들은 모두 환자고 전 영혼의 의사예요. 언젠가 모든 분이 진실에 눈을 떠서 심령 세계의 존재가 널리 받아들여지는 때가 오면 그런 속임수 같은 수단을 쓸 필요도 없어지겠죠."

"그런 시대가 올 리 없잖아요."

아이린 애들러는 몸을 내밀고 말했다.

"사실은 당신 자신도 심령 세계를 믿지 않으면서."

두 사람이 그렇게 테이블을 사이에 두고 서로 노려보는데 메리가 문간에 나타나 "성공했어?"라고 말했다. 아이린 애들러는 리치버러 부인을 노려본 채 "완벽했어"라 대답했다. 그러나 리치버러 부인은 여전히 당당했다. 그녀는 천천히 의자에 앉으며 "그래서 어떻게 하실 생각이죠?"라고 아이린 애들러에게 도발하듯 말했다. "저를 체포할 건가요? 마침 레스트레이드 경위님도 계시고 말이죠."

"서두를 생각은 없어요."

아이린 애들러는 짤막하게 말하며 몸을 일으켰다.

"오늘은 원래 잠깐 인사차 찾아뵌 건데 마음이 변했어요. 당신이 왓슨 선생님과 허드슨 부인을 포섭하려 해서 그런 거예요. 당신이 뭘 노리는지는 다 알아요. 홈스 씨가 약해진 틈을 타서 홈스 씨를 이용하려는 거죠?"

"전 홈스 씨께 힘이 되어드리고 싶었던 것뿐이에요."

"홈스 씨한테 심령주의의 도움 따위 필요 없습니다."

아이린 애들러는 단호히 말하고는 돌아서서 나를 바라봤다. 눈에 강한 노여움과 실망의 빛이 떠올라 있었다. "왓슨 선생님." 그녀는 매섭게 말했다.

"리치버러 부인의 수법을 이제 아셨겠죠. 왓슨 선생님 같은 분이 이런 사기에 넘어가다니요! 선생님이 할 일은 홈스 씨를 도와주는 거지, 이런 어리석은 일에 그 사람을 끌어들이는 게 아닐 텐데요."

아이린 애들러의 말은 비수처럼 내 가슴에 꽂혔다.

나는 부끄러워 견딜 수 없었다. 그와 동시에 깊은 실망감을 맛봤다.

리치버러 부인이 홈스를 슬럼프에서 구해줄 것이라 기대했건만 결국 그것도 헛된 희망일 뿐이었다. 비슷한 실망을 지금까지 몇 번이나 맛봐야 했던가. 나는 완전히 기가 꺾여

"당신 말씀이 맞습니다, 애들러 씨"라고 말했다.

뒤를 돌아보자 문간에서 메리가 우리를 지켜보고 있었다. 반쯤 열린 문밖에서 비쳐드는 빛을 등진 메리의 모습은 시커먼 그림자처럼 보였다. 표정이 잘 보이지 않아 아내가 무슨 생각을 하는지 알 수 없었다.

"자, 빤한 연극은 이제 끝났습니다. 가시죠."

아이린 애들러가 반론을 허락하지 않는 어조로 말했다.

거북한 침묵 속에 우리는 일어나 어두침침한 방에서 나가려 했다.

그때 문득 의심이 머리를 스쳤다.

아닌 게 아니라 리치버러 부인이 보여준 '심리 현상'은 사기였다. 하지만 지금으로부터 12년 전 교토 서부의 머스그레이브 가에서 머스그레이브 양이 실종된 것, 그리고 홈스가 그 사건에 관한 언급을 기피한다는 것은 변함없는 사실이었다.

"왓슨 선생님."

그런 내 생각을 꿰뚫어본 것처럼 리치버러 부인이 뒤에서 불렀다.

나는 문간에 멈춰 서서 돌아봤다. 어두침침한 방 안쪽에서 촛불이 흔들리며 리치버러 부인의 허연 얼굴을 비추었다. 기분 좋은 어둠 속에 몸을 숨긴 그녀는 신비적인 분위기를 되찾았다. 부디 홈스 씨께 전해주세요, 라고 그녀는 말했다.

"머스그레이브 가의 수수께끼로부터 달아날 순 없다고 말이에요."

빗속에 데라마치 거리 221B로 돌아오자, 홈스와 모리어티 교수는 한발 먼저 다이몬지 산에서 돌아와 있었다. 두 사람 다 담요를 뒤집어쓰고 난롯가에 앉아, 홈스는 무릎 위의 어항을 뚱하니 노려보고 모리어티 교수는 눈을 까뒤집고 반죽음이 되어 있었다. 물론 덴구의 제자가 되는 데는 실패한 데다 산에서 길을 잃어 꽤나 고생한 모양이었다.

우리가 방에 들어가자 홈스는 얼굴을 들어 "허드슨 씨, 어디 갔었던 겁니까"라고 언짢은 듯 말했다. "몹쓸 하루였습니다. 길은 잃었지, 비는 오지, 모리어티 교수는 굴러떨어지지. 하마터면 다이몬지 산에서 조난당할 뻔했다고요. 그래서 기진맥진해서 돌아와봤더니 집은 캄캄하고 물 끓여줄 사람도 없고 말입니다. 설마 또 그 가짜 영매한테 갔던 건 아니겠죠?"

"네, 그렇고 말고요."

허드슨 부인은 뾰족하게 대답했다.

"그 가짜 영매한테 갔다왔어요."

아이린 애들러가 수정구슬의 트릭을 폭로한 뒤로 허드슨 부인은 계속 생각에 잠겨 있었다. 돌아오는 길에 마차에서도 거의 한마디도 하지 않았다. 리치버러 부인에게 감쪽같이 속아 넘어간 것이 충격이었을 것이다.

그렇게 그녀가 가지고 돌아온 노여움과 실망은 홈스의 생각 없는 말로 인해 폭발했다. 허드슨 부인은 갑자기 보닛을 내동댕이치며 "그래요, 당신 말이 맞았어요. 심령주의 따위 사기예요!" 하고 소리쳤다. "참 만족스러우시겠네요, 홈스 씨. 우리가 얼뜨기로 보이죠? 하지만 다들 지푸라기라도 잡고 싶은 심정이었다고요. 네, 그래요, 아닌 게 아니라 리치버러 부인은 사기꾼이었어요. 그렇지만 그 가짜 영매를 찾아간 게 누구 때문이었다고 생각하시나요? 다 당신 때문이었다고요!"

허드슨 부인은 단숨에 말을 늘어놓고 거친 발소리를 내며 방에서 나갔다. 다소 분풀이 같기는 했지만 그녀의 심정은 나도 아주 이해가 됐다.

"뭐가 어떻게 된 거지?"

셜록 홈스는 어항을 안은 채 어안이 벙벙한 표정으로 말했다.

긴 의자에 기절해 쓰러져 있던 모리어티 교수도 어느새 일어나 앉아 있었다. "무슨 일이 있었던 건가? 허드슨 부인은 리치버러 부인의 열렬한 신봉자였을 텐데."

"리치버러 부인의 실체가 밝혀졌거든요."

레스트레이드는 그렇게 말하고는 퐁디셰리 로지에서 있었던 전말을 이야기했다.

아이린 애들러의 활약을 묘사하는 레스트레이드의 말투는 정열적이었고 눈은 소년처럼 반짝였다. 그는 아이린 애들러의 '탐정'으로서의 재능에 홀딱 반한 듯했다. 레스트레이드가 그녀의 솜씨를 칭송하면 할수록 홈스의 표정은 씁쓸해졌다. "음, 봐줄 만한 구석도 조금은 있는 모양이군."

"조금 정도가 아니라고요, 홈스 씨!"

레스트레이드는 흥분해 몸을 내밀었다. "애들러 씨는 분명히 천재입니다. 어떻습니까? 홈스 씨도 애들러 씨하고 상의해보지 않으시겠습니까?"

"뭘 상의하라는 건가, 레스트레이드."

"예를 들면 추리하는 요령이라든지, 탐정으로서의 마음가짐이라든지. 애들러 씨라면 유익한 조언을 해주실 수 있을 겁니다. 슬럼프에서 탈출할 계기가 될지도 몰라요."

홈스의 얼굴에서 표정이 슥 사라졌다. 노여움에 창백하게 질린 얼굴에 방 안은 숨 막히는 침묵에 싸였다. 홈스는 "거절하겠네"라고 싸늘하게 말했다.

"왜 명탐정 셜록 홈스가 그런 아마추어 탐정한테 가르침을 청해야 하지? 그런다고 슬럼프에서 탈출할 수 있으면 애초에 괴로워할 일도 없었어. 하지만 자네가 개인적으로 아이린 애들러한테 조언을 구하고 싶다면 말리진 않겠네. 자네도 공무원으로서 입장이 있을 테니까."

"아니, 그럴 생각은……."

레스트레이드는 머뭇거리더니 풀이 죽어 고개를 수그렸다.

리치버러 부인의 저택을 떠나기 직전, 아이린 애들러는 내 팔을 붙들어 현관홀 구석으로 끌고 갔다. 밖에서 고요한 빗소리가 들려왔다.
아이린 애들러는 나를 노려보며 말했다.
"홈스 씨는 왜 사건을 진지하게 조사하지 않는 거죠?"
어째서 홈스 씨에게 도전했다고 생각하나, 이런 식으로 이겨봤자 조금도 기쁘지 않다고 그녀는 말했다. 눈에는 거센 노여움이 어려 있었다.
노여움 뒤로 홈스에 대한 뜨거운 기대가 비쳐 보였다. 누구보다도 셜록 홈스의 부활을 바라는 이는 대중이 보는 앞에서 홈스에게 도전장을 던진 이 사람이 아닐까?
"그 사람이 진지하게 조사하게 해주세요."
아이린 애들러는 말했다.
"그게 당신 일 아닌가요, 왓슨 선생님!"

홈스는 담요를 뒤집어쓴 채 뚱하게 입을 다물고 난로를 바라보고 있었다. 나는 가방에서 가죽 장정 노트를 꺼내 홈스의 코앞에 들이밀었다. 눈살을 찌푸리며 노트를 본 홈스는 그게 과거 사건 기록이라는 것을 알아차리자 말없이 노트를 빼앗았다.

"12년 전, 머스그레이브 가에서 무슨 일이 있었던 건가?"

내가 묻자 홈스는 혀를 차며 외면했다.

"자네하곤 상관없는 일일 텐데. 우리가 만나기 전에 맡았던 사건이야. 나는 미숙한 애송이였어. 그리고 사건을 해결하지 못했어. 그냥 그뿐이네."

"왜 거짓말하나, 홈스."

나는 몸을 굽혀 홈스를 똑바로 바라봤다.

"정말 그뿐이라면 구태여 노트를 감출 필요가 없을 텐데. 뭔가 마음에 걸리는 게 있는 거야. 어째서 가르쳐주지 않는 건가?"

그러나 홈스는 굳게 입을 다물었다. 철없는 어린애처럼 담요를 뒤집어쓴 채 밉살스러운 눈빛으로 나를 노려봤다.

홈스는 어째서 사건을 감추려 하나. 의아함이 더더욱 깊어졌다. 머스그레이브 가의 수수께끼로부터 달아날 수 없다고 리치버러 부인은 말했다.

갑자기 홈스가 으르렁거리듯 말했다.

"그러는 자네도 나한테 감추는 게 있을 텐데."

"무슨 소리야?"

"스트랜드 매거진 최신호 말이네. 대체 어떻게 된 건가?"

홈스담 연재가 무기한으로 중단된 이래로 《스트랜드 매거진》을 한 번도 펴지 않았다. 펴본들 다른 작가들에게 질투심을 느낄 뿐이기 때문이다. 내가 고개를 갸웃거리자 홈스는

"잡아뗄 생각인가?"라며 코웃음을 쳤다.

"이 새 연재에 대해 어디 한번 자네 변명을 들어볼까."

홈스는 담요 속에서 잡지를 꺼내 내게 던졌다.

홈스가 말하는 '새 연재'는 당당히 권두에 실려 있었다. 편집부의 기대도 큰 듯 '탐정소설계의 샛별!' '교토 안팎에서 화제 만발!'이라고 요란한 광고 문구를 달았다.

제목과 작가 이름을 본 순간, 전기 충격을 받은 느낌이 들었다.

〈아이린 애들러의 사건 기록〉 메리 모스턴 씀

그때 가랑비 속에 우두커니 선 메리의 모습이 뇌리에 떠올랐다.

리치버러 부인의 저택에서 나왔을 때 메리는 아이린 애들러 곁에 그림자처럼 붙어 서 있었다. 차가운 부슬비의 베일 너머에서 고요히 나를 바라봤다.

왜 그런지 거기 있는 사람이 메리라는 실감이 좀처럼 나지 않았다. 나를 응시하는 아내는 내가 아는 아내가 아니라 어딘지 모르게 접근하기 어려운 수수께끼 같은 존재처럼 느껴졌다.

"메리는 아이린 애들러하고 손잡았네."

홈스는 싸늘한 목소리로 말했다.

"자네는 정말로 부인의 배신을 몰랐나?"

〈아이린 애들러의 사건 기록〉을 읽은 날 밤 받은 충격은 지금도 잊을 수 없다.

나는 몰래 잡지를 가지고 집으로 돌아와 밤늦게까지 진찰실에서 읽었다. '여름귤 클럽', '브라운 소령의 명성', '도둑의 철학' 등 세 편을 읽고 나서 한동안 넋이 나가 있었다. 아이린 애들러는 명석한 추리를 토대로 진상을 이끌어냈다. 필요에 따라서는 무대 배우 경험을 살려 '청년'에서 '노파'에 이르기까지 변화무쌍하게 변장도 했다. 악한들과 대결할 때는 '나가하마의 대장장이가 제작한 비밀 병기'를 사용했다.

요컨대 그녀는 셜록 홈스의 스타일을 약롱중물로 삼아 그걸 한층 갈고닦았다. 그리고 파트너인 메리 모스턴은 애들러 씨가 과거에 맡았던 사건을 소설로 써내는 데 그치지 않고 자신도 조사에 동행해 사건 해결에 기여했다.

나는 메리가 너무나도 부러웠다. 내가 쓰고 싶었던 것이 여기 있었다.

12월 초순, 휴진일 아침이었다.

나는 외투를 입고 진료소를 나서 시모가모 신사에 참배를 드리러 갔다.

어느새 아침 공기에 겨울 느낌이 완연했다. 고요한 경내를 걸으며 숨을 크게 들이마시자 태고의 숲 냄새가 났다.

본당에서 참배를 드린 뒤 다다스 숲을 남북으로 지나는 참배길을 계속 걸어갔다.

예전에 집필하다 막힐 때면 곧잘 이런 식으로 시모가모 신사 참배길이며 카모 강변을 걷곤 했다. 머리를 비우고 걷다 보면 매번 타개책이 떠올랐다.

그렇지만 그날 아침은 아무리 걸어도 기분이 가라앉기만 했다.

〈아이린 애들러의 사건 기록〉은 교토 안팎을 열광의 도가니에 빠뜨렸다.

그녀의 활약은 종종 각 신문에 보도되어 세상 사람들의 호기심을 자극해온 데다, 홈스담 연재 중지로 인해 탐정소설 애호가들은 신작에 굶주려 있었다. 그런 마당에 '사건 기록'이 발표됐으니 불붙은 성냥을 지푸라기 더미에 던진 것이나 다름없었다. 메리 모스턴의 남편이 존 H. 왓슨이라는 사실은 금세 발각되어 셜록 홈스와 아이린 애들러의 탐정 대결이 어느새 부부 대결로까지 발전했다.

메리 말로는 아이린 애들러와의 만남은 학창시절로 거슬러 올라간다고 했다.

아내는 어려서 어머니를 여의었다. 아버지가 당시 인도 주둔 연대 장교였던 것도 있어 열여덟 살까지 시시가타니 기숙 여학교에서 지냈다. 열두 살 때 인도에서 귀국한 아버지가 수수께끼 속에 실종됐는데, 그와 관련된 경위는 '네 사람의 서명' 사건으로 이미 발표한 바 있다. 히가시 산 기슭에 자리한 고립된 학교, 가족도 없이 외로웠던 것, 신문위원 활동에 몰두했던 것. 그 정도는 나도 들어 알고 있었다. 그런데 그 학교에 아이린 애들러도 있었다.

"아이린은 1년도 안 다녔지만 말이에요. 금방 그만뒀죠."

"그 뒤로 만나지 않은 거야?"

"그래요, 12년 가까이."

"그런데 용케 집필을 허락해줬군."

"신문위원 시절에 아이린하고 우여곡절이 있었거든요."

메리는 그때 일을 떠올리듯 말했다. "우리는 좋은 콤비였답니다."

메리가 아이린 애들러와 재회한 것은 올봄, 같은 자선 위원회 사람들과 시조 미나미 좌로 연극을 보러 갔을 때였다. 그날 밤 아이린의 옆자리에 앉게 된 것은 순전한 우연이었다. 오랜만의 재회를 기뻐한 그들은 휴식 시간에 극장 내 바에 갔다. 이야기에 열중하느라 결국 객석으로 돌아가지 못했다.

아이린이 무대 배우가 됐다는 것은 메리도 소문을 들어 알고 있었다. 그런데 아이린은 배우업은 이미 은퇴했다고 말했다. "탐정으로 전직하려고."

농담이지? 하고 메리는 웃었다. 그러나 아이린은 진지하게 하는 말이었다.

그 뒤로 일어난 일은 앞서 쓴 바와 같다. 아이린 애들러는 탐정의 재능을 폭발적으로 꽃피워 셜록 홈스에게서 '명탐정' 자리를 빼앗으려 하고 있었다. 그리고 아이린 애들러의 화려한 변신은 메리의 변신이기도 했다.

"그 사람을 이제 만나지 말아달라고 여러 번 부탁했죠."

메리는 말했다. "그런데 당신은 진지하게 받아들여주지 않았어요. 진료소 일이나 우리 가정생활보다 늘 홈스 씨를 우선했어요. 요는 우리 인생보다 홈스 씨가 더 중요하다는 거죠. 그렇다면 나도 생각이 있어요."

시모가모 신사 참배길을 걸으며 헐벗은 나뭇가지를 올려다보고 있으려니 거의 체념에 가까운 감정이 들었다.

지난 1년간 나는 어떻게든 홈스의 황금기를 되찾으려고 메리와의 생활을 희생해왔다. 말로는 메리가 소중하다고 하면서 걸핏하면 홈스를 우선했다. 지금 상황은 그 대가라 할 수 있을 것이다. 교만한 자는 머지않아 망하는 법. 셜록 홈스와 왓슨의 시대는 종말을 고했고 아이린 애들러와 메리의 시대가 도래한 것이다.

그날, 메리는 아이린 애들러와 함께 수사를 위해 나가 밤에도 돌아오지 않을 예정이었다. 메리는 명실상부하게 '아이린 애들러의 파트너'라는 지위를 확고히 했다.

"왓슨 선생님, 전보가 왔어요."

내가 힘없이 진료소로 돌아오자 하녀가 종이를 내밀었다.

좋은 소식과는 이미 오랫동안 연이 없었다. 몹쓸 소식일 게 틀림없었다.

나는 한숨을 쉬며 전보를 읽었다. 다음과 같은 말이 쓰여 있었다.

셜록 홈스 군, 소식이 끊김 ─ 모리어티

데라마치 거리 221B로 찾아가니 허드슨 부인이 어두운 얼굴로 맞이했다.

"홈스가 모습을 감췄다고?"

"네, 그래요."

허드슨 부인은 지팡이와 외투를 받으며 말했다.

"그저께 낮에 훌쩍 나가서 안 오시지 뭐예요."

"걱정되는군." 나는 눈살을 찌푸렸다. "어디서 뭘 하는 거지?"

과거에는 홈스가 며칠씩 돌아오지 않는 일도 드물지 않

았다. 사냥개처럼 사건을 뒤쫓지 않으면 도서관 열람실에서 범죄사 자료를 뒤지거나 대학병원에서 법의학 연구에 몰두하고 있거나 해서 걱정할 필요가 없었다. 그러나 이제 홈스는 예전의 홈스가 아니었다.

"홈스 씨도 걱정이지만 모리어티 교수님도 걱정이에요."

"왜?"

"홈스 씨가 돌아오길 내내 기다리고 계시네요."

허드슨 부인은 눈살을 찌푸렸다. "아마 거의 주무시지도 않을걸요."

충견 하치가 따로 없다고 생각하며 이층 홈스 방으로 올라가자, 창문의 커튼은 닫혀 있고 실내는 새벽녘 황야처럼 싸늘했다.

모리어티 교수는 검은 망토 차림으로 불이 꺼져가는 벽난로 앞에서 안락의자에 앉아 있었다. 음울한 모습은 흡사 불 꺼진 잿더미 같았다. 나는 벽난로에 석탄을 더 넣고 불을 뒤적였다. 모리어티 교수는 초점이 맞지 않는 눈으로 나를 봤다.

"홈스 군이 사라진 지 꼬박 이틀이네."

"그러다가 훌쩍 돌아올 겁니다."

나는 그렇게 말했지만 확신이 있는 것은 아니었다.

홈스가 누워 지내던 긴 의자 주위에는 신문이 흩어져 있었다.

모두 아이린 애들러의 화려한 활약을 보도하는 기사가 실린 신문이었다. '레스트레이드 경위'의 이름도 자주 눈에 띄었다.

지난번 리치버러 부인 일로 아이린 애들러의 솜씨에 반한 레스트레이드는 그때까지 교토 경시청이 저지른 결례를 사과하고 그녀에게 조언을 구했다. 그 이래로 아이린 애들러와 레스트레이드의 이름이 함께 지면에 등장하는 일이 잦아졌다. 홈스가 그런 '배신'을 용서할 리 없는 터라 그는 이미 레스트레이드에게 절교를 선언했다.

모리어티 교수는 우울하게 난롯불을 바라봤다.

"하여간 얄궂은 일이 아닌가. 명탐정 셜록 홈스와 물리학자 제임스 모리어티. 수수께끼를 푸는 일에는 누구에게도 뒤지지 않던 우리가 사력을 다했건만 자기 자신의 슬럼프란 수수께끼만은 해결하지 못했어. 미궁에서 기어 나오려고 발버둥을 치면 칠수록 되레 미궁 깊이 빠져드는군."

나는 측은한 심정으로 모리어티 교수를 바라봤다.

"하지만 교수님이 있은 덕에 홈스한테 힘이 됐을 겁니다."

"그럴까. 아닌 게 아니라 나는 매일 이 방으로 홈스 군을 찾아왔어. 그 친구 덕에 나는 구원을 얻었어. 서로의 고뇌를 이해해줄 수 있는 마음의 벗이라고 생각했네. 하지만 나만 그렇게 생각했고 홈스 군은 실제로는 넌더리 내고 있었던 게 아닌가."

모리어티 교수는 맹금류 같은 두 손으로 얼굴을 감쌌다.

"그래서 어디론가 가버렸는지도 모르네."

그곳에 있는 것은 오만한 물리학자가 아니라 비탄에 젖은 초로의 남자였다. 어떻게 위로하면 좋을지 알 수 없었다. 나는 오열하는 모리어티 교수에게 다가가 떨리는 어깨에 손을 얹었다. 나는 홈스 군에게 기대고 있었던 것이야, 하고 모리어티 교수는 말했다.

"그 친구가 슬럼프에서 벗어나지 못하길 바랐어. 나만 혼자 뒤처질까 봐 겁났어. 그러면서 무슨 마음의 벗인가. 흡사 역귀 아닌가."

과거에 셜록 홈스는 다음과 같이 말했다.

나는 '자기 자신'이라는 까다로운 사건과 씨름하는 중이란 말이네.

그런 것은 현실을 외면하는 변명이라고 생각했다.

하지만 지금 생각하면 현실을 외면한 사람은 오히려 내가 아니었다. 홈스가 발을 들여놓은 미궁에는 정말 마물이 숨어 있었던 것이다. 그게 얼마나 무시무시한 마물인지 뼈저리게 이해한 사람은 오로지 모리어티 교수 한 사람뿐이었을 것이다.

노크 소리에 이어 허드슨 부인이 방으로 들어왔다.

모리어티 교수는 손수건을 꺼내 눈물을 훔쳤다. 식사도 거르는지 얼굴이 몹시 수척했다. 그렇지 않아도 핏기 없는 얼굴이 밀랍 인형처럼 보였다.

"홈스 군이 걱정돼서 잠이 와야지."

"끙끙 앓아봤자 소용없다고요, 모리어티 교수님."

허드슨 부인이 홍차를 따르며 말했다. "햇빛을 쬐고 배를 따뜻이 해야죠. 자, 홍차 드세요. 스콘도 드시고요."

허드슨 부인 말이 정말 맞았다. 커튼을 걷어 햇빛을 들이고 버터를 듬뿍 바른 따뜻한 스콘을 우물우물 먹다 보니 점점 기분이 밝아졌다. 모리어티 교수의 안색도 나아졌다. 그러나 홈스의 행방은 여전히 알 수 없었다.

허드슨 부인에 따르면 홈스는 그저께 낮에 221B에서 나갔다. 외투를 입고 머플러를 둘렀더라고 했다. 여행가방은 침실에 남아 있고, 벽난로 맨틀피스에는 모든 담배 파이프가 기대어 놓여 있었다.

멀리 갈 생각이었다면 그것들을 두고 갈 것 같지 않았다. 책상 서랍에 수표책도 현금도 있으니 잔돈푼이나 가져갔을 것이다. 애용하는 담배 파이프도, 갈아입을 옷도, 돈도 없이 홈스는 어떻게 지내는 건가.

그때 머리에 떠오른 것은 슬럼프에 빠진 뒤로 홈스가 종종 말했던 은퇴 생활에 대한 동경심이었다. 그는 "예를 들면 오하라 마을은 어떨까"라고 했다.

"시끄러운 소음도, 축축한 카모 강의 안개도, 아이린 애들러의 활약도 북녘 끝 산촌엔 없어. 분명 평온하게 살 수 있을 테지. 이끼 낀 동자 지장보살상하고 이야기를 나누고 꿀벌을 치는 거야."

"꿀벌은 또 왜?" 나는 말했다.

"벌꿀은 몸에 좋거든. 로열젤리도."

"그건 그렇겠네만 자네는 전원생활하고 맞지 않아."

"대숲에 초막을 짓는 것도 괜찮겠군. 딱 속세를 버린 느낌 아닌가. 대숲 초막에 살면서 매일 아침 죽순을 캐. 그리고 죽순 미역 조림을 주식 삼아 살아가는 거야. 아니, 죽순 미역 조림만으로는 영양분이 부족하려나. 역시 꿀벌도 치는 게 좋으려나. 죽순 미역 조림과 꿀만 먹고 살 수 있을까? 난 영양학에 어두워서 말이지. 의사로서 자네 의견은 어떤가?"

"은거 같은 소리 말게. 개선할 때가 꼭 올 거야."

"허, 그런가. 그게 언제인데? 제발 가르쳐달라고."

홈스는 넌더리 내듯 말하고는 몸을 돌렸다.

대숲 초막.

그때 머리에 번득하는 게 있었다.

"홈스는 교토 서부로 갔을지도 모르겠군요."

"서부?" 모리어티 교수가 중얼거렸다. "왜 서부지?"

"머스그레이브 가의 영지에 광대한 대숲이 있습니다. 홈스가 속세를 떠나 은거하겠다고 생각했다면 맨 먼저 그곳이 떠오를 테죠. 게다가 현재 당주인 레지널드 머스그레이브 씨는 홈스의 학창시절 친구입니다. 초막 한둘쯤은 얼마든지 짓게 해줄걸요."

"하지만 12년 전 사건은? 홈스 군은 그 사건 이야기를 꺼내는 걸 그렇게 싫어하지 않았나. 구태여 괴로운 기억이 있는 곳에서 은거하겠나."

모리어티 교수는 그렇게 말하더니 퍼뜩 뭔가를 깨달은 듯했다.

"아니, 괴로운 기억이 있기에 그곳으로 갔는지도 모르겠군. 12년 전 사건은 내내 홈스 군 마음에 남아 있었어. 그 친구는 머스그레이브 가로 가서 신참 시절의 미해결 사건을 다시 한번 조사하려는 건가."

모리어티 교수의 눈이 날카로운 빛을 되찾았다.

"우리도 교토 서부로 가지, 왓슨 군!"

그때 현관 초인종 소리가 들렸다.

"어머, 손님이 왔네."

허드슨 부인이 일어나 급히 계단을 내려갔다.

모리어티 교수는 외출 준비를 하러 삼층으로 올라갔다.

계단 옆 복도에서 기다리는데 아래층이 자꾸만 신경 쓰였다. 허드슨 부인이 현관에서 누군가와 실랑이를 벌이고 있었다. 이윽고 모리어티 교수가 지팡이를 옆구리에 끼고 내려왔을 때 현관문을 쾅 닫는 소리가 들렸다. 우리가 서둘러 현관홀로 내려가자 허드슨 부인이 문에 등을 대고 버티고 있었다.

"의뢰인 분들이 몰려왔지 뭐예요."

"'피해자 모임' 말인가?"

"홈스 씨는 안 계신다고 했는데……."

허드슨 부인이 설명하는 동안에도 문밖에서 "홈스 나오라고 해!", "어디 도망칠 수 있을 줄 알고!" 하는 고함이 들려왔다. 홈스의 대리인으로서 내가 만나겠다고 해도, 허드슨 부인은 "그래 봤자 홈스 씨 대신 봉변을 당할 뿐이에요"라고 말했다.

"저한테 맡기고 뒷문으로 도망치세요."

"이런 상황에 어떻게 부인을 두고 가나."

"전 셜록 홈스의 집주인이라고요. 말썽엔 익숙하답니다."

허드슨 부인은 되레 얼굴에 생기가 넘쳤다. "그보다 얼른 교토 서부로 가서 홈스 씨를 데려오세요. 제 걱정은 마시고요. 여차하면 홈스 씨 권총을 가져와서 두어 방 쏴주면 돼요."

여러모로 문제성 발언이었지만 믿음직한 것만은 틀림없었다.

나는 허드슨 부인에게 고맙다고 인사한 다음 모리어티 교수에게 고갯짓을 해 함께 복도 안쪽으로 갔다. 뒤를 돌아보자 허드슨 부인은 "다녀오세요"라며 손을 흔들었다.

"허허, 참 대단한 인물이로군." 모리어티 교수가 탄식했다.

뒷문으로 나가면 좁은 뒷마당이 나온다. 말이 뒷마당이지, 황량한 공간에 허드슨 부인이 허브를 기르는 화분과 보잘것없는 포플러나무 한 그루 그리고 변소와 빨래 건조대가 있을 뿐이었다. 우리는 서둘러 뒷마당을 가로질러 쪽문을 통해 골목으로 빠져나왔다.

하늘은 신비스러운 물빛이었고 뺨을 찌르는 바람에서 겨울 내가 났다.

우리는 삯마차를 잡아타고 시조오미야로 가서 거기서 란덴嵐電을 탔다.

전철은 건물이 빽빽이 들어선 우쿄를 지났다. 투명한 햇빛 아래 낮은 벽돌이며 모르타르 주택들, 절의 긴 담장 등이 차창 밖으로 천천히 흘러갔다.

"지금까지 귀군에게 꽤나 심한 소리를 많이 했지."

모리어티 교수는 곱씹듯 말했다. "미안했네."

"피차 마찬가지죠."

"홈스 군을 위해서도 우리는 힘을 합쳐야 해."

란덴 정거장 앞은 교토 안팎에서 몰려온 관광객과 그들 호주머니를 노리는 지역 상인들로 붐볐다. 산에는 붉은 단풍이 근사했고 가쓰라 강에는 유람선이 오갔다. 우리는 도게쓰 다리 어귀에서 마차를 잡아 남쪽으로 향하는 오래된 가도를 따라갔다. 긴 역사를 지닌 가도답게 고풍스러운 여인숙과 상점이 늘어서 있었다.

맑고 드높은 하늘에 붓으로 그은 듯한 엷은 구름이 떠 있었다.

이윽고 건물이 사라지자 왼편으로 광대한 연병장이 펼쳐졌다. 그 너머로 오사카행 증기 기관차가 검은 연기를 끌며 달려가는데 마치 장난감 기차처럼 보였다. 오른편으로는 휴경 중인 밭과 목초지가 펼쳐지더니 얼마 더 가자 대숲이 그것들을 대신했다. 마부가 "여기부터 머스그레이브 님 영지랍니다"라고 가르쳐주었다.

모리어티 교수는 선대 로버트 머스그레이브와 안면이 있었다고 했다.

"헐스톤에서 지낸 적이 몇 번 있지."

"선대는 어떤 인물이었습니까?"

"오래된 귀족 가문 사람이라기보다 벼락출세한 사업가 같은 인물이었어. 대단히 유능했다는 건 분명하네. 로버트가 아니었다면 머스그레이브 가문은 지금 같지 않았을 테지. 만국 박람회도 그 사람 수완이 아니었다면 실현되지 못했을 테고. 하지만 대단히 오만하고 불쾌한 인물이기도 했어. 결국 '달 로켓 계획'을 둘러싸고 그 사람과 결별하게 됐네만."

"그 계획은 기억납니다. 꽤나 화제가 됐으니까요."

5년 전, 로버트 머스그레이브는 '달 로켓 계획'을 발표했다. 인간을 포탄에 실어 달 세계로 보낸다는 황당무계한 발상에 모두가 기절초풍해 수완가 머스그레이브 씨도 드디어 망령이 났나 보다고 수군거렸다. 그러나 로버트는 캠페인을 크게 벌여 눈 깜짝할 새에 찬동자를 모았다. '달 수도에서 만납시다'를 모토로 『다케토리모노가타리』(현존하는 일본의 가장 오래된 이야기 문학—옮긴이)와 천체 관측 붐이 일었고, 달이 인류의 다음 프런티어요 우리 제국의 판도에 편입해야 할 전략적 요충지로 여겨지게 됐다. 이윽고 정식 연구소 등 쟁쟁한 기관들이 합류했다. 머스그레이브 가의 광대한 대숲 일부를 채벌해 로켓 발사 실험을 거듭했다. 그러나 실현에 이르는 길은 순탄치 않았다.

인류에게는 너무 이른 꿈이었던 것이야, 하고 모리어티 교수는 말했다.

"지구의 인력에서 벗어나 달로 가려면 막대한 에너지가 필요하네. 처음엔 거대한 대포로 쏘아 올릴 생각이었네만 그 정도로는 턱도 없이 부족하단 말이지. 달 로켓 내부에 미리 주입해둔 연료를 단계적으로 폭발시켜 가속도를 더 높여야 해. 하지만 우리에게는 그렇게 취급이 까다롭지 않은 연료도, 충격을 버텨낼 수 있도록 선체를 건조할 기술도 없네. 현대 과학의 힘으로는 도저히 불가능한 일이야. 나는 로버트 머스그레이브에게 여러 번 계획 중지를 제안했네만 그 사람은 들은 척도 하지 않았어. 자기 손으로 반드시 실현해내겠다며 말이지."

이렇다 할 성과를 거두지 못한 채 세상 사람들의 열광은 식어갔다. 머스그레이브 가가 아무리 재력이 있어도 막대한 지출을 언제까지고 감당할 수는 없는 노릇이다. 작년 여름 로버트 머스그레이브가 세상을 떠나자, 그의 아들 레지널드는 달 로켓 계획의 무기한 동결을 발표했다.

"어째서 그렇게까지 집착했을까요?"

"그걸 잘 모르겠단 말이지."

모리어티 교수는 눈살을 찌푸리며 중얼거렸다.

"머스그레이브 양이 실종된 일이 계기였다는 사람도 있어. 아닌 게 아니라 딸이 모습을 감춘 뒤로 로버트는 사람이 달라지고 말았어. 원래는 무모한 꿈을 뒤쫓는 인간이 아니었는데. 오히려 비인간적일 만큼 실속을 따지는 사내였고, 그게 그 사람 힘의 원천이기도 했네. 그렇건만 만년의 로버트 머스그레이브는 손익 계산 따위 안중에 없었어. 꼭 뭔가에 씐 사람 같았지."

이윽고 마차는 가도를 오른쪽으로 꺾어져 대숲을 통과하는 곁길로 들어섰다.

길 양옆으로 아름다운 대숲이 시야 한가득 펼쳐졌다. 머스그레이브 가와 대숲의 깊은 관계는 나도 알고 있었다. 가문의 문장에도 대숲이 들어 있을 정도고 조상 대대로 물려받은 소장품 중에 현존하는 가장 오래된 『다케토리모노가타리』 사본까지 있다 한다.

"이렇게 넓으면 초막을 얼마든지 지을 수 있겠는데요."

"겨울엔 춥고 여름엔 각다귀투성이야. 지내기 편할 것 같지 않네만."

이윽고 커다란 철문이 나타나자 마차가 멈춰 섰다. 왼편, 문지기가 사는 벽돌집에서 정원사처럼 보이는 모자 쓴 노인이 나왔다. 모리어티 교수가 몸을 내밀어 이름을 밝히자, 노인은 천천히 머리를 숙이고 천천히 문으로 다가가 천천히 문을 열어주었다. 대숲은 거기서 끝나고 군데군데 관목을 심은 푸른 잔디밭이 펼쳐졌다. 도로는 자갈길로 바뀌었다.

헐스톤은 대숲으로 둘러싸인 광대한 타원형 부지에 자리했다.

창건 당시의 모습이 남아 있는 구관과 백 년쯤 전 증축했다는 신관이 있었다. 커다란 L자 모양을 상상해주기 바란다. L자의 가로획이 구관인데, 아무래도 16세기 건물이다 보니 음울하고 고색창연했다. 현재는 가문에 전해져 내려오는 물건을 보관하는 소장고와 농산물 저장고 정도가 있을 뿐 거의 사용하지 않았다. L자의 세로획에 해당되는 신관은 비교적 분위기가 밝았고 굴뚝에서 피어오르는 연기에서도 인간의 숨결이 느껴졌다. 레지널드 머스그레이브 씨와 하인들은 모두 신관에서 생활했다. 우리는 신관 현관 앞에서 마차를 내렸다.

초로의 집사가 나와 우리를 맞이했다.

"잘 있었나, 브런턴. 오랜만이군."

"모리어티 교수님, 어서 오십시오."

집사 브런턴은 온화하게 말하며 머리를 숙여 인사했다. 오래된 가문에서 일하는 사람답게 비에 젖은 화강암처럼 침착했다. 모리어티 교수가 찾아온 이유를 밝히자, 브런턴은 무표정하게 고개를 끄덕이며 "네, 셜록 홈스 님은 이곳에 머물고 계십니다"라고 말했다.

"아, 역시 맞았군! 다행이다!"

우리는 손을 맞잡고 소리쳤다. 예상이 들어맞았다.

브런턴에 따르면 셜록 홈스는 레지널드 머스그레이브의 허가를 얻어 영지 내 대숲에 작은 초막을 짓는 중이라고 했다. 아무리 권해도 헐스턴에서 지내려 하지 않아서 마구간에서 일하는 소년이 대숲 초막으로 일용품을 날라다주는 모양이었다. "나중에 안내해드리게 하겠습니다." 브런턴이 말했다. 먼저 레지널드 머스그레이브를 만나주면 좋겠다고 하기에 우리는 현관홀로 들어갔다.

브런턴이 주인에게 알리러 간 동안 나는 주위를 둘러봤다.

천장이 높은 현관홀에는 조상이 전쟁 중에 사용했던 무기와 산하 기업의 생산품 견본, 만국 박람회의 기념 메달, 오카자키에 있는 크리스털 팰리스의 정교한 모형 등 머스그레이브 가의 역사를 말하는 물품이 유리 케이스 몇 개에 진열되어 있었다. 흡사 박물관 같다. 홀 안쪽으로 보이는 거대한 계단의 계단참 벽에는 역대 당주의 근사한 초상화 여러 점이 걸려 있었다. "저택이 참 훌륭하군요." 나는 감탄했다.

"이쪽 복도를 따라가면 구관으로 연결된다네."

모리어티 교수는 턱짓으로 홀 오른쪽 복도를 가리켰다.

"귀중한 비장품이 여럿 있다는군. 굴지의 오랜 역사를 지닌 가문이니 말이지."

이윽고 브런턴이 돌아와 현관홀 왼편에 있는 서재로 안내했다.

세로로 긴 환한 방은 왼쪽에 난 몇몇 커다란 창문으로 잔디밭이 내다보였다. 오른쪽 벽에는 서가와 장식장이 늘어섰는데, 그중에서도 특히 거대한 월면도가 시선을 끌었다. 망원경으로 관찰한 월면의 모습을 상세하게 그렸는데, 로버트 머스그레이브가 만년에 빠져 있었다는 '달 로켓 계획'의 유물일 것이다. 안쪽 벽에 자리한 벽난로 앞에 레지널드 머스그레이브일 듯한 신사가 서서 눈앞 긴 의자에 앉은 두 여자와 이야기를 나누고 있었다.

브런턴이 공손하게 말했다.

"모리어티 교수님과 왔슨 선생님이 오셨습니다."

긴 의자에 앉은 여자들이 기다렸다는 듯 돌아봤다.

나도 모르게 숨을 훅 들이마셨다. 아이린 애들러와 아내 메리였다.

레지널드 머스그레이브는 전형적인 귀족적 풍모를 지닌 사람이었다.

고급 양복을 입고 선 자세, 여유 있고 우아한 거동은 빈틈없이 완벽했다. 창백하고 준엄한 얼굴은 중세 시대의 어두운 성채를 연상케 했다. 새치가 희끗희끗한 작은 머리를 높이 쳐들고 턱을 다소 치키며 상대방을 보는 버릇도 머스그레이브 씨에게 초연한 분위기를 주었다. 모리어티 교수에게 들은 선대 로버트의 정력적인 인상과는 정반대였다.

머스그레이브 씨에게 다가가며 나는 긴 의자에 앉은 메리에게 시선을 주었다.

맑은 겨울 햇빛을 배경으로 메리는 수수께끼 같은 침묵을 유지하고 있었다. 아이린 애들러가 곁에 딱 붙어 있었다.

어째서 두 사람이 머스그레이브 가에 있는 걸까?

모리어티 교수는 로버트가 선대였을 무렵부터 머스그레이브 가에 드나든지라, 레지널드 머스그레이브 씨가 학생이었을 시절부터 그와 안면이 있었다. 두 사람은 온화하게 인사를 주고받았다. 작년 로버트의 장례식 이래로 처음 만나는 듯했다. 장례가 있고 얼마 뒤 모리어티 교수가 대학을 그만둔 것도 머스그레이브 씨는 알고 있었다.

"어떻게 지내시는지 걱정했습니다."

"이럭저럭 지냅니다. 홈스 군과 다른 사람들 덕에 말이죠."

"사람의 인연이란 게 참 신기하군요. 뵙게 되어 기쁩니다,

왓슨 선생님. 선생님의 사건 기록은 모두 읽었죠. 배운 것도 많았고 홈스의 활약에 관해서도 소상히 알 수 있었습니다. 감사드립니다."

"영광입니다, 머스그레이브 씨."

"그나저나 홈스가 여기 있는 걸 용케 아셨군요. 원래는 알려드렸어야 했겠지만 홈스가 필요 없다고 우겨서 말입니다. 대체 어떻게 추리하셨죠?"

"아뇨, 추리라 할 정도는 아닙니다."

나는 얼버무렸다. "친구의 감 같은 거라고 할까요."

홈스의 파트너는 역시 다르군요, 라며 머스그레이브 씨는 미소를 지었다.

"그저께 오후에 홈스가 맨몸으로 헐스턴을 찾아왔습니다. 자기는 이제 탐정에서 은퇴하기로 했다, 그러니까 영지 내 대숲에 초막을 짓게 해달라, 그러는 겁니다. 초막을 지을 것 없이 원하는 만큼 헐스턴에서 쉬라고 했는데도 대숲으로 바로 들어가버리더군요. 이상한 친구죠. 학창시절부터 하나도 안 변했습니다."

아이린 애들러가 "홈스 씨가 여기 계세요?"라며 몸을 내밀었다.

그녀도 셜록 홈스가 교토 서부 대숲에 틀어박혀 있을 줄은 몰랐던 모양이다. 놀란 표정이었다.

"정말로 은퇴한다고 말씀하신 건가요?"

"네, 정말 그렇게 말했습니다. 진심으로 하는 말인지 아닌지는 별개로 치고 말이죠."

아이린 애들러는 눈을 가늘게 뜨고 언짢은 듯 하얀 볼을 부풀렸다. 그러더니 나를 노려봤다. "은퇴라니 이게 어떻게 된 일인가요, 왓슨 선생님."

"아니, 우리도 최선을 다했습니다만……."

"실망했어요."

"당신이 이러쿵저러쿵할 일은 아닙니다."

모리어티 교수가 노여움에 떨리는 목소리로 말했다.

"잘도 그런 소리를 하는군요, 애들러 씨. 우리는 어떻게든 홈스 군이 재기할 수 있도록 피나는 노력을 거듭해왔습니다. 그런데 당신이 홈스 군을 몰아붙여서 급기야 은퇴까지 결심하게 한 겁니다."

"그게 왜 그렇게 되죠?"

아이린 애들러는 의연히 가슴을 폈다.

"전 제가 해야 할 일을 한 것뿐인데요."

"그러니까 그게 홈스 군의 자부심에 상처를 입혔다는 말입니다."

"그건 홈스 씨 문제지 제 문제가 아닙니다. 애초에 그런 자부심이 무슨 소용이 있나요? 그런 건 당장 갖다버려야 해요."

"뭣이?" 모리어티 교수는 으르렁거렸다. "감히 그런 소리를!"

"왓슨 선생님도 모리어티 교수님도 그렇게 어리광을 받아주니까 홈스 씨가 되레 옴짝달싹 못 하게 되는 거라고요. 하찮은 자부심으로부터 자유로워져서 못 하는 건 못 한다고 인정하는 것. 합당한 상대에게 조언을 구하고 개선할 점을 개선하는 것. 그런 용기와 겸허함을 갖는 게 문제를 해결할 유일한 방법일 겁니다. 애초에 자기 문제를 해결하지 못하는데 어떻게 남의 문제를 해결할 수 있다는 거죠?"

아닌 게 아니라 아이린 애들러가 하는 말은 하나부터 열까지 다 옳고 합낭했다.

하지만 그렇다고 그대로 실행할 수 있는지는 별문제였다. 인생의 밑바닥을 네 발로 기는 인간은 '옳고 합당한 소리를 내 따를쏘냐' 하는 부조리한 욕망이 눈뜨는 법이다. 당연한 말을 따르느니 홈스는 대숲으로 명예롭게 도망치기를 택할 것이다.

모리어티 교수는 분노한 형상으로 당장이라도 폭발해 천지 사방으로 흩어질 듯했다. 한편, 아이린 애들러도 의견을 바꿀 생각은 조금도 없는 것 같았다.

자리를 수습해준 사람은 레지널드 머스그레이브였다.

"어쨌든 하인에게 안내해드리도록 할 테니 홈스 군과 이야기해보시죠."

머스그레이브 씨는 벨을 울려 브런턴을 부르며 "가시는

김에 왓슨 선생님께 부탁드릴 게 있습니다"라고 말했다. "홈스 군을 설득해 여기로 데려와주시겠습니까? 오늘 밤 특별한 모임이 열리거든요. 홈스 군 그리고 왓슨 선생님과 모리어티 교수님도 꼭 동석해주셨으면 합니다. 오늘은 헐스턴에 묵으시면 되죠. 필요한 게 있으면 브런턴에게 말씀해주십시오."

참으로 갑작스럽고도 기묘한 제안이었다.

우리가 당혹스러워하자 아이린 애들러가 뜻밖이라는 듯 말했다.

"저희만으로는 불안하다는 말씀이신가요?"

"이런, 아닙니다. 언짢게 생각하지 않으셨으면 합니다."

머스그레이브 씨는 온화한 목소리로 말했다. "하지만 상대방은 노련한 리치버러 부인이니까요. 이쪽도 만반의 준비를 갖추고 맞이하고 싶습니다."

"리치버러 부인이 옵니까?" 모리어티 교수가 얼굴을 찌푸렸다.

"걱정하실 필요 없습니다, 교수님. 전 심령주의에 눈뜬 게 아닙니다."

머스그레이브 씨에 따르면, 몇 년 전부터 리치버러 부인은 헐스턴에 심령적인 힘이 깃들어 있다고 주장하며 여러 차례 '심령적 조사'를 하게 해달라고 청해 그때마다 로버트 머스그레이브에게 거절당했다. 하지만 그녀의 앞을 가로막던 선대가 세상을 뜨고 1년 이상이 지나 머스그레이브 씨는 그녀의 '심령적 조사'를 받아들이기로 했다.

"이 기회에 확실하게 판가름을 내는 게 좋겠다 싶어서 말이죠."

"하지만 그 여자는 영매를 사칭하는 사기꾼입니다."

"그래서 초대한 겁니다, 모리어티 교수님."

레지널드 머스그레이브의 어조는 한층 심각해졌다.

"리치버러 부인은 대단히 위험한 인물입니다. 지난 몇 년 동안 그 사람은 심령주의 신봉자를 순조롭게 늘려왔습니다. 어린애 장난이라고 업신여길 일이 아닙니다. 그냥 방치했다간 우리 제국의 진보 발전을 저해할 지극히 우려할 만한 사태가 벌어질 테죠. 유명한 탐정이신 아이린 애들러 씨를 초대한 건 리치버러 부인의 정체를 폭로하기 위해서입니다."

그러더니 머스그레이브 씨는 이렇게 덧붙였다.

"그래서 홈스 군의 힘도 빌리고 싶습니다."

머스그레이브 씨와의 회견을 마치고 모리어티 교수와 나는 헐스턴에서 나왔다.

겨울 하늘은 맑았지만 오후 4시가 지난 시간이라 저택 앞 정원의 커다란 떡갈나무 그늘에서 저녁 빛이 느껴졌다. 바구니를 든 마구간 소년 뒤를 따라 우리는 저택 정면에 펼쳐진 잔디밭을 걷기 시작했다. 파도치는 바다가 연상되는 푸른 잔디밭 너머에 머스그레이브 가의 대숲이 전인미답의 대륙처럼 가로로 뻗어 있었다.

"대숲은 얼마나 넓지?" 나는 소년에게 물었다.

"엄청나게 넓어요." 소년은 말했다. "가끔 조난당하는 사람도 있을 정도로요. 그럴 때는 윌리엄 씨와 함께 저택에서 총출동해서 찾으러 가요."

"그 사람이 대숲 관리인인가?"

"네." 소년은 고개를 끄덕였다. "좀 특이하지만 좋은 사람이에요."

윌리엄이라는 인물은 전국을 돌며 대숲 관리의 달인으로 이름을 떨치다가, 1년쯤 전 머스그레이브 가에 스카우트된 이래로 영내 대숲을 관리했다. 로버트 머스그레이브 생전에 달 로켓 발사 기지 건설과 관리 예산 삭감으로 인해 머스그레이브 가의 유명한 대숲도 많이 황폐해졌지만, 지난 1년간 윌리엄 씨의 노력 덕에 이전의 아름다움을 되찾아가는 중이라고 했다.

"실력이 뛰어난 명인인가 보군"이라고 내가 말하자, 소년은 "윌리엄 씨는 대숲을 아주 좋아하거든요"라며 웃었다. "대숲에서 도통 나오질 않는다니까요."

소년과 내가 그렇게 잡담을 나누는 동안에도 모리어티 교수는 지팡이를 휘두르며 뭐라 중얼거리고 있었다.

"무슨 그런 무신경한 여자가 다 있나!"

3장 레이철 머스그레이브의 실종

"그렇게 화내지 마십시오, 모리어티 교수님. 애들러 씨가 한 말이 옳긴 하잖습니까."

"그러니까 더 화가 나는 것이야. 그렇게 옳은 소리를 늘어놓는 걸로 해결된다면 우리는 진즉에 슬럼프를 탈출했네. 그렇게 안 되니까 고생하는 게 아닌가!"

"하지만 애들러 씨도 나쁜 뜻이 있어 하는 말은 아닙니다."

"그건 모르는 일이지."

"무신경한 건 사실입니다만."

나는 잔디밭 너머 바람에 술렁이는 대숲을 바라봤다.

태고의 여신 모습을 한 아이린 애들러가 뇌리에 떠올랐다. 그녀는 '옳은 소리'의 화살을 연달아 쏘아대며 가엾은 홈스를 쫓아다니고 있었다. 그는 광대한 잔디밭을 도망 다닌 끝에 어두침침한 대숲으로 달아났다. 하지만 홈스를 쫓아다니는 사람은 아이린 애들러만이 아니었다. 그녀 곁에는 또 한 여신이 그림자처럼 붙어 있었다.

메리의 섬뜩한 침묵이 영 마음에 걸렸다.

모리어티 교수와 아이린 애들러가 말다툼을 벌이는 동안, 메리는 입을 다물고 아무 말도 하지 않았다. 마치 자신의 존재를 지우려고 하는 듯했다. 하지만 애들러 씨가 주장하는 옳은 소리가 도움이 되지 않는다는 것, 홈스의 슬럼프가 어마어마하게 성가시다는 것은 메리 자신이 뼈저리게 경험했을 터였다. 그런데도 메리는 아이린 애들러가 마음대로 말하게 두었다. 거기에는 냉정한 계산이 엿보였다. 혹시 모든 일의 흑막은 메리가 아닌가?

아이린 애들러가 구태여 데라마치 거리 221B 맞은편에 사무소를 차린 것도, 홈스를 도발해 탐정 대결을 벌인 것도, 모두 메리가 꾸민 일이라면? 미나미 좌에서 아이린 애들러와 재회한 뒤로 메리가 홈스를 쫓아내기 위해 계략을 쓴 것이라면……. 하지만 그건 너무나도 불온한 가설이었다.

우리는 머스그레이브 가의 대숲에 발을 들여놓았다.

5분쯤 걷자 주위에 무수히 솟은 청죽만 보이게 됐다. 참으로 아름답고 어딘지 모르게 신비스러운 풍경이었다. 차가운 바람이 가지 끝을 흔들 때마다 삐걱삐걱하는 소리가 사방팔방에서 들려왔다. 여기저기에서 흔들리는 양달 때문에 어쩐지 물속을 걷는 기분이었다. 대숲은 평지가 아니라 건조하고 나직한 언덕이 있는가 하면 어둑어둑하고 습한 골짜기도 있었다.

"어떻게 길을 찾아갈 수 있는 거지?" 나는 물었다.

소년은 대답 대신 눈앞에 뻗은 청죽 한 그루를 가리켰다. 소년의 눈높이와 같은 위치에 붉은색으로 염색한 털실이 묶여 있었다. 그제야 깨달았는데, 같은 끈을 묶은 대나무가 앞쪽에도 띄엄띄엄 보였다. 그 대나무를 따라가면 홈스의 초막까지 길을 잃지 않고 갈 수 있는 모양이다. 아닌 게 아니라 그런 표시라도 없으면 금세 방향을 잃을 듯했다.

"어디 황금이 든 대나무라도 있으면 좋겠군요."

"다케토리모노가타리처럼 말인가."

모리어티 교수는 코웃음을 쳤다.

"실제로 그런 소문은 존재하네. 교토 북부의 머스그레이브 가는 벌써 몇 백 년 전에 망했는데도 교토 서부의 머스그레이브 가는 지금도 영화를 누리고 있지. 황금이 든 대나무까지는 몰라도 여기 교토 서부 땅에 무슨 비밀이 있는 게 아닌가 의심하는 작자들은 많아. 보나 마나 리치버러 부인도 그 부류일 테지. 머스그레이브 가는 마계와 거래하고 있다는 자들마저 있다네. 『다케토리모노가타리』는 그런 금단의 거래를 은유적으로 이야기한 것이고, 그 덕에 머스그레이브 가는 영화를 누리게 됐지만 그에 대한 대가로 후대까지 저주받았다는 이야기야."

모리어티 교수는 잠시 생각하더니 다시 입을 열었다.

"머스그레이브 양 일도 있으니 말이지."

"머스그레이브 양이 실종된 게 저주 탓이라는 말씀입니까?"

"무슨 바보 같은 소리를! 물론 그런 생각은 하지 않네."

모리어티 교수는 성난 듯 지팡이를 휘둘렀다.

"하지만 그게 불가해한 사건이었다는 것은 사실이야. 홈스 군조차 그 실종 사건의 수수께끼를 풀지 못했어. 정말이지 측은한 사건이었다고. 나는 헐스턴에서 열린 만찬회에서 레이철 머스그레이브를 몇 번 만난 적이 있네. 몸은 튼튼하지 않은 것 같았네만 호기심이 왕성하고 매우 총명한 소녀였어."

머스그레이브 양 실종 사건이 알려졌을 때도 머스그레이브 가의 '저주'에 관한 소문이 돌았다고 한다. 시샘이라고 할지, 질투라고 할지, 부와 역사를 가진 가문에는 좌우지간 무책임한 소문이 따르게 마련이다. 그런 소문은 비과학적인 미신이라 쳐도 머스그레이브 양이 설명하기 힘든 상황에서 실종됐다는 사실은 여전히 존재한다.

그때 리치버러 부인이 방문한다는 이야기가 생각났다. 그녀는 헐스턴의 '심령적 조사'를 하러 온다고 했다.

"리치버러 부인은 수수께끼를 풀려고 오는 걸까요?"

"그럴지도 모르지."

모리어티 교수는 언짢은 듯 말했다.

"그런 가짜 영매가 뭘 할 수 있겠나 싶네만."

얼마 뒤 우리는 대나무를 베어 낸 작은 우묵땅으로 나왔다.

우묵땅 바닥에 정체를 알 수 없는 물체가 있었다. 안내하는 소년에 따르면 그게 홈스가 기거하는 초막이라고 했다. 대를 엮어 범포를 덮었을 뿐인 초라한 초막은 기껏해야 관보다 조금 큰 정도였다. 초막 앞에 구덩이를 파 불을 피웠는데, 양철 냄비에서 대숲과 그리 어울리지 않는 카레 냄새가 났다. 이십대 정도로 보이는 젊은이가 땅에 담요를 깔고 불 위의 냄비를 지켜보고 있었다.

"윌리엄 씨, 안녕하세요."

소년이 인사하자 젊은이는 온화한 목소리로 답했다. "왔구나, 존."

머스그레이브 가의 유명한 대숲을 관리한다고 해서 더 나이 든 장인 같은 남자를 상상했는데 어딘지 모르게 유유한 분위기의 청년이었다. 시든 연잎 같은 괴상한 모자를 쓰고 뻣뻣한 갈색 상의를 입었으며 직접 만든 듯한 대나무 파이프를 물고 있었다. 외모에서는 날렵함이 느껴지는데 양철 냄비를 바라보는 눈빛에는 어딘지 모르게 꿈꾸는 듯한 섬세함이 있었다. 대숲에서 오래 살면 그런 눈빛이 되는 걸까.

"홈스 씨가 양고기 카레를 나눠준다고 했거든."

윌리엄 씨는 냄비를 저으며 말했다. "가끔은 카레도 나쁘지 않지."

"홈스 씨 친구 분을 모셔왔는데요."

"왓슨 선생님과 모리어티 교수님이시죠? 홈스 씨께 말씀 많이 들었습니다."

그나저나 홈스는 어디에 있는 걸까. 주위를 둘러봐도 나뭇가지와 잎사귀가 깔린 우묵땅에 숨을 곳은 없었다.

우리가 머뭇거리자 윌리엄 씨는 대나무 가지를 가리켰다. 올려다보니 한데 엉킨 가지와 잎사귀가 부자연스럽게 흔들리면서 지저분한 바지 궁둥이가 어른거렸다.

"어이, 홈스! 그런 데서 뭘 하나?"

"뭘 하든 그건 내 맘이지."

대나무 위쪽에서 홈스의 목소리가 들려왔다.

"자네들이야말로 이런 데서 뭘 하는 거지?"

"당연히 자네를 데리러 온 게 아닌가."

"미안하지만 이제 데라마치 거리 221B로는 돌아가지 않아. 난 속세에 작별을 고하고 여기 대숲 구석에 나만의 왕국을 건설할 생각이네. 앞으로 셜록 홈스는 이를테면 쓰치노코(일본에 서식한다고 전해져 내려오는 뱀처럼 생긴 환상 속 생물-옮긴이) 같은 미확인 생물이라 생각하라고. 그럼 잘 가도록, 안녕히."

"영문 모를 소리 하지 말고 아무튼 일단 내려오라니까!"

나는 청죽을 흔들어봤지만 홈스는 꿈쩍도 하지 않았다. "그래 봤자 끄떡없거든"이라 하는 목소리가 아주 밉살스러웠다. 몇 번을 흔들어도 크게 휘는 청죽의 움직임에 맞춰 지저분한 궁둥이가 상공에서 흔들흔들할 뿐이었다.

"홈스 군, 날세. 모리어티야."

모리어티 교수가 홈스에게 말했다.

"지난 사흘간 줄곧 귀군 걱정을 했어. 귀군이 나에게 넌더리가 나서 나간 것이 아닐까 싶어 얼마나 슬펐는지 모르네. 그렇다고 귀군을 책망할 생각은 없어. 대숲에 틀어박히고 싶은 심정은 아주 잘 이해해. 그저 나는 무척 슬펐네."

3장 레이첼 머스그레이브의 실종

모리어티 교수가 입을 다물자 대나무 가지가 조용해졌다.

이윽고 홈스가 가벼운 몸놀림으로 스르르 내려왔다. 언뜻 보면 몰라볼 정도로 달라진 모습이었다. 윌리엄 씨와 비슷한 정원사풍 상의를 입고 헌팅캡을 썼으며, 오른쪽 뺨에는 대나무 가지에 긁힌 듯한 상처가 있었다. 홈스는 마구간 소년에게서 바구니를 받아들고는 윌리엄 씨 맞은편에 앉았다.

홈스는 불을 보며 나지막이 말했다.

"당신한테 상처줄 생각은 없었습니다."

모리어티 교수는 "그래"라며 살짝 고개를 끄덕였다.

그 말만 하고 홈스는 주저앉아 양철 냄비만 바라보는 통에 우리도 불을 둘러싸고 땅바닥에 앉았다. 얼마 동안 불소리만 들렸다.

홈스가 윌리엄 씨를 가리키며 "이 사람은 내 스승이라네"라고 말했다. "이보다 더 대숲을 잘 아는 사람은 없어."

윌리엄 씨는 시든 연잎 같은 괴상한 모자를 벗고 머리를 마구 헝클어뜨렸다.

"전 대숲에 관한 것밖에 모릅니다. 내내 대숲 안에서 살아왔고 죽을 때도 대숲 안에서 죽겠죠. 홈스 씨, 당신처럼 데리러 올 친구도 없고 말이지."

"아니, 나도 대숲에 뼈를 묻을 작정이네."

"그건 좋지 않은데. 내 생각에 당신은 그런 사람이 아니야."

"윌리엄 씨 말이 맞아, 홈스." 나는 앞으로 다가앉았다. "자네가 방치한 사건 의뢰인들이 '피해자 모임'을 결성해서 데라마치 거리 221B로 몰려들고 있네. 허드슨 부인이 얼마나 욕보고 있는 줄 아나. 아무리 그래도 너무 무책임하지 않나."

"상관없어. 이제 정말 아무래도 상관없네."

홈스는 넌더리 난다는 듯 얼굴을 찡그리며 말했다.

"난 이제 자기 자신이란 난해한 사건과 씨름하는 데 지쳤어. 난 이제 무용지물이야. 그냥 그뿐이네. 이제 아무 생각도 하지 않고 조용히 살고 싶어."

"그래도 상관없네, 홈스 군."

모리어티 교수가 끈기 있게 말했다. "하지만 오늘은 우리와 함께 헐스턴에 가주지 않겠나? 레지널드 머스그레이브 씨가 도움을 필요로 하고 있어."

"이런 무용지물한테 뭘 하라는 겁니까?"

"저녁에 리치버러 부인이 헐스턴에 온다네."

모리어티 교수는 머스그레이브 씨의 계획에 관해 설명했다. 홈스는 잠자코 듣고 있었지만, 가짜 영매의 정체를 폭로한다는 계획도 홈스의 잠자는 탐정 정신에 불을 붙이지 못하는 듯했다. "그런 일은 애들러 씨가 알아서 하라죠."

우리가 그 이상 할 말을 잃고 입을 다물었을 때, 윌리엄 씨가 "잠깐만요"라고 말했다. 그는 대나무 파이프에 담은 담배에 불을 붙여 홈스에게 내밀었다. 홈스는 파이프를 받아 한

3장 레이철 머스그레이브의 실종

모금 빨고 윌리엄 씨에게 돌려주었다. 바람에 흔들리는 대숲의 술렁거림이 커진 것 같았다. 그때까지 딱딱하게 굳어 있던 홈스의 얼굴이 조금 누그러진 듯 보였다.

윌리엄 씨는 손에 든 파이프를 보며 말했다.

"도와주지 그래, 홈스 씨."

"하지만……."

"어떻게 해도 안 되겠어?"

홈스는 꾸중을 들은 어린애처럼 고개를 떨어뜨렸다.

"탐정 노릇을 해달라고 부탁하는 게 아니야."

윌리엄 씨는 묘하게 맑은 눈빛으로 홈스를 바라봤다.

"수수께끼를 풀지 않아도 돼. 레지널드 곁에 있어주기만 해줘."

그 자리에 있던 모든 이가 숨을 멈추고 윌리엄 씨의 목소리에 귀를 기울이고 있었다. 그의 목소리는 마치 대나무 가지를 흔드는 신비스러운 바람 같았다.

내용도 수수께끼 같았지만 윌리엄 씨가 머스그레이브 씨를 '레지널드'라고 부른 게 마음에 걸렸다. 영지 관리인이 손님 앞에서 당당히 영주를 이름으로 부르는 것은 부자연스러웠다. 게다가 어조에서 마치 아버지가 아들을 부르는 듯한, 형이 동생을 부르는 듯한 어색한 친애의 정이 느껴졌다.

머스그레이브 가의 만찬회는 저녁 7시부터 시작됐다.

식당에 화려한 샹들리에 불빛이 쏟아지고 검은 옷을 입은 시종들이 돌아다녔다. 너무 화려해 마음이 안정되지 않았다. 내가 옴질거리고 있으려니 옆에서 메리가 "좀 가만있어요!"라고 귓속말했다. 그러는 아내도 옴질거리고 있었다.

"홈스 씨 차림새는 왜 저래요?"

"은둔자 행색인 거야."

"하여간 정말 자기밖에 모른다니까. 난감한 사람이네요."

마지못해 대숲에서 나와 저택으로 왔을 때, 홈스는 걸레 같은 회색 스카프를 옷깃 속에 쑤셔 넣었고 덥수룩한 머리에는 댓잎이 덕지덕지 붙어 있었다. 브런턴이 보다 못해 갈아입을 옷을 준비해주겠다는 것도 홈스는 완강히 거절했다.

"난 이거면 돼. 그냥 내버려두게."

브런턴이 할 수 있었던 일은 눈살을 찌푸리며 홈스의 머리에 붙은 마른 잎사귀를 떼어내주는 것뿐이었다. 머스그레이브 가의 집사 입장에서는 납득하기 어렵겠으나, 주인인 머스그레이브 씨가 내버려두는 이상 방법이 없다. 홈스는 은둔자 스타일로 화려한 만찬 자리에 앉아서도 주눅 드는 기색이 없이 태연했다.

홈스가 테이블 구석에서 냉담한 표정을 짓고 있는 반면, 아이린 애들러는 휘황찬란한 샹들리에 불빛 아래 물 만난 고기처럼 괄괄해 보였다.

아이린 애들러가 머스그레이브 씨에게 말했다.

"그 '궤변론부'란 데는 어떤 동아리인가요?"

"삐딱한 인간들의 집합이랍니다."

머스그레이브 씨는 포도주를 마시고 미소를 지었다.

"창설 경위부터 삐딱하거든요. 아리스토텔레스의 논리학을 신봉하는 '변론부'에서 쫓겨난 인간들이 반기를 들어 창설했다고 하니까요. 여름방학 합숙이나 타 대학과의 시합 같은 것도 있고, 동아리 멤버들끼리 무의미한 논의를 거듭하면서 상대방을 현혹시키는 기술을 연마하곤 했습니다. 바보스러운 놀이 같지만 사회에 나와보니까 이게 제법 도움이 되더란 말이죠."

"홈스 씨가 그런 동아리에 있었다니 뜻밖인데요."

"동아리 내에서도 이채를 띠는 존재였죠. 안 그런가, 홈스."

"그랬던가?" 홈스는 짤막하게 말했다. "잊어버렸어."

"자네는 어디까지나 올바른 논리에 집착했잖나. 궤변론부 부원 자격이 없다고 동아리에서 제명당할 뻔한 적도 있었지. 그래서 그때 자네가 전설적인 변명을 내놨어. 궤변론부라는 궤변적 공간에선 가장 궤변적이지 않은 발언이 최대의 궤변이라고. 얼마나 기가 막히던지. 재미있는 녀석이다 싶어서 그때부터 친해졌답니다. 오만한 친구라서 따끔한 소리도 많이 들었습니다만."

"자네도 꽤나 오만했다고, 머스그레이브."

"자네만큼은 아니거든."

"그건 그럴지도 모르겠군. 자네의 오만함은 거죽뿐이었고 내성적인 성격을 감추기 위한 것이었어. 자네는 그렇게 주변에 튼튼한 성채를 쌓아서 필사적으로 자신을 지켰던 거야. 당시 자네는 늘 뭔가를 두려워하는 것 같았어. 지금은 많이 나아졌네만."

"이거야 원, 학창시절 이야기는 꺼내는 게 아니군."

만찬이 시작된 뒤로 아이린 애들러는 한사코 홈스와 시선을 마주치려 하지 않았다. 어떻게 대하면 좋을지 모르겠다는 느낌이었다. 그에게 말을 걸려다가 그냥 입을 다무는 장면을 여러 번 목격했다.

모리어티 교수는 머스그레이브 씨 왼편에 앉은 터라 내가 있는 테이블 끝에서는 잘 보이지 않았다. 모리어티 교수 맞은편에는 두 인물이 앉아 있었다. 한 명은 영매인 리치버러 부인, 또 한 명은 그녀의 '심령적 조사'에 입회하러 온 물리학자 카트라이트 군이었다.

리치버러 부인을 따라 저택에 온 카트라이트 군을 보고 모리어티 교수는 몹시 실망한 듯했다. 카트라이트 군도 이런 상황에서 은사와 재회하게 될 줄은 몰랐던 듯 안면이 창백해졌다. 은사와 제자는 말도 몇 마디 나누지 않았다.

그때 리치버러 부인이 새된 목소리로 아이린 애들러에게 말했다.

"애들러 씨는 절 사기꾼이라고 생각하시죠?"

"네, 그래요. 심령주의는 가짜예요."

"전 당신 같은 사람을 좋아하죠. 당신 같은 회의론자일수록 납득하고 나면 든든한 동료가 되어주거든요. 분명히 그렇게 될 거예요, 애들러 씨."

글쎄요, 과연 그렇게 되려나요? 하고 아이린 애들러는 도전적으로 말했다.

리치버러 부인은 머스그레이브 씨를 향해 미소를 지었다.

"그나저나 용의주도하시네요. 홈스 씨와 애들러 씨는 명탐정, 모리어티 교수는 저명한 과학자. 쟁쟁한 분들을 모셨군요."

"당신한테는 좋은 기회이기도 할 텐데요. 이만한 입회인 앞에서 심령 현상이 진짜라는 걸 증명할 수 있다면 저도 기꺼이 제가 틀렸다는 걸 인정하겠습니다."

"그 말엔 찬성하지 못하겠군요, 머스그레이브 씨."

모리어티 교수가 말했다. "강령 모임에 과학적 엄밀성은 전혀 존재하지 않아요!"

"교수님 같은 과학자들은 늘 저렇죠." 모리어티 부인이 말했다. "자기 뜻에 어긋나는 건 곧바로 가짜란 꼬리표를 붙이고 직시하려 하지 않아요. 미지의 세계에 대해 그런 식으로 마음을 닫는 걸 어떻게 과학적인 태도라 할 수 있을까요? 물론 카트라이트 씨는 다르세요. 열린 태도로 심령 현상을 바라보려 하시니까요."

"전 사회에 이바지하고 싶은 것뿐입니다."

"사회에 이바지하고 싶다면 연구실로 돌아가게, 카트라이트 군."

"모리어티 교수님, 우리한테 필요한 건 인간의 영혼과 연결된 과학입니다."

"자네 대체 무슨 말을 하는 건가?" 모리어티 교수는 경악해 소리쳤다. "과학은 우리 영혼과 분리되어 있기에 보편성을 지니는 것이네."

"보편성의 대가로 영혼을 잃어버린다면 어떻게 될까요? 우리는 뭘 믿고 뭘 위해 살아가야 합니까? 그 때문에 전 심령 현상 연구 협회에 가입해 심령 현상을 연구하기로 한 겁니다. 심령적인 현상을 과학적으로 다룰 수 있다면 영혼과 자연 사이에 자리한 심연에 다리를 놓을 수 있을지도 모릅니다. 목적은 현대 과학의 수정인 겁니다."

"실망했네, 카트라이트 군. 자네한테 실망했어!"

모리어티 교수가 내뱉듯 말하자 카트라이트 군은 서글픈 표정으로 고개를 떨어뜨렸다.

"언젠가 모리어티 교수님도 생각을 바꾸실 거예요." 리치버러 부인이 말했다. "카트라이트 씨는 심령주의와 현대 과학의 융합을 이루려 하시는 겁니다. 저도 도움을 아끼지 않을 생각입니다."

"뭘 하겠다는 건가? 분신사바? 자동서기?"

"소도구는 일절 쓰지 않을 겁니다. 그랬다간 여러분 같은 회의론자는 이것저것 트집 잡으려 할 테니까요. 전 여러분과 마음을 하나로 합쳐 심령 세계를 부르는 것뿐이에요. 그러려면 장소를 바꿔야 할 필요는 있지만요."

잠자코 있던 머스그레이브 씨가 입을 열었다.

"실은 구관 이층, 동쪽 끝에 오래된 방이 하나 있습니다. '동쪽의 동쪽 방'이란 기묘한 이름이 있는 방인데요. 거기는 구관에서도 특히 오래된 방인데 16세기에 이 저택을 짓기 전, 이곳에 있던 옛 영주 저택의 자재를 썼다고 하죠. 옛날부터 이것저것 소문이 따라다니는 방이었습니다. 브런턴은 저택의 역사에 밝아서 '동쪽의 동쪽 방'에 관한 괴담을 몇 가지 알고 있답니다. 지금은 아무도 들어가지 않죠. 소위 유령의 방입니다."

"그 방에서 강령 모임을 여는 거예요."

"마음에 안 드는군. 묘한 꾀를 써뒀겠지."

모리어티 교수가 말하자 머스그레이브 씨가 브런턴에게 눈짓했다.

"걱정하지 않으셔도 됩니다, 모리어티 님." 브런턴이 말했다. "철저하게 조사했지만 의심 가는 부분은 아무것도 없었습니다. 강령 모임 준비를 마친 뒤로는 엄중히 문을 잠그고 믿을 수 있는 하인들과 교대로 지키는 중입니다. 사전에 수를 쓰는 건 불가능합니다."

"헐스턴의 '동쪽의 동쪽 방'은 저희같이 심령 세계를 탐구하는 사람에게 세계의 수수께끼의 중심, 말하자면 성지랍니다."

리치버러 부인은 목소리에 힘을 주어 말했다.

"『다케토리모노가타리』를 아시죠? 대나무에서 태어난 아름다운 아가씨가 여러 구혼자를 물리치고 달로 돌아가는 이야기입니다. 머스그레이브 가엔 가장 오래된 사본이 소장돼 있어요. 전 이렇게 생각한답니다.『다케토리모노가타리』는 머스그레이브 가의 선조가 체험한 심령 현상을 상징적으로 이야기한 거라고 말이죠. 이야기에 등장하는 달 세계란 심령 세계인 거예요. 과거에 머스그레이브 가의 아가씨가 '동쪽의 동쪽 방'에서 심령 세계로 떠났습니다. 그 일이『다케토리모노가타리』란 우화로 후세까지 전해진 게 틀림없어요."

리치버러 부인의 눈은 초점이 맞지 않아 얼굴이 한층 섬뜩한 가면처럼 보였다.

"'동쪽의 동쪽 방'엔 심령 세계로 이어지는 문이 있습니다."

리치버러 부인은 말을 이었다. "우리는 그렇게 믿어 오랜 세월 '동쪽의 동쪽 방'을 조사하기를 꿈꿔왔습니다. 그런데 머스그레이브 가의 선대는 결코 그걸 허락하지 않으셨죠.

3장 레이철 머스그레이브의 실종

이런 말씀을 드리기는 죄송하지만 천박한 과학 만능주의의 독이 로버트 님의 눈을 멀게 한 겁니다. 12년 전, 레이철 머스그레이브 님이 실종됐을 때조차 저희 힘을 빌리려 하지 않으셨어요. 어리석은 결단이었다고 하지 않을 수 없습니다."

"말 조심하십시오, 리치버러 부인."

머스그레이브 씨가 엄한 목소리로 말했다. "결례입니다."

"홈스 씨도 분명히 제 생각에 동의하실 거예요."

리치버러 부인은 홈스에게 말했다. "머스그레이브 양이 실종됐을 때 로버트 님은 머스그레이브 가의 수수께끼를 외면하지 말고 똑바로 바라보셨어야 합니다. 세상에는 그 어떤 명탐정도 풀 수 없는 수수께끼가 있고 그건 우리 심령주의자의 영역인 겁니다. 어떻게 생각하시나요, 홈스 씨?"

홈스는 냉랭하게 말했다.

"당신이 그 수수께끼를 풀 수 있다는 뜻입니까?"

"물론이에요."

리치버러 부인은 만족스레 웃었다.

"12년 전, 레이철 머스그레이브 님은 심령 세계로 이어지는 문을 발견한 겁니다."

만찬회가 끝나고 우리는 '동쪽의 동쪽 방'으로 향했다.

밤이 깊어 헐스턴은 한층 고색창연해 보였다. 램프 불빛이 닿지 않는 어둠은 머스그레이브 가의 어두운 역사가 남긴 얼룩 같기도 했다. 도끼와 창 같은 옛 무기로 장식된 복도를 걸으니 마치 긴 역사를 거슬러 올라가는 기분이었다.

리치버러 부인의 수완은 그야말로 현란하다 하지 않을 수 없었다. 그녀는 『다케토리모노가타리』와 머스그레이브 가의 '동쪽의 동쪽 방', 머스그레이브 양 실종 사건이라는 세 가지 요소를 교묘하게 엮어 참가자들의 가슴에 섬뜩한 이야기를 각인했다.

실제로 복도를 걸어가는 사람들은 모두 가슴속에서 치미는 은밀한 불안을 애써 감추려 하는 듯 보였다. 리치버러 부인이 영매로 이름을 떨칠 만도 하다는 생각이 들었다. 그녀가 가짜 영매라 해도 이렇게까지 심리적으로 터를 닦아놓으면 보일 리 없는 것도 보게 될지 모른다.

홈스와 나는 어두운 복도를 걷는 행렬 맨 끝에 있었다.

"리치버러 부인은 어째서 자네한테 그런 말을 했나?"

"모르지."

"홈스, 사실은 은퇴할 생각이 없는 거지?"

나는 내심 생각하고 있던 바를 물어봤다. "구태여 교토 서부에 틀어박힌 건 12년 전 사건에 다시 한번 도전하기 위해서지?"

"그런 의욕은 이제 남아 있지 않네."

"그럼 왜 리치버러 부인을 그냥 내버려두나?"

"하고 싶은 대로 하도록 두는 수밖에 없지 않나." 홈스는 어깨를 으쓱했다. "무슨 일이 일어나든 난 머스그레이브 곁에 있어줄 생각이야. 윌리엄 씨 부탁이니 말이지."

묘하게 마음에 걸리는 표현이었다. 홈스는 심령 세계의 존재를 인정하지 않을 테고 조금 전 만찬회에서도 리치버러 부인에게 시종 냉담했다. 그런데도 그는 어떤 불길한 예감을 느끼는 듯했다. "자네는 뭔가 일이 생길 거라 생각하는 건가?"

"그래, 불가사의한 일이 벌어지겠지."

"무슨 뜻이지? 신상을 파악한 거야?"

"그만 포기하라고, 왓슨. 난 이제 탐정이 아니야."

홈스는 성가시다는 듯 손을 내젓고는 입을 다물어버렸다.

우리는 당구실과 도서실 앞을 지났다. 이윽고 공기가 한층 썰렁해진 것으로 구관에 들어섰음을 알 수 있었다. 석조 건물에는 조명도 얼마 없어 마치 오래된 유적에 발을 들여놓은 듯했다. 계단을 올라가 널을 깐 이층 복도를 걸어갔다.

복도 끝에 머스그레이브 가의 '동쪽의 동쪽 방'이 있었.

낡은 문 앞에 작은 테이블과 의자가 놓여 있고, 방을 지키는 체격이 건장한 남자들이 램프를 들고 서 있었다. 남자들은 굳은 표정으로 브런턴에게 다가와 나직이 뭐라 귓속말을 했다. 몹시 겁에 질린 것을 멀리서도 알 수 있었다. "무슨 일인가?" 하고 머스그레이브 씨가 묻자 브런턴이 "방 안에서 소리가 들렸다고 합니다"라고 말했다.

"피아노입니다." 파수를 보던 남자 중 하나가 말했다. "피아노 소리가 들렸습니다."

"그리고 빛도요." 또 한 명이 말했다. "문 밑으로 빛이 새어 나왔습니다."

"그거야 그렇겠지." 브런턴이 말했다. "벽난로에 불을 지폈는데."

"그런 빛이 아닙니다. 절대로 그런 빛이 아니었어요."

남자들은 어쩔 줄 모르겠다는 듯 입을 다물었다. 어지간히 무서웠던 모양이다. 브런턴은 한숨을 쉬며 "아무튼 아무도 드나든 사람은 없지?" 하고 확인했다. "그건 틀림없습니다." 남자들은 고개를 끄덕였다. "내내 여기서 지키고 있었습니다."

리치버러 부인은 기대에 찬 눈빛으로 문을 보고 있었다.

'동쪽의 동쪽 방' 문 중앙에는 비교적 새것인 놋쇠 판이 붙어 있었다. 대숲과 달을 부조로 새겼다. 머스그레이브 가의 문장일 것이다.

"상관없어." 머스그레이브 씨가 말했다. "문을 열어주게."

브런턴은 큰 열쇠 꾸러미를 꺼내 문을 열었다.

거의 아무것도 없다시피 한 휑뎅그렁한 방에 가구라곤 중앙에 놓인 검게 윤이 흐르는 원탁과 그것을 둘러싸는 나무 의자뿐이었다. 거뭇하게 변색된 마룻바닥에 양탄자는 깔려 있지 않았다. 천장은 소위 말하는 격자 천장으로 각 칸에 그림을 그렸다. 신사에 봉납된 오래된 기도 목판처럼 색이 바랬는데, 보아하니 『다케토리모노가타리』를 그린 듯했다. 작은 붙박이창은 창유리만 비교적 새것이었다. 저택 뒤쪽 잎이 무성한 떡갈나무가 유리 너머로 시커멓게 보였다.

분담해 실내를 확인했지만 누가 드나든 자취는 없었다.

"딱히 수상한 곳은 없군요." 아이린 애들러가 말했다.

방을 지키던 남자가 들었다는 피아노 소리, 목격했다는 수수께끼 같은 빛의 정체는 여전히 알 수 없었다.

"그럼 시작하죠, 리치버러 부인."

머스그레이브 씨가 말했다.

브런턴은 벽난로에 장작을 추가하고 큰 촛대를 원탁 중앙에 놓았다. 아주 강령 모임다운 분위기가 됐다. 머스그레이브 씨는 브런턴에게 복도에서 대기하라고 지시했다. 브런턴은 긴장한 표정으로 고개를 끄덕이고는 복도로 나가 조용히 문을 닫았다.

"여러분. 지금부터 제가 심령을 부를 겁니다."

리치버러 부인이 말했다. "무슨 일이 일어나도 자리에서 일어나시면 안 됩니다."

카트라이트 군은 가죽 끈을 묶어 어깨에 메고 있던 나무 상자를 원탁에 놓았다. 윗부분에 작은 바람개비 몇 개가 붙어 있고 옆면에는 습도계와 온도계, 수평기 등의 눈금이 보였다. 실내의 물리적 조건이 어떻게 변화하는지 관측할 셈인 듯했다.

리치버러 부인의 지시에 따라 우리는 원탁을 둘러싸고 앉았다.

내 왼쪽에 홈스, 오른쪽에는 메리가 앉았다. 촛불이 깜박거리며 참가자들의 얼굴을 비추었다. 표정은 저마다 다양했다. 카트라이트 군은 진지한 눈빛으로 계기를 응시했고, 모리어티 교수는 넌더리 내는 표정이었고, 머스그레이브 씨와 아이린 애들러는 리치버러 부인을 빈틈없이 감시하고 있었.

부인은 담담히 심령을 불렀다.

심령이여, 부디 우리 목소리에 답해주세요.

리치버러 부인의 목소리를 듣고 있으려니 길었던 오늘 하루 동안 보고 들은 온갖 일이 뇌리를 스쳤다. 12년 전 일어난 레이철 머스그레이브 실종 사건, 로버트 머스그레이브의 달 로켓 계획, 머스그레이브 가의 광대한 대숲, 기묘한 대숲 관리인 윌리엄, 머스그레이브 가의 비밀을 전승한다는 『다케토리모노가타리』 그리고 '동쪽의 동쪽 방'. 수수께끼 같은 편린들은 연결될 듯 말 듯하며 두서없이 머릿속을 맴돌았다.

이윽고 깊은 어둠이 그것들을 삼키더니 아름다운 보름달의 모습이 떠올랐다. 마치 칠흑 같은 천개에 뚫린 환한 구멍 같았다.

그때 메리가 내 손을 꽉 붙들었다.

장치에 붙은 바람개비가 뱅글뱅글 돌고 촛불이 흔들렸다.

어디서 불어드는지 알 수 없는 바람에 실려 피아노 소리가 희미하게 들려왔다. 아까 방을 지키던 남자들이 들었다는 소리가 틀림없었다. 실내를 둘러봤지만 물론 피아노는 어디에도 없었다. 피아노의 음색은 우리 뺨을 어루만지는 바람과 마찬가지로 허공에서 솟아나는 듯했다.

"레이철이 좋아하는 곡이야."

머스그레이브 씨가 침통한 목소리로 중얼거렸다.

굳은 표정이었다. 동요를 억누르려 애쓰는 것이리라.

점차 침착함을 잃어가는 참가자들 가운데 리치버러 부인만이 담담하게 심령을 계속 불렀다. 아니, 이 상황을 태연하게 받아들이는 인물이 또 한 명 있었다. 셜록 홈스다. 그는 아까부터 조각상처럼 미동도 하지 않고 방구석의 어둠을 바라보고 있었다. 이윽고 그는 "왓슨" 하고 귓속말했다.

"저기 구석을 잘 보도록."

나는 홈스의 시선이 향한 곳으로 눈을 돌렸다. 촛불과 난롯불 불빛이 닿지 않는 어둠이라 처음에는 아무것도 보이지 않았다. 그래도 뚫어지게 보다 보니 비밀 잉크를 쓴 그림처럼 작은 사람 모습이 떠올랐다. 찬물을 맞은 것처럼 등이 오싹했다.

"저기 누가 있는데."

내가 말하자 모두가 일제히 그쪽을 돌아봤다.

머스그레이브 씨가 나직이 신음했다. 저도 모르게 일어서려는 그를 리치버러 부인이 붙들었다. "움직이면 안 됩니다, 머스그레이브 님."

"레이철이다. 저건 레이철이야."

머스그레이브 씨는 넋이 나간 것처럼 말했다.

나는 홀린 듯이 그 사람 모습을 응시했다. 달빛을 받은 듯 파리한 얼굴, 단정하게 묶어 올린 금발. 젊은 십대 소녀의 얼굴이었다. 그게 실종 당시의 얼굴 생김새라면 머스그레이브 양에게 지난 12년이라는 세월은 없는 것이나 다름없을 것이다.

"제 생각이 맞았군요."

리치버러 부인이 의기양양하게 말했다.

"여기 '동쪽의 동쪽 방'은 심령 세계로 이어지는 문인 겁니다."

황홀해 보이기까지 하는 리치버러 부인에 비해 모리어티 교수의 핏기가 가신 옆얼굴은 보기 딱할 정도였다. 그때까지 굳게 믿었던 세계가 붕괴하는 공포를 맛보고 있었을 것이다. 모리어티 교수는 갑자기 벌떡 일어섰다. 의자가 쓰러지며 큰 소리가 났다.

"보나 마나 배우나 그런 것이겠지. 내 정체를 밝혀주마!"

모리어티 교수는 그렇게 말하고 방구석을 향해 맹렬한 기세로 달려갔다.

그러나 모리어티 교수가 손을 뻗은 순간 머스그레이브 양의 모습은 사라졌다. 그녀의 모습이 있던 곳에는 싸늘한 하얀 빛을 던지는 구체가 대신 떠 있었다. 크기가 소녀의 키만 한 달이었다. 크레이터가 하나하나 뚜렷이 보이고 손을 내밀면 만질 수 있을 것 같기까지 했다.

모리어티 교수는 겁에 질린 것처럼 뒷걸음쳤다.

흡사 높은 파도가 단번에 밀려든 양 기이한 긴장이 '동쪽의 동쪽 방'을 메웠다. 무시무시한 바람이 불어 원탁 위 촛불을 꺼버렸다. 벽난로에서 거대한 들짐승이 포효하는 듯한 소리가 나며 불꽃이 탁탁 튀었다. 달빛은 한층 강해져 원탁을 둘러싼 이들의 공포에 얼어붙은 얼굴을 환히 비추었다.

메리가 비명을 지른 것을 계기로 사방에서 의자 움직이는 소리가 들렸다. 주위는 새하얀 빛으로 싸여 아무것도 보이지 않았다. 카트라이트 군이 은사를 부르는 소리, 리치버러 부인이 사람들을 달래려 하는 소리, 머스그레이브 씨가 브런턴을 비롯한 하인들에게 도움을 청하는 소리. 실내가 공황 상태에 빠지는 가운데 건반을 내리치는 듯한 피아노 소리가 울려 퍼졌다.

대혼란에 마침표를 찍은 것은 램프를 들고 뛰어 들어온 집사였다.

"여러분, 무사하십니까?"

브런턴의 목소리에 우리는 현실로 돌아왔다.

나는 주위를 둘러보고 경악했다. 방은 아무것도 달라진 게 없었다. 원탁 위 촛대에는 촛불이 밝혀져 있었고 벽난로의 불은 조용히 타고 있었다. 어디서도 바람이 불어들지 않았고, 피아노 소리도 그쳤고, 머스그레이브 양은 모습을 감췄으며, 수수께끼 같은 달도 떠 있지 않았다.

한편 모리어티 교수는 정신을 잃고 마룻바닥에 길게 누워 있었다.

나는 서둘러 모리어티 교수를 보살폈다.

며칠 동안 계속된 수면 부족과 강령 모임의 심리적 충격이 원인일 것이다. 가벼운 현기증을 일으켰을 뿐 생명에 지장은 없을 듯했다. 천천히 호흡하게 하고 브런턴이 가져온 브랜디를 마시게 하자 뺨에 조금씩 핏기가 돌아왔다.

"대체 무슨 일이 있었던 겁니까?"

머스그레이브 씨가 리치버러 부인에게 물었다.

"모리어티 교수님의 행동이 심령의 노여움을 산 겁니다."

리치버러 부인은 교수를 야단치듯 말했다. "어째서 그런 일을 하셨나요, 교수님. 절대로 움직이지 말라고 말씀드렸을 텐데요. 당신의 하잘것없는 의심 때문에 모든 게 물거품이 되지 않았습니까."

모리어티 교수는 아무런 반박도 하지 못한 채 고개를 떨구고 있었다.

어쨌거나 우리는 '동쪽의 동쪽 방'에서 경험한 심령 현상에 압도되어 있었다. 강령 모임을 다시 하자고 말하는 사람은 아무도 없었다. 머스그레이브 씨는 강령 모임은 이제 끝났다고 말했다. 리치버러 부인은 불만인 듯했지만 의외로 선선히 물러났다. 그 정도로 명확한 심령 현상을 보여주었으니 회의론자들도 꼼짝하지 못하리라고 판단했을 것이다.

"후원에 관한 약속을 부디 잊지 마시길."

리치버러 부인은 머스그레이브 씨에게 다짐을 두었다.

우리는 다시 어두운 복도를 따라 구관에서 신관으로 돌아왔다. 리치버러 부인과 카트라이트 군은 한발 먼저 자기 침실로 돌아갔다.

그 뒤 머스그레이브 씨는 나머지 참가자들을 서재로 초대했다. 말하자면 반성회 같은 자리였다. 그러나 우리는 벽난로를 둘러싸고 앉은 채 얼마 동안 입도 떼지 못했다. 그 정도로 조금 전 강령 모임에서 경험한 일은 논리적으로 설명이 불가능했다. 모리어티 교수의 얼굴은 종잇장처럼 하앴다.

"리치버러 부인이 수를 쓸 기회는 전혀 없었습니다."

머스그레이브 씨는 생각에 잠겨 말했다. "브런턴은 물론 방을 지키던 하인들도 믿을 수 있는 자들입니다. 강령 모임이 시작된 뒤로 저도 애들러 씨도 부인에게서 한시도 눈을 떼지 않았습니다. 부인은 아무런 수도 쓰지 않았습니다. 애들러 씨는 어떻게 생각하시는지요?"

"지금은 아무 말씀도 드릴 수 없습니다."

아이린 애들러는 말했다. 머릿속이 복잡한 듯했다.

"리치버러 부인은 생각했던 것보다 훨씬 만만치 않은 상대였군요."

머스그레이브 씨는 담담히 말했다. "애들러 씨, 홈스. 그리고 모리어티 교수님. 이 정도로 의심하는 사람들이 모였는데도 부인은 감쪽같이 우리 눈을 속인 겁니다. 오늘 저녁 강령 모임이 성공하면 머스그레이브 가에서 심령주의 보급 활동을 후원하기로 부인에게 약속했습니다. 속임수를 파헤치지 못하면 리치버러 부인은 약속을 지키라고 채근하겠죠. 시간적 여유가 그리 없습니다만……."

아이린 애들러는 분한 듯 고개를 수그렸다. "네, 잘 압니다."

머스그레이브 씨는 일어나 침통한 표정으로 난롯불을 바라봤다.

"그건 레이철이 분명했습니다. 12년 전 모습 그대로였습니다."

숨 막히는 침묵이 이어지는 가운데 셜록 홈스는 서재를 분주히 돌아다녔다. 서가에서 책을 빼 훑어보는가 하면 벽에 걸린 월면도의 '풍요의 바다'를 손가락으로 쓸었다. 아무리 속세를 버렸다지만 너무나도 분별없는 태도였다.

"홈스, 자네도 조금은 수수께끼 풀이를 거들지 그러나."

"수수께끼를 풀려고 드니까 문제인 거야."

홈스는 돌아보지 않은 채 말했다.

"불가사의한 일은 벌어져. 마법은 존재하네."

우리는 소스라치게 놀라 마주 봤다. 물리적 증거를 중시하고 추리를 중시하며 현실의 법칙을 중시하는 홈스답지 않은 발언이었다. 어떤 기괴한 일도 '마법'이라는 말 하나로 해결된다면 탐정 따위 무슨 소용인가. 아이린 애들러가 분연히 일어섰다.

"대체 무슨 생각이죠, 홈스 씨?"

그녀는 물었다. "심령주의를 믿는 건가요?"

"그런 말은 안 했습니다. 난 심령주의 따위 믿지 않아요."

아이린 애들러는 눈살을 찌푸리며 홈스의 뒷모습을 응시했다. 그러나 그는 아무런 설명도 하지 않고 "그럼 이만 실례하도록 하죠"라고 말했다. "오늘 저녁은 윌리엄 씨 거처에서 달을 보며 술을 들기로 약속했거든요. 머스그레이브, 자네도 마음이 내키면 얼굴을 내밀고."

홈스는 우리에게 가볍게 머리를 숙이고는 서재에서 나갔다. 나는 황급히 그를 쫓아갔다. 현관홀로 가자 홈스는 브런턴에게서 각등을 받아들고 있었다. 나는 그의 팔을 붙잡고 "잠깐 기다려봐"라며 강한 어조로 붙들었다.

"너무 박정하잖아. 머스그레이브 씨를 도와주지 않을 건가?"

"그래서 달구경하자고 권하지 않았나."

"그게 다라고?"

"이제 그만 좀 해, 왓슨."

홈스는 내 손을 뿌리치고 돌아섰다.

"난 이제 탐정이 아냐. 몇 번을 말해야 알아듣겠나?"

애절함이 묻어나는 목소리였다. 나는 아무 말도 할 수 없었다.

홈스는 각등을 들고 밤바다처럼 물결치는 잔디밭을 걸어갔다.

나는 어깨를 축 늘어뜨리고 서재로 돌아왔다. 머스그레이브 씨도, 아이린 애들러와 메리도 침묵하고 있었다. 완전히 벽에 부닥친 듯했다. 아이린 애들러에게 천재적인 영감이 떠오르지 않는 한 리치버러 부인을 쓰러뜨리지 못할 것이다.

머스그레이브 씨가 "오늘은 이만 쉬죠"라고 말했다.

우리는 각자 침실로 돌아갔다.

한 시간 뒤, 나는 잠옷 차림으로 침실 창가에서 밖을 바라보고 있었다.

밤이 깊어 헐스턴은 고요했다. 이미 다들 각자 자기 침실로 물러나 자리에 들었을 터였다. 그러나 나는 강령 모임의 흥분이 가시지 않아 도무지 잠잘 마음이 나지 않았다. 방 창문으로 창백한 달빛 아래 잔디밭이 내다보였다. 그 너머에는 울창한 대숲이 펼쳐져 있었다.

그때 조심스레 문을 노크하는 소리가 들렸다.

"여보?" 메리 목소리였다. "잠깐 괜찮아요?"

서둘러 문을 열자 잠옷에 가운을 걸친 메리가 스르르 들어왔다.

"영 잠이 안 와서요."

"이해해. 나도 잠이 안 와서 애먹던 참이야."

우리는 침대에 나란히 걸터앉았다. 메리는 얼마 동안 아무 말도 하지 않았다.

생각해보니 머스그레이브 가에서 예기치 않게 마주쳤을 때도, 만찬회 자리에서도, 강령 모임 중에도 메리와 몇 마디 주고받지 않았다. 여기 교토 서부에서도 셜록 홈스를 둘러싼 '왓슨 가의 냉전'은 계속되고 있었다.

그런데 그렇게 앉아 있다 보니 메리의 몸을 감싸고 있던 단단한 갑옷이 사라진 게 느껴졌다. 우리 둘 다 몹시 불안한 상태였던 것 같다.

내가 어깨를 끌어안자 아내는 살며시 몸을 기댔다.

"당신한테 사과하고 싶었어."

"왜요?"

"난 홈스를 구하려고 발버둥치고 있었어."

나는 창유리를 응시했다. 나와 아내의 모습이 비쳤다.

"그 때문에 우리 생활을 희생하는 것도 불가피한 일이라고 생각했어. 어째서 그렇게까지 아득바득하는지 스스로도 이상할 정도였어. 그럴 때 늘 그 보물 상자가 생각나거든. 당신도 기억나지? 인도의 금은보화가 가득 든 보물 상자."

"그걸 어떻게 잊어요? 인생 최대의 사건인데."

메리는 미소 지었다. 그 일은 우리 둘이 만나게 된 계기이기도 했다.

'네 사람의 서명' 사건은 당시 포레스터 부인 댁에서 가정교사로 일하던 메리가 데라마치 거리 221B를 찾아오면서 시작됐다. 지금으로부터 4년 전 일이다.

그녀 아버지의 실종 사건을 둘러싸고 시작된 수사는 오래된 저택 다락방에서 발견된 인도의 보물 상자에, 독화살을 사용한 살인 사건에, 나무 의족을 단 수수께끼의 남자까지 기괴한 요소가 뒤엉킨 파란만장한 대모험으로 발전했다. 홈스가 진상에 접근하는 것과 병행해서 메리와 나의 사랑의 줄다리기도 진행 중이었다. 데라마치 거리 221B를 찾아온 메리를 처음 본 순간부터 나는 강렬한 사랑에 빠졌다.

자네는 사건 수사를 구실로 부인을 구슬렸군.

내가 메리에게 청혼한 뒤, 홈스는 그런 말로 나를 놀렸다.

아닌 게 아니라 나는 메리에게 멋진 모습을 보여주려고 안간힘을 썼다.

카모 강을 내려가 오사카 만으로 도망치려는 범인을, 경시청 고속정을 타고 추적할 때조차 내 마음의 절반은 메리의 모습을 뒤쫓고 있었다. 범인이 훔친 보물 상자에 든 것은 적어도 일부는 메리 것일 터였다. 메리를 위해 보물을 되찾아야 했다.

고속정을 타고 강을 내려간 우리는 기즈 강, 우지 강, 가쓰라 강이 합류해 요도 강이 되는 지점에서 드디어 진범을 따라잡아 인도의 금은보화가 가득 든 보물 상자를 되찾았다.

"당신은 교토에서도 손꼽히는 대부호가 될 수 있을 터였어."

"그러게요."

"그런데 보물 상자는 텅 비어 있었어."

그날 보물 상자를 연 순간 맛본 충격은 지금도 잊을 수 없다. 범인은 붙들리기 직전 보물 상자에 든 것을 요도 강에 쏟아버렸다.

"당신이 손에 넣은 건 나뿐이었어. 어떻게든 벌충해야 한다고 내내 생각했어. 인도의 금은보화에 걸맞은 인간이 돼야 한다고 생각했어. 하지만 홈스를 잃으면 난 아무 존재도 아니지. 그게 너무나도 무서웠어. 당신까지 잃을 것 같아서."

"홈스 씨가 없어도 당신은 당신이에요."

"그럴까."

"그럼요."

"난 도무지 그럴 것 같지 않아. 겁이 나."

메리는 눈살을 찌푸리며 한숨을 쉬었다. 하지만 화난 기색은 없었다.

얼마 동안 우리는 말없이 창을 바라봤다. 이윽고 메리가 말했다. "강령 모임 뒤에 홈스 씨가 이상한 말을 했잖아요? 아이린은 무슨 깊은 의미가 있어 한 말일 거라면서 골똘히 생각 중이지 뭐예요."

"애들러 씨가 신경 쓰다니 뜻밖이군."

"아이린은 홈스 씨를 과대평가하는 거예요. 이미 오래전에 아이린 쪽이 명성도 실력도 더 위에 섰는데 숭배하는 감정이 가슴에 박혀 사라지지 않는 거죠. 오늘도 홈스 씨한테 멋진 모습을 보여주겠다고 아주 의욕이 넘쳤을 거예요. 그런데 '동쪽의 동쪽 방'에서 벌어진 일을 설명하지 못하겠으니까 아이린은 자신감을 완전히 잃었네요."

메리는 크게 한숨을 쉬었다. 그리고 서글프게 말했다.

"아이린은 언제까지고 자신만만하면 좋겠는데요. 기숙학교에 있었을 때, 비록 우리가 함께 있었던 건 아주 잠깐뿐이지만요, 아이린은 언제나 자신감이 넘쳤어요. 같이 있으면 나도 기운이 나서 우리가 함께하면 못 할 일이 없다는 생각이 들었죠."

"이해해, 메리." 나는 고개를 끄덕였다. "그 기분은 나도 아주 잘 알아."

아내가 문득 고개를 돌려 진지한 눈빛으로 나를 쳐다봤다.

"당신한테 말 안 한 게 있어요."

"뭔데?"

"머스그레이브 양이 실종된 날 우리 여기 있었어요."

생각지도 못한 말에 나는 어리벙벙했다. 메리의 눈이 기이하게 번득였다.

그때 마치 미리 짠 것처럼 노크 소리가 들렸다. "애들러입니다. 메리가 여기 있나요?"라고 목소리가 말했다. 나는 일어나 문을 열러 갔다. 어두운 복도에 아이린 애들러가 서 있었다.

"방에 없길래 여기 있나 해서요. 부부의 시간을 방해해서 죄송합니다. 그래도 정말 막막해서……."

"아뇨, 괜찮습니다. 들어오시죠."

아이린 애들러는 몽유병자 같은 걸음걸이로 들어왔다. 과거에 홈스가 난해한 사건을 조사할 때 곧잘 그런 식으로 방 안을 서성거리곤 했다. 사건 생각을 너무 많이 한 탓에 두뇌가 공회전을 시작했을 것이다.

의자를 권하자 아이린 애들러는 주저앉듯 앉았다. 복장은 만찬회 때 본 그대로였지만 온몸에서 풍기던 자신감은 씻은 듯이 사라져 한층 작아진 듯 보였다. 메리가 "한계인가 보네"라 말했다. 아이린 애들러는 어이없다는 표정을 지으며 "항복이야"라고 했다. "뭐가 뭔지 모르겠어! 아아, 짜증나!"

아이린 애들러는 떼쓰는 어린애처럼 부르짖고는 어쩔 줄

모르겠다는 듯 머리를 싸안았다. 메리는 침대에서 일어나 그녀 곁에 무릎을 꿇고 어깨를 다정하게 쓸어주었다.

"아이린, 옛날 일을 존한테 이야기할 생각이었어. 12년 전 우리가 여기서 뭘 봤는지를."

"레이첼 씨가 사라진 날 말이지."

아이린 애들러는 작은 목소리로 말했다.

두 사람은 기숙학교 시절 있었던 일을 이야기해주었다.

지금으로부터 12년 전, 12월 초순이었다.

당시 메리와 아이린이 지내던 시시가타니 기숙학교는 머스그레이브 가가 창립에 관여한 관계로 역대 당주가 학교 이사직을 맡았다.

'머스그레이브 가의 다과회'라는 전통 행사도 그런 관계에서 시작됐다고 한다. 반년에 한 번 교토 서부의 머스그레이브 가에서 선발된 학생들을 초대했다. 헐스턴에 초대되는 것은 명예로운 일이라 '당연히 내가 가야지' 하고 자부하는 학생들이 몇 안 되는 자리를 놓고 매번 피 튀기게 싸웠다.

"우리는 초대받을 줄 몰랐어요."

메리의 말에 아이린 애들러도 크게 고개를 끄덕였다.

"유복한 집 출신 아니면 성적이 월등하게 뛰어난 학생이 초대받는데 우리는 어느 쪽도 아니었거든요. 신문위원 활동이 물의를 일으켜서 선생님들한테도 골칫덩어리 취급을 받왔고 말이죠. 융통성 없는 애플야드 교장이 머스그레이브 가로 보낼 만한 학생이 아니었어요."

그렇건만 그날 다과회에 초대받은 학생들 중에 두 사람도 들어 있었다.

아라시야마 역에서 마차를 타고 머스그레이브 가로 갈 때, 메리는 머스그레이브 가의 딸에 대해 좋은 인상을 갖고 있지 않았다. '머스그레이브 가의 다과회'라는 전통 행사 자체에 반감을 갖고 있었거니와 귀하게 자란 아가씨 따위 아니꼬운 인간일 게 틀림없다고 생각했다.

시시가타니 기숙학교 학생들이 탄 마차는 광대한 대숲을 지나 헐스턴에 도착했다.

일부러 현관 앞까지 나와 학생들을 맞이한 머스그레이브 양은 메리의 예상과는 달리 차분하고 다정한 사람이었다. 메리의 의심은 그녀와 차를 마시는 사이에 약해졌다.

머스그레이브 양은 거만한 구석이 전혀 없이 어느 학생에게나 친절하게 대해주는 데다 호기심이 왕성했다. 걸리는 부분이 있다면, 가끔씩 갑자기 조용해져 먼 곳을 바라보는 버릇이 있다는 점이었다. 그런 때는 마치 텅 빈 방을 들여다보는 기분이 들었다.

머스그레이브 양은 메리와 아이린의 신문부 활동에 큰 관심을 보였다.

특히 궁금해한 것은 '유령의 방' 특집이었다. 당시 아이린

이 열심히 갈고닦던 '자물쇠 따기' 실력을 활용해 기숙학교에서 출입이 금지된 장소의 문을 열고 다닌다는 기상천외한 기획이었다. 학생들에게서 몰수한 금지 물품을 숨겨둔 장소, 교사들의 비밀 흡연 장소, 애플야드 교장의 포도주 컬렉션을 보관한 곳 등이 속속 드러났다. 기획은 학생들에게 박수갈채를 받았지만 크게 물의를 빚어 신문위원은 근신 처분을 받았다.

"애들러 씨는 어떻게 그런 게 가능한 건가요?"

"그야 당연히 매일 연습했기 때문이죠."

아이린은 당당하게 말했다. "뭐든 습득하고 볼 일이에요."

그 뒤 머스그레이브 양은 학생들을 머스그레이브 가의 도서실로 안내했다.

메리도 아이린도 압도됐다. 기숙학교에도 도서실은 있었지만 그곳의 호화로움에 견줄 수 없었다. 천장까지 이어지는 서가에는 책등에 금박 글자가 눈부신 장서가 빽빽이 꽂혔는데 그런 서가가 창문을 제외한 벽 전체를 가득 메웠다. 페르시아 양탄자를 깐 중앙에는 책 몇 권과 독서용 램프가 놓인 커다란 테이블이 있었다.

"장서 관리는 제 일이랍니다"라고 머스그레이브 양은 말했다.

메리와 아이린이 주위를 둘러보고 있으려니 머스그레이브 양은 나비가 춤추듯 사뿐히 도서실을 가로질러 어느 서가 앞에 섰다. 상단에서 유일하게 빠져 나와 있는 역사서의 책등을 잡고 앞으로 당기자, 서가의 일부가 문처럼 열리면서 희귀본을 보관한 방으로 이어지는 통로가 나타났다. 그 방에서 그녀는 커다란 가죽 장정 책을 꺼내왔다.

"머스그레이브 가에 대대로 전해지는 『다케토리모노가타리』 사본이에요."

머스그레이브 양은 테이블에 책을 펴고 천천히 책장을 넘겼다. 사본의 끝에 이르렀을 때 메리는 저도 모르게 큰 소리로 말했다.

"어머, 이 글은 뭔가요?"

대나무에서 태어난 아가씨가 달로 돌아간 뒤, 왕은 그녀가 두고 간 '불사의 묘약'을 후지산 꼭대기에서 불에 태우도록 사자使者에게 명한다. 그 연기는 지금도 피어오르고 있다. 『다케토리모노가타리』는 거기서 끝날 텐데, 사본에는 그 뒤에 수수께끼 같은 글이 붙어 있었다.

그것은 누구 것이었는가.
가신 이의 것이다.
그것을 가질 이는 누구인가.
이윽고 오실 이다.
우리는 무엇을 내놓아야 하는가.
우리가 가진 모든 것을.

어찌하여 내놓아야 하는가.
위대한 각성을 위해.

고전 수업 시간에 배웠을 때는 그런 글이 없었는데.

머스그레이브 양은 메리의 기억력을 칭찬하며 그 글은 머스그레이브 가에서 소장하는 사본에만 있다고 가르쳐주었다. 역대 당주가 성인이 될 때 치르는 의식에서 이 기이한 문답을 암송하는 게 관례였는데, 그게 무슨 의미인지는 이제 아무도 모른다고 했다.

"대나무에서 태어난 아가씨가 달로 돌아간 곳은 교토 서부라는 말이 있답니다."

머스그레이브 양은 의미심장하게 목소리를 낮추었다.

"어떻게 생각해요?"

"아주 흥미롭네요."

메리도 덩달아 목소리를 낮추었다.

"이 저택 구관에 '동쪽의 동쪽 방'이란 방이 있거든요."

머스그레이브 양은 이어서 말했다. "옛날부터 이것저것 이상스러운 일이 벌어지는 곳이라 지금은 아무도 가까이 가지 않아요. 열쇠도 이미 오래전에 없어졌고요. 그런데 얼마 전 도서실에서 발견한 조상님의 일기를 읽었더니 흥미로운 말이 쓰여 있는 거예요. '동쪽의 동쪽 방'에는 달로 이어지는 비밀 통로가 있다, 『다케토리모노가타리』의 아가씨는 거기를 지나 달로 돌아갔다고 말이죠."

어느새 아이린도 머스그레이브 양의 이야기에 빠져들었다. 아이린의 탐정 정신을 아주 자극하는 이야기였다.

"제가 열 수 있어요. 도구는 늘 지니고 다니거든요."

아이린의 말에 머스그레이브 양은 생긋 미소 지었다.

그날로부터 12년간 메리는 종종 그때 일을 떠올리며 '모든 게 레이첼 씨가 꾸민 계획이었을까' 하고 자문했다. 그녀가 메리와 아이린을 직접 지명해 다과회에 초대한 것도 '동쪽의 동쪽 방' 문을 열기 위해서였을까. 사전에 낱낱이 계획을 세우지 않았다면 일이 그렇게 풀리지 않았을 것이다.

세 사람은 다른 학생들이 눈치채지 못하도록 한 명씩 빠져나와 하인의 눈을 피해 구관으로 숨어들어 어둑어둑한 계단에서 만났다.

구관의 이층 복도 끝에 '동쪽의 동쪽 방' 문이 있었다.

머스그레이브 양이 긴장한 목소리로 소곤거렸다. "이 방이에요."

머스그레이브 가의 문장인 달과 대숲을 새긴 놋쇠 널이 붙어 있는 것 말고는 이렇다 할 특징이 없는 낡은 문이었다. 메리는 어딘지 모르게 불길한 인상을 받았지만, 그건 '옛날부터 이것저것 이상스러운 일이 벌어진다'는 머스그레이브 양의 말과 구관의 고요함 탓일 수도 있었다. 어쨌거나 아이린은 그런 분위기에 압도될 사람이 아니라, 신나서 먼지투성이 복도에 무릎을 꿇고 낡은 자물쇠와 씨름했다. 이윽고 그녀는 "열렸어요"라며 일어서더니 곁에 서 있던 머스그레이브 양에게 고개를 끄덕였다.

머스그레이브 양은 긴장한 표정으로 고개를 끄덕이고 문손잡이를 잡았다.

그녀가 '동쪽의 동쪽 방' 문을 여는데 졸졸 물 흐르는 듯한 소리가 들려왔다. 실내에서 미지근한 바람이 불어와 세 소녀의 뺨을 부드럽게 어루만졌다. 눈앞의 문이 완전히 열렸을 때 메리는 망연자실해 할 말을 잃었다.

문 안에서 아름다운 대숲이 바람에 흔들리고 있었다.

"신기하기도 하지!"

머스그레이브 양은 황홀히 중얼거리더니 안으로 걸어 들어갔다.

메리와 아이린도 머뭇머뭇 뒤를 따랐다. 아이린은 청죽 줄기를 만져보더니 어이없다는 듯 "진짜 대나무네"라고 중얼거렸다. 나무에서 떨어진 댓잎으로 뒤덮이고 거인의 굵은 핏줄처럼 대나무 뿌리가 지나 바닥이 전혀 보이지 않았다. 그런데 자세히 보니 대숲 안쪽에 희미한 불빛이 새어 나오는 작은 창문이 있는 게 아닌가. 바람에 흔들리는 가지와 잎 사이로는 오래된 그림으로 장식된 격자 천장이 보였다. 그들은 확실히 실내에 있는 듯했다.

기이한 것은 머스그레이브 양이 조금도 두려워하는 기색

이 없다는 점이었다. 어째서 저렇게 태연할 수 있나.

이윽고 머스그레이브 양은 어느 청죽에 한 손을 얹고 주위를 빙빙 돌며 "그것은 누구 것이었는가" 하고 작은 목소리로 노래하기 시작했다. 그녀는 『다케토리모노가타리』 사본을 들고 끝에 있는 수수께끼 같은 문답을 읽는 것이었다. 메리는 뭔지 모를 불안한 기분이 들었지만 머스그레이브 양은 도취된 듯 노래했다. "우리는 무엇을 내놓아야 하는가, 우리가 가진 모든 것을……."

아이린이 갑자기 대숲 속을 가리켰다.

"메리, 저길 봐."

훌륭한 난간이 붙은 고색창연한 계단이 있었다. 그들은 천천히 계단으로 다가가 차가운 난간에 손을 대봤다. 그런데 기괴하게도 계단은 어디로도 이어지지 않았다. 대나무 가지 끝을 지나 뻗은 계단은 천장 직전에 뚝 끊겼다.

계단 밑에 우두커니 선 메리와 아이린 곁을 머스그레이브 양이 지나 천천히 계단을 오르기 시작했다.

머스그레이브 양이 계단을 올라갈수록 대숲을 흔드는 바람이 강해졌다.

자신들은 실내에 있을 텐데 어째서 이렇게 바람이 부는 걸까. 사람의 체온처럼 섬뜩하게 미지근한 바람이었다. 청죽이 서로 스치며 삐걱거리는 소리가 커지면서 기이한 분위기가 주위를 메웠다. 마치 '동쪽의 동쪽 방'이 이상야릇한 기대감에 몸을 떠는 것 같았다. 메리는 어쩐지 기분 나쁜 느낌이라고 생각했다. 이런 것은 잘못됐다.

레이철이 못 가게 막아야 해!

메리는 충동적으로 계단을 달려 올라가 머스그레이브 양을 억지로 끌고 내려왔다.

아이린이 "여기서 나가자!" 하고 소리쳤다. 그들은 살아 있는 것처럼 꿈틀거리는 대숲을 달렸다. 뭔가가 자신들을 붙잡으려 하는 게 느껴졌지만 절대로 돌아보지 않았다. 방에서 뛰쳐나와 문을 닫은 순간 거인의 한숨처럼 공허한 소리가 울려 퍼졌다.

주위는 쥐 죽은 듯 고요했다. 마치 모든 게 꿈이었던 것처럼.

이 이야기는 다른 사람에게 절대 하면 안 돼요.

신관으로 돌아가는 길에 머스그레이브 양은 메리와 아이린에게 입단속했다고 한다.

그날 다과회가 끝나고 머스그레이브 양이 모습을 보이지 않았을 때, 두 사람은 불길한 예감에 사로잡혔다. 그 사람은 자신들과 헤어진 뒤 그 방으로 다시 돌아간 게 아닐까. 그러나 헐스턴에서 기숙학교 학생들을 다급히 돌려보낸 탓에 그들은 교토 경시청의 조사가 시작되고 나서야 머스그레이브 양의 실종을 알았다.

나는 아이린 애들러에게 물었다.

3장 레이철 머스그레이브의 실종

"'동쪽의 동쪽 방' 이야기를 경찰에 하셨습니까?"

"최대한 현실적으로 들리는 부분만요."

아이린 애들러는 말했다. "물론 경찰은 '동쪽의 동쪽 방'도 조사했지만 아무것도 찾아내지 못했습니다. 하지만 전 꼭 직접 조사해보고 싶었거든요. 그래서 한밤중에 숨어들기로 한 거예요. 전 기숙학교에서 말을 훔쳐 교토 서부로 왔어요."

"아이린은 나한테도 말 안 했다니까요."

"너까지 끌어들이고 싶지 않았으니까."

그 판단 덕에 메리는 퇴학 처분을 면할 수 있었다.

아이린 애들러는 야음을 틈타 헐스턴에 침입하는 데는 성공했지만, '동쪽의 동쪽 방'을 조사하지는 못했다. 이미 문에 판자를 몇 겹으로 못 박아 엄중히 봉쇄한 뒤였다. "게다가 하필이면 레지널드 씨가 고용한 탐정이 헐스턴을 지키고 있었지 뭐예요. 그게 홈스 씨였어요. 홈스 씨가 저를 머스그레이브 양이라고 착각하는 바람에 큰 소동이 벌어졌어요."

"탐정 취미를 가졌다는 소녀가 당신이었습니까!"

"홈스 씨는 이미 오래전에 잊었겠지만요. 딱히 원망하는 건 아니에요. 그 사람은 그 사람이 할 일을 한 것뿐이니까요. 아무튼 전 붙들려서 로버트 머스그레이브 씨 앞으로 끌려갔어요. 그땐 선대가 아직 살아 있을 때였죠."

아이린 애들러는 어둑어둑한 일층 서재에서 로버트와 대면했다.

당시 권력의 절정에 자리했던 로버트 머스그레이브는 얼굴이 불그레하고 몸집이 큰 데다 덥수룩이 자란 머리는 마차 사자 같았다. 불이 활활 타는 벽난로에서 탁탁 소리가 났다. 로버트는 노여움 어린 눈으로 아이린을 보며 "네가 누군지 안다"라고 말했다. "레이철을 부추겨 그 방으로 숨어든 계집애지? 뭘 염탐했던 거냐?"

아이린은 말없이 로버트를 노려봤다. 로버트는 아이린이 입을 열지 않자 성이 나 거대한 곰처럼 쿵쿵 발소리를 내며 벽난로 앞을 오락가락했다.

그 모습을 가만히 바라보던 그녀는 '이 사람은 두려워하는구나' 하고 직감했다. '교토 서부의 사자'라고 불리기까지 하는 남자가 뭘 그렇게 겁내는 걸까.

그때 판자를 박아 엄중히 봉쇄한 문이 떠올랐다.

"'동쪽의 동쪽 방'을 겁내시는군요."

아이린은 말해봤다.

그 말은 로버트의 심장을 정확히 꿰뚫어 거의 숨통을 끊어놓은 듯 보였다. 그는 입을 딱 벌렸고 얼굴은 순식간에 흙빛이 됐다. 로버트 머스그레이브는 가슴의 통증을 견디듯 눈을 감고 낮은 목소리로 말했다.

"나가라. 두 번 다시 내 앞에 나타나지 마."

그들은 아이린을 급히 마차에 태워 시시가타니 기숙학교로 돌려보냈다.

3장 레이철 머스그레이브의 실종

기숙학교에 도착하자, 아이린과 함께 온 집사 브런턴은 애플야드 교장을 억지로 깨워 머스그레이브 이사의 명령을 전달했다. 아이린 애들러의 불법 행위에 관해 감독 책임은 묻지 않겠다. 대신 해당 학생에게 퇴학 처분을 내리고 이 일에 관해 외부에 일절 발설하면 안 된다.

아이린이 기숙학교를 떠난 것은 그로부터 일주일 뒤였다.

12월의 차가운 잿빛 하늘 아래 메리만이 교문까지 배웅하러 나왔다. 아이린은 무대 연출가로 일하는 삼촌에게 가겠다고 말했다.

"뭔가 재미있는 일을 찾을 수 있을 거야."

"다시 만날 수 있을까?"

"그럼, 만날 수 있지. 또 함께 모험하자."

두 사람의 약속은 그로부터 12년 뒤 이뤄지게 된다.

"탐정으로 지명도를 높여서 마침내 때가 무르익었다 싶었는데요."

아이린 애들러는 분한 듯 말했다.

"정정당당하게 정면에서 머스그레이브 가에 쳐들어가주겠다고 생각했죠."

리치버러 부인의 '심령적 조사'에 입회해달라는 레지널드 머스그레이브의 의뢰는 아이린에게 그야말로 절호의 기회였다.

그랬건만 머스그레이브 가의 수수께끼는 한층 짙은 안개에 싸인 듯 보였다. 12년 전 사건은 아이린 애들러의 좌절만이 아니었다. 셜록 홈스의 좌절이기도 했던 것이다. 머스그레이브 가가 기분 나쁜 암초에 둘러싸인 섬처럼 느껴지기 시작했다. 정체불명의 힘으로 명탐정들을 끌어들여 잇따라 난파하게 하는.

"홈스 씨는 뭔가 알아챈 게 분명해요. 안 그런가요, 왓슨 선생님?"

그때 내 머릿속에 되살아난 것은 홈스가 쓴 사건 기록 끝에 적혀 있던 글이었다. '그것은 누구 것이었는가'로 시작되는 수수께끼의 문답은 머스그레이브 가가 소장하는 『다케토리모노가타리』 마지막에 쓰여 있다. 같은 글이 12년 전 홈스의 수사 노트에도 있었다. 그 사실이 의미하는 바는 뭘까?

"넌 그 사람을 과대평가하는 거야, 아이린."

"세상에, 메리! 넌 왜 그렇게 홈스 씨한테 쌀쌀맞은 건데?"

"그 사람은 자기가 슬럼프에 빠져 힘드니까 문제없이 잘하고 있는 사람을 용서할 수 없는 거야. 이번에도 그런 식으로 의미심장한 소리를 해서 네 발목을 잡으려 하고 있어. 정신 똑바로 차려야 해, 아이린. 그러다 너까지 슬럼프에 빠지겠어."

"상대는 천하의 셜록 홈스란 말이야!"

아이린 애들러는 비통하게 소리쳤다. "셜록 홈스는 사상 최고의 명탐정이야. 슬럼프도 어디까지가 사실인지 알 수 없어. 어쩌면 뭔가 깊은 생각이 있어서 슬럼프인 척하는지도 몰라. 그러면서 내가 악전고투하는 모습을 구경하는 거야. 그런데도 난 뭘 어떻게 하면 좋을지 모르겠다고. 아아, 내가 바보였어! 어째서 홈스 씨를 도발한 걸까!"

아이린 애들러는 한동안 끙끙거리더니 머리를 끌어안았다.

메리는 한숨을 쉬었다. "홈스 씨 이야기가 나오면 늘 이렇다니까요."

거북한 침묵을 깨준 것은 노크 소리였다. 오늘 밤은 찾아오는 사람이 참 많기도 하다.

일어나 문을 열러 가니 모리어티 교수가 서 있었다. 조금 눈을 붙였더니 기분이 나아졌다는데 그래도 안색이 밀랍 인형 같았다.

"들어가도 되겠나?"

"네, 들어오시죠. 메리와 애들러 씨도 있습니다만."

방에 들어온 모리어티 교수는 풀 죽어 고개를 떨군 아이린을 보고 놀란 듯 "무슨 일인가?"라고 말했다. 아이린 애들러는 얼굴을 들고 "사과드립니다"라고 힘없는 목소리로 말했다. "아까 뵈었을 때 제가 꽤나 오만한 말을 했죠. 전 그런 소리를 할 자격이 없었는데요."

"아니, 사죄해야 할 사람은 나지."

모리어티 교수는 의자에 앉아 아이린 애들러에게 말했다.

"저녁에 서재에서 만났을 때 당신 말투에 몹시 화가 났던 것은 사실이네. 하지만 차분하게 생각하니 당신 의견은 귀 기울여 들을 가치가 있었어. 스스로도 그걸 깨달았기에 그렇게 화가 났을 테지. 물론 나는 홈스 군에게 깊은 우정을 느끼네. 하지만 그 우정이 그 친구 발목을 잡고 있는 게 아닌지 늘 마음에 걸렸거든."

"그렇지만 모리어티 교수님."

먼저 끝까지 들어달라고 모리어티 교수는 말했다.

"'동쪽의 동쪽 방'에서 우리는 놀라운 경험을 했네. 머스그레이브 양의 유령은 실종 당시와 같은 모습이었어. 솔직히 말해서 나는 더없이 공포를 느꼈어. 지금까지 내가 믿은 세계가 근본부터 흔들려 당장이라도 붕괴할 것 같더군. 세상에 탐정이 풀어야 할 수수께끼가 존재한다면 머스그레이브 가의 수수께끼 말고는 생각할 수 없어. 그런데도 홈스 군은 그 수수께끼를 상대하려 하지 않았어."

모리어티 교수는 아이린 애들러를 위로했다.

"하지만 당신은 도망치지 않았지. 그런 불굴의 정신이 바로 중요한 것이네. 탐정의 역할이란 이 세상에 질서를 부여하는 것이야. 그 신성한 의무를 다하지 않는 인간은 탐정 자격이 없어. 홈스 군은 수수께끼와 맞서 싸울 기개를 잃고 의무를 스스로 내동댕이쳤어. 물론 그 친구가 그렇게 된 데에는 내게도 일부 책임이 있네. 그러니 이런 부탁을 할 입장은 아니네만 부디 머스그레이브 가의 수수께끼를 풀어주지 않겠나. 이제 우리가 의지할 수 있는 사람은 당신뿐이야."

모리어티 교수의 절절한 호소는 놀라운 효과를 거두었다.

아이린이 똑바로 앉았다. 표정은 야무져지고 눈은 빛을 되찾았다. 마치 실이 끊겨 버려져 있던 꼭두각시에 생명을 불어넣은 것 같았다.

아이린 애들러는 잠시 생각하다가 말했다.

"우리는 '동쪽의 동쪽 방'에서 기이한 현상을 목격했죠. 피아노 소리, 머스그레이브 양의 유령, 그리고 불가사의한 달. 피아노 소리는 예를 들어 다른 방에서 연주하는 걸 전성관傳聲管을 통해 들려준 걸지도 몰라요. 그때 머스그레이브 씨가 '레이철이 좋아하는 곡이야'라고 하셨죠. 그 때문에 우리는 일종의 암시에 걸렸습니다. 방이 그렇게 어두웠으니 말이죠, 그럴싸한 소녀가 모습을 보이면 누구든 머스그레이브 양이라고 생각하게 됩니다. 또 천장이 일부 개폐가 가능하고 전등을 장치한 달 모형을 늘어뜨린다면……."

"하지만 그러려면 대대적인 장치가 필요할 텐데요."

나는 말했다. "리치버러 부인이 그런 걸 준비할 수 있었을 것 같지 않습니다."

"리치버러 부인만을 의심한 게 문제였던 거예요."

아이린 애들러는 열심히 말했다. "흑막은 리치버러 부인이 아닙니다. 12년 전, 선대인 로버트 머스그레이브는 뭔가를 겁내 '동쪽의 동쪽 방'을 봉쇄했습니다. 선대가 세상을 떠나고 나서 레지널드 머스그레이브는 '동쪽의 동쪽 방' 봉쇄를 풀고 리치버러 부인을 초대했어요. 주도권을 쥔 사람은 늘 머스그레이브 가 당주인 거예요."

"머스그레이브 가가 흑막이란 겁니까?"

내가 놀라 묻자 아이린 애들러는 고개를 끄덕였다.

"그 방을 한 번 더 조사해보기로 하죠. 머스그레이브 가 사람들 모르게요."

우리는 각자 방으로 돌아가 옷을 갈아입고 계단 앞에서 만났다.

나는 각등과 성냥, 아이린 애들러는 작은 가죽 가방을 들고 있었다. 안에는 그녀가 애용하는 탐정 도구가 들었다고 했다.

"브런턴이 야간 순찰을 돌지도 몰라요."

아이린은 우리에게 속삭였다. "들키지 않게 조심하세요."

우리는 발소리를 죽이고 역대 당주의 초상화가 걸린 계단을 내려갔다.

키 큰 창으로 희미한 달빛이 비쳐드는 일층 현관 홀은 커다란 수조 안처럼 썰렁했다. 머스그레이브 가의 역사를 말하는 전시물이 어스름에 가라앉아 있었다. 다행히 일층에도 브런턴은 보이지 않았고, 주위는 아무도 살지 않는 것처럼 고요했다.

복도 너머 구관은 캄캄했다. 나는 각등을 들고 선두에 서서 계단을 올라갔다. 그런데 이층 복도로 나와 오른쪽으로 꺾어졌다가 흠칫 놀라 멈춰 섰다. '동쪽의 동쪽 방' 문 밑으로 어렴풋이 램프 불빛이 흘러나오고 있었다.

문으로 다가가 귀를 기울여보니 실내에서 말소리가 들려왔다. 리치버러 부인과 카트라이트 군인 듯했다. 아이린 애들러가 문을 열었다.

"거기서 뭘 하는 거죠?"

'동쪽의 동쪽 방'은 변함없이 살풍경했다. 마루를 깐 휑뎅그렁한 방 중앙에 강령 모임에서 썼던 원탁과 커다란 램프가 그대로 남아 있었다. 테이블 위에 계측기를 설치하는 카트라이트 군 뒤에 리치버러 부인이 서 있었다. 그녀는 순간 놀란 표정을 지었으나 이내 정신을 차리고 우리에게 미소를 지었다.

"어머, 다들 함께 계시네요."

"이런 밤중에 뭘 하는 건가, 카트라이트 군?"

모리어티 교수가 묻자 청년은 거북한 듯 고개를 수그렸다.

"리치버러 부인이 한 번 더 조사하고 싶다고 하셔서요."

"수상하군. 설치했던 장치를 치우러 온 게 아닌가?"

"트릭도 장치도 없습니다, 모리어티 교수님."

리치버러 부인은 비웃듯 말했다. 그러나 메리가 원탁으로 다가가 거기에 놓인 낡은 책을 집자, 꾸민 듯한 웃음은 물이 모래땅에 스며들듯 사라졌다. 메리는 "『다케토리모노가타리』 사본이군요?"라고 말했다. "머스그레이브 가 도서실에 엄중히 보관돼 있을 사본을 어째서 당신이 갖고 있는 거죠?"

"지금으로부터 12년 전 일이에요."

리치버러 부인은 냉랭한 목소리로 말했다.

"머스그레이브 양이 실종된 뒤 교토 경시청은 머스그레이브 가 영지를 연못 속까지 샅샅이 수색했습니다. 물론 여기 '동쪽의 동쪽 방'도요. 하지만 그들은 아무런 단서도 찾지 못했죠. 그런데 머스그레이브 양이 모습을 감추었을 때 '동쪽의 동쪽 방'에 『다케토리모노가타리』 사본이 남아 있었단 말이죠. 그게 수사가 시작되기 전에 사라진 거예요."

"로버트 머스그레이브가 가져갔군요."

아이린 애들러가 말했다.

리치버러 부인은 웃음을 지으며 섬뜩한 목소리로 말을 이었다.

"우리 심령주의자는 머스그레이브 가의 '동쪽의 동쪽 방'과 『다케토리모노가타리』의 연관성에 주목했습니다. 달은 피안彼岸의 상징이죠. '동쪽의 동쪽 방'엔 심령 세계로 이어지는 문이 있어요. 그 문을 여는 열쇠가 바로 머스그레이브 가 사본 마지막에 나오는 글인 겁니다. 역대 당주의 성인식에서 문답을 외우는 관습이 있었던 것도 그게 머스그레이브 가에게 가장 큰 보물이었기 때문이 틀림없습니다. 그렇건만 로버트 머스그레이브는 어리석게도 열쇠 관리자로서 소임을 다하려 하지 않았어요. 머스그레이브 양의 실종으로부터 12년간, 우리 심령주의자는 그 문을 열 날을 꿈꿔왔답니다."

"쓸데없는 망상을 하든 말든 자유네만." 모리어티 교수가 말했다. "머스그레이브 씨가 알면 뭐라 하려나?"

"아직도 모르시겠어요, 모리어티 교수님? 이건 모두 머스그레이브 씨의 양해를 얻어 하는 일입니다. 그분은 심령주의자거든요."

모리어티 교수가 눈을 크게 떴다. "말도 안 되는 소리!"

리치버러 부인은 의기양양하게 말을 이었다. "당신 같은 과학자들은 세계의 신비를 뭐든 설명할 수 있다고 자만하며 물질을 숭배하는 신전에서 나오려 하지 않았습니다. 하지만 당신들이 틀어박혀 있는 건 사상누각이란 말이죠. 피안과 차안을 가르는 울타리가 사라질 때 신비적인 것이 복권하고 세계는 참된 질서를 되찾게 될 거예요."

실내에 불온한 기운이 밀물처럼 밀려드는 게 느껴졌다. 램프 불빛이 닿지 않는 어둠에 누가 숨어 천천히 숨 쉬는 듯했다. 나는 각등을 들어 방구석을 비춰봤지만 황량한 공간이 있을 뿐이었다.

"여러분, 절대로 움직이면 안 됩니다."

리치버러 부인이 말했다.
그리고 엄숙하게 문답을 낭독했다.

그것은 누구 것이었는가.
가신 이의 것이다.
그것을 가질 이는 누구인가.
이윽고 오실 이다.
우리는 무엇을 내놓아야 하는가.
우리가 가진 모든 것을.
어찌하여 내놓아야 하는가.
위대한 각성을 위해.

그녀가 말을 마친 순간, 원탁 너머에 커다란 계단이 나타났다.
12년 전, 메리와 아이린이 목격한 계단이 틀림없었다. 훌륭한 난간이 붙은 고색창연한 계단은 천장 직전까지 뻗어나가다가 뚝 끊겼다. 사전에 장치를 했다 해도 이런 거대한 계단을 눈 깜짝할 새에 실내에 출현시킬 방법이 있을 리 없었다.
"드디어 찾았군요!"
리치버러 부인이 환희에 차 소리치며 계단에 발을 올려놓았다.

아이린 애들러도 모리어티 교수도 눈앞에서 일어난 현상을 속수무책으로 지켜보고 있었다. 내가 메리의 손을 잡자 메리도 내 손을 맞잡았다.

마치 가로막을 것이 아무것도 없는 황야에 서 있는 것처럼 미지근한 바람이 불었다. 섬뜩한 바람은 이 세상 밖에서 불어드는 것처럼 느껴졌다.

리치버러 부인이 계단 끝까지 올라가 천장에 손을 대자 눈부신 빛이 주위를 감쌌다. 눈앞이 새하얘져 얼마 동안 아무것도 보이지 않았다.

가까스로 눈이 빛에 익숙해졌을 때, '동쪽의 동쪽 방' 천장은 사라지고 없었다.

뿐만 아니라 사방의 벽도 없어져 머스그레이브 가의 광대한 대숲이 눈앞에 펼쳐졌다. 낮처럼 환한 것은 본 적이 없을 만큼 거대한 보름달이 지면으로 다가들고 있어서였다. 기이한 달은 밤하늘의 절반 정도를 차지했고 월면의 요철을 직접 만질 수 있을 것처럼 생생해 보였다. 불가사의한 계단은 천장이 있던 공간을 뚫고 달로 곧장 이어졌다. 찬연히 빛나는 달의 역광 속에 계단을 올라가는 리치버러 부인의 모습은 그림자극의 인형처럼 보였다.

"믿기지 않는군. 믿을 수 없는 일이야."

모리어티 교수는 맥없이 주저앉았다.

이게 바로 머스그레이브 가의 비밀이었나. 나는 놀라 숨을 삼켰다.

신비스러운 다리는 지금으로부터 수백 년 전 『다케토리모노가타리』의 아가씨가 지난 길이요, 머스그레이브 양이 지난 길이기도 할 것이다. 12년 전, 셜록 홈스가 레이철 머스그레이브 실종 사건을 해결하지 못한 것도 당연했다. 그건 비탐정소설적 수수께끼였다. 애초에 탐정이 감당할 수 있는 일이 아니었던 것이다.

그런데 주위가 갑자기 어두워졌다.

그때까지 환히 빛나던 달에 불길한 그늘이 드리워졌다.

어떤 이변이 벌어지고 있다는 것은 리치버러 부인도 알아차린 듯했다. 그녀는 계단 중간에 멈춰 서서 의아스레 앞쪽을 바라보고 있었다. 달은 빠른 속도로 빛을 잃으며 가장자리에서 중심을 향해 죽은 자의 피부처럼 퇴색되어갔다. 나는 계단 밑으로 달려가 "어서 돌아와!"라고 소리쳤다. 그러나 리치버러 부인은 멍하니 서서 꼼짝하지 않았다.

계단을 달려 올라가려 하자 메리가 필사적으로 내 팔을 붙들고 매달렸다.

"틀렸어요, 여보! 이미 늦었어요!"

거인의 한숨 같은 공허한 소리가 울려 퍼졌다. 주위는 단숨에 어두워져 곁에 있는 이들의 모습도, 보름달로 이어지는 거대한 계단도, 리치버러 부인도 모조리 어둠에 싸였다. 나는 홀린 듯이 캄캄한 하늘을 쳐다봤다. 보름달이 떨어져

나간 자리에 깊이를 알 수 없는 커다란 구멍이 아가리를 벌리고 있었다. 밤의 어둠보다도 캄캄한 구멍이었다. 당장이라도 천지가 거꾸로 뒤집혀 깊이를 알 수 없는 구멍을 향해 세계 전체가 무너져 내릴 듯했다.

멀리서 리치버러 부인의 비명 소리가 들렸다.

정신을 차려보니 '동쪽의 동쪽 방'은 모든 게 원래대로 돌아와 있었다.

원탁에 놓은 램프와 각등이 여전히 빛을 비추고 있었다. 메리는 내 팔을 붙들고 있고, 아이린 애들러는 망연히 천장을 쳐다보고, 카트라이트 군은 원탁에 엎드리고, 모리어티 교수는 바닥에 웅크리고 있었다.

나는 각등을 들어 방을 비추었다. 리치버러 부인이 보이지 않았다.

우리가 경험한 것은 환각이라 하기에는 너무나도 생생했다. 하지만 모든 게 현실이라 하기에는 너무나도 불가사의했다. 뭔가 광명을 비쳐주기를 바라며 아이린 애들러에게 시선을 돌렸지만 그녀는 그저 멍하니 있을 뿐이었다. 그건 모리어티 교수도 마찬가지였다. 애써 냉정함을 유지하는 사람은 카트라이트 군뿐이었다.

"리치버러 부인은 심령 세계로 가신 걸까요?"

"모르지만 그건 아니란 생각이 드는군."

확인을 위해 '동쪽의 동쪽 방'을 샅샅이 살펴봤지만 리치버러 부인을 찾지 못했다. 복도에도 없었다. 그때 복도 저편에 검은 그림자가 불쑥 나타났다. 집사인 브런턴이었다. 그는 각등을 들어 우리를 보더니 눈을 둥그렇게 떴다.

"대체 무슨 일입니까?"

"브런턴, 리치버러 부인이 사라졌네."

나는 말했다. "설명은 나중에 하기로 하고, 어디 뒷문 같은 건 없나?"

브런턴의 안내를 받아 저택 뒤쪽으로 가니 시커먼 떡갈나무 숲이 보였다. 우리가 각등을 쳐들고 리치버러 부인의 이름을 부르는데 머리 위에서 "도와줘요" 하는 가냘픈 소리가 들렸다. "저기예요." 아이린 애들러가 나뭇가지를 가리켰다.

리치버러 부인 것인 듯한 다리가 보였다. 그녀는 죽을 힘을 다해 나뭇가지를 붙들고 있는 듯했다.

브런턴이 서둘러 사다리를 가져와 리치버러 부인을 구출하는 데 성공했지만 그녀는 몰라 보게 초췌해져 있었다. 찰과상 정도로 그친 게 불행 중 다행이라 해야 할 것이다.

브런턴이 리치버러 부인을 부축해 저택으로 돌아가려는데 아이린 애들러가 "잠깐만요"라고 했다. "물어볼 게 있어요, 브런턴."

"네, 물어보십시오, 애들러 님."

"왜 거기 있었던 건가요?"

"야간 순찰 중이었습니다."

"거짓말이죠? 당신이 리치버러 부인을 '동쪽의 동쪽 방'에 들였어요."

브런턴은 순식간에 지장보살 석상처럼 얼굴이 차가워졌다. 듣고 보니 가능성은 그것뿐이었다. 헐스턴의 열쇠는 모두 집사가 관리했다. 리치버러 부인이 자물쇠 따기 달인이 아닌 한 브런턴이 도왔다고 생각하는 게 자연스러웠다. "어떻게 된 거죠, 브런턴? 주인을 배신하는 행위 아닌가요?"

아이린 애들러가 따져도 브런턴은 표정을 바꾸지 않았다. "제가 드릴 수 있는 말씀은 아무것도 없습니다."

"다시 말해 머스그레이브 씨 명령이란 뜻이군요."

아이린 애들러는 맑은 눈빛으로 브런턴을 응시했다. 브런턴은 눈길을 돌리고 "이 이상 묻지 말아주십시오"라고 말했다. "아무 말씀도 드릴 수 없습니다."

"그럼 머스그레이브 씨께 여쭤야겠네요."

"레지널드 님은 외출하셨습니다."

"어디 가셨죠?"

"셜록 홈스 님께 가셨습니다."

꼭 뵈러 가야겠어요, 라고 아이린 애들러는 말했다.

브런턴의 말투로 보건대, 머스그레이브 씨는 명백히 우리에게 중대한 정보를 숨기고 있었다. 나도 아침까지 기다릴 수 없다는 기분이었다. 그러나 리치버러 부인은 물론, 떡갈나무 그늘에 주저앉은 모리어티 교수도 지금 당장 대숲으로 갈 기력은 없어 보였다. 카트라이트 군과 메리가 저택에 남아 그들을 보살피겠다고 해주었다.

아이린 애들러가 각등을 들었다.

"갈까요, 왓슨 선생님!"

우리는 한밤중의 정원을 걸어갔다.

달빛 아래 잔디가 모래언덕처럼 굽이쳤다. 점점이 위치하는 마른 관목은 바닷가에 밀려온 난파선의 잔해 같았다. 주위는 얼어붙은 것 같은 한밤중의 정적에 싸여 있고 맑은 밤하늘에 별이 무수히 빛났다. 그런 적막한 풍경 속을 걷고 있으려니 아주 먼 곳에 온 기분이 들었다. 시모가모 진료소와 데라마치 거리 221B가 그리웠다. 홈스와 함께한 모험을 돌이켜봐도 이 정도로 기이한 사건은 처음이었다. 수수께끼 자체가 생명을 얻어 세계를 마구 휘젓는 것 같았다.

머스그레이브 가의 수수께끼를 우리가 감당할 수 있을까.

나는 그런 생각을 하며 곁을 걷는 아이린 애들러를 봤다. 그녀는 그런 불안을 절절히 느끼고 있을 터였다. 옆얼굴이 긴장으로 딱딱히 굳어 있었다.

"어떻게 생각하십니까?"

"솔직히 말씀드리면 도통 영문을 모르겠어요."

아이린 애들러는 말했다. "현실적인 요소만 보면 머스그레이브 씨가 뭔가를 숨기고 계시는 건 분명합니다. 브런턴도 거기에 가담하고 있고요. 하지만 그게 밝혀졌다고 해서 뭐가 달라지죠? 우리가 경험한 일을 전혀 설명할 수 없는데요."

아이린 애들러는 허연 입김을 내쉬며 몸을 부르르 떨었다.

"그 새카만 구멍을 보셨나요, 왓슨 선생님?"

"네, 봤습니다."

"그렇게 무서운 건 처음 봐요. 너무 무서웠어요."

"정신 차리셔야 합니다, 애들러 씨. 믿을 사람은 당신뿐입니다."

그렇게 말하며 나는 한심한 기분이 들었다. 결국 넌 남에게 의지만 하는군, 하고 생각했다. '가끔은 자네 머리로 생각해보라고'라는 홈스의 목소리가 들리는 듯했다.

밤의 대숲은 무척 섬뜩했다. 어느 방향으로 각등을 비추어도 무수한 청죽이 희끄무레하게 빛나고 그 안쪽은 짙은 어둠에 잠겨 있었다. 마구간 소년이 해둔 표시를 주의 깊이 따라가 우리는 홈스의 초막이 있는 우묵땅에 다다랐다. 그런데 초막은 텅 비어 있었다. 싸늘하게 식은 냄비에서 양고기 카레 냄새가 났지만 모닥불은 꺼져 있었다.

나는 강령 모임 뒤에 홈스가 한 말이 생각났다.

오늘 저녁은 윌리엄 씨 집에서 달을 보며 마시기로 약속했거든요.

대숲 관리인 윌리엄 씨를 떠올렸다. 묘하게 맑은 눈, 대숲을 흔드는 바람 같은 목소리. 그는 대숲 안에 산다고 했다. 아마 홈스는 윌리엄 씨 집에 갔을 테고 홈스에게 초대받은 머스그레이브 씨도 그곳에 합류했을 것이다. 그런 생각을 하는데 아이린이 흠칫 놀라 얼굴을 들고 각등을 쳐들어 대숲 안쪽을 응시했다.

"홈스 씨 웃음소리가 들린 것 같은데요."

"잘못 들은 게 아니고요?"

"안으로 들어가보죠, 왓슨 선생님."

"위험합니다, 애들러 씨. 이 대숲에서 조난당한 사람이 여럿 있다고 들었습니다. 홈스를 찾기는 고사하고 대숲에서 밤을 지새우게 될걸요."

그러자 아이린 애들러는 어깨에 멘 가죽 가방에서 작은 줄자 같은 것을 꺼냈다. 탐정 7대 도구 중 하나일 것이다. 그녀는 줄자에서 뺀 가느다란 실을 근처 청죽에 묶었다.

"범인 추적용으로 개발한 거랍니다. 이 실을 따라오면 돌아올 수 있어요."

그렇게 해서 우리는 실을 늘리며 대숲 안쪽으로 들어갔다. 낙엽이 쌓인 언덕을 올라가고 우묵땅을 내려가도 다 똑같아 보이는 청죽만이 각등이 비추는 범위를 에워쌀 뿐이었다. "모리어티 교수님은 괜찮으실까요?" 아이린 애들러가 걱정스레 말했다. "꽤나 충격을 받으신 것 같던데요."

'동쪽의 동쪽 방'에서 나온 뒤 모리어티 교수는 한마디도 하지 않았다. 리치버러 부인의 구출극이나 브런턴과 주고받은 문답에도 전혀 관심을 보이지 않았다. 자기 껍데기 속에 틀어박혀 뭔가를 심각하게 고민하는 듯했다. 저 때문이에요, 라고 아이린은 말했다.

"모리어티 교수님은 두려워하고 계셨어요. 그리고 절 의지해주셨죠. 전 탐정으로서 교수님 기대에 부응할 책임이 있었습니다. 그런데 아무것도 못 했네요."

"그렇게 자책하실 필요 없습니다."

"지금도 오리무중이잖아요, 왓슨 선생님."

아이린 애들러는 분한 듯 말했다.

"전 아무런 설명도 해드리지 못했습니다. 이래서야 12년 전하고 아무것도 달라진 게 없지 않나요. 뿐만 아니라 그때보다도 더 알 수 없게 됐죠. 어째서 이렇게 무력한 걸까요. 저도 홈스 씨한테 뒤지지 않을 만큼 여러 까다로운 사건을 해결해왔다고요. 그런데 그런 경험도 아무 도움이 안 되네요. 정말로 아무런 도움이 안 돼요!"

아이린 애들러의 고독이 사무치게 느껴졌다.

아마 그건 명탐정 셜록 홈스의 고독이기도 했을 것이다.

셜록 홈스와 지금까지 수많은 모험을 함께해왔지만 나는 매번 홈스를 믿고 안심했다. 매번 그가 수수께끼를 풀어줄 것이라고 믿었다.

나름대로 추리해본 적은 있었지만 그런 것은 놀이에 불과했다. 홈스가 막다른 길에 부닥쳐 괴로워할 때 '그렇다면 내가 대신 해결해주지' 하고 떨치고 일어난 적이 한 번이라도 있었나.

나는 홈스의 고뇌를 곁에서 구경하기만 했다. 홈스가 해결하지 못하는 것을 내가 해결할 수 있을 리 없다며 시도조차 하지 않고 느긋하게 지냈다. 왜냐하면 나는 왓슨이고 기록자일 뿐이니까. 말이 좋아 홈스의 천재성을 믿는 것이지, 나는 그렇게 해서 모든 책임을 홈스에게 떠넘긴 셈이었다.

"홈스가 슬럼프에 빠진 이유를 알 것 같습니다. 결국 전 홈스만 바라보고 있었던 겁니다. 매번 홈스에게만 맡겨뒀죠. 어떤 수수께끼가 우리 세계를 위협해도 그 친구가 꼭 질서를 되찾아줄 거라고 생각했습니다."

"그게 명탐정의 역할이니까요."

"홈스는 그런 책임을 혼자서 도맡아야 하는 상황에 넌더리가 난 겁니다."

나는 대숲 안을 바라보며 말했다. "홈스에게도 마음이 있습니다, 애들러 씨. 그 친구는 추리 기계도 신도 아니죠. 그걸 더 알아줬어야 하는데요."

아이린 애들러는 얼마 동안 입을 열지 않았다.

"하지만 전 믿어요."

이윽고 그녀는 쥐어짜듯 말했다.

"홈스 씨는 꼭 개선하실 거예요. 위대한 탐정이니까요."

꽤 많이 걸었을 텐데 주위 풍경은 조금도 변화가 없었다. 곧장 나아가고 있는지 아닌지조차 알 수 없었다. 각등을 어느 쪽으로 들어도 무수히 늘어서 있는 청죽이 마치 섬뜩한 신전의 기둥처럼 느껴졌다. 댓가지가 밤바람에 솨솨 울었. 우리는 지금 어디쯤 있는 걸까.

아이린 애들러가 어둠 속을 향해 소리쳤다.

"어디 계세요! 홈스 씨!"

귀를 기울이자 이윽고 멀리서 "어이!" 하는 목소리가 들렸다. 아이린 애들러의 얼굴이 각등 불빛 속에서 기쁜 듯 빛났다. 내가 "홈스! 들리나!" 하고 부르짖자 다시 "이쪽이네!" 하는 소리가 들렸다. 맥이 빠질 만큼 태평한 목소리였다.

"저쪽에서 들렸어요! 가요!"

아이린 애들러는 대번에 달리기 시작했다.

우리는 대숲을 지나 널찍한 초원으로 나왔다.

크레이터 같은 커다란 우묵땅을 대숲이 빙 둘러싸고 있었다. 달빛과 별빛을 받아 마른 풀은 희미하게 은색을 띠었다. 초원 중심에는 죽순처럼 생긴 벽돌 탑이 우뚝 솟아 있고 그 앞에 머스그레이브 씨와 윌리엄 씨 그리고 셜록 홈스가 모닥불 주변에 둘러앉아 술잔을 주고받고 있었다.

우리가 초원을 가로질러 다가가자 그들은 불기운과 술기운에 벌게진 얼굴로 돌아봤다. 홈스가 마시멜로를 꽂은 긴

가지를 휘두르며 "어이쿠, 두 분이 웬일로"라고 명랑하게 말했다. "달의 연회에 잘 왔네!"

윌리엄 씨가 얼른 담요를 펴주어 아이린과 나는 앉았다.

그런 식으로 밤하늘 아래 모닥불을 둘러싸고 있으려니 어쩐지 소년 시절로 돌아간 기분이 들었다. 지금은 세상을 떠난 형과 함께 집 뒷마당에서 캠핑했던 게 기억났다.

"여기가 달 로켓 발사 기지였답니다."

머스그레이브 씨는 벽돌 탑을 올려다보며 말했다.

"선대였던 아버지가 대숲을 베어 건설했죠. 아버지가 돌아가시면서 계획을 동결하고 기기류는 대부분 철거했지만 이 탑만은 남겼습니다. 꿈의 잔해가 하나쯤 있어도 좋으니까요. 지금은 윌리엄의 거처입니다."

"나 혼자 살기엔 너무 넓은데 말이지."

윌리엄 씨는 그렇게 말하며 초지 너머에 있는 대숲을 바라봤다. 헐렁헐렁하고 괴상한 모자 밖으로 머리카락이 삐져나왔고 수염이 아무렇게나 자랐다. 그런데도 본인의 유유한 분위기 때문인지 추레한 인상이 조금도 없었다. 모닥불을 둘러싼 우리 다섯 명 중 그만 혼자 다른 시공에 존재하는 것처럼 느껴지기도 했다.

아이린 애들러도 윌리엄 씨에게 흥미가 동했는지, 마시멜로를 보기에 아슬아슬한 동작으로 먹으며 이상한 대숲 관리인을 곁눈으로 관찰했다.

3장 레이철 머스그레이브의 실종

"정말로 우리 초면인가요?"

아이린 애들러는 말했다.

"어디서 뵌 것 같은데요."

"착각이실 겁니다." 윌리엄 씨가 말했다. 자신은 여기 대숲에 틀어박혀 지내며 헐스턴에서 일하는 하인들조차 웬만하면 만나는 일이 없다고 했다. 그러나 아이린 애들러는 뭔가 짚이는 데가 있는 듯 진지한 눈빛으로 윌리엄 씨를 바라봤다.

"참으로 즐겁군, 머스그레이브."

홈스가 술잔을 비우며 말했다.

"우리에게 필요한 건 이런 시간이야. 그렇건만 현대 사회는 갖은 수를 써서 우리에게 잡일을 떠넘긴단 말이지. 셜록 홈스는 사건을 해결해야 하고, 존 H. 왓슨은 탐정소설을 써야 하고, 레지널드 머스그레이브는 영지 관리에 힘을 쏟아야 해. 그렇게 우리는 인생의 본질을 잊게 되는 거네."

"인생의 본질이 뭔데?"

"그야 당연히 친구와 모닥불, 달을 구경하며 마시는 술이지."

홈스와 레지널드 머스그레이브는 온화하게 이야기를 나누었다.

하지만 돌이켜 생각하면 홈스가 옛 친구에게 마음을 써준 것이었으리라.

기이한 모닥불 주위에 감돌던 평온한 분위기는 그들의 체념에서 비롯된 것이었다. 조금 전 아이린과 내가 대숲에서 나타났을 때 머스그레이브 씨는 아마도 자신의 '계획'이 실패했음을 깨달았을 것이다. 그리고 옛 친구의 '계획'을 내심 간파하고 있었던 홈스는 사전에 윌리엄 씨가 부탁한 대로 그의 체념을 함께해주려 한 게 틀림없다.

"아까 '동쪽의 동쪽 방'에서 이상한 일이 일어났는데요."

아이린 애들러가 입을 열었다.

"그걸 알려드리려고 온 겁니다."

"그렇습니까. 리치버러 부인은 어떻게 됐는지요?"

머스그레이브 씨는 조용히 말했다. 이미 다 이해했다는 투였다. 아이린이 "무사해요"라 말하자 머스그레이브 씨는 가볍게 고개를 끄덕였다.

"모두 당신이 꾸민 일이라는 건 압니다."

아이린 애들러는 그렇게 말하며 머스그레이브 씨를 응시했다.

"하지만 그 외에는 아무것도 모르겠네요."

"모르시는 게 당연합니다, 애들러 씨."

머스그레이브 씨는 위로하듯 말했다. "당신을 초대한 건 리치버러 부인의 실체를 폭로하게 하기 위해서가 아니었습니다. 오랜 세월 우리를 괴롭혀온 수수께끼가 탐정의 영역을 뛰어넘는 부분에 있다는 걸 확신하고 싶어서였죠. 당신의 역량 부족이 아닙니다. 홈스 군이라도 이 수수께끼를 풀진 못할 겁니다."

"글쎄, 과연 그럴까, 머스그레이브."

홈스가 모닥불에 손을 쬐며 말했다.

머스그레이브 씨 얼굴에 놀란 빛이 떠올랐다.

"자네는 수수께끼를 해결했다는 말인가?"

"난 딱히 수수께끼를 해결하려고 하진 않았어."

홈스는 모닥불을 보며 담담히 이야기를 시작했다.

"어쨌거나 난 은퇴한 탐정이니 말이지. 일절 수수께끼를 풀려 하지 않고 주위에서 벌어지는 일을 멀거니 바라보고 있었네. 그랬더니 머스그레이브 가의 수수께끼는 바람에 흩어진 것처럼 사라지더군. 애들러 씨가 고전한 것도 당연한 일이야. 탐정 역할을 성실하게 다하려고 하면 할수록 머스그레이브 가의 수수께끼는 풀기 어려워지거든. 수수께끼를 낳는 건 우리 탐정 쪽인 거네. 추리는 필요 없어. 과학도 필요 없고. 심령주의도 필요 없네. 우리가 할 수 있는 일은 그저 불가사의한 일을 불가사의하게 받아들이는 것뿐이야."

우리는 어안이 벙벙해서 홈스를 바라봤다. 고요한 박력이 넘치는 말투는 황금기의 홈스가 돌연히 부활한 듯했다.

아이린 애들러가 "홈스 씨" 하고 긴장한 목소리로 물었다.

"12년 전 사건도 해결했다는 말씀이신가요?"

"그걸 해결이라고 해야 할지 의문입니다만."

"그럼 머스그레이브 양은 어디 간 거죠?"

"아무 데도 안 갔습니다. 머스그레이브 양은 지금도 그 방에 있는 겁니다."

머스그레이브 씨가 조용히 물었다.

"왜 그렇게 생각했지, 홈스?"

"그것 말고 가능성이 없다는 건 이미 알고 있었네. 영내에서 나가는 모습을 아무도 보지 못했고 시체도 발견되지 않았어. 12년 전 그날, 머스그레이브 양은 헐스턴에서 나가지 않았어. 이어서 '동쪽의 동쪽 방'에서 우리가 목격한 걸 생각해보지. 머스그레이브 양이 사랑했던 음악. 머스그레이브 양 자신의 모습. 그리고 달. 이것도 머스그레이브 양이 사랑했던 천체야. 어렸을 때 자네는 곧잘 동생과 함께 천체 관측을 즐겼다고 하지 않았나, 머스그레이브. 그렇게 되면 답은 자연히 나오네. 머스그레이브 양은 '동쪽의 동쪽 방'에서 긴 잠에 빠져 있는 거라고. 오늘 밤 강령 모임에서 우리가 본 건 머스그레이브 양이 꾸는 꿈인 거야."

"잠깐만요, 홈스 씨."

아이린 애들러가 눈살을 찌푸리며 말했다.

"'동쪽의 동쪽 방'은 아주 오래전부터 불가사의한 일이 발생하는 방이었을 텐데요. 백 보 양보해서 우리가 오늘 저녁 본 게 머스그레이브 양이 꾸는 꿈이었다 쳐도, 머스그레이브 양이 실종된 건 12년 전입니다. 그 이전 일은 전혀 설명이 안 되지 않나요?"

아이린 애들러의 염두에 있었던 것은 12년 전 일일 것이다. 아이린과 메리는 '동쪽의 동쪽 방'에서 불가사의한 현상과 마주쳤다. 머스그레이브 양도 그 자리에 있었다.

"지당하신 지적입니다." 홈스는 미소 지었다. "머스그레이브 가에 있는 '동쪽의 동쪽 방'의 유래를 상징적으로 이야기하는 게 『다케토리모노가타리』입니다. 그 방에선 예로부터 불가사의한 현상이 목격됐죠. 그게 모두 그 방에서 잠자는 사람의 꿈이라면 어떨까요? 지난 12년간은 머스그레이브 양이었습니다. 그렇다면 머스그레이브 양이 잠들기 전 그 방에서 자던 사람은 누구인가. 그 사람은 어떤 꿈을 꿨나."

아이린 애들러는 멍하니 중얼거렸다.

"……대숲이에요."

우리 시선은 대숲 관리인에게 쏠렸다.

"당신은 머스그레이브 가 사람이죠, 윌리엄 씨?"

홈스는 대숲 관리인에게 말했다. "당신은 오랜 세월 '동쪽의 동쪽 방'에서 잠들어 있었습니다. 그러다가 머스그레이브 양이 잠들면서 당신이 대신 깨어났을 테죠."

모닥불이 비추는 윌리엄 씨의 얼굴에는 안도감 같은 게 떠올라 있었다.

이건 정말 현실일까 하는 생각이 들었다. 모닥불 주위의 초원이 지표에서 분리되어 우주 공간에 표류하기 시작한 듯했다. 지금까지 믿고 살아온 세계가 붕괴하는 듯한 불안과 새로운 세계가 탄생하는 듯한 흥분을 느꼈다.

"자네 말이 맞네, 홈스."

레지널드 머스그레이브가 말했다.

"윌리엄은 증조부의 동생이야. 아무도 믿지 않겠네만."

"실제로 선대 로버트 머스그레이브는 믿어주지 않더군요."

윌리엄 씨는 모닥불을 바라보며 말했다.

"머스그레이브 가의 이름을 사칭하는 사기꾼 취급을 하면서 다짜고짜 내쫓았습니다. '동쪽의 동쪽 방'에서 자는 동안 세상이 완전히 뒤바뀐 데다 맨몸으로 쫓겨난 탓에 꽤나 고생했죠. 하지만 난 어렸을 때부터 대숲을 사랑했고 관리하는 기술도 있어서 친절하게 날 거둬준 정원사 밑에서 일을 배우게 됐습니다. 전국의 대숲을 다니며 일하는 동안 어느새 긴 세월이 지났죠. 그런데 작년 오랜만에 교토로 돌아왔더니 로버트 머스그레이브는 죽었더군요."

윌리엄 씨는 곁에 있는 레지널드 머스그레이브에게 시선을 주었다.

"그때 처음으로 레이철의 실종을 안 겁니다."

"로버트 머스그레이브의 태도는 불가해했습니다."

셜록 홈스는 모닥불을 보며 이야기했다.

"잘 알아보지도 않고 윌리엄 씨를 영지에서 추방하기만

한 게 아니란 말이죠. 내가 헐스턴에 조사하러 왔을 때도 로버트 씨는 결코 호의적이지 않았습니다. '동쪽의 동쪽 방'을 엄중하게 봉하고 기숙학교에 압력을 넣어 애들러 씨 입도 막았고요. 그렇게 모든 걸 덮어버려서 로버트 씨는 자기 딸을 구할 가능성을 철저하게 없앤 겁니다. 그 사람은 심하게 겁에 질려 있었습니다. 그 사람이 자기 딸 실종에 관여한 게 아닌가 의심한 것도 한두 번이 아니었죠."

아버지는 '동쪽의 동쪽 방' 전설을 싫어했다고 머스그레이브 씨는 말했다.

"그 방엔 옛날부터 기괴한 소문이 따라다녔네만, 하인이 그 이야기를 하는 걸 알고 아버지는 불같이 화를 내더군. 그런 건 미신이고 옛날이야기라면서 말이지. 인류의 진보와 조화라는 머스그레이브 가의 가훈을 아버지는 우리에게 강요했어. 하지만 그건 세상에서 생각하는 것처럼 고귀한 이상일까. 결국 자기 생각대로 모든 걸 지배하고 싶다는 오만한 욕망일지도 몰라. 정체를 알 수 없는 것, 자기 뜻대로 되지 않는 것, 그런 걸 아버지는 격하게 혐오했네. 레이철의 수수께끼 같은 실종은 도저히 용납할 수 없는 배신이라고 느꼈을 테지."

머스그레이브 양의 실종으로부터 11년 뒤 로버트 머스그레이브는 세상을 떠났다.

그리고 선대의 장례를 치르고 얼마 되지 않아 작년 여름

끝 무렵에 윌리엄이 헐스턴을 찾아왔다. 그가 11년 전 로버트에게 추방된 인물이라는 것은 아무도 알아차리지 못했다. 대숲 관리인으로서 그의 평판은 확실한 것이라 황폐한 영내 대숲에 골치를 앓고 있던 레지널드는 즉각 윌리엄을 고용하기로 했다.

"레지널드에게 진실을 밝혀야 하나. 그게 문제였습니다."

윌리엄 씨는 말했다. "많이 고민했습니다만, 이렇게 대숲에 살면서 레지널드와 이야기를 주고받는 사이에 이 친구라면 진실을 이야기해도 되겠다는 생각이 들더군요. 이 친구는 선대처럼 날 내쫓지 않을 거다. 뭣보다도 이 친구는 과거의 사건으로 인해 고통받아왔죠. 난 진실을 이야기해야 했습니다."

그해 가을 저녁, 윌리엄은 그날 일을 마치고 이 초지에 서 있었다. 맑은 가을 하늘에 가느다란 뼛조각 같은 달이 떠 있고 벽돌로 지은 달 로켓 발사 기지가 우뚝 솟아 있었다. 푸르스름하게 물든 원형 초지에 가을 벌레 소리가 들렸다.

그때 레지널드가 왔다. 그는 윌리엄과 죽이 맞아 가끔씩 이렇게 찾아와 잡담을 나누곤 했다. 그날 레지널드는 선대 로버트가 추진했던 무모한 달 로켓 계획 이야기를 했다. 만년에 로버트가 뭔가에 홀린 사람 같았다는 것. 그게 12년 전 동생이 실종됐을 때부터 시작됐다는 것.

"그래서 난 레지널드에게 진실을 털어놓은 겁니다."

"자네는 바로 믿었나?"

홈스의 물음에 머스그레이브 씨는 고개를 흔들었다.

"아니, 처음엔 도무지 믿을 수 없었어. 레이철이 실종된 뒤로 마치 은혜라도 베풀듯이 '진상'을 강요하는 인간들에게 넌더리 내고 있었거든. 기자에, 아마추어 탐정에, 점술가……. 리치버러 부인 같은 심령주의자도 그런 부류고. 하지만 윌리엄이 거짓말을 한다는 생각은 들지 않더군. 조사해봤더니 증조부의 동생이 수수께끼처럼 실종됐다는 기록이 헐스턴의 도서실에 남아 있었네. 윌리엄의 일기장도 있었는데 그 속에 레이철이 압화로 만든 서표가 꽂혀 있었어. 레이철이 실종되기 전 윌리엄의 일기를 읽은 게 분명해."

머스그레이브 양이 실종된 뒤, 로버트 머스그레이브의 명령으로 '동쪽의 동쪽 방'은 엄중하게 봉해져 아무도 들어가지 못하게 됐다. 이따금 괴담의 소재가 되는 것을 제외하면 화제에 오르지도 않게 됐다. 그날 밤늦게 레지널드는 혼자 구관으로 가 문에 댄 널을 뜯어 '동쪽의 동쪽 방'의 봉인을 풀었다.

"난 윌리엄의 말이 진실이라고 믿었어. 지난 12년간 레이철은 줄곧 봉인된 '동쪽의 동쪽 방'에서 자고 있었다고 말이지."

레지널드 머스그레이브는 마른 가지를 모닥불에 던져 넣었다.

"지금은 동생이 '동쪽의 동쪽 방'에 끌린 이유도 이해할 수 있네. 동생은 하인들에게도 친절했고 아버지 말을 충실하게 지켰고 늘 내 편을 들어줬어. 머스그레이브 가를 지탱하고 있었던 사람은 사실은 아버지나 내가 아니라 레이철이었던 거야. 동생은 머스그레이브 가의 딸이라는 역할을 완벽하게 연기하려고 자기 자신을 갈아 넣었겠지. 아버지가 다짜고짜 밀어붙인 혼담도 동생의 등을 떠밀었을 게 틀림없네. 레이철은 어디 먼 곳으로 가버리고 싶다고 생각한 거야."

'동쪽의 동쪽 방' 봉인을 푼 다음 날, 레지널드 머스그레이브는 대숲 깊이 들어갔다. 윌리엄 씨가 기다리고 있었다. 그들은 계획을 세우기로 했다.

"난 동생을 되찾을 생각이었어."

"리치버러 부인을 희생양으로 바쳐서라도 말인가?"

홈스의 말에 머스그레이브 씨는 눈을 내리깔았다.

"'동쪽의 동쪽 방'에는 항상 한 명이 잠들어 있어. 지난 12년간은 머스그레이브 양이었고 그 전엔 윌리엄 씨였지. 자네는 리치버러 부인을 대신 바치고 머스그레이브 양을 되찾으려 했네. 그래서 브런턴에게 지시해 부인이 '동쪽의 동쪽 방'에 들어가도록 꾸몄어. 다행히 계획대로 되지 않은 모양이네만."

머스그레이브는 맥없이 고개를 수그리고 있었다. 윌리엄 씨도 마찬가지였다.

그때 아이린 애들러가 입을 열었다.

"홈스 씨는 전부 알고 계셨던 건가요?"

홈스는 대답하지 않았다.

"그런데 왜 보고만 계셨죠?"

그녀는 다그치듯 물었다. "그런 계획은 저지해야 했는데요."

"애들러 씨, 지금 여기서 들은 이야기를 믿을 생각입니까?"

홈스는 아이린 애들러를 보며 말했다.

"그게 어떤 일인지 잘 생각해보셔야 합니다. 머스그레이브 양 실종 사건의 진상을 밝히기 위해선 '동쪽의 동쪽 방'의 불가사의를 믿어야 합니다. 하지만 그 불가사의를 받아들인다면 당신은 탐정으로 남을 수 없어요. 이 세상에 '동쪽의 동쪽 방'이라는 불가사의가 존재하는데 어떻게 자기 추리에 자신을 가질 수 있겠습니까? 그 어떤 기괴한 사건도 '마법'이란 말 하나로 해결된다면 탐정 따위 무용지물입니다. 그렇기에 전 12년 전 머스그레이브 양 실종 사건에서 손을 뗀 겁니다. 저도 로버트 머스그레이브와 동죄입니다. 모든 걸 덮어버렸습니다. 탐정으로서의 저 자신을 지키기 위해서 말이죠."

"저도 그러란 말씀입니까?"

"당신은 이 사건에 관여하지 말았어야 합니다. 오늘 밤 아무 일도 일어나지 않았습니다. 당신은 아무것도 보지 못했고요. 이 세상엔 해결하려 들지 말아야 할 수수께끼가 존재합니다."

아이린 애들러는 홈스의 시선을 똑바로 받아냈다.

모닥불이 그녀의 얼굴을 황금색으로 물들였다. 얼굴에 떠오른 것은 실망이자 노여움이자 슬픔이었다. 이윽고 그녀의 입술이 고집 센 어린애처럼 일그러졌다. 기름한 눈에 눈물이 맺히더니 모닥불 불빛에 반짝이며 뺨을 타고 흘러내렸다. 그 정도로 솔직하게 감정을 나타낸 얼굴을 오랜만에 봤다. 아이린 애들러는 주먹으로 눈물을 훔치며 "어떻게 잊을 수 있겠어요"라고 작은 목소리로 말했다.

"애들러 씨 말이 맞아, 홈스."

레지널드 머스그레이브가 말했다. "잊을 수 있을 리 없지."

그는 대숲에 둘러싸인 원형 초지를 둘러보고 뒤쪽에 솟은 달 로켓 발사 기지의 시커먼 그림자를 올려다봤다. 밤하늘에 달이 빛났다.

"아버지는 만년에 달 로켓 계획에 사로잡혀 있었어."

레지널드 머스그레이브는 말했다.

"이제는 아버지의 고통을 알겠어. '동쪽의 동쪽 방'의 수수께끼는 아버지에게 역사 저편의 어둠에 묻혀야 할 것, 잊어야 할 미신이었네. 설마 그게 어둠 속에서 손을 뻗어 자기 딸을 데려갈 줄은 몰랐겠지. 아버지는 '동쪽의 동쪽 방'의 불가사의를 받아들일 수 없었어. 그렇기에 아버지는 '동쪽의 동쪽 방'을 닫아버리고 윌리엄을 다짜고짜 추방하고 관계자들의 입을 막아 모든 걸 잊으려고 했어. 그래서 문제가 해결됐다고 생각하나? 그럴 리 없지. 아버지가 만년에 달 로켓 계획에 몰두한 건 레이첼이 달을 사랑했기 때문이네. 아버지는 아버지 나름대로 레이첼을 되찾으려고 갖은 애를 썼겠지. 그러다가 실의에 빠진 채 죽었어."

레지널드 머스그레이브는 침통한 표정으로 입을 다물었다.

우리는 아무 말도 못한 채 그저 타오르는 모닥불을 바라보기만 할 뿐이었다.

아이린과 내가 헐스턴에 돌아오자 집사 브런턴이 맞이했다.

현관홀의 큰 시계는 새벽 3시를 가리켰다. 브런턴에게 리치버러 부인의 용태를 묻자 큰 문제는 없으며 침실에서 쉬고 있다 했다. 모리어티 교수와 내 아내 메리도 각자 방으로 돌아갔다고 했다. 보고를 마친 브런턴은 뭔가 묻고 싶은 기색이었으나, 아이린 애들러는 머스그레이브 씨를 만난 일에 대해 언급할 마음은 없는 듯했다.

"잘 자요, 브런턴."

그녀는 짤막하게 말하고 이층으로 이어지는 계단을 올라갔다.

브런턴은 어깨를 힘없이 늘어뜨리고 복도 안쪽으로 돌아

가려 했다. 나는 "하나 물을 게 있네만" 하고 말을 걸었다. 브런턴은 "말씀하시죠"라며 돌아섰다.

"머스그레이브 씨는 머스그레이브 양을 되찾으려 했네. 자네는 그런 일이 가능하다고 정말 믿은 건가?"

브런튼은 잠깐 주저하는 눈치를 보이다가 말했다.

"네, 그렇습니다."

"그래."

"아가씨는 훌륭한 분이셨습니다. 어떻게 그냥 둘 수 있었겠습니까."

브런턴이 그런 말을 남기고 간 뒤 나는 어둑어둑한 현관 홀을 둘러봤다.

머스그레이브 가의 역사를 말하는 여러 물건이 전시돼 있었다. 만국 박람회의 간판이었던 '크리스털 팰리스' 모형은 달빛을 받아 마법의 성처럼 반짝였다.

만국 박람회는 우리 제국이 자랑하는 과학 기술의 대규모 전시장이었다. 선대 로버트 머스그레이브의 수완으로 실현됐다는 국가적 규모의 제전은 '인류의 진보와 조화'라는 슬로건을 내걸었다. 그런 머스그레이브 가의 근저에 '동쪽의 동쪽 방'이라는 기괴한 수수께끼가 숨어 있었다니 얄궂은 일이 아닐 수 없었다.

계단을 올라가려다 보니 아이린 애들러가 계단참에 서 있었다. 높은 창으로 비쳐드는 달빛이 옆얼굴을 흐릿하게 비추었다. 그녀가 보는 것은 벽에 걸린 머스그레이브 가의 초상화 중 하나였다.

"뭘 보십니까?"

나는 그녀 옆에 서서 시선이 향한 곳에 걸린 그림 한 점을 봤다. 고풍스러운 초상화였다. 늠름한 청년 귀족 두 명이 서 있고 아름다운 정원 뒤로 헐스턴의 회색 구관이 보였다. 청년들 얼굴이 많이 비슷한 것을 보면 십중팔구 형제일 것이다. 이윽고 나는 그녀가 그 그림을 열심히 바라보는 이유를 깨달았다. 그림에 그려진 젊은 쪽 귀족의 얼굴이 눈에 익었다. 햇볕에 타고 수염이 자라면······.

"윌리엄 씨를 만났을 때 어디서 본 얼굴인데 싶었거든요."

아이린 애들러는 한숨을 쉬고 힘없는 발걸음으로 계단을 올라갔다.

나는 혼자 방으로 돌아가 침대에 들었으나, 오늘 긴 하루 동안 겪은 기이한 사건이 뇌리를 맴돌아 잠이 오지 않았다. 눈을 감자 대숲에 둘러싸인 둥근 초지에서 모닥불 주변에 둘러앉아 있던 그들 모습이 떠올랐다. 마치 월면에 남겨진 사람들처럼 쓸쓸해 보였다. 그들이 한 이야기는 과연 '진실'일까.

머스그레이브 가의 '동쪽의 동쪽 방'이란 뭘까.

셜록 홈스도, 아이린 애들러도 12년 전 머스그레이브 양 실종 사건에 관여했다. 모리어티 교수도 일을 통해 머스그레이브 가와 관계가 있었다. 우리가 오늘 밤 이곳에 모인 것은 우연인가. 거기에 어떤 마력이 작용한 것은 아닌가. 마치 머스그레이브 양의 실종으로 인해 세계에 난 구멍이 지금도 거기 있어서 섬뜩한 인력으로 당시 관계자들을 빨아들이는 것 같지 않나.

그때 살며시 문 열리는 소리가 났다. 나는 일어나 앉았다.

"메리?"

"……그래요, 나예요."

희끄무레한 그림자가 방을 가로질러 침대로 들어왔다.

메리는 나를 끌어안고 깊은 한숨을 쉬었다. 대숲에서 내가 돌아오기를 기다렸을 것이다. 메리는 공연한 질문은 하지 않았고 나도 공연한 말은 하지 않았다. 그렇게 서로의 온기를 느끼고 있으려니 그때까지 뇌리에 맴돌던 기괴한 상념이 사라졌다.

잘 자요, 하고 메리가 부드러운 목소리로 속삭였다.

이튿날 아침 잠에서 깨니 메리는 이미 침대에 없었다.

하인이 가져다준 더운물로 세수하고 나서 창문을 열고 몸을 내밀어 차가운 초겨울 공기를 한껏 들이마셨다. 더없이 맑은 하늘에는 구름 한 점 없었다. 광대한 잔디밭은 아침 햇빛을 받아 반짝이고 그 너머에 아름다운 대숲이 펼쳐져 있었다.

아침 햇살을 받으니 어젯밤에 있었던 모든 일이 나쁜 꿈이었던 것처럼 느껴졌다.

심령주의니 강령 모임이니 머스그레이브 가의 '동쪽의 동쪽 방'이니…… 어째서 그렇게 괴기소설 같은 비현실적인 일에 마음을 빼앗겼을까. 이렇게 신선한 아침을 맞이하니 주변의 아름다운 세계는 아무것도 달라지지 않은 것 같았다.

십중팔구 데라마치 거리 221B 옥상에서는 허드슨 부인이 일과인 덤벨 체조를 하고 있을 테고, 시조가라스마의 업무 지구에서는 사람들이 음울한 얼굴로 계단을 오르고 있을 테고, 청렬한 다다스 숲에서는 시모가모 신사의 신관이 엄숙하게 축사를 올리고 있을 것이다. 움직이기 시작한 새로운 하루 앞에서 지난밤의 기이한 경험은 빛바랜 것처럼 느껴졌다.

내가 몸단장을 마칠 즈음에 메리와 아이린 애들러가 왔다. 아이린 애들러는 눈이 토끼처럼 빨갰고 메리도 연신 하품을 했다.

"모리어티 교수님도 부르는 게 좋을까요?"

"좀 더 자게 두자고. 며칠째 불면에 시달렸거든."

우리는 함께 아래층 식당으로 내려갔다. 아침 햇살이 환히 비쳐드는 식당에서 머스그레이브 씨와 카트라이트 군이 식탁에 앉아 있었다. 커다란 창 너머로 완만히 물결치는 잔디밭이 보였다. 우리는 두 사람에게 인사하고 자리에 앉았다. 리치버러 부인은 보이지 않았다. 카트라이트 군도, 머스그레이브 씨도 아직 꿈을 꾸는 것처럼 멍했다.

이윽고 리치버러 부인이 나타났다.

"안녕히 주무셨어요" 하고 기어들 듯한 목소리로 말했다.

휘청휘청 테이블로 다가오는 그녀의 모습은 어젯밤과는 전혀 딴판이었다. 머리는 헝클어졌고 화장기 없는 얼굴은 흙빛인 데다 볼은 늘어졌으며 눈은 흐리멍덩했다. 거기에 있는 것은 기력을 완전히 잃은 인간이었다. 어젯밤 '동쪽의 동쪽 방'에서 벌어진 일이 그녀의 마음을 산산조각 냈을 것이다. 그녀는 힘없이 의자에 앉아 허공을 바라봤다.

집사 브런턴이 나타나 머스그레이브 씨에게 뭐라 귓속말했다. 머스그레이브 씨는 가볍게 고개를 끄덕이고는 "잠깐 실례하죠"라며 빠른 발걸음으로 식당에서 나갔다. 우리는 측은하게 리치버러 부인을 바라봤다.

은퇴해야겠죠, 라고 리치버러 부인이 중얼거렸다.

"과거에 제 힘은 진짜였습니다. 심령과 말을 주고받는 건 저한테 쉬운 일이었어요. 그런데 영매로서 명성을 얻을수록 그 신비스러운 힘은 사라지고 말았어요. 애들러 씨 말이 맞아요. 벌써 몇 년 전부터 전 속임수에 의지해야 했습니다. 머스그레이브 가의 '동쪽의 동쪽 방'은 저한테 최후의 희망이었던 거예요. 심령 세계로 이어지는 문을 열 수 있다면 다시 한번 그 힘이 돌아올 거라고 기대했죠. 하지만 그건 근거 없는 제 망상이었어요."

리치버러 부인의 얼굴에 공포의 빛이 생생하게 떠올랐다.

"그런 끔찍한 일은 이제 두 번 다시 당하고 싶지 않습니다. 전 벌을 받은 거예요."

카트라이트 군이 서글프게 말했다.

"우리 꿈은 어떻게 되는 거죠?"

"꿈이라뇨?"

"영혼과 결부된 과학 말입니다."

"더 의미 있는 일을 하세요. 가령 연애를 한다든지."

리치버러 부인이 힘없이 말했을 때 복도 쪽에서 여러 사람 발소리가 요란하게 들려왔다. 무슨 일인가 생각하는데 이윽고 머스그레이브 씨가 심각한 표정으로 나타나더니 회색 외투를 입은 레스트레이드 경위가 그 뒤를 따라 식당으로 들어왔다. 경위는 제복 경관을 여러 명 데리고 온 터라 식당은 단번에 긴박한 분위기로 변했다.

레스트레이드는 우리를 보고 놀란 듯했다.

"저런, 왓슨 선생님! 메리 씨에, 애들러 씨까지 계시는군요."

"이게 무슨 일인가, 레스트레이드?"

"이른 아침부터 소란을 피워 죄송합니다. 그렇지만 공무원으로서 의무를 다하는 거니까 부디 용서해주세요. 그쪽은 리치버러 부인이시죠?"

레스트레이드는 엄숙한 표정으로 헛기침했다.

"리치버러 부인, 부인을 체포합니다."

아침의 체포극은 싱거우리만큼 조용하게 끝났다.

레스트레이드가 설명하는 동안, 리치버러 부인은 빈 껍데기처럼 어떤 항변도 하려 하지 않았다. 그녀가 연행된 뒤 레스트레이드는 그 자리에 남아 체포에 이르게 된 경위를 간략하게 설명했다.

"애들러 씨 조언으로 내사를 해왔거든요."

몇 년 전부터 시작된 심령주의 붐으로 교토 안팎으로 영매가 늘어났는데, 그중에서도 리치버러 부인의 활약이 두드러졌다. 세인트사이먼 경을 비롯한 유력 귀족의 후원 덕도 있어 그녀는 난젠지 일대의 호화로운 저택에서 살며 강령 모임과 개인 상담으로 막대한 수익을 거두었다. 시조가라스마의 업무 지구에서 수상쩍은 개운開運 회사도 여럿 경영했다. 레스트레이드는 아이린 애들러의 조언에 따라 리치버러 부인의 신변을 조사했다. 그리고 사기, 공갈, 부동산 부정 취득 등에 관한 증거를 잡아 마침내 체포에 나선 것이었다.

"그나저나 그렇게 순순히 체포에 응할 줄 몰랐습니다."

레스트레이드는 이상하다는 듯 말했다. "더 소란을 피울 줄 알았는데요."

"한 건 하셨군요, 레스트레이드 경위."

레지널드 머스그레이브가 말하자 레스트레이드는 기쁜 듯 머리를 숙여 절했다.

"영광입니다. 협조에 감사드립니다."

"이번 체포로 심령주의 붐이 조금 잠잠해지면 좋겠습니다만."

"지금부터가 문제입니다. 세인트사이먼 경은 유능한 법정 변호사를 사실 테니까요. 리치버러 부인의 신봉자 중엔 상류계급 분들도 많죠. 이거야 원, 심령주의는 인기가 대단하군요."

레스트레이드는 승리의 여운에 젖어 있었지만 식당에 퍼진 것은 허망함이었다. 아닌 게 아니라 레스트레이드의 등장으로 현세적인 의미에서는 한 '사건'이 해결됐을 것이다. 하지만 결국 구원받은 사람은 한 명도 없었다.

레지널드 머스그레이브는 머스그레이브 양을 되찾지 못했고, 아이린 애들러는 탐정으로서 중대한 좌절을 겪었으며, 카트라이트 군의 꿈은 깨졌고, 셜록 홈스는 대숲에 틀어박혀 있었다. 여기 있는 모든 사람이 '동쪽의 동쪽 방'에 패배한 것이다.

"여러분, 많이 피곤하신 것 같군요."

레스트레이드가 말했다. "왓슨 선생님은 이곳에 어쩐 일이십니까?"

홈스가 머스그레이브 가의 대숲에 틀어박혀 있다는 것을 알자, 레스트레이드는 즉각 표정이 흐려져 "홈스 씨는 지금도 화가 나셨겠죠"라고 말했다. "제가 애들러 씨와 손잡은 걸 알고 홈스 씨가 절 불러내서 배신자라 하시더군요. 하지만 어쩔 수 없잖습니까. 저한테는 공무원으로서 의무가 있는데요."

"홈스도 아네."

"그렇다면 좋겠습니다만."

레스트레이드는 한숨을 쉬며 창밖을 내다봤다.

"하지만 전 셜록 홈스의 부활을 믿습니다. 그 사람은 이대로 대숲에서 여생을 보낼 사람이 아닙니다. 위대한 탐정이라고요. 물론 그런 건 왓슨 선생님이 가장 잘 아시겠지만요. 예전에 홈스 씨가 보여준 활약은 참……"

거기까지 말하더니 레스트레이드는 입을 다물었다.

창을 향해 고개를 내밀어 의아한 목소리로 중얼거렸다.

"저 아가씨는 저런 데서 뭘 하는 겁니까?"

그 말에 식당 입구에서 대기하던 집사 브런턴이 창쪽으로 다가갔다.

우리도 고개를 돌려 레스트레이드가 보는 방향, 커다란 창밖으로 시선을 돌렸다.

아침 햇살이 헐스턴의 광대한 정원을 비추고 있었다. 하얀 드레스를 입은 한 소녀가 완만하게 솟은 잔디밭에 서 있었다. 두 팔을 한껏 벌려 햇빛을 받고 있었다. 자신이 지금 여기에 있다는 기쁨을 온몸으로 만끽하는 듯 보였다. 그 모습을 보는 것만으로도 행복한 기분이 들었다. 모든 게 빛나고, 아름답고, 생기가 넘쳤다. 잎사귀가 금속처럼 반짝이는 떡갈나무도, 널따란 푸른 잔디밭도, 소녀의 하얀 입김도.

갑자기 브런턴이 "주인님!" 하고 소리쳤다.

비명 같은 목소리였다.

그와 동시에 머스그레이브 씨가 식당에서 뛰쳐나갔다.

우리는 머스그레이브 씨를 따라 힐스턴의 정면 현관을 통해 밖으로 뛰쳐나가 식당 밖 잔디밭으로 달려갔다. 우리가 따라잡았을 때 레지널드 머스그레이브는 잔디가 깔린 언덕을 달려 올라가는 참이었다. 집사 브런턴이 그 뒤를 비척비척 쫓아갔다. 언덕에 선 소녀는 가슴 앞으로 두 손을 맞잡고 그들을 바라봤다.

"머스그레이브 양인가?"

나는 믿기지 않는 심정으로 말했다.

"정말 그 사람이라고?"

"틀림없어요. 레이철 씨예요."

메리가 중얼거렸다. 아이린 애들러는 말문이 막힌 듯했다.

레지널드 머스그레이브는 소녀 앞까지 가서 허연 입김을 내쉬었다. 뒤따라온 브런턴은 마치 화난 것처럼 찡그린 얼굴로 주인 곁에 잠자코 서 있었다.

레지널드는 호흡을 가다듬은 뒤 소녀에게 손을 뻗어 '잘 돌아왔다'라고 하는 듯했다. 소녀의 얼굴이 놀란 빛을 띠었다. 그제야 비로소 그들 사이에 자리한 시간의 단절을 알아차렸을 것이다. 그녀는 여전히 열네 살 소녀의 모습인데, 레지널드 머스그레이브와 브런턴의 얼굴에는 12년의 세월이 새겨져 있었으니까.

이윽고 그녀는 머뭇머뭇 오빠 손을 잡았다.

다녀왔습니다.

그렇게 말한 것 같았다.

그러고는 기쁜 표정으로 브런턴에게 미소를 지었다.

그러자 초로의 집사는 두 손으로 얼굴을 가리고 엉엉 울기 시작했다.

어느새 레스트레이드가 내 옆에 서 있었다. 내가 "머스그레이브 양이 돌아온 거네"라 말하자 그는 "말도 안 됩니다!"라고 중얼거렸다. "그 사건이 있고 12년이나 지났단 말입니다. 대체 지금까지 어디 있었던 거죠? 어떻게 살아 있었던 겁니까?"

"마법이에요, 레스트레이드 경위님."

아이린 애들러가 멍하니 중얼거렸다. "마법인 거예요."

우리가 그렇게 소곤거리는 동안에도 저택에서 속속 하인들이 달려나왔다. 그중에는 저택에서 오래 일해 머스그레이브 양을 아는 이도 많았다. 그들은 그녀의 모습을 보고 놀라 소리치며 우리를 밀쳐내며 달려갔다.

순식간에 머스그레이브 양 주위를 사람들이 둘러싸 브런턴의 오열도 그들의 환성에 묻히고 말았다.

그때 광대한 잔디밭 너머, 대숲 방향에서 두 사람이 다가왔다.

한 명은 홈스, 또 한 명은 윌리엄 씨였다. 윌리엄 씨는 홈스에게 고개를 끄덕이고는 머스그레이브 양을 둘러싼 사람들 쪽으로 걸어갔다.

홈스는 그와 헤어져 곧장 이쪽으로 왔다.

"홈스!" 나는 불렀다. "머스그레이브 양이 돌아왔어!"

그런데 셜록 홈스는 어딘지 모르게 침통해 보였다. 12년 전 사건이 해결됐는데 왜 그렇게 슬픈 표정을 짓는 걸까.

"모리어티 교수는 어디 있지?"

홈스가 말했다. 그 말을 듣고 우리는 숨을 훅 들이마셨다.

모리어티 교수의 방은 텅 비어 있었고 침대에도 누운 흔적이 없었다.

우리는 신전처럼 고요한 저택의 긴 복도를 지나 서둘러 구관의 '동쪽의 동쪽 방'으로 갔다. 창문으로 아침 햇살이 비쳐드는 '동쪽의 동쪽 방'은 쥐 죽은 듯 조용했다. 방 중앙의 커다란 원탁 위에 모리어티 교수가 애용하던 지팡이가 놓여 있었다.

"어젯밤 다시 여기에 왔던 것 같군." 홈스가 말했다.

지팡이 밑에 쪽지가 있었다. 수첩을 찢어 급히 갈겨쓴 듯했다. 홈스가 쪽지를 집었다.

"나한테 보내는 편지인데."

그는 그렇게 말하고 편지를 낭독했다.

친애하는 셜록 홈스 군에게

내가 이런 수단을 택했다고 해서 귀군이나 왓슨 군 부처 그리고 애들러 씨가 마음 쓸 필요는 전혀 없네. 작년 가을 슬럼프에 빠졌을 때부터 내 인생은 여기 '동쪽의 동쪽 방'으로 이어질 운명이었다는 생각이 드는군.

내가 발견한 '진상'에 관해 함께 이야기할 수 없는 것은 아쉽네만, 머스그레이브 양을 구할 방법은 이것밖에 없다고 확신하네.

다른 분들에게 내 감사의 마음을 전해주겠나. 데라마치 거리 221B 내 방에 관해서는 카트라이트 군에게 정리를 일임하겠네. 수학 및 물리학 관련 장서는 앞으로의 연구에 도움이 되겠지. 카트라이트 군은 훌륭한 제자였어. 자신의 천직에 매진해주기를 바라네.

그리고 뭣보다도 귀군의 우정에 깊이 감사하네. 절망에 빠져 어둠 속 세계를 방황하던 내게 귀군과의 만남은 하늘에서 비쳐든 한 줄기 빛이었어. 꽤나 성가신 동거인이었겠네만 너그러이 용서해주면 좋겠군. 우리가 함께 씨름해온 '슬럼프'라는 수수께끼는 결국 해명하지 못했지만 데라마치 거리 221B에서 귀군과 이야기를 나눈 시간은 영원히 잊지 못할 테지.

그럼 이만 작별을 고해야겠군. 부디 건강히 지내기를.

귀군의 충실한 벗

제임스 모리어티

교토 서부에서 시내로 돌아오자 다시 '일상'이 찾아들었다.

언뜻 보면 전과 달라진 게 없었다. 나는 담담히 진료를 보고 왕진을 다녔고, 메리는 사건 기록을 계속했다. 하지만 뭔가가 결정적으로 달라져 있었다. 느긋하게 여울에서 헤엄쳤는데 어느새 앞바다로 떠내려간 것 같은 상태였다. 정신이 들어보니 주위의 물이 몹시 찼다. 그리고 발밑에는 깊이를 알 수 없는 심연이 펼쳐져 있었다.

일하는 틈틈이 나는 종종 교토 서부에서 보낸 긴긴 하루를 돌이키곤 했다.

리치버러 부인의 강령 모임, '동쪽의 동쪽 방'에 출현한 계단, 대낮처럼 주위를 환히 밝힌 거대한 달, 달 로켓 발사 기지가 있는 초원, 리치버러 부인의 체포, 머스그레이브 양의 귀환. 기괴한 꿈의 편린 같지만 우리가 분명히 경험한 일이었다.

 모리어티 교수는 모습을 감춰 데라마치 거리 221B로 돌아오지 않았다.

 교토 서부에서 데라마치 거리 221B로 귀환한 셜록 홈스를 맞이한 것은 '피해자 모임' 사람들이었다. 사무직원에 타이피스트, 청년 귀족, 건장한 노동자, 유한 마담과 시중꾼, 은퇴한 연금 생활자 부부 등 구성은 다채로웠지만, 그들은 사회적 입장과 빈부의 차를 초월해 '홈스에 대한 노여움'으로 대동단결했다.

 피해자 모임 사람들은 현관 앞으로 몰려와 고함쳤다.

 "그러고도 탐정이냐! 수치스러운 줄 알아라!"

 순찰을 돌던 경찰이 오고 신문기자가 왔다. 구경꾼도 점점 불어났다.

 맥팔레인 순경은 해산을 명했지만, 사람들은 한층 흥분해 달려온 기자들을 상대로 홈스가 얼마나 '용서하지 못할 게으름뱅이 탐정'인지 역설했다.

 그들의 흥분이 최고조에 달했을 때 홈스가 현관 앞에 모습을 드러냈다. 손에 권총을 든 것을 보고 맥팔레인 순경은 기겁했다. 황급히 제지하려 했으나 그때는 이미 늦었다. 홈스는 하늘을 향해 권총을 들어 방아쇠를 당겼다.

 "제군의 노여움은 이해할 수 있네."

일시적으로 조용해진 사람들에게 홈스는 말했다.

"요컨대 제군은 자기 자신에게 화가 난 거지. 게으름뱅이라느니, 무능하다느니, 무용지물이라느니 그런 말로 나를 비난하는데 그건 제군도 마찬가지 아닌가. 자력으로 뒤치다꺼리를 못 하니까 나한테 상담하러 온 걸 텐데. 우리는 모두 게으름뱅이고 무능하고 무용지물인 거네. 인류가 원래 그런 거야. 그러니 피차 너그러워지지 않겠나."

그런 궤변은 불에 기름을 붓는 격일 뿐이었다. 의뢰인들은 한층 길길이 날뛰며 포위망을 부쩍부쩍 좁혀 홈스를 현관문에 밀어붙였다. "말도 안 되는 변명은 집어치워!", "너그러운 마음 좋아하시네!", "프로라면 프로답게 일해!"라고 저마다 떠들었다.

그때, 길 건너 사무소 문이 열렸다.

"여러분, 진정하시죠."

아이린 애들러의 맑은 목소리가 도로에 울려 퍼졌다.

"여러분 고민은 모두 제가 해결해드리겠습니다."

그때 아이린 애들러가 제시한 해결책은 교토 서부의 머스그레이브 가를 떠날 때 홈스와 애들러 씨가 맺은 업무 협약에 기반한 것이었다. 홈스의 미해결 사건을 애들러 씨가 인계하는 대신 그는 그녀의 지휘에 따른다는 내용이었다.

12월 하순, 나는 데라마치 거리 221B로 갔다. 교토 서부에서 돌아온 뒤로 처음이었다.

홈스의 하숙에 다다를 무렵 안개가 한층 짙어져 데라마치 거리 저편은 안개 바다에 녹아 있었다. 해가 지려면 아직 좀 더 있어야 할 텐데 주위는 황혼 녘처럼 어둑어둑해, 221B 현관 앞에서 올려다보니 이층 창문에 내린 블라인드가 옅은 주황색으로 빛났다. 모리어티 교수 방에 불이 켜져 있는 것은 카트라이트 군이 정리하는 중이라서일 것이다.

"그나저나 너무 매정하지 않나요?"

허드슨 부인은 내 외투를 받아들며 말했다.

"어쨌거나 전 집주인이잖아요. 아무리 쇠뿔도 단김에 빼랬다지만 인사도 없이 탕치를 하러 떠나다니요. 모리어티 교수님도 참 제멋대로이시네요."

"너그럽게 봐주라고. 교수님은 많이 지쳐 있었으니까."

모리어티 교수가 실종된 것을 공표하면 일이 성가셔질 것이다. 그 때문에 관계자 일동이 말을 맞추어 교수는 아리마 온천으로 탕치하러 간 것으로 했다.

셜록 홈스는 벽난로 앞에 담요를 깔고 쌓아 올린 쿠션 위에 신선처럼 책상다리를 하고 앉아 있었다. 헐렁한 잠옷에 회색 가운을 걸치고 러시아 케이크(잼, 초콜릿 등을 얹어 두 번 굽는 일본의 쿠키—옮긴이)를 우물우물 먹으며 검은 도기 파이프를 빨고 있었다. 내가 긴 의자에 앉자 홈스는 실눈을 뜨고 나를 봤다. "왔나, 왓슨." 그가 말했다. "피곤해 죽겠어."

4장 메리 모스턴의 결의

"애들러 씨는 꽤나 사람을 험하게 부리나 보군."

"업무 협약을 맺었으니 불평은 할 수 없네만. 지난 일주일 동안 하숙에서 느긋하게 쉴 틈도 없었어. 데마치야나기의 아편굴에 잠입했지, 오하라 마을에 정보를 얻으러 갔지, 난젠지 수로각水路閣에서 무정부주의자와 격투를 벌였지⋯⋯. 정말이지 힘든 한 주였다고."

"하지만 안색은 꽤 좋아졌는데."

"실제로 마음이 편하거든."

홈스는 태평한 목소리로 말하고 담배 연기를 내뱉었다.

"어떤 사건이든 애들러 씨가 해결해주니 말이야. 솔직히 이렇게까지 마음이 편할 줄 몰랐네. 이럴 줄 알았다면 더 일찍 애들러 씨한테 부탁할걸."

과거의 홈스라면 생각할 수 없는 발언이었다. 홈스는 언제 어느 때나 도전할 맛이 있는 수수께끼를 추구했기 때문이다. 온 힘을 다해 수수께끼와 씨름할 때에만 영혼이 평안할 수 있다는 게 홈스의 '업보'일 터였다. 그렇건만 이제는 아이린 애들러에게 모든 것을 일임하고 정신적 평안을 누리는 모양이었다.

"이거 봐, 홈스. 애들러 씨는 자네 라이벌이야."

"그게 뭐?"

"탐정으로서 자립심까지 잃지 말란 소리네. 아닌 게 아니라 애들러 씨는 뛰어난 탐정이네만, 그런데도 머스그레이브

가 사건에는 아무것도 못 하지 않았나. 사건의 전모를 꿰뚫어본 사람은 자네였다고."

"그 이야기는 하지 않기로 했을 텐데, 왓슨."

홈스는 짜증스레 손을 저었다.

"애초에 그건 '사건'이 아니거니와 '탐정'이 나설 종류의 일도 아니야. '동쪽의 동쪽 방'은 건드려선 안 되는 이 세계의 신비라고. 화를 입기 싫으면 신을 건드리지 말라 하지 않나."

"그럼 자네는 모리어티 교수를 그냥 버릴 생각인가?"

머스그레이브 양의 귀환으로 12년 전 미제 사건은 해결된 듯 보였다. 하지만 그건 모리어티 교수의 실종이 있어서 가능했던 일이었다. 옛 미제 사건이 새 미제 사건으로 대체된 것에 불과했다.

홈스는 눈살을 찌푸리고 난롯불을 바라보며 "구하려면 못 구할 것도 없어"라고 말했다. "다른 누군가를 희생하면 말이지. 하지만 그래선 아무런 해결도 못 된다는 건 자네도 알 텐데? '동쪽의 동쪽 방'에 폭약이라도 설치해보겠나? 자칫 잘못하면 모리어티 교수는 두 번 다시 못 돌아오게 될 수도 있어."

홈스는 일어서 안락의자에 털썩 주저앉았다.

"이건 아무리 생각해도 우리가 감당할 수 없는 문제네."

"방법이 없단 말인가?"

"방법이 없어. 잊는 수밖에."

머스그레이브 가에서 벌어진 일은 현시점에서 세상에 알려지지 않았다. 머스그레이브 양의 귀환은 공표되지 않았고, 모리어티 교수는 원래 외부와의 관계를 끊고 살던 터라 허드슨 부인만 잘 구워삶으면 그가 어디 있는지 궁금해할 사람은 없었다. 법정에 끌려 나온 리치버러 부인이 무슨 말을 한들 누가 이런 기괴한 이야기를 믿어줄 리도 없었다.

그때 노크 소리가 들리더니 카트라이트 군이 얼굴을 내밀었다.

"안녕하세요, 홈스 씨, 왓슨 선생님."

"왔나." 홈스가 말했다. "정리는 잘되는 중이고?"

카트라이트 군은 긴 의자에 앉아 한숨을 쉬었다.

몹시 피곤해 보였다. 옅은 밤색 머리는 부스스했고 창백한 뺨에는 먼지가 묻었으며 금테 안경 뒤로 보이는 심약할 듯한 눈을 연신 슴벅거렸다. 온종일 모리어티 교수의 장서 및 메모와 격투를 벌였으니 그럴 만도 했다. 게다가 얼마 전 머스그레이브 가에서 벌어진 일은 이 내성적인 청년에게 미루어 가늠하기 어려운 충격을 주었을 터였다. '동쪽의 동쪽 방'의 괴현상은 말할 것도 없고, 심령학 연구 협력자였던 리치버러 부인은 체포된 데다 대학 은사 모리어티 교수는 실종되고 말았다. 그야말로 엎친 데 덮친 격이었다.

"느긋하게 하라고, 카트라이트 군."

"그건 안 됩니다. 모리어티 교수님이 직접 저를 지명하셨으니까요. 교수님이 하시던 일을 잘 정리해서 인계해야죠."

"그렇다고 서두르는 건 금물이네. 그러다 자네까지 슬럼프에 빠지면 어쩌나."

"모리어티 교수님이 돌아와주시면 그게 가장 좋은 일인데요."

카트라이트 군은 이마에 손을 얹고 괴로워하는 표정을 지었다. "전 지금도 교토 서부에서 생긴 일을 아무것도 이해하지 못하겠습니다. '동쪽의 동쪽 방'에 대체 어떤 힘이 깃들어 있는 걸까요. 심령 현상하고 아예 차원이 다른 일일지도 모릅니다. 하지만 레이철 씨가 12년 만에 돌아올 수 있었던 이상 그 불가사의한 힘을 믿지 않을 수 없죠……."

그러더니 카트라이트 군은 불현듯 생각났다는 듯 말했다.

"맞다, 좀 마음에 걸리는 게 있는데요."

"뭐지?"

"교수님 침실이 잠겨 있습니다."

"잠겨 있다고?" 홈스는 눈살을 찌푸렸다. "허드슨 부인한테 말하면 열어줄 거야."

"그게 말이죠, 허드슨 부인은 삼층 침실에 잠금장치를 단 적이 없다고 하시지 뭐예요. 그 말은 모리어티 교수님이 개인적으로 설치하셨다는 뜻이죠. 게다가 침대를 거실에 두고 거기서 주무셨던 것 같거든요."

"그럼 침실엔 뭐가 있는 거지?"

홈스가 말했다.

"허락도 없이 교수님 방에 들어가려니 참 껄끄럽습니다."

카트라이트 군은 모리어티 교수의 방문을 열며 말했다.

예전에 내가 쓰던 방은 빈집처럼 곰팡내와 먼지내가 났고 분위기가 전혀 딴판이었다. 검게 윤이 흐르는 떡갈나무 긴 의자가 창가에 놓인 것을 제외하면 가구라곤 작은 책꽂이와 칠판, 간이침대 정도였다. 양탄자에는 책꽂이에 꽂히지 못한 책이 쌓여 있었다. 구석의 나무 궤에는 그의 명성을 확고하게 해준 물리학 서적 『소행성의 역학』과 베스트셀러가 된 자기계발서 『영혼의 이항 정리』, '달 로켓 계획' 계획서, 물리학회상 상장, 빅토리아 여왕이 수여한 메달 등 지금까지 쌓아온 빛나는 업적이 대충 한데 합쳐 들어 있었다.

"참 황량한 방이로군."

홈스가 방을 둘러보며 중얼거렸다.

"모리어티 교수는 연구에만 관심이 있었던 모양인데."

카트라이트 군이 벽난로에 석탄을 더 넣고 가스등 불빛을 키웠어도 분위기는 그리 밝아지지 않았다. 창밖은 석양의 붉은색을 띤 안개로 흐렸다.

나는 창가 책상에 쌓인 막대한 수의 쪽지를 살펴봤다.

수식이며 도형으로 가득한 쪽지를 보면 모리어티 교수가

연구를 포기한 게 아니라는 것을 알 수 있었다. 홀로 책상 앞에 앉아 어떻게든 슬럼프를 탈출하려 악전고투하는 교수의 모습을 생각하니 측은한 마음이 들었다.

카트라이트 군은 거실 구석에 있는 문으로 다가가 손잡이를 돌렸다.

"여기가 문제의 침실입니다. 보시다시피 문이 잠겨 있단 말이죠."

문 안에는 거실보다 작은 방이 있다. 내가 여기 살았을 때는 그 방에 침대와 옷장을 두고 침실로 썼다. 하지만 카트라이트 군도 말했다시피 모리어티 교수는 기본적으로 거실에서 생활한 듯 보였다.

"모리어티 교수는 대체 뭘 숨기는 걸까."

홈스는 바닥에 무릎을 대고 열쇠 구멍을 통해 안을 들여다봤다.

"이거 흥미로운걸."

"뭐가 보이나?"

"참으로 불가사의한 게 보이는군, 왓슨."

홈스가 옆으로 비켜주기에 나도 무릎을 꿇고 열쇠 구멍에 눈을 갖다댔다.

작은 구멍 너머는 어렴풋이 밝았다. 뒷마당에 면한 창문으로 빛이 드는 것이리라. 유심히 보니 기괴한 실루엣이 드러났다. 다닥다닥 붙은 지붕, 빽빽이 들어선 굴뚝, 그 너머에 한층 드높이 솟은 빅벤. 어떻게 된 일일까. 열쇠 구멍 너머는 실내일 텐데 흐릿한 빛 속에 '교토 시가지'가 떠 있었다.

나는 열쇠 구멍에서 눈을 떼 홈스를 봤다. 그는 진지한 표정으로 고개를 끄덕였다.

홈스는 오랫동안 쓰지 않았던 자물쇠 따는 도구를 꺼내 가느다란 금속 막대기를 열쇠 구멍에 끼웠다. 곧 '찰칵' 하고 자물쇠 돌아가는 소리가 났다. 홈스는 '슬럼프'에 빠졌어도 이런 기술은 전보다 덜하지 않았다. 그는 일어서 손잡이를 잡았다.

"그럼 제군, 각오는 됐나?"

홈스가 문을 열었다. 우리는 실내에 발을 들여놓았다.

테이블 몇 개를 방 중앙에 맞붙여놓고 그 위에 '모형 시가지'를 만든 것이었다. 크고 작은 나무 블록이 테이블 위를 가득 메웠다. 작은 건물들 사이에 큰 강이 있고 시계탑이 있고 궁전이 있고 푸릇푸릇한 공원이 있었다. 뒷마당에서 비쳐드는 희미한 빛이 가짜 시가지에 진짜 같은 음영을 부여했다. 조금 전 열쇠 구멍으로 들여다봤을 때 진짜 원경遠景처럼 보일 만도 했다. 대단한데, 라며 나는 한숨을 쉬었다.

"언제 이런 걸 만든 거지?"

얼마간 모형 시가지를 바라보다가 이상한 것을 발견했다.

시가지 중앙을 흐르는 강변에 국회의사당이 장엄하게 서 있고, 강에 걸린 다리 어귀에 빅벤이 솟아 있었다. 그렇다면 시조 큰다리일 텐데 카모 강 건너에 미나미 좌가 없었다. 그 사실을 깨달은 순간 이 모형 시가지와 '교토'의 차이가 뚜렷이 보이기 시작했다. 애초에 카모 강이 묘하게 굽이치는 데다, 상류로 거슬러 올라가도 가모 강과 다카노 강의 합류점이 보이지 않았다. 관청가와 업무 지역, 빅토리아 여왕이 사는 궁전의 배치도 전혀 달랐다. 다이몬지 산과 히에이 산도 없었다. 뭣보다도 신사 및 절로 보이는 건물이 하나도 없었다.

카트라이트 군이 테이블에 눈높이를 맞추며 말했다.

"다시 말해 이건 가공의 거리인 셈이군요."

"교토와 많이 비슷하지만 말이지."

"그나저나 정교한데요. 어딘가에 이런 거리가 정말 있을 것 같습니다."

홈스의 담배 연기가 카모 강의 안개처럼 모형 시가지에 맴돌았다.

모리어티 교수는 끈질긴 불면증에 시달렸다. 무심히 손을 놀리다 보면 마음이 가라앉게 마련이다. 잠 못 이루는 긴 밤이면 모리어티 교수는 이 작은 방에 틀어박혀 가공의 시가지를 만들며 마음을 달랬을까.

"제군, 잠깐 거들어주겠나."

홈스가 갑자기 말했다. 그는 눈을 가늘게 뜨고 천장을 올려다보고 있었다. 시선이 향한 곳에는 천장에 실로 묶어 늘어뜨린 레몬만 한 달이 있었다.

"저 달을 조사해봐야겠어. 뭔가 작게 글씨가 쓰여 있는 것 같은데."

나는 카트라이트 군과 팔을 엮어 홈스를 들어 올렸다. 홈스는 천장을 향해 팔을 뻗어 작은 달에 손을 갖다댔다. 달이 빙글빙글 회전했다. 얼마 동안 눈을 가늘게 뜨고 그것을 노려보던 홈스는 이윽고 "런던"이라고 중얼거렸다.

"런던? 런던이라니 그게 뭔가?"

"모르지. 여기 런던이라고 쓰여 있네."

홈스는 이상하다는 듯 말하며 작은 달을 쳐다봤다.

나는 데라마치 거리 221B에서 나와 삯마차를 타고 밤거리를 달렸다.

구름바다를 연상케 하는 짙은 안개로 덮인 교토 시가지를 바라보다 보니 신비적인 꿈의 세계를 지나는 기분이 들었다. 빅토리아 여왕이 거하는 궁전의 긴 담장을 따라 안개에 부옇게 흐려진 가로등 불빛이 마치 보석처럼 이어졌다. 그렇게 마차를 타고 가는 동안에도 나는 내내 모리어티 교수의 침실에서 발견한 모형 시가지를 생각하고 있었다.

그러다가 엉뚱한 생각이 떠올랐다.

혹시 그 도시가 어딘가에 실재하는 게 아닐까?

그곳은 '런던'이라는 도시다. 큰 강이 흐르고 몇몇 다리가 있고 시계탑이 있고 마차가 도로를 오간다. 그곳에도 셜록 홈스가 산다. 당연히 파트너인 존 H. 왓슨도 있을 것이다. 가령 '베이커 거리 221B'라면 어떨까. 물론 집주인은 허드슨 부인이다. 그리고 이게 뭣보다도 중요한데, 런던의 셜록 홈스 씨는 슬럼프와 전혀 인연이 없다. 난해한 사건을 잇따라 해결한다.

런던의 셜록 홈스.

생각하면 생각할수록 그 아이디어에 강하게 매료됐다.

시모가모 진료소로 돌아오니 메리는 아직 돌아와 있지 않았다. 침실로 갈까 했지만 가슴이 술렁거려 진정이 되지 않았다. 나는 진찰실로 가 불을 켰다. 그 순간, 지금 느끼는 술렁거림이 오랫동안 잊고 지냈던 집필 의욕이라는 것을 깨달았다.

나는 등 뒤 책장에서 홈스담 원고를 꺼내봤다.

지금까지 《스트랜드 매거진》에 실린 스물 네 편에 이르는 단편은 『셜록 홈스의 승리』, 『셜록 홈스의 영광』이라는 단편집 두 권으로 묶여 나왔다. 말할 것도 없이 교토에서 홈스가 해온 모험을 기록한 것이다.

원고를 넘기며 내가 쓴 글을 군데군데 골라가며 읽다 보니, 사건의 내용뿐 아니라 글을 집필했을 때 상황까지 뇌리에 되살아났다. 데라마치 거리 221B에서 홈스의 화학 실험으로 인한 악취에 고생하며 쓴 것, 수사하러 간 지방 여인숙에서 쓴 것, 메리와 결혼하고 나서 여기 진찰실에서 쓴 것…….

나는 원고들을 책장에 다시 넣고 새하얀 원고지를 책상에 꺼냈다.

지난 1년간, 셜록 홈스는 교토 안팎에서 다양한 사건을 조사하고 그때마다 번번이 해결에 실패했다. 하지만 그가 꿰뚫어본 진상과 결론에 도달하게 된 추리가 완전히 무가치했을 것 같지는 않았다. '해군 조약문' 사건도, '입술이 씰그러진 남자' 사건도, '푸른 카벙클' 사건도, 그렇게 대단한 명추리가 현실에 패배하고 끝이라니 너무 분하지 않나. 역발상이다, 하고 나는 생각했다.

이 세계가 홈스의 추리를 부정한다면 그의 추리에 맞춰 세계 자체를 창조하면 된다.

얼마 동안 생각하다가

「붉은 머리 연맹」

이라고 제목을 썼다. 어쩐지 투지 같은 게 끓어올랐다.

그 사건은 작년 가을, 셜록 홈스에게 타격을 입혀 결정적으로 그를 심각한 슬럼프에 빠뜨린 뼈아픈 대실패였다. 구태여 그 사건을 소재로 고른 것은 대실패를 대성공으로 고쳐 써서 현실 세계에 한 방 먹여주고 싶어서였다.

스스로도 뜻밖일 만큼 펜이 거침없이 달리기 시작했다. 거대한 바위를 깨부수는 올바른 줄기를 발견한 것 같은, 풍부한 수맥을 발굴한 것 같은 명확한 손맛이 있었다. 온몸에 생명력이 차올랐다. 내가 맹렬하게 놀리는 펜 끝에서 베이커 거리 221B가, 그리고 또 하나의 세계에 사는 홈스의 모습이 태어났다.

"당신 뭐 해요?"

어디 먼 곳에서 부드러운 목소리가 들려왔다.

나는 런던에서 현실 세계로 돌아와 얼굴을 들었다. 진찰실 문간을 보니 외투 차림의 메리가 걱정스러운 표정으로 서 있었다. 아까부터 나를 여러 번 부른 듯했다. 집필에 열중한 나머지 아내가 돌아온 것도 몰랐다.

나는 몸을 일으켜 반쯤은 망연한 상태로 메리를 보며 "여보"라고 말했다.

"신작을 쓰기 시작했거든."

"……신작?"

메리는 멍하니 나를 쳐다봤다.

우리는 얼마 동안 아무 말도 하지 않고 마주 봤다.

문득 메리가 빠른 발걸음으로 진찰실로 들어와 벽난로에 석탄을 넣고 불을 피웠다. 그때야 비로소 깨달았다. 나는 불기도 없는 썰렁한 진찰실에서 외투를 입은 채 책상 앞에 앉아 있었던 것이다. 펜을 놓고 곱은 손에 입김을 후후 부는데 메리가 몸을 굽혀 내 뺨에 입을 맞추고 "차 내올게요"라고 말했다. 얼굴에 미소가 떠올라 있었다.

메리가 나간 뒤 나는 책상 위의 원고를 응시했다.

"좋았어."

그렇게 중얼거리고 나는 다시 펜을 들었다.

이렇게 해서 런던판 '셜록 홈스'가 탄생했다.

독자는 〈데일리 크로니클〉의 탐정 대결을 기억하는지.

아이린 애들러의 당당한 도전으로 '명탐정' 칭호를 걸고 시작된 대결은 애들러 씨의 압도적인 승리로 막을 내렸다. 물론 그녀가 해결한 사건의 일부는 홈스에게서 인계한 것이라 홈스 자신이 조수로서 조사에 협조했지만, 세상 사람들은 그런 사실을 알지 못했다.

승자를 발표하는 당일 신문에는 아이린 애들러가 지금까지 맡은 사건을 소개하는 특집 기사와 교토 경시청 레스트레이드 경위의 담화가 실렸다. 그런데 패자 홈스에 대한 언급은 뜻밖에 홈스를 배려하는 느낌이었다. 너무나도 완패라 신문사 입장에서도 새삼스레 갈구기가 꺼려졌을지도 모른다. 그건 급기야 세상이 셜록 홈스라는 존재를 본격적으로 포기하기 시작했다는 뜻이기도 했다.

"차라리 후련하군."

홈스는 기사를 읽으며 말했다.

"패배가 확실해지면 체념도 되지. 마음이 한결 편해졌네."

탐정 대결이 끝난 뒤, 가와라마치오이케의 랭엄 호텔 대연회장에서 아이린 애들러의 승리를 축하하는 파티가 신문사 주최로 열렸다. 물론 홈스도 나도 그런 자리에 갈 만큼 자학적인 인간은 아니었지만, 메리는 애들러 씨 조수 자격으로 멋진 드레스를 입고 참석했다. 그날 밤 잠자리에 든 뒤 아내는 축하 파티 이야기를 들려주었다.

"대연회장이 사람들로 꽉 찼더라고요. 꼭 기온 축제 같았죠."

파티는 단순한 신문 기획 뒤풀이라는 의미를 넘어 아이린 애들러라는 '명탐정'의 탄생을 축하하는 의미가 있었을 것이다. 그녀가 맡았던 사건의 의뢰인과 신문 잡지 관계자뿐 아니라 교토 경시청 간부들, 귀족 및 정치가, 각계 저명 인사가 랭엄 호텔로 몰려왔다고 했다. "다들 애들러 씨한테 인사해두고 싶은 거겠지." 나는 말했다. "유명한 탐정에게 얼굴도장을 찍어서 나쁠 건 없으니까."

"그렇지만 그런 건 어째 허망하잖아요."

"그야 그렇지."

"아이린은 내내 사람들한테 에워싸여 있지, 누가 누군지도 모르겠고 말이에요."

무대 배우 출신인 아이린 애들러와 달리 메리는 그런 화려한 곳에 익숙하지 않았다. 신기하기는 했지만 그리 즐거운 경험은 아니었던 듯했다.

메리는 문득 내 쪽으로 돌아누웠다.

"그러고 보니까 세인트사이먼 경이 회장에 왔던데요."

"세인트사이먼 경?"

나도 돌아누워 메리를 봤다.

"리치버러 부인을 후원하던 귀족 말이야?"

리치버러 부인의 재판은 새해 벽두에 시작될 예정이었다. 유명한 영매로서 여러 강령 모임을 주최했고 유력한 후원자도 많았던 터라 리치버러 부인의 체포는 교토 안팎에 파문을 일으켰다. '당국에 의한 심령주의의 탄압'이라 주장하는 사람들도 나타났다. 세인트사이먼 경은 그런 움직임에 편승해 리치버러 부인의 구명을 위해 백방으로 뛰어다니고 있었다. 지원자들에게서 자금을 걷어 유능한 변호사를 수소문하는 중이었다.

"왜 그런 사람을 초대한 거지?"

"초대할 리 없잖아요. 억지로 밀고 들어온 거예요."

세인트사이먼 경이 회장에 쳐들어왔을 때, 아이린 애들러와 메리는 대연회장 중앙에서 여러 사람들에게 둘러싸여 있었다. 세인트사이먼 경은 그 사람들을 아무렇지도 않게 밀어내고 친한 척 아이린에게 말했다.

"훌륭한 수완이십니다. 감탄했습니다, 애들러 씨!!"

세인트사이먼 경은 콧대가 오뚝하고 살빛이 흰데 차림새는 흠잡을 데 없었다. 고급 야회복에 눈처럼 하얀 조끼, 반들반들 빛나는 에나멜 구두. 화려한 복장 탓에 멀리서 보면 젊은 청년 같지만 실제 나이는 마흔이 넘었다. 머리는 희끗희끗한 데다 자세히 보면 피부의 윤기에서도 나이가 드러났다.

아이린이 곁에 있던 메리를 소개해도 세인트사이먼 경은 "흠" 하며 가볍게 고개를 끄덕이기만 하고 메리와 눈도 마주치지 않았다. 자신과 대등하게 이야기할 자격이 있는 것은 아이린 애들러뿐이고 조수 따위 관심 없다는 식이었다. 세인트사이먼 경은 아이린 애들러의 수완을 칭찬하는 말을 한바탕 늘어놨다.

"오늘 찾아뵌 건 감사 인사를 드리고 싶어서입니다."

세인트사이먼 경은 말했다. "리치버러 부인이 체포되는 데 기여하셨다죠? 감사합니다. 저도 그 영매한테 감쪽같이 속아 넘어갔었거든요."

하지만 그 말은 전혀 믿을 수 없었다. 아이린 애들러가 보기에 세인트사이먼 경은 리치버러 부인의 편의를 봐주는 것으로 갖은 이익을 봤을 터였다. 재판을 앞두고 백방으로 뛰어다니는 것도, 리치버러 부인을 위해서가 아니라 자신에게 불똥이 튀지 않도록 손쓰는 게 틀림없었다.

"자기를 속인 사람 재판을 지원하시다니 참 인정이 많으시군요, 세인트사이먼 경." 아이린 애들러가 말했다.

"리치버러 부인에게도 동정할 여지는 있으니까요."

"그건 맞는 말씀이시네요."

"물론 사기 행위는 용납될 수 없지만 전부 악의에서 비롯된 행동은 아닐 겁니다. 실제로 리치버러 부인에게 도움을 받은 사람도 많죠. 리치버러 부인이 정당한 재판을 받을 수 있게 해줘야겠다 싶어 말입니다. 이해하시겠죠?"

"네, 압니다. 재판은 정당해야죠."

"이거 참, 만나 뵙게 돼서 영광입니다, 애들러 씨!"

세인트사이먼 경은 만면에 웃음을 띠고 거들먹거리며 고개를 끄덕였다.

"당신 같은 위대한 탐정은 인류의 보물입니다. 오래도록 활약하시길 기원하겠습니다."

그는 또다시 사람들을 밀어내며 가버렸다.

메리는 어안이 벙벙했다. 세인트사이먼 경은 언변에서 진실성이 조금도 느껴지지 않는 게 마치 일방적으로 떠들어대는 자동인형 같았다. 돌아선 순간, 그의 얼굴에서 웃음기가 씻은 듯이 가신 것도 섬뜩했다.

살그머니 옆을 보니 아이린 애들러는 쏘는 듯한 눈빛으로 멀어져가는 세인트사이먼 경의 뒷모습을 응시하고 있었다.

"비겁한 인간!"

아이린이 내뱉듯 중얼거리는 게 들렸다.

연말부터 새해가 밝도록 왓슨 가는 더없이 평화로웠다.

나는 진찰실에 계속 틀어박혀 런던판 홈스담을 썼다. 메리는 오랜만에 책상을 떠나 자선 위원회 모임에 얼굴을 내밀거나 전에 가정교사로 일했던 세실 포레스터 부인 댁을 찾아가곤 했다.

밤이면 거실 벽난로 앞에서 그날 쓴 탐정소설에 관해 메리와 함께 이야기를 나누었다. 위험한 급류를 내려온 보트가 갑자기 널따란 호수로 나온 것처럼 평온하고 고요하게 신년을 맞이했다.

붉은 머리 남자만이 가입할 수 있다는 조직을 둘러싼 기상천외한 사건 「붉은 머리 연맹」. 거위 배에서 나온 귀중한 보석을 둘러싼 모험담 「푸른 카벙클」. 아편굴의 살인과 기묘한 거지가 엮이는 이야기 「입술이 씰그러진 남자」. 물론 홈스의 '명추리'가 있기에 가능한 것이지만 하나같이 주옥의 명작인 데다 내가 생각해도 홀딱 반할 것 같은 완성도였다.

처음에는 '이세계 셜록 홈스'라는 설정에 당혹했던 메리도 한 편 또 한 편 읽을수록 점차 눈빛이 달라졌다. 비록 무대가 되는 세계는 독특할지언정 내가 쓰는 탐정소설이 걸작이라는 것을 메리는 인정해주었다. 아내에게 인정받으면서 나는 한층 런던판 셜록 홈스담에 자신감을 가질 수 있었다.

"그나저나 '런던'이라니요!"

메리는 원고를 읽으며 후후 웃었다.

"처음엔 도무지 뭐가 뭔지 알 수 없었는데 읽다보니까 이런 세계가 정말 어딘가에 존재할 것 같아요. 신기하네요."

새해 첫날 아침, 메리와 나는 시모가모 신사로 새해 첫 참배를 드리러 갔다. 하늘은 깨끗이 씻은 것처럼 맑았고 화창한 햇빛이 각 집의 설 장식을 비추었다. 다다스 숲은 정결한 기운으로 가득했다. 우리는 본당에 참배한 뒤 안면 있는 이들과 신년 인사를 주고받으며 긴 참배길을 걸었다. 평소에는 한산한 자갈길도 참배객들로 붐볐다.

메리가 내 기운을 북돋아주듯 말했다.

"올해는 꼭 좋은 한 해가 될 거예요."

"그럴까."

"그럼요. 당신 신작도 있잖아요."

"런던판 셜록 홈스를 발표하는 게 가능할 것 같지는 않은데."

리치버러 부인의 재판은 1월 15일에 시작됐다.

아침 10시, 나는 삯마차를 타고 마루타마치 거리로 갔다. 왕립 사법재판소는 마루타마치 거리를 끼고 빅토리아 여왕의 궁전 남쪽에 위치한다. 재판소 앞에서 마차를 내리자 모래 먼지 날리는 도로 건너 궁전의 긴 돌담과 노목의 나뭇가지가 보였다. 바로 옆에는 사카이마치 문이 있고 훌륭한 철문 양옆에 붉은 군복과 검은 모자 차림의 근위병이 보였다.

왕립 사법재판소에는 과거 셜록 홈스가 맡았던 사건의 재판을 방청하러 여러 번 갔다. 장엄한 하얀 석조 건물에 첨탑이 여러 개 솟아 있다. 통로가 미로처럼 뻗은 내부에는 이루 셀 수 없이 많은 사무실과 법정이 있었다.

재판소 정문 앞에 사람들이 삼삼오오 모여 있었다. 그들은 추운 듯 몸을 흔들며 소곤소곤 이야기했다. 내가 마부에게 삯을 지불하고 정문을 통과하려 하자 그들은 일제히 입을 다물고 나를 바라봤다. 어쩐지 섬뜩했다.

시선을 등에 받으며 서둘러 마차 대는 곳을 가로질러 현관홀로 들어섰다가 레스트레이드와 마주쳤다. 리치버러 부인을 체포한 뒤로도 레스트레이드의 활약은 멈출 줄 몰랐다. 말할 것도 없이 그의 승승장구는 아이린 애들러의 승승장구와 연동했다.

"정문 앞에 있는 사람들은 리치버러 부인 신자들입니다."

재판소 복도를 걸으며 레스트레이드가 가르쳐주었다.

"이 사건은 심령주의자들 사이에 크게 화제가 됐거든요. 리치버러 부인은 영매로서 존경받았으니까요."

법정으로 들어가니 방청석에 빈자리가 거의 없었다.

아이린 애들러와 메리는 먼저 와서 이미 앉아 있었다. 레지널드 머스그레이브와 카트라이트 군도 보였다.

나는 레지널드 머스그레이브 옆에 앉아 방청석을 다시금 둘러봤다. 베테랑 영매, 심령 현상 연구 협회의 중진, 심령주의에 비판적인 과학자 등 저명인사의 얼굴이 간간이 눈에 띄었다. 그 정도로 이 재판이 주목을 모으고 있다는 뜻일 것이다.

오른편 앞쪽에 세인트사이먼 경도 있었다. 모습은 처음 보는 것이었지만, 잔뜩 멋부린 복장과 귀족적인 분위기로 한눈에 세인트사이먼 경이라는 것을 알 수 있었다. 그는 금테 안경을 끼고 따분한 표정으로 신문을 읽고 있었다.

나는 옆에 앉은 레지널드 머스그레이브에게 물었다.

"세인트사이먼 경과 아는 사이이십니까?"

"네. 옛날부터 알죠."

머스그레이브 씨는 세인트사이먼 경의 뒷모습을 바라보며 말했다.

"이렇게 법정에서 만나게 될 줄은 몰랐습니다만."

두 명의 법정 경위 사이에 끼여 리치버러 부인이 피고인석에 나타났다.

리치버러 부인은 초라한 회색 옷을 입고 부스스한 머리를 아무렇게나 묶은 모습이었다.

헐스턴에서 체포된 뒤로 처음 보는 것이었는데, 구치소 생활의 영향인지, 아니면 의기소침한 탓인지 한층 작아진 듯 보였다. 하도 인상이 달라서 세월이 많이 지난 것처럼 느껴졌지만, 허드슨 부인과 퐁디셰리 로지를 방문해 리치버러 부인의 수정구슬에 농락당한 것은 겨우 두 달 전이었다.

정면의 높은 자리에 재판장이 앉고 오른쪽 배심원석에 배심원들이 들어왔다.

서기관이 일어나 기소장을 낭독했다. 사기, 공갈, 부동산 부정 취득. 리치버러 부인은 세 가지 범죄의 주모자로 기소

됐다. 사건의 규모가 워낙 큰 데다 복잡하게 엉켜 있어 판결이 내려지기까지 오랜 시간이 걸릴 것이다.

"피고는 기소 내용을 인정합니까?"

재판장이 물었다.

"아뇨."

리치버러 부인은 억양 없는 목소리로 말했다.

"부인합니다. 저는 그냥 영매일 뿐입니다."

나는 리치버러 부인이 기소 내용을 부인했다는 사실에 놀랐다.

아무리 생각해도 이건 지는 싸움이었다. 아이린 애들러와 레스트레이드에 따르면 온갖 증거와 증인을 확보했다고 하니, 검찰은 리치버러 부인이 이들 범죄를 주도했다는 것을 완벽하게 입증할 것이다. 왕립 사법재판소가 '심령 세계'를 고려해 판결을 내릴 리도 없다. 순순히 죄를 인정하는 편이 재판장과 배심원에게 좋은 인상을 줄 것이다.

그런데 검찰의 진술을 듣다 보니 다른 생각이 들었다.

모든 일의 흑막은 세인트사이먼 경이 틀림없다. 리치버러 부인은 빈껍데기가 되어 세인트사이먼 경이 시키는 대로 따르고 있을 것이다. 법정에서 그녀가 영매라는 역할을 끝까지 연기한다면 '이 재판은 심령주의자에 대한 탄압이다'라는 인상을 강화할 수 있다. 그건 교토 안팎의 심령주의자들에게 더없는 홍보가 될 것이다. 리치버러 부인이 투옥되더라도 영매로서 그녀의 카리스마는 되레 강해질 테니 앞으로 이용할 여지는 얼마든지 있는 셈이다.

그날 공판이 끝나고 리치버러 부인이 퇴정하자마자 웅성거림이 방청석을 메웠다. '부당하다!' 하고 분노하는 의견이 있는 한편 '허튼수작이다!' 하고 욕하는 의견도 있었다. 심령주의자들과 반심령주의자들은 법정 경위가 퇴정할 것을 재촉하는 것도 아랑곳하지 않고 입에 거품을 물고 논쟁을 벌였다.

아이린 애들러와 메리가 이쪽을 향해 뭐라 말하는데 주위가 너무나도 시끄러워 무슨 말을 하는지 알아들을 수 없었다.

"일이 성가시게 될 것 같은데요."

레스트레이드 경위가 말했다.

이래서는 세인트사이먼 경의 의도대로 되겠군.

그렇게 생각하며 방청석을 둘러봤지만 세인트사이먼 경의 모습은 보이지 않았다. 소동을 불러온 장본인은 재빨리 법정에서 빠져나가고 없었다.

《스트랜드 매거진》편집부는 시조가라스마의 세련된 건물 사층에 위치한다.

전에는 가와라마치마루타마치의 때가 꾀죄죄한 회벽 건물에 있었는데, 홈스담이 크게 히트를 치면서 번화한 업무 구역 중심으로 이전할 수 있었다. 말하자면 잡지사의 소재지 자체가 셜록 홈스 황금기의 유산인 셈이었다.

그날 나는 《스트랜드 매거진》 편집부를 찾았다. 시조가라스마 교차로는 안개와 매연 속에 시커먼 인파와 오가는 마차로 혼잡했다. 신년 느낌도 완전히 가시고 업무 구역은 다시 살벌한 분위기를 되찾았다.

유리문을 밀어 어수선한 실내로 들어갔다.

"왓슨 선생님!"

안쪽 책상에서 바이얼릿 스미스 양이 불렀다.

담당 편집자인 스미스 양의 자리는 교차로가 내려다보이는 커다란 창 앞에 있는데 무더기를 이룬 책과 교정지 속에 파묻혀 있었다. 연철 난로의 열기가 서린 실내는 더울 지경이라 평소에도 혈색이 좋은 스미스 양의 볼은 사과처럼 발갰다. 그녀는 「붉은 머리 연맹」, 「푸른 카벙클」, 「입술이 씰그러진 남자」 원고를 소중하게 끌어안고 있었다. 사전에 그녀에게 원고를 보내 잡지에 실을 수 있겠는지 검토해달라고 했다. 편집장이 털북숭이 손을 이마에 올린 자세로 스미스 양 옆에 서 있었다.

역시 어려운가 보군.

편집장의 표정에서 나는 그렇게 판단했다.

"왓슨 선생님. 여기선 좀 그러니까 저쪽 방으로 자리를 옮기시죠."

편집장은 그렇게 말하며 나를 옆에 있는 작은 응접실로

안내했다.

내가 긴 의자에 앉자 테이블을 끼고 맞은편에 편집장과 스미스 양이 앉았다. "신작 읽어봤습니다." 편집장은 정중한 목소리로 말했다. "편집부 일동 대단히 참신하고 훌륭한 탐정소설이라고 의견이 일치했습니다. 다만……."

얼마 동안 우리는 논의를 이어갔지만 접점을 찾지 못했다.

홈스의 슬럼프로 인해 연재를 무기한 중지하게 됐다고는 해도 홈스담은 중요한 인기 시리즈다. 물론 신작은 더없이 탐나지만 원하는 것은 어디까지나 현실의 사건 기록이지 '런던'이라는 이세계 이야기가 아니다. 독자의 태반도 같은 심정일 것이다. 런던판을 발표했다가 독자에게 외면당하기라도 하면 홈스담의 인기 자체가 실추될 수 있다. 그런 위험은 무릅쓸 수 없다. 그게 편집장의 의견이었다.

나는 잡지사 현관을 지나 시조가라스마의 혼잡한 거리로 나왔다.

승객을 가득 태운 합승 마차가 기우뚱기우뚱 모퉁이를 돌기를 기다려 오가는 마차들 틈을 빠져나가 가라스마 거리를 동쪽으로 건넜다. 주위가 하도 혼잡해 도로를 건너는 것에도 목숨을 걸어야 할 판이었다. 남쪽으로 안개 낀 건물들 너머 벽돌로 지은 교토 타워가 보였다.

나는 곁길로 들어가 건물과 건물 사이를 걸었다.

메리가 낙심하겠군.

아내에게는 당분간 말하지 말아야겠다고 생각했다.

런던판 홈스담을 게재하지 못하게 되어 실망하지 않았다면 거짓말일 것이다.

하지만 이렇게 될 줄 어느 정도 예상하고 있기도 했다. 존 H. 왓슨이 지금까지 쓴 작품은 다소 각색을 곁들였다고는 해도 현실에서 벌어진 사건의 기록이었다. 느닷없이 나타난 '런던'이라는 세계에 편집자가 당혹하는 것도 당연할 것이다.

연말에서 연초에 걸쳐 나는 맹렬한 기세로 런던판 홈스담을 썼다.

한 편 또 한 편 완성할수록 런던이라는 이세계도 존재감이 뚜렷해져 이제는 마치 진짜 기억처럼 느껴졌다. 가령 작품을 구상하며 걷노라면 교토와 런던이 겹쳐 보일 때가 종종 있었다. 모퉁이를 돌면 현실과 망상의 경계를 넘어 런던에 발을 들여놓게 될 듯했다. 삯마차를 잡아 베이커 거리 221B로 가면 슬럼프와 연이 없는 명탐정 홈스가 기다리고 있다…….

그런 생각을 하다 보니 어느새 니시키 시장으로 들어섰다.

동서로 뻗은 긴 아케이드는 장 보러 나온 사람과 관광객으로 가득해 지나가기도 쉽지 않았다. 거리 서쪽으로 입구가 좁은 상점이 다닥다닥 붙어 있었다. 멍하니 생각에 잠겨 걷는 탓에 옆길에서 나타난 남자와 부딪칠 뻔했다.

"어이쿠, 미안합니다."

나는 아슬아슬하게 충돌을 피하고 그대로 지나갔다.

조금 걸었을 때 뒤에서 "왓슨 아닌가?"라는 목소리가 들렸다.

방금 전 부딪칠 뻔했던 남자가 쫓아왔다. 반지르르한 실크해트를 쓰고 콧수염을 왁스로 가다듬고 고급 검정 외투를 입은 남자는 유난히 허물없는 태도로 히죽거리며 나를 바라보고 있었다. 내가 어리둥절해하자 상대방은 내 어깨를 치며 "맙소사, 왓슨. 설마 은인의 얼굴을 잊어버린 건가?"라고 했다. 나는 앗 하고 소리쳤다.

"스탬퍼드!"

"그래. 사람이 어떻게 그렇게 박정한가."

"미안해. 인상이 몰라보게 달라져서 말이야."

"나도 그동안 이런저런 일이 있었거든. 그나저나 인생이란 게 참 묘하지. 아프가니스탄에서 돌아온 자네와 마주친 것도 바로 여기, 니시키 시장이었잖나."

그 말을 듣고 10년 전 기억이 선명하게 되살아났다.

"당시 자네는 어지간히 외로워 보였지."

스탬퍼드는 팔을 뻗어 내 어깨를 가볍게 쳤다.

"내가 이렇게 어깨를 쳤더니 얼마나 기뻐하던지. 그 뒤 내가 자네를 병원 해부학 교실로 데려가서 셜록 홈스를 소개했잖나. 그때부터 자네 인생은 순풍에 돛 단 배였고. 다시 말해 난 자네한테 더없이 중요한 은인이란 뜻이야. 그런데도 자네는 『주홍색 연구』 이후로 내 이야기는 한 글자도 써주지 않았지."

다소 생색이 지나친 말투에도 나는 뭐라 대꾸하지 못했다. 홈스와의 동거 생활, 홈스담의 대히트, 메리와의 결혼, 진료소 개업 등 인생의 중대한 변화가 이어지는 동안 스탬퍼드 생각을 해보지도 않은 것은 사실이었기 때문이다.

"자네도 꽤나 잘나가는 것 같군.

"뭐, 두루두루 벌이는 중이지. 이제야 나한테도 행운이 찾아온 모양이야."

스탬퍼드는 씩 웃었다.

"그러고 보니 왓슨 선생의 신작을 본 지 오래됐는데. 셜록 홈스는 뭘 하는 거지? 예전엔 자네 둘이 나는 새도 떨어뜨릴 기세더만, 이제는 아이린 뭐라나 하는 여자가 유세를 떨지 않나."

내가 대꾸할 말을 찾지 못하는 사이에 스탬퍼드는 회중시계를 확인하고는 "어이쿠, 이거 큰일인데!"라고 했다. "왕진이 있어서 말이야. 언제 차분히 만나자고."

그는 몸을 돌려 니시키 시장의 인파 너머로 사라졌다.

얼마 동안 나는 정신을 차리지 못했다. 마치 일방적으로 당한 기분이었다.

그제야 고진 다리 부근 클럽에서 친구인 서스턴에게 들은 이야기가 생각났다. 스탬퍼드는 심령주의와 현대 의료의 융합을 주창해 '심령 의사'를 자칭하는 모양이다.

스탬퍼드는 리치버러 부인을 열렬하게 신봉하거든.

서스턴이 말했다.

나는 니시키 시장에서 데라마치 거리 221B를 향해 걸어갔다.

한 달 전 교토 서부에서 돌아온 뒤 홈스에게 인계한 미해결 사건을 아이린 애들러가 모두 해결해준 것에 대해 오늘 저녁 데라마치 거리 221B에서 가까운 이들끼리 모여 작은 축하 모임을 열기로 했다. 도착해 허드슨 부인에게 외투를 맡기는 동안에도 위층에서 즐겁게 떠드는 소리가 들려왔다. 홈스의 웃음소리가 한층 크게 들렸다.

"홈스 저 친구, 꽤나 기분이 좋군."

"덕분에 '피해자 모임'도 해산했으니까요. 이제 의뢰인 분들께 봉변을 당할 염려도 없죠. 뭐, 홈스 씨도 애 많이 쓰셨다고 생각해요. 요새 애들러 씨가 시키는 일 하느라 여기저기 바쁘게 뛰어다니셨거든요."

이층으로 올라가 문을 열자마자 "왓슨이다!" 하고 명랑한 목소리가 울려 퍼졌다.

홈스는 안락의자에 책상다리를 하고 앉아 있었다. 맞은편 긴 의자에는 아이린 애들러와 메리가 앉고, 벽난로 앞에 레스트레이드 경위가 서 있었다. 그들은 사이드테이블에 늘어놓은 음식을 먹으며 이야기를 나누고 있었던 모양이다. 홈스는 내게 손짓하며 말했다.

"애들러 씨가 얼마나 사람을 혹사하는지 이야기하던 중이네."

"홈스 씨는 불평할 자격이 없어요. 따지고 보면 전부 당신이 받은 의뢰였으니까요. '피해자 모임'이 입 다물게 하려면 다소 거친 수단을 쓰더라도 신속히 해결해야 했다고요."

"그렇지만 설마 비단잉어로 변장하라고 시킬 줄이야."

홈스는 한숨을 쉬었다. "하마터면 비와 호에 던져질 뻔했습니다."

"잊지 않고 구하러 갔잖아요."

"재미있는 사건이었죠."

메리가 후후 웃자 아이린 애들러도 덩달아 웃기 시작했다.

나는 레스트레이드에게 말했다. "자네도 초대받았다니 뜻밖이군."

"얼마 전에 홈스 씨가 교토 경시청까지 걸음해서 '이제 슬슬 화해할까'라고 해주셨지 뭡니까. 생각해보면 홈스 씨와 애들러 씨가 손잡았는데 저희가 계속 절교하는 것도 이상하죠. 드디어 파문이 풀렸습니다."

이내 허드슨 부인도 합류해 축하 잔치는 화기애애하고 즐겁게 진행됐다.

데라마치 거리 221B의 분위기가 이렇게 따스한 것은 오랜만이었다.

홈스가 슬럼프에 빠진 뒤로 이 방에는 늘 음울한 안개 같은 게 끼어 있었다. 하지만 지금 아이린 애들러와 홈스가 서로 한 치의 양보도 없이 다투는 모습을 보고 있으려니 오랫동안 드리워져 있던 짙은 안개가 걷히는 느낌이었다.

김이 서린 유리창으로 데라마치 거리를 내려다보자, 가로등과 진열창 불빛으로 수놓인 포석 길을 겨울옷 입은 사람들이 하얀 입김을 내쉬며 오가는 모습이 보였다. 문득 멈춰서서 마치 멀리서 벌어지는 불꽃놀이를 바라보듯 이 방 창문을 올려다보는 사람도 있었다.

랭엄 호텔에서 열린 축하 파티에 비하면 데라마치 거리 221B의 모임은 조촐한 자리일 것이다. 귀족도 없고 각계 저명인사도 없고 신문기자도 없었다. 여기 편안한 방에 모인 이들은 홈스가 '명탐정'이건 아니건 변함없이 곁에 있을 사람들이었다. 그러나 누구보다도 가까운 위치에서 홈스 곁을 지키던 인물이 여기에 없었다.

모리어티 교수.

그때 허드슨 부인이 커다란 케이크를 들고 돌아왔다.

케이크에는 작은 빨간 초가 잔뜩 꽂혀 있었다. 허드슨 부인이 "영차" 하며 케이크를 테이블에 놓자, 홈스는 슥 일어나 성냥을 그어 초에 불을 켰다. "이건 애들러 씨에게 감사의 뜻을 전하기 위한 케이크입니다. 당신이 대신 해결해준 사건의 수만큼 초를 꽂았죠. 감사합니다, 애들러 씨."

아이린 애들러는 어리둥절한 표정을 짓더니 얼굴을 붉혔다.

홈스의 재촉을 받아 그녀가 촛불을 끄고 우리는 박수를 쳤다.

"이거야 원, 드디어 깔끔하게 정리됐군!"

홈스는 벽난로를 등지고 서서 기쁘게 두 손을 맞비볐다.

"다른 분들께도 감사하다는 말씀을 드리고 싶습니다. 허드슨 씨, 이렇게 저밖에 모르는 성가신 하숙인을 지금까지 용케 내쫓지 않고 참아주셨죠. 고맙습니다. 그리고 레스트레이드 경위. 자기본위적인 이유로 절교하겠다고 해서 미안하네. 자네 조력이 있었기에 난 지금까지 많은 사건을 해결할 수 있었어. 고맙네. 그리고 메리. 난 자네 남편을 내 슬럼프에 끌어들여 갖은 고생을 시켰지. 부디 내 사과를 받아주겠나. 그리고 왓슨. 자네가 없었으면 명탐정 셜록 홈스는 존재하지 않았을 거야. 왓슨이 있기에 홈스가 있는 거네."

나는 가슴이 메여 아무 말도 할 수 없었다. 홈스가 그런 식으로 솔직하게 내게 감사를 표한 것은 처음이었다. 그 자리에 있던 다른 사람들도 나와 같은 기분이었을 것이다. 아이린 애들러도, 허드슨 부인도, 레스트레이드 경위도, 메리도 홈스의 따스한 말에 감격해 눈물을 글썽이는 듯 보였다.

"이것으로 내 마지막 인사를 대신하지."

홈스는 홀가분한 표정으로 우리를 둘러봤다.

"제군, 지금까지 고마웠어. 오늘로 나는 은퇴하겠네."

얼마 동안 우리는 얼어붙은 듯 입을 열지 못했다.
홈스의 '은퇴 선언'은 행복한 분위기를 단번에 박살 내고 말했다.
"이미 각 신문사에 알려놨어. 내일 기사가 실리겠지."
"어째서 먼저 상의해주지 않았나?"
"상의하면 보나 마나 말릴 테니까."
"당연히 말리지!"
"그거 봐. 그래서 상의하지 않은 거네."
홈스의 말투는 비장감이 전혀 없이 시원스러웠다. 지금부터 다이몬지 산으로 소풍 가는 초등학생처럼 즐거워 보였다.
"슬럼프에 빠진 뒤로 이 선택지는 늘 내 염두에 있었어. 하지만 결단을 내리기가 쉽지 않더군. 나한테도 인간적인 감정은 있으니 말이지. 교토 서부 대숲에 은거했을 때조차 솔직히 말하자면 미련이 차고 넘쳤다고. 하지만 이젠 망설임이 없네. 교토 서부에서 돌아와 애들러 씨 도움을 받아 미해결 사건을 처리하는 사이에 자연히 은퇴를 받아들일 수 있게 됐어."
"제 잘못이라는 말씀인가요?"
"당치도 않습니다. 제가 얼마나 감사하게 생각하는데요, 애들러 씨."

아이린 애들러는 긴 의자에서 일어나 홈스에게 따졌다.

"홈스 씨. 전 당신이 은퇴하게 하려고 사건을 인계한 게 아닙니다. 슬럼프에서 빠져나오실 수 있도록 도와드리고 싶었던 거예요. 이런 건 사기 아닌가요? 이제 드디어 '피해자 모임'도 해산하고 다시 앞을 바라볼 수 있게 됐잖아요. 왜 포기하시는 거죠? 당신한테는 명탐정으로서 사회적 책임이 있을 텐데요!"

"전 이미 오래전부터 명탐정이 아니었습니다."

홈스는 말했다. "당신이 명탐정입니다, 애들러 씨."

홈스를 노려보던 아이린 애들러가 나를 향해 홱 돌아섰다. 노여움에 이글거리는 눈은 나를 똑바로 보고 있었다. "뭐라 말씀 좀 해주세요, 왓슨 선생님. 설마 이대로 홈스 씨가 은퇴하도록 두실 생각은 아니겠죠?"

그러나 그때 나는 순간적으로 대답하지 못했다.

여기서 셜록 홈스를 붙드는 게 정말 옳은 일일까. 재작년 가을 이래로 홈스는 '슬럼프' 때문에 고통받아왔다. 그 정체를 알 수 없는 수수께끼는 홈스를 힘들게 하고 나를 힘들게 하고 그리고 메리를 힘들게 했다.

대체 뭣 때문에 이런 일을 하는 걸까. 탐정소설을 쓰기 위해? 우리 황금기를 되찾기 위해? 명탐정으로서 사회적 책임을 다하기 위해? 홈스를 '명탐정'이라는 역할에서 놓아주는 게 우리에게 최선의 선택이지 않을까. '탐정'만이 인생도 아닌데…….

"왜 말씀을 안 하시죠?"

아이린 애들러가 엄한 목소리로 말했다.

"왓슨 선생님! 왜 아무 말씀도 안 하시는 건가요!"

"그만해, 아이린. 이제 그만 놓아드려."

메리는 일어나 아이린 애들러와 나 사이를 가로막고 섰다. "이 사람들이 얼마나 힘들었는지 당신은 몰라"라고 말했다. 생각지도 못한 저항에 아이린 애들러는 순간 주춤한 듯 보였다. 하지만 곧바로 기세를 바로잡았다.

"메리, 당연히 네가 왓슨 선생님 편을 드는 건 이해할 수 있지만……."

"난 줄곧 옆에서 봐왔어. 이젠 더는 못 하겠어."

"그래서 홈스 씨가 얼른 은퇴하면 좋겠다고?"

아이린 애들러는 그렇게 말하더니 희미하게 눈살을 찌푸렸다. 메리를 쳐다보며 뭔가 생각하는 듯하더니 이윽고 "그걸 노린 거야?"라고 중얼거렸다.

"넌 홈스 씨가 포기해주길 바랐어. 그래서 날 부추겼구나."

메리는 잠자코 아이린 애들러의 시선을 정면에서 받아냈다. 그 태도는 고발을 시인하는 것이나 다름없었다. 메리는 일절 변명하려 하지 않았다.

"메리를 비난할 생각은 없습니다." 홈스가 말했다. "왓슨을 자기 슬럼프에 끌어들여 힘들게 한 사람은 접니다. 메리는 오랫동안 복장이 터졌을 겁니다. 무슨 수를 써서라도 한 방 먹여줘야겠다고 생각할 만도 하죠."

아이린 애들러는 잠시 침묵하다가 조용한 목소리로 물었다.

"당신은 그래서 만족하시나요, 홈스 씨?"

"네, 아주 후련합니다."

"그럼 이제 붙들지 않겠습니다. 마음대로 하세요."

아이린 애들러는 냉랭하게 말하고는 빠른 걸음으로 방을 가로질렀다. 문을 열려다가 뒤로 돌아서서 다시 한번 메리를 노려봤다. "용서 못 해, 메리."

그녀는 문을 쾅 닫고 나갔다.

이튿날 〈데일리 크로니클〉에 다음과 같은 기사가 실렸다.

'셜록 홈스 씨, 은퇴 발표'

명탐정 셜록 홈스 씨는 데라마치 거리 221B 사무소에서 기자 회견을 갖고 탐정업에서 은퇴한다고 정식으로 발표했다. 10년 이상 홈스 씨는 여러 난해한 사건을 해결해왔으나 재작년 가을 이래로 심각한 부진이 이어졌다.

홈스 씨는 기자단에게 자신이 수사에 착수한 탓에 사태가 되레 혼미해진 사례가 종종 있었다는 사실을 시인하고 '공익을 위해서도 깨끗이 물러나야 한다'고 밝혔다. 홈스 씨는 악질화되는 현대 범죄에 관해 다소 우려를 표명하는 한편, 자신의 부재를 보완하고도 남을 재능의 소유자로 특히 아이린 애들러 씨의 이름을 거론했다.

신변 정리가 끝나는 대로 홈스 씨는 남양의 섬으로 떠날 계획이라고 한다.

셜록 홈스가 은퇴한다는 뉴스는 교토 안팎에 파장을 몰고 왔다.

그때까지 홈스의 부진을 재미있어하던 사람들의 태도가 이제 와서 표변한 것은 가소롭기 그지없었다. '아닌 게 아니라 최근 몇 년간은 난조를 겪었으나, 연령을 생각해도 은퇴라는 판단은 너무나도 유감스러운 일이며······' 운운. 그의 재능이 그렇게 소중했다면 홈스가 고투를 계속하고 있었을 때 왜 좀 더 따뜻한 말을 해주지 않았나.

각 신문의 지면은 홈스의 화려한 활약을 회고하는 기사로 도배됐다.

진료소에도 기자들이 취재하러 몰려왔지만 나는 아무 말도 하지 않았다. 어깨를 짓누르던 거대한 짐을 내려놓은 듯한 안도감이 있었고, 가슴에 구멍이 뻥 뚫린 것 같은 허탈감도 있었고, 홈스에 대한 실망도 있었고, 또 홈스를 만류하지 못했다는 자책도 있었다.

셜록 홈스의 은퇴로 인해 아이린 애들러의 존재가 한층 주목을 받게 된 것은 말할 것도 없다. 과거에 셜록 홈스가 짊어졌던 '명탐정'이라는 역할을 명실공히 그녀가 이어받게 됐으니까. 하지만 홈스의 은퇴를 누구보다도 아쉬워한 사람은 아이린 애들러였다.

그렇기에 그녀의 메리에 대한 노여움은 컸다.

용서 못 해, 메리.

이대로 끝날 리 없다는 것은 메리도 나도 알고 있었다.

예감이 적중한 것은 홈스의 은퇴 선언이 있고 일주일 뒤였다.

내가 진찰실에서 차트를 정리하는데, 창밖 시모가모혼 거리를 검은 그림자가 엄청난 속도로 지나가더니 자전거 브레이크를 거는 귀에 거슬리는 소리가 들렸다. 《스트랜드 매거진》 편집부의 스미스 양이라는 것은 바로 알았다. 내가 현관 앞으로 나가니 그녀는 숨을 헉헉 몰아쉬고 있었다. 시조가라스마에 있는 잡지사에서 그녀가 자랑하는 자전거를 달려 바로 온 듯했다.

"왓슨 선생님과 메리 씨께 급히 의논드릴 사항이 있습니다."

나는 정원에 면한 거실로 스미스 양을 안내하고 메리는 홍차를 준비했다.

"조금 전 아이린 애들러 씨로부터 편집부에 제안이 들어왔습니다."

스미스 양은 심각한 표정으로 말했다. "메리 모스턴을 아이린 애들러의 기록자 자리에서 해임했다. 따라서 〈아이린 애들러의 사건 기록〉 연재를 즉시 중단할 것을 요구한다고요."

그래요, 하고 메리는 담담하게 말했다.

"그렇게 될 가능성도 있다고 생각은 했어요."

"덕분에 편집부에 난리가 났어요. 다음 달은 아이린 애들러 특집이라 이제 곧 인쇄소로 보낼 참이었거든요. 그렇다고 애들러 씨 의향을 무시할 수도 없고 말이죠."

"메리한테 보복할 생각이겠지." 나는 말했다.

"아이린이 화내는 건 당연해요. 난 그 사람을 이용했으니까요."

메리는 아이린 애들러를 부추겨 홈스를 막다른 길로 몬 전말을 스미스 양에게 이야기했다. "홈스 씨를 은퇴하도록 몰아넣은 사람은 저입니다."

"그건 그렇지 않아, 메리. 애초에 원인은 홈스의 슬럼프였어. 은퇴는 시간문제였다고. 그건 홈스 자신도 인정했잖아."

"홈스 씨가 용서해도 아이린은 용서해주지 않을 거예요."

썰렁한 거실에 무거운 침묵이 흘렀다. 스미스 양은 한숨을 쉬며 왓슨 가의 정원으로 시선을 돌렸다. 마침 바람에 밀려온 구름이 태양을 가려 주위는 일식 같은 푸르스름한 어둠에 잠겼다. 스미스 양이 필사적으로 생각하는 것을 알 수 있었다.

바로 어제까지만 해도 스미스 양은 원대한 야망을 품고 있었을 것이다.

〈아이린 애들러의 사건 기록〉의 대성공은 홈스담의 연재 중지라는 타격을 충분히 보완해주었다. 현재까지 발표된 단편은 하나같이 걸작이었고 게재가 예정된 나머지 아홉 편도 원고는 이미 완성된 상태였다. 명탐정 아이린 애들러의 명성은 한층 높아져 올가을 출간 예정인 단편집은 미증유의 판매량을 기록할 것이다. 그야말로 유전을 발견한 것 같은 상황이니 야망은 끝을 모르고 확대됐을 게 틀림없다. 제2단편집, 제3단편집 그리고 언젠가는 장편을……. 그 원대한 야망이 허망하게 무너지려 했다.

이윽고 스미스 양은 결심한 것처럼 입을 열었다. "애들러 씨를 설득할 수 있을 때까지 〈아이린 애들러의 사건 기록〉 게재는 보류하겠습니다. 하지만 꼭 나쁜 일만은 아닙니다. 이건 왓슨 선생님께서 주신 원고를 발표할 천재일우의 기회예요."

"런던판 홈스 말인가?"

나는 놀라 물었다. "하지만 편집장은 납득하지 않았을 텐데."

"왓슨 선생님이 편집부를 방문하셨을 때와는 상황이 다릅니다. 아이린 애들러 특집을 중지하면 잡지에 공백이 크게 생길 텐데 다른 원고를 준비할 시간은 없습니다. 게다가 홈스 씨가 '은퇴 선언'을 한 직후니까 화제성도 충분하죠. 편집장님을 설득하겠습니다. 은퇴한 셜록 홈스를 '런던'에서 부활시키자고요."

셜록 홈스의 개선이에요, 하고 스미스 양은 말했다.

"셜록 홈스의 개선이라."

셜록 홈스는 감탄한 듯 신음했다.

그날, 편집장이 스미스 양의 주장을 받아들여 다음 달 《스트랜드 매거진》에 런던판 홈스담을 싣게 됐다. 편집부는 '런던판 셜록 홈스 특집'으로 교체하기 위해 서둘러 총력을 다해 움직이기 시작했다.

그 사실을 알리러 데라마치 거리 221B로 가니 셜록 홈스는 순순히 기뻐해주었다. 런던을 무대로 홈스를 활약시킨다는 아이디어는 홈스 자신도 매우 마음에 든 듯했다. 재미있는 생각을 해냈군, 이라고 말했다.

"모리어티 교수가 두고 간 선물이 뜻밖에 쓸모가 있었던 셈이야."

다음 호에 실릴 것은 「붉은 머리 연맹」, 「푸른 카벙클」, 「입술이 씰그러진 남자」 세 편이었다. 세 편을 동시에 게재한다는 파격적인 사태는 아이린 애들러 특집 중지로 인해 발생한 큰 공백을 메우기 위해서였지만, 동시에 스미스 양의 작전이기도 했다. '런던'이라는 이세계는 독자에게 낯설다. '이런 것은 홈스담이 아니다'라며 반발하는 이도 있을 것이다. 동시에 세 편을 싣는 것은 고집 센 탐정소설 애호가들을 물량으로 압도하기 위해서였다.

"이제 자네도 탐정소설가로 복귀할 수 있겠군, 왓슨."

"그건 잘된 일이네만 메리가 걱정이야. 자네가 '은퇴 선언'을 한 날 밤부터 애들러 씨와 메리는 절교 상태라고. 애들러 씨는 메리를 기록자 자리에서 해임했고 메리는 계속 자책하고 있어. 화해해준다면 좋겠는데."

"우리도 많이 싸우지 않았나."

"그건 그러네만."

"싸울수록 사이가 좋다고 하지 않나. 걱정 말라고."

홈스는 명랑하게 말했다. "애들러 씨도 언젠가 이해할 거야."

은퇴 선언을 둘러싼 소동도 일단락되어 홈스는 대청소 중이었다.

잡동사니와 서류 무더기가 태평양 군도처럼 흩어져 있었다. 막대한 양의 신문기사 스크랩, 돋보기와 줄자, 자물쇠 따는 도구, 화학 실험도구. 여왕 폐하가 하사한 훈장, 말라빠진 원숭이 손, 기괴한 외국 조각, 고독한 발명가가 만든 영구 기관 등 지금까지 홈스가 맡은 사건의 기념품도 많았다.

"어쩨 꿈을 꾼 것도 같군."

홈스는 잡동사니를 둘러보며 중얼거렸다.

"난 정말 명탐정이었을까?"

"그야 당연하지. 그렇게 수많은 사건을 해결하지 않았나."

홈스는 안락의자에 앉아 파이프에 불을 붙였다.

"지금 생각하면 어떻게 그런 일이 가능했는지 도통 모르겠단 말이지. 앞뒤 가리지 않고 덤볐던 건 기억나고 자신감에 차 있었던 것도 기억나. 하지만 한편 모든 게 그저 우연이었던 것 같기도 하거든. 아주 잠깐 세상이 나를 중심으로 돌았던 거고 내 능력이나 재능은 아무 관계도 없었다는 생각이 자꾸만 드는군."

홈스는 슬퍼하는 눈치는 아니었고 오기를 부리는 것 같지도 않았다. 자신의 인생에 그런 황금기가 있었다는 것을 그저 순수히 신기하게 여기는 듯 보였다.

그런 기분은 나도 모르지 않았다. 황금기의 홈스는 초인적인 힘이 넘쳤다. 홈스가 사건의 진상을 간파하는 게 아니라 홈스가 간파한 진상만이 진상이다, 그런 앞뒤가 바뀐 인상마저 받은 적도 있다. 그런 초인적인 힘이 홈스가 말하듯 홈스 개인의 노력이나 재능을 초월한 것이었다면, '슬럼프에서 벗어나자' 하는 우리 노력이 결실을 거두지 못한 것은 당연할지 모른다.

"이봐, 홈스. 정말 남쪽 바다 섬으로 갈 생각인가?"

"그러고 보니까 기자회견에서 그런 말을 했던가. 그냥 해본 말이네만 생각해보니 그것도 나쁘지 않군. 어쨌거나 이제 도회지도 범죄도 카모 강의 안개도 지긋지긋하니 말이지. 되도록 사람이 없는 작은 섬이 좋겠어. 해결해야 할 사건도 없을 테고."

홈스는 장난기 어린 눈빛으로 나를 봤다.

"자네도 같이 가겠나?"

"그런 일이 가능할 리 없잖아."

내가 놀라 말하자 홈스는 "농담이네"라며 쾌활하게 웃었다.

"자네한테는 진료소가 있고 메리도 있어. 뭣보다도 자네는 '런던판 홈스담'을 쓴다는 중요한 임무가 있지. 그건 훌륭한 일이네, 왓슨. 훌륭한 일이야. 난 혼자 남쪽 바다 섬으로 가서 앞으로 어떻게 살지 느긋하게 생각해보겠네."

데라마치 거리 221B 방에 남국의 빛이 비쳐든 듯했다.

투명한 파란 하늘, 종려나무, 하얀 모래사장, 먼바다에 뜬 섬들. 그건 셜록 홈스라는 인물과는 전혀 어울리지 않는 세계일 터였다. 그런데도 그때 나는 남쪽 바다 섬에서 지내는 홈스의 모습을 생생하게 떠올릴 수 있었다. 홈스는 새로 산 밀짚모자를 쓰고 상쾌한 바람을 맞으며 하얀 모래사장을 끝없이 걸어갔다.

그때 허드슨 부인이 문간에 나타났다.

"손님이 오셨어요, 홈스 씨."

홈스는 얼굴을 찡그리며 손을 내저었다.

"난 이제 탐정이 아닙니다. 기자든 의뢰인이든 돌려보내세요."

그런데 허드슨 부인은 문간에서 꿈쩍도 하지 않았다.

"그럴 순 없어요. 머스그레이브 가 아가씨가 오셨는데요."

레이철 머스그레이브 양을 만나는 것은 작년 그녀가 극적으로 귀환한 이래로 처음이었다.

사실 그날 우리는 차분히 말을 주고받지도 못했다. 헐스턴은 벌집 쑤신 듯 난리가 난 데다 우리는 모리어티 교수의 실종에 큰 충격을 받은 상황이었다. 12년 전 미해결 사건이 그런 형태로 '해결'됐다는 사실에 홈스는 착잡함을 느끼는 눈치이기도 했다. 그 뒤 홈스는 도망치듯 교토 서부를 떠났다.

허드슨 부인의 안내를 받아 레이철 머스그레이브가 문간에 나타났다.

"바쁘신데 죄송합니다, 홈스 씨."

"뭘요, 하나도 안 바쁩니다. 그냥 빈둥거리면서 지내는데요. 이제 전 탐정에서 은퇴한 몸이니까요. 자, 앉으시죠."

홈스는 명랑하게 말하며 벽난로 앞 긴 의자를 권했다.

'동쪽의 동쪽 방'에 갇혀 있었던 12년이라는 세월은 머스그레이브 양의 겉모습에 아무런 변화도 가져오지 않았다. 수수한 하얀 드레스를 입은 모습은 아무리 봐도 십대 소녀로만 보였다. 메리나 아이린 애들러도 기숙학교 시절에 이런 소녀였을 것이다. 그런데 머스그레이브 양은 투명하고 단단한 껍데기로 보호받는 듯한, 어딘지 모르게 초연한 분위기가 있었다.

"꼭 한번은 인사드리러 찾아뵙고 싶었습니다."

"시내로 거처를 옮기셨다죠?"

"네. 충고해주신 대로 지금은 가라스마오이케에 있는 별택에서 지내요."

"훌륭한 결단이셨다고 생각합니다. 그런 일이 있었는데 헐스턴에 계시지 않는 편이 좋겠죠. 시내 생활에는 차츰 익숙해지시면 됩니다."

머스그레이브 양을 배려하는 어조에서 홈스에게 그녀가 특별한 존재라는 게 느껴졌다. 동창의 누이동생이라서만은 아니었다. 그녀는 12년 전, 신참 시절의 홈스가 구하지 못했던 상대였다.

홈스는 레지널드 머스그레이브의 근황을 묻고 그와 함께 보낸 학창 시절 추억이며 작년 머스그레이브 가의 대숲에 초막을 지은 전말을 재미있게 이야기했다. 머스그레이브 양의 긴장을 풀어주려 했을 것이다. 허드슨 부인이 가져다준 홍차를 마실 무렵에는 그녀의 표정도 편안해진 듯 보였다.

"왓슨 선생님은 메리 씨와 결혼하셨군요."

"네. 메리가 홈스에게 의뢰하러 온 게 계기였습니다."

"메리 씨와 아이린 씨가 잘 지내는 것 같아 정말 다행이에요."

레이철 머스그레이브는 미소 지었다. 그러나 금세 얼굴이 흐려졌다.

"두 사람에게 정말 못할 일을 했습니다. 도서실에서 윌리엄의 일기를 발견하고 『다케토리모노가타리』 마지막에 붙은 글을 다시 읽었을 때부터 전 '동쪽의 동쪽 방'에 강하게 이끌렸어요. 두 사람을 다과회에 초대한 건 그 두 사람이라면 제 계획에 협조해줄 거라고 생각해서였죠."

레이철 머스그레이브는 입을 다물고 잠시 난롯불을 바라봤다.

하고 싶은 말이 있는데 어떻게 말을 꺼내야 할지 모르는 것 같았다. 홈스도 억지로 말을 시키려 하지 않고 그녀와 마찬가지로 난롯불을 봤다.

이윽고 머스그레이브 양은 작은 목소리로 말했다.

"저한테 무슨 일이 있었던 건지 지금도 잘 모르겠어요."

그녀에게 '동쪽의 동쪽 방'에서 보낸 12년은 하룻밤 자고 일어난 것과 다르지 않았다. 긴 밤 동안 그녀가 경험한 일은 아침 햇빛을 받아 사라져버렸다고 했다.

"그 불가사의한 계단을 올라간 건 기억나거든요. 그러고 나서 무슨 일인가 벌어졌죠. 그런데도 전 저한테 무슨 일이 있었는지 거의 아무것도 몰라요. 『다케토리모노가타리』가 쓰인 시대부터 '동쪽의 동쪽 방'은 마치 저주처럼 힐스턴을 따라다녔습니다. 윌리엄과 저 그리고 모리어티 교수님도 그 수수께끼에 홀린 거라고 생각해요. 홈스 씨는 어떻게 생각하시는지요? 왜 그런 게 세상에 존재하는 걸까요. 애초에 그건 대체 뭘까요."

"그 수수께끼에 사로잡히시면 안 됩니다."

홈스는 진지한 목소리로 말했다.

"당신은 이렇게 돌아왔으니까 살아나가야 합니다."

"하지만 가끔 무서워질 때가 있어요, 홈스 씨."

머스그레이브 양은 봄을 내밀었다.

"모르겠어요. 전 정말 돌아온 걸까요?"

교토 서부 헐스턴을 떠나 멀리 가라스마오이케의 머스그레이브가 별택으로 거처를 옮겨도 구관 깊숙이 위치한 황량한 방의 환각이 자신을 쫓아왔다. 12년 전 다과회 날 있었던 일이 종종 꿈에 나타났다. 꿈속에서 그녀는 메리, 아이린과 함께 어둑어둑한 복도를 지나 '동쪽의 동쪽 방' 문을 또다시 열려 하고 있었다.

땀에 흠뻑 젖어 깰 때마다 '동쪽의 동쪽 방'이 자신을 부른다는 느낌이 들었다. 걷고 또 걸어도 발밑에 깊이를 알 수 없는 거대한 구멍이 아가리를 벌리고 있어 그녀가 발을 헛디디기를 기다리는 듯했다. 이건 12년씩이나 '동쪽의 동쪽 방'에 갇혀 있었던 후유증일까. 아니면 자신을 구해준 모리어티 교수에 대한 죄책감이 그런 망상을 낳는 걸까. 언젠가 시간이 지나면 악몽에 시달리지 않게 될까.

머스그레이브 양은 허공을 응시했다. 나는 전율했다. 그녀의 시선 끝에 '동쪽의 동쪽 방'이 떠 있는 게 생생히 느껴졌다.

"또 한 명의 제가 아직 그 방에 남아 있는 것 같아요."

머스그레이브 양의 얼굴이 물속에 잠기듯 그늘지나 싶더니 상체가 휘청했다. 다음 순간, 안락의자에 앉아 있던 홈스가 벌떡 일어나 쓰러지려는 그녀를 붙들었다. 우리는 긴 의자에 그녀를 눕히고 머리에 쿠션을 받쳐주었다. 내가 레이철 머스그레이브를 보살피는 동안, 홈스는 측은해하는 표정으로 옆에 서 있었다.

"괜찮겠나?"

"걱정할 필요 없을 거야. 강한 불안감 탓일 테지."

이내 그녀는 정신이 들었지만 마치 꿈을 꾸는 듯한 눈초리였다. 홈스는 긴 의자 옆에 무릎을 꿇고 그녀의 손을 잡았다.

"이제 안심하셔도 됩니다, 레이철 씨."

이윽고 그녀는 부드럽게 미소 짓더니 조용한 목소리로 이런 이야기를 했다.

오늘 홈스 씨를 뵈러 데라마치 거리로 왔을 때, 221B 창문의 불빛을 보니 가슴속이 따뜻해지는 듯했다. 날 저문 황야를 방황하던 나그네가 여관의 불빛을 발견하면 분명 이런 기분이 들 것이다. 과거에 홈스를 찾아왔던 여러 의뢰인들도 모두 같은 기분을 맛봤을 게 틀림없다.

"홈스 씨께 감사드리고 싶었어요."

레이철 머스그레이브는 눈을 반쯤 감고 비몽사몽 중인 것처럼 말을 이었다.

"12년 전, 홈스 씨는 제 실종 사건을 조사해주셨다죠? 레지널드 오라버니에게 들었어요. 그렇지만 전 알고 있었거든요. '동쪽의 동쪽 방'에서 자는 동안에도 홈스 씨가 저를 찾으려 해주시는 걸 알 수 있었어요."

얼마 동안 홈스는 숨을 멈춘 채 그녀를 바라봤다. 그녀의 기이한 말에 당혹한 것 같기도 했고 감정이 북받친 것 같기도 했다. 이윽고 그의 표정이 가다듬어지고 눈빛이 날카로워진 듯 보였다. 그러나 그것도 잠깐뿐이었다.

"저만이 아닙니다. 모두가 당신을 찾았습니다."

홈스는 말했다.

2월 초에 《스트랜드 매거진》이 발매됐다.

담당 편집자 스미스 양의 독촉을 받아가며 「붉은 머리 연맹」과 「푸른 카벙클」, 「입술이 삘그러진 남자」의 개고 및 교정 작업을 하는 동안, 나는 오로지 작업에만 전념했다. 잡지 발매까지 시간이 거의 없어 뭔가를 생각할 겨를도 없었다. 그러나 원고가 편집부로 넘어가 잡지 발매를 기다리는 단계가 되자 점차 불안이 치밀었다.

홈스담 신작을 발표하는 것은 1년 반 만이었다.

교토 안팎의 탐정소설 애호가들은 홈스담 신작을 학수고

대하고 있었다. 하지만 그들이 원하는 것은 어디까지나 홈스가 실제로 조사한 사건의 기록이지, 런던 같은 망상 세계의 이야기가 아니었다. 생각하면 할수록 런던판 홈스담이 호의적인 반응을 얻을 수 있을 것 같지 않았다. 나는 마음이 무거워져 식사도 목을 넘어가지 않게 됐다. 분명 독자는 격노할 것이다. 폭도로 변한 탐정소설 애호가들이 진료소에 불을 지르는 꿈까지 꿨다.

"잠시 숨어서 지내는 게 좋을지도 모르겠어."

"왜 당신이 숨어야 해요?" 메리가 말했다.

"보나 마나 비난이 쏟아질 테니까. 홈스담 애독자 중엔 홈스의 슬럼프를 내 탓으로 돌린 인간들도 있었다고. 안 그래도 홈스가 은퇴해서 낙심했을 텐데 런던판 같은 걸 발표했다간 무슨 소리를 들을지 몰라."

"오랜만에 신작이 나와서 신경이 예민해진 것뿐이에요."

메리는 내 등을 두드렸다. "마음 졸일 것 없어요. 괜찮아요."

발매일이 다가오면서 다음 《스트랜드 매거진》 특집이 전격 교체됐다는 소문이 돌았다. 더욱이 그게 홈스담이라는 게 밝혀지자 교토 안팎의 탐정소설 애호가들은 갑자기 들떴다. '은퇴에 얽힌 진상이 밝혀질 것'이라는 사람이 있는가 하면 '은퇴를 철회할 것'이라는 사람도 있었다. 몸이 움츠러들었다.

마침내 《스트랜드 매거진》 발매일을 맞이했다.

이목을 피해 구라마의 여관에라도 잠복하고 싶은 심경이었지만 진료소를 버려둘 수도 없는 노릇이었다. 나는 담담하게 일했다. 저녁에 시내 서점으로 정찰 나갔던 메리가 돌아와 "잘 나가고 있는 것 같아요"라고 말했다. 나는 아무 말도 하지 않았다.

발매로부터 사흘 뒤, 스미스 양에게서 전보가 왔다.

주문 쇄도. 증쇄 결정—바이얼릿 스미스

그렇지만 나는 그 정도로 안심하는 낙천적인 인간이 아니었다.

보나 마나 홈스의 과거 명성 덕이지.

나는 그렇게 생각했다.

머잖아 실망하는 의견이 확대될 게 틀림없다.

탐정소설 애호가들은 이런 '가짜 탐정소설'을 원치 않는다.

돌이켜 생각하면 지난 1년 동안 꾸준히 독자의 지지를 잃어왔다.

홈스의 슬럼프로 인해 연재가 중단된 뒤로 공백이 길어질수록 비난은 고조됐다. 셜록 홈스에 대한 실망은 존 H. 왓슨에 대한 실망이기도 했다. 그런 상황에서 런던판 홈스담을 발표하면 교토 안팎의 독자들은 존 H. 왓슨에 대한 기대를 완전히 접을 것이다.

나는 피해망상에 사로잡혀 독자를 미워하다시피 하는 지경에 이르렀다.

실망할 테면 얼마든지 실망해라, 독자 제군. 이별만이 인생이다.

런던판 홈스가 발표되고 일주일이 지난 저녁이었다. 내가 그날의 진료를 마치고 진찰실에서 울적한 기분으로 난롯불을 바라보는데, 창밖 시모가모혼 거리를 스미스 양의 자전거가 무시무시한 속도로 지나갔다. 그녀는 초인종도 울리지 않고 진료소 문을 열더니 "왓슨 선생님! 왓슨 선생님!" 하고 큰 소리로 외치며 진료실로 곧장 들어왔다.

"왜 답을 안 주시는데요!"

내가 대답할 틈도 없이 그녀는 흥분해 말했다.

"발매 첫날부터 반응이 엄청나더니 지금도 기세가 꺾일 줄 모른다고요. 그 정도가 아니라 증쇄를 아무리 거듭해도 주문이 빗발친다고요. 〈데일리 크로니클〉은 읽으셨어요? '런던판 셜록 홈스는 탐정소설인가 아닌가' 논쟁이 벌어졌어요. 이러쿵저러쿵 트집 잡는 사람도 있지만 화제만 되면 장땡이죠. 다른 런던판 홈스담은 쓰고 계시나요? 안 쓰셨다고요? 왜 안 쓰시는데요! 쓰세요! 당장 쓰세요! 다음 달부터 연재를 시작해서 올해 안으로 단편집으로 묶어서 내자고요. 제목은 『셜록 홈스의 개선』이에요!"

그녀는 숨도 쉬지 않고 떠들더니 바람처럼 가버렸다.

얼마 동안 나는 정신을 차리지 못했다.

그렇다면 정말로 호평을 받고 있는 건가?

그제야 비로소 나는 서점으로 나가 볼 마음이 들었다.

겨울 해는 벌써 지려 하고 있었다. 시모가모가 푸르스름한 땅거미에 젖었고 길 건너 다다스 숲은 검은 그림자로 보였다. 점등원이 가로등을 켤 때마다 흔들리는 불빛 주위에 새로운 밤이 태어났다. 그 정경이 너무나도 아름답게 느껴져 나는 얼마 동안 길에 서서 바라봤다. 시모가모혼 거리를 남쪽으로 걸어가 아오이 다리로 나오니 어슴푸레한 빛을 남긴 하늘이 머리 위에 펼쳐져 있었다.

아오이 다리를 건너 조금 가면 마스가타 상점가가 나온다. 입구에 있는 서점을 들여다보니 '셜록 홈스의 개선'이라고 크게 쓴 현수막이 걸렸는데 커다란 목제 매대는 텅텅 비어 있었다. 안면이 있는 주인 말로는 오늘 들어온 분량도 순식간에 동났다고 했다. 믿기지 않아 우두커니 서 있는데 팔자수염을 기르고 실크해트를 쓴 신사가 말을 걸었다.

"죄송합니다만 왓슨 선생님이십니까?"

"네, 그렇습니다만."

"이렇게 뵙게 되어 영광입니다."

신사는 맑은 눈을 반짝이며 말했다.

"신작 잘 읽었습니다. 설마 셜록 홈스가 이세계에서 부활할 줄이야! 그나저나 '런던'이란 세계의 묘사가 어찌나 사실적이던지 놀랐습니다. 읽다 보면 정말 그런 세계가 존재할 것 같단 말이죠. 눈앞에 선합니다. 런던이란 세계를 어떻게 생각해내셨을까요. 하여간 경이롭군요. 이건 걸작입니다!"

"아, 예, 감사합니다."

나는 신사와 악수하고 서둘러 서점에서 나왔다.

이건 걸작입니다!

그 말에 가슴속이 따뜻해졌다.

차분히 기쁨을 곱씹고 싶어 아오이 다리 어귀에서 가모 강변으로 내려갔다.

차갑고 맑은 하늘은 이국의 그릇처럼 보랏빛을 띤 청색이었고, 강변 풍경도 물속에 잠긴 듯 푸르스름했다. 왼편으로 헐벗은 겨울 제방이 한없이 이어지고 오른편으로는 어두운 수면 너머 시모가모의 불빛이 반짝였다. 주위는 인적 없이 한산했다. 세상이 그렇게 아름다워 보인 것은 오랜만이었다. 나는 휘파람을 불며 정처 없이 북쪽으로 걸었다.

얼마 지나자 뒤에서 누가 불렀다.

"존 왓슨!"

돌아보니 메리가 서 있었다.

"이런! 언제부터 거기 있었어?"

"아까부터 내내 뒤에 있었다고요."

메리는 기쁘게 웃으며 경쾌한 발걸음으로 다가왔다. 마스가타 상점가에서 장을 보다가 서점에서 나오는 나를 발견했다고 했다.

"방해될까 봐요."

"방해는 무슨."

"너무나도 행복해 보였거든요."

메리는 내 팔을 끌어안고 함께 가모 강변을 걷기 시작했다.

그날 밤, 나는 마차를 타고 데라마치 거리로 갔다.

매섭게 추운 밤이었다. 별빛도 없이 당장이라도 눈이 내릴 것 같았다.

데라마치 거리 221B 앞에서 마차를 세우고 얼어붙은 듯한 도로에 내렸다. 홈스는 집에 없는지 이층 창문에 불빛이 없었다. 그러나 내가 찾아온 곳은 데라마치 거리 221B가 아니었다. 나는 길을 건너 녹색 문의 초인종을 울렸다.

"존 왓슨입니다. 아이린 애들러 씨를 뵐 수 있을까요."

나는 이층 거실로 안내됐다. 아이린 애들러의 작업실은 처음 방문한 것이었는데도 도무지 처음 같지 않았다. 그 정도로 홈스의 방을 빼닮았다. 물론 화학 실험 도구나 바이올린은 없었거니와 구석구석까지 깔끔하게 정돈되어 있었다. 하지만 벽난로 앞에 놓인 긴 의자와 안락의자도, 창가의 책상도, 사전과 인명사전이 꽂힌 캐비닛도 마치 거울에 비춘 것처럼 비슷했다. 블라인드를 올린 창문으로 데라마치 거리 건너 홈스 방의 불 꺼진 창문이 보였다.

아이린 애들러는 벽난로 앞에 서 있었다.

"무슨 일로 오셨는지요."

"메리 때문에 왔습니다."

그녀는 비꼬는 듯한 웃음을 지었다.

"메리가 대신 사과해달라고 부탁하던가요?"

"아뇨, 그런 게 아닙니다. 어디까지나 제 독단으로 부탁드리러 온 겁니다."

홈스가 은퇴 선언을 한 날 밤 이래로 아이린 애들러와 메리의 절교는 이어지고 있었다. 만나러 가야 한다고 여러 번 충고했는데도 메리는 완강하게 거부했다. 메리는 아이린 애들러와의 우정은 이미 끝났다고 체념한 것 같았다. 아이린 애들러는 절대로 용서할 리 없다. 자신은 그만한 일을 했다. "난 결국 한낱 기록자였는걸요. 나 없이도 아이린은 훌륭하게 탐정 역할을 해나갈 수 있겠죠."

그럴 리 없다. 단연코 그렇지 않다.

나는 아이린 애들러에게 말했다.

"메리를 용서해주실 수 없을까요."

"용케 그런 말씀을 하시는군요, 왓슨 선생님."

아이린 애들러의 목소리는 온화했다. 그렇기에 되레 두려웠다.

그녀의 온몸에서 부동명왕처럼 노여움의 불꽃이 튀었다. 벽난로를 등지고 서서 차갑게 노려보는 모습은 이전 홈스와 함께 모리어티 교수를 미행했을 때 아침에 데라마치 거리 221B에 쳐들어온 메리를 방불케 했다. 두 사람은 눈에 보이지 않는 파이프 같은 것으로 이어져 있어 메리의 '노여움'이 고스란히 아이린 애들러에게 옮겨간 듯했다.

"메리는 홈스 씨를 미워했던 겁니다. 남편이 그 사람 슬럼프에 휘말리는 걸 용납할 수 없었어요. 하지만 자기 힘만으로는 홈스 씨를 쫓아낼 수 없거든요. 그래서 저한테 접근해서 제 재능을 자기 목적을 위해 이용했습니다. 그보다 더한 배신이 있을까요."

"아닌 게 아니라 홈스한테 따끔한 맛을 보여주고 싶은 마음은 있었을 겁니다."

나는 말했다. "하지만 처음에 계기가 뭐였던 간에 메리는 당신과 함께 한 모험을 즐기게 됐고 〈아이린 애들러의 사건 기록〉을 열심히 썼습니다. 도중부터 셜록 홈스는 아무래도 상관없게 됐던 겁니다. 게다가 당신도 메리에게 도움을 받았을 텐데요. 모조리 당신 재능만으로 해냈다고 생각하신다면 그건 사실이 아닙니다."

"제가 오만하다는 말씀인가요?"

"당신에게 메리가 필요하다고 말씀드리는 겁니다. 메리는 당신에게 상처준 걸 후회하고 있습니다. 당신이 용서해줄 리 없다고 체념하고 있죠. 하지만 당신과 메리는 결별해선 안 됩니다. 두 분은 홈스와 저 같은 관계가 아닌가요. 우리는 지금까지 이인삼각으로 해왔습니다. 저한테는 홈스가 필요했고 홈스한테는 제가 필요했습니다."

4장 메리 모스턴의 결의

"왓슨이 있기에 홈스가 있다고요?"

아이린 애들러는 창가 책상으로 다가가 책상에 놓여 있던 잡지 한 권을 집어 범죄의 증거처럼 내 눈앞에 들이댔다. 런던판 홈스담이 실린 《스트랜드 매거진》 최신호였다. "신작 잘 읽었습니다." 아이린 애들러는 말했다. "이런 걸 쓰는 게 선생님 일이던가요?"

"홈스도 반겼습니다."

"어이가 없군요! 런던판 셜록 홈스라니!"

아이린 애들러는 잡지를 벽난로에 던져넣었다. "선생님과 메리 둘이서 위대한 명탐정을 은퇴로 몰아넣은 겁니다. 참 대단하신 연계 플레이군요. 부부가 어떻게 이렇게 둘 다 이상하죠? 런던판 셜록 홈스가 뭔가요? 전 이런 가짜배기는 인정 못 합니다!"

아이린 애들러는 거친 숨을 몰아쉬며 창밖으로 시선을 돌렸다. 말이 심했다고 후회하는 듯했다. 옆얼굴에서 무력감이 느껴졌다. 그녀의 시선이 향한 곳에는 맞은편 홈스의 방이 있었지만 창문은 텅 빈 굴처럼 캄캄했다. 나는 착잡한 기분으로 벽난로를 바라봤다. 쇠창살 너머에서 《스트랜드 매거진》이 불탔다.

이윽고 아이린 애들러는 나지막이 말했다.

"제 비밀을 보여드리죠, 왓슨 선생님."

아이린 애들러는 나를 삼층 작은 방으로 데려갔다.

"메리도 이 방엔 들어온 적 없답니다." 그녀는 잠긴 문을 열며 말했다. "비밀 연구실이죠."

그녀는 문을 열고 가스등을 켰다.

들어오라는 말에 나는 천천히 발을 들여놓았다.

맨 먼저 눈에 띈 것은 정면 벽 쪽에 놓인 네모난 테이블이었다. 메모를 적은 쪽지와 노트가 쌓여 있었다. 벽은 붉은색 잉크로 동그라미표와 화살표로 표시한 교토 안팎의 상세한 지도며 사진, 도면으로 뒤덮여 있었다. 왼쪽에는 뒷마당을 내다보는 창문이, 오른쪽에는 벽난로가 있었지만 벽 나머지 부분은 전부 자료를 정리한 서가였다.

주위를 둘러보는 사이에 그 방에 있는 자료가 모두 셜록 홈스 관련이라는 것을 알게 됐다.

벽에 붙은 지도에는 홈스가 조사했던 사건의 발생 지점을 표시했고, 중요한 사건에 관한 스크랩을 액자에 넣어 장식했다. 자료 서가에는 내가 집필한 사건 기록의 단행본은 물론 《스트랜드 매거진》 과월호까지 꽂혀 있었고, 홈스에 관한 신문 및 잡지 기사를 정리한 스크랩북이 즐비했다. 맨틀피스에는 몇 년 전 크리스마스에 아동용으로 발매된 홈스와 왓슨 인형, 홈스가 애용하는 담배 파이프, 홈스가 담배통으로 쓰는 페르시아 슬리퍼까지 있었다.

완전히 '셜록 홈스 박물관'이었다.

아이린 애들러는 테이블 앞 의자에 앉았다.

"배우로서 무대에 서던 시절부터 전 홈스 씨의 탐정 기법을 연구해왔습니다. 왓슨 선생님의 사건 기록을 읽는 데 그치지 않고 실제로 사건 현장에 찾아가보기도 했죠. 홈스 씨가 어떻게 사건을 해결로 이끌었는지 추리의 궤적을 저도 따라가보기 위해서 말이에요. 그렇게 해서 수련을 쌓아온 거랍니다."

그녀는 그렇게 말하며 논문 별쇄를 집었다.

〈각종 담배의 담뱃재 식별에 관해〉라는 제목이 낯익었다. 사건 현장에 남아 있는 담뱃재에서 단서를 찾아내는 것은 홈스가 종종 쓰는 수법으로, 그 논문은 홈스에게 자랑거리였다. 그 밖에 암호 분석과 문신, 발자국 형태에 관한 논문, 〈직업이 손 모양새에 미치는 영향에 관해〉라는 논문도 있었다. 하나같이 열심히 숙독한 느낌이었다.

그로부터 12년이에요, 하고 아이린 애들러는 말했다.

"전 헐스턴에 숨어들었다가 홈스 씨한테 붙들렸습니다. 그러고 얼마 안 돼서 왓슨 선생님이 쓰신 사건 기록이 발표되기 시작했죠. 그때부터 전 줄곧 홈스 씨 뒤를 쫓았어요. 그 사람과 정정당당하게 겨룰 수 있는 탐정이 되고 싶었어요."

"왜 말씀하지 않으신 겁니까?"

"그런 말을 어떻게 하나요. 창피하게."

아이린 애들러는 미소 지었다. "메리한테도 말 못 했는데요."

홈스와 내가 함께해온 모험의 모든 것이 그 방에 있었다. 그러나 홈스가 은퇴한 지금, 그것들은 화려한 위업이라기보다 침몰선에서 인양한 유물처럼 빛바래 보였다. 아이린 애들러의 고독과 불안이 내 마음에까지 스며들었다.

"홈스 씨는 제 정신적인 지주였던 거예요."

아이린 애들러는 말했다. "비록 지금은 슬럼프라고 해도 말이죠."

그때 교토 서부에서 밤에 있었던 일이 생각났다.

'동쪽의 동쪽 방'에서 무시무시한 경험을 한 뒤, 아이린 애들러와 나는 어두운 대숲을 지나 홈스를 찾아갔다. 아이린 애들러는 머스그레이브 가의 해결 불가능한 수수께끼에 직면해 자신의 무력함에 절망하고 있었다.

정말로 아무런 도움이 안 돼요!

분한 목소리가 지금도 귓가에 들리는 듯했다.

그때 그녀가 맛본 것은 아마도 '명탐정'으로서의 고독이었을 것이다.

과거에 교토 안팎의 온갖 사람들, 감당할 수 없는 수수께끼를 가진 사람들은 모두 데라마치 거리 221B를 찾아왔다. 홈스는 모든 수수께끼를 해명해 세상에 질서를 되찾아주었다. 그게 얼마나 마음 든든한 일이었을까. 홈스는 우리를 수수께끼와 혼돈으로부터 지켜주는 보루였다. 하지만 그가 '명탐정'이라는 역할을 버린 지금, 그 역할은 아이린 애들러가 혼자서 짊어져야 했다.

"홈스 씨는 이제 어쩌실 생각이죠?"

"남쪽 바다 섬으로 여행을 떠나겠다더군요."

"하지만 머스그레이브 가의 사건은 아직 해결되지 않았어요."

아이린 애들러는 말했다. "홈스 씨가 은퇴를 선언한 이래로 내내 그 사실이 머리에 남아 있단 말이죠. 작년 가을, 저택에 쳐들어갔을 때 리치버러 부인이 그러지 않았나요? 머스그레이브 가의 수수께끼로부터 달아날 수 없다고."

"그런 영매 말을 곧이곧대로 받아들이는 겁니까?"

나는 놀랐다. "리치버러 부인의 속임수를 입증한 사람은 당신인데요."

리치버러 부인의 재판은 마지막 날인 내일 판결이 내려질 예정이었다.

"아닌 게 아니라 리치버러 부인은 가짜였습니다." 아이린 애들러는 말했다. "하지만 '동쪽의 동쪽 방'은 가짜가 아니었죠. 그날 밤 무슨 일이 있었던 건지 전 지금도 모르겠어요. 머스그레이브 가의 사건은 끝난 게 아니에요."

나는 말문이 막혔다.

계속 생각했거든요, 하고 아이린 애들러는 말을 이었다.

"지금으로부터 12년 전, 레이철 머스그레이브가 '동쪽의 동쪽 방'으로 사라졌습니다. 홈스 씨는 그 수수께끼를 풀지 못했죠. 로버트 머스그레이브가 '동쪽의 동쪽 방'을 봉인해 사건은 어둠에 묻혔고요. 그 뒤 홈스 씨는 왓슨 선생님을 만나 명탐정으로서 화려하게 활약하기 시작했습니다. 그런데 재작년 가을경부터 홈스 씨는 심각한 슬럼프에 빠지고 말았거든요. 이상하지 않으신가요, 왓슨 선생님? 레지널드 머스그레이브가 '동쪽의 동쪽 방' 봉인을 푼 것도 재작년 가을경이었을 텐데요."

"단순히 우연의 일치겠죠. 그건 생각이 너무 과하신 겁니다."

그렇게 말하고 나서 나는 흠칫했다.

그러고 보면 모리어티 교수가 슬럼프에 빠진 것도 '재작년 가을경'이었다.

아이린 애들러는 힘없이 의자에 앉아 구부정한 자세로 멍하니 허공을 바라보고 있었다. 흐리멍덩한 표정은 얼마 전 홈스를 찾아온 머스그레이브 양을 생각나게 했다.

"'동쪽의 동쪽 방' 생각을 하면 냉정함을 잃게 되네요."

아이린 애들러는 한숨을 쉬며 두 손으로 얼굴을 가렸다.

"아무튼 제가 분한 건, 홈스 씨는 진상을 간파했다는 점이에요. 그런데도 그 사람은 아무것도 하려고 들지 않죠. 아무래도 상관없는 사건은 모조리 저한테 떠넘겼으면서 머스그레이브 가 사건만은 인계하려고 하지 않거든요. '동쪽의 동쪽 방'의 진상은 혼자 가슴에 묻고 이대로 은퇴할 작정인 거예요."

나는 어쩌면 좋을지 몰라 벽으로 시선을 돌렸다. 액자에 넣은 셜록 홈스의 사진이 있었다. 검은 외투를 입고 실크해트를 쓰고 거만해 보이는 미소를 지으며 이쪽을 바라보고 있었다. 자신감이 넘치던 시절의 모습이었다. 그 곁에는 존 H. 왓슨이 있었다. 홈스와 마찬가지로 자신감 넘치는 과거의 내가.

어느새 아이린 애들러도 얼굴을 들어 그 사진을 보고 있었다. 머리가 헝클어졌고 표정은 앳된 소녀 같았다.

"홈스 씨를 그냥 남쪽 바다 섬으로 보내실 건가요?"

아이린 애들러는 쉰 목소리로 말했다.

"정말 그래도 괜찮으세요, 왓슨 선생님?"

아이린 애들러의 집에서 나왔을 때 심상치 않은 생각에 마음이 불안해졌다.

나는 길 건너 데라마치 거리 221B로 시선을 돌렸다. 그러나 이층 창문에는 여전히 불빛이 없었다. "하여간 대체 어디를 싸다니는 건지." 나는 혀를 찼다.

그렇다고 그냥 시모가모로 돌아갈 마음도 나지 않았다. 나는 지나가던 삯마차를 잡아 고진 다리 부근 클럽으로 갔다.

천장이 높고 커다란 벽난로가 있는 담화실로 들어가자 이미 한산했다.

창가 안락의자에 앉아 느긋하게 술을 마시던 의사회 친구 셋이 나를 보더니 "왓슨 아닌가"라며 뜻밖이라는 듯 말했다. 나는 인사하고 의자에 앉았다. 신년 들어 여러모로 바빠 클럽에 얼굴을 내민 것도 오랜만이었다. 큰 창 너머에 카모 강이 보이고 외등이 헐벗은 나무들을 동그마니 비추었다.

"표정이 왜 그렇게 어둡나?"

한 친구가 말했다. "런던판 홈스담 평이 아주 좋던데. 왜 이렇게 뜸한가 했더니 신작을 쓰고 있었군."

"우리 환자들 사이에서도 화제던데."

"메리 씨도 좋아하겠어."

"자, 축배를 들자고. 우리 존 왓슨의 개선에!"

의사 친구들이 축하해줘도 기분은 밝아지지 않았다.

내가 자꾸 입을 다물어버리는 통에 친구들 대화도 띄엄띄엄 끊겼다.

창밖의 카모 강을 바라보고 있으려니 모리어티 교수 생각이 나지 않을 수 없었다. 그는 지금도 교토 서부 헐스턴의 저택 깊숙한 곳, '동쪽의 동쪽 방'에 갇혀 있었다. 그런데도 홈스는 머스그레이브 가의 수수께끼를 모른 척하며 모든 것을 어둠에 묻으려 하고 있었다. 아이린 애들러가 홈스를 비난하는 것도 당연하다는 생각이 들었다. 그러나 홈스의 침묵에도 그만한 이유가 있을 터였다. 그는 '동쪽의 동쪽 방'은 건드려선 안 되는 이 세계의 신비라고 말했다. '동쪽의 동쪽 방'은 대체 뭘까?

얼마 뒤 담화실 구석 의자에서 검은 그림자가 천천히 일어서는 게 보였다.

그 인물은 그때까지 어둠 속에 숨죽이고 있었던 탓에 지금까지 거기 사람이 있다는 것조차 몰랐다. 검은 그림자가 담화실을 가로질러 다가왔다. 실내등의 어렴풋한 불빛에 벨벳 조끼와 왁스로 가다듬은 콧수염이 흑요석처럼 빛났다.

"잘 지냈나, 왓슨. 안 그래도 만나고 싶었네만."

스탬퍼드가 말을 건 순간, 친구들 표정이 굳었다. 어색한 침묵이 흐른 뒤 한 명이 "무슨 일인가, 스탬퍼드"라고 말했다.

"제군한테는 볼일 없네. 볼일이 있는 건 왓슨이야."

친구들은 시선을 주고받더니 천천히 안락의자에서 일어섰다.

한 명이 몸을 굽혀 "조심해"라며 내게 귀띔했다. 그들이 담화실에서 나가자 스탬퍼드는 쓴웃음을 지으며 맞은편 의자에 앉았다. 그리고 "난 따돌림 당한다네"라고 팔걸이를 쓸며 자조적으로 말했다. "그런 모양이군." 나는 대답했다. 심령 의사를 자칭하기 시작한 뒤로 스탬퍼드는 다른 의사들에게 경원당했다.

요새 바빠서 말이야, 라고 스탬퍼드는 말했다.

"내일이면 리치버러 재판의 판결이 내려지잖나. 부인은 투옥될 테지. 그 때문에 세인트사이먼 경은 새 영매를 찾고 있거든. 덕분에 내가 얼마나 시달리는지 몰라. 세인트사이먼 경한테 신세 진 게 있으니까 불평은 할 수 없네만."

"이봐, 스탬퍼드. 자네는 진짜로 심령주의를 믿는 건가?"

스탬퍼드는 얼굴을 들더니 이상하다는 듯 바라봤다. "믿느냐고? 글쎄, 어떨까. 나도 잘 모르겠군. 사기일지도 모르지만 진실일지도 몰라. 탐정소설도 아니고 그런 건 명확한 답이 나오는 문제도 아니지 않나. 뭐, 솔직히 말하자면 난 아무래도 상관없어. 그게 쓸모만 있다면."

"어이가 없군. 자네는 신념이란 게 없나?"

"그런 소리 말라고, 왓슨. 신념이 무슨 쓸모가 있나?"

스탬퍼드는 씩 웃으며 몸을 내밀었다. "그보다 소문이 자자한 신작 읽어봤네. '런던'이라니! 의표를 찔렸다니까. 다른 사람도 아니고 명탐정 셜록 홈스의 파트너가 심령주의로 갈아탈 줄은 몰랐어."

"대체 무슨 말인가?" 나는 놀랐다. "내가 언제 심령주의자가 됐다고."

"아니, 이제 와서 무슨 소리인가? 세인트사이먼 경의 강령 모임에 모리어티 교수의 영혼이 나타난 이래로 심령주의자들 사이에선 '런던'이 유행어야."

강령 모임? 모리어티 교수의 영혼?

내가 어안이 벙벙해서 바라보자 스탬퍼드는 의아스레 설명했다.

리치버러 부인이 교토 서부에서 체포된 뒤로 세인트사이먼 경은 새 영매를 찾아내기 위해 저택에서 종종 강령 모임을 열었다. 그런데 연초에 열린 강령 모임에 '모리어티 교수'의 영혼이 나타났다는 것이다. 교수는 영매의 입을 빌려 자신은 머스그레이브 가의 '동쪽의 동쪽 방'을 지나 지금 있는 세계로 왔다고 말했다. 그곳에는 '런던'이라 불리는 거대한 도시가 있다고 했다. 그 도시의 이름은 순식간에 심령 세계의 또 다른 이름으로서 심령주의자들 사이에 널리 알려졌다. 그러던 중에 내가 쓴 런던판 홈스담이 발표된 것이다.

"물론 자네는 그 사실을 알고 썼겠지. 심령주의자들이 아주 좋아해. 저명한 탐정소설가가 '런던'을 이야기하기 시작했으니."

"아니, 잠깐. 뭐가 어떻게 된 건지 통 모르겠군."

"세인트사이먼 경도 자네를 꼭 만나보고 싶다던데."

스탬퍼드는 이어서 말했다. "자네가 무슨 생각으로 그런 걸 썼는지 알고 싶어 좀이 쑤시는 거야. 물론 그 인간 자신은 그냥 사기꾼이고 심령주의 따위 눈곱만큼도 안 믿지만 말이야. 그런데도 묘한 일이 잇따라 생기니까 불안해 죽겠을 테지. 심령주의자들은 런던 이야기만 하지, 탐정소설가인 자네까지 런던에 관해 쓰지. 리치버러 부인도 구치소에서 자네가 쓴 심령소설을 읽고 크게 감명을 받았다던데."

"말도 안 되는 소리는 그만둬, 스탬퍼드."

나는 안락의자에서 일어섰다.

"그건 그냥 탐정소설이네."

"아니, 이 친구가, 내가 속을 줄 알고."

스탬퍼드는 웃으며 상대하지 않았다. "그게 그냥 탐정소설이면 이렇게까지 팔릴 리 없잖나. 자네 참 세상살이에 능한 친구라니까, 왓슨. 명탐정 홈스가 은퇴를 표명하자마자 '심령소설'로 갈아타다니."

텅 빈 담화실에 우리 둘만 있었다.

"우리 손잡지 않겠나, 왓슨. 그것 때문에 자네를 찾아온 거야."

문득 바람이 휘몰아치는 황야에 서 있는 기분이 들었다. 그때까지 믿고 지낸 세계가 무너지고 균열 저편에서 뭔가가 얼굴을 내밀고 있었다.

그다음 일은 잘 기억나지 않는다. 아마 나는 고진 다리 부근 클럽에서 허겁지겁 도망쳤을 것이다.

정신이 들어보니 한산한 밤거리를 급히 걷고 있었다. 매연에 찌든 벽돌집들이 이어지는 가와라마치 거리는 마치 어두운 터널 같았다. 심령주의자, 강령술 모임, 모리어티 교수, 런던, 심령소설, '동쪽의 동쪽 방'……. 바람에 휩쓸린 나뭇잎처럼 그 말들이 머릿속에 날아다녔다. 자네 참 세상살이에 능한 친구라니까, 왓슨.

신작을 발표한 흥분은 흔적도 없이 사라졌다.

이윽고 가모 강 강둑으로 나오자 나는 허연 입김을 불며 멈춰 섰다. 어둠 밑바닥에서 가모 강의 물소리가 들려오고 멀리 히에이 산의 시커먼 그림자가 보였다. 하얀 것이 눈앞에 팔랑팔랑 춤추었다. 아오이 다리를 건너려다가 나는 망연히 주위를 둘러봤다.

지붕과 굴뚝이 그림자극처럼 펼쳐지는 교토 시가지에 눈이 사락사락 내리고 있었다.

밤새도록 내린 눈에 거리 풍경이 몰라보게 달라졌다.

이튿날 아침 현관 밖으로 나가보니, 흐린 하늘에서 비치는 힘없는 빛이 하얀 지붕들을 비추고 있었다. 새하얀 시모가모혼 거리에서는 아이들이 환성을 지르며 눈싸움했고, 맞은편 다다스 숲에서는 나뭇가지에서 눈 떨어지는 소리가 들려왔다.

그날 오후, 리치버러 부인의 판결이 내려질 예정이었다.

메리와 내가 진료소를 나설 즈음 또다시 눈이 떨어지기 시작했다. 우리는 삯마차를 타고 마루타마치 거리에 있는 왕립 사법재판소로 갔다. 가모 강 제방은 눈으로 덮였고 히가시 산도 설탕 가루를 뿌린 듯 보였다. 흐린 날씨의 영향도 있어 마치 세상이 색채를 잃은 것처럼 느껴졌다.

이륜마차는 아오이 다리를 건너 가와라마치 거리를 내려갔다.

"무슨 일 있어요?"

메리가 이상하다는 듯 속삭였다.

"어쩨 아침부터 정신이 딴 데 팔려 있는 것 같은데요."

"아니, 어제 잠을 잘 못 자서. 클럽에서 늦게까지 이야기했으니까 그러겠지."

그때 내가 생각하고 있었던 것은 지난밤 스탬퍼드에게 들은 말이었다. 런던판 홈스담이 '심령소설'이라니! 스탬퍼드는 소설이 거둔 성공을 시샘해 악질적인 농담을 한 게 틀림없다. 그런 인간이 하는 말을 곧이곧대로 받아들일 필요가 어디 있나. 그러나 목에 걸린 가시처럼 불길한 예감을 떨칠 수 없었다.

마차가 가와라마치마루타마치 교차로에서 오른쪽으로 꺾어졌을 때 왕립 사법재판소가 기이한 분위기에 싸여 있는 것을 알 수 있었다. 현관 앞 광장을 시커먼 군중이 가득 메워 마루타마치 거리로까지 넘칠 지경이었다. "무슨 일이라도 있는 걸까요?" 메리가 말했다.

마차가 다가가니 경계 중인 제복 경찰관들 모습도 보였다. 이상한 점은 그렇게 많은 군중이 모여 있는데도 주위가 놀랄 만큼 조용하다는 사실이었다. 사람들은 진지한 표정으로 입을 다문 채 양떼처럼 서로 붙어 있었다.

재판소 앞에서 내려 나는 맥팔레인 순경에게 말했다.

"잘 있었나, 맥팔레인. 이 사람들은 대체 뭐지?"

"이런, 안녕하십니까, 왓슨 선생님." 맥팔레인은 모자에 손을 올려 인사했다. "이자들은 다들 심령주의자랍니다. 리치버러 부인의 판결 때문에 아침부터 모여들었습니다. 그래 봤자 법정에 들어가지도 못하는데 가라고 해도 말을 안 듣는군요."

"난감하군. 이래서야 재판소에 들어갈 수 없지 않나."

그런데 우리 말을 누가 듣고 있었는지 "왓슨 선생님이다", "왓슨 선생님이야" 하고 나직이 소곤거리는 소리가 잔물결처럼 재판소 앞 군중 사이에 퍼져 나갔다. 이윽고 눈앞의 군중이 양쪽으로 갈라서 우리에게 길을 터주었다.

메리와 내가 무심코 마주 보자, 가까이에 있던 젊은이가 "들어가시죠, 왓슨 선생님"이라고 말했다. 사람들은 기이한 기대가 어린 진지한 시선으로 우리를 바라보고 있었다.

우리는 당혹하면서도 "고맙네"라 인사하고 재판소 현관으로 향했다. 군중 사이를 지나다가 우리를 보는 사람들 속에서 팔자수염을 기르고 실크해트를 쓴 신사를 발견했다. 어디서 본 사람인데 싶었더니 어제 마스가타 상점가 서점에서 '이건 걸작입니다!' 하고 칭찬해준 인물이었다.

리치버러 재판이 열리는 법정은 대단한 열기에 싸여 있었다. 방청석은 이미 만원이라 서서 보는 사람들까지 등장했다. 한겨울인데도 실내는 더울 지경이었다. 앞쪽에서 레스트레이드 경위가 "왓슨 선생님, 이쪽입니다"라며 손짓했다. 그가 확보해준 틈새에 메리와 나는 나란히 끼여 앉았다. 나는 레스트레이드에게 귓속말했다.

"사람이 엄청나게 많군. 재판소 앞에도 군중이 모여 있던데."

"하여간 골치 아픕니다."

레스트레이드는 넌더리 내듯 말했다.

"폭동이 일어나는 사태는 없으면 좋겠는데요. 순경들한테 경계하도록 지시했죠."

나는 몸을 뻗어 방청석을 둘러봤다. 레지널드 머스그레이브의 모습은 보이지 않았다. 시선을 이쪽저쪽 옮기다가 아이린 애들러와 눈이 마주쳤다. 창백한 얼굴이 방청석에서 두드러져 보였다. 그녀는 나를 향해 가볍게 고개를 끄덕였다.

"애들러 씨도 왔는데."

내가 속삭여도 메리는 "그래요"라고 쓸쓸하게 미소 짓기만 했다.

얼마 지나자 한 인물이 인파를 헤치며 다가왔다. 세인트 사이먼 경이었다. 차림새는 여전히 세련됐는데 안색이 몹시 나쁘고 눈은 충혈돼 있었다. 지난번 여기 법정에서 봤을 때보다도 훨씬 나이 들어 보였다.

그는 "왓슨 선생이시죠?"라며 웃음을 지었다. 마치 철판을 비틀어 만든 것처럼 부자연스러운 웃음이었다. 내가 일어서자 그는 손을 내밀어 악수를 청하며 "런던판 홈스담 잘 읽었습니다"라고 말했다.

"영광입니다, 세인트사이먼 경."

"감탄했습니다. 아주 훌륭한 작품이더군요!"

세인트사이먼 경은 그렇게 말하더니 손에 힘을 주어 나를 휙 끌어당겼다. 하마터면 휘청거릴 뻔한 내 귓가에 대고 세인트사이먼 경은 "대체 무슨 속셈이지? 왜 그런 걸 쓴 건가?"라고 속삭였다. 언짢은 목소리였다. 방청석은 소란스러웠던 탓에 메리와 레스트레이드는 듣지 못했을 터였다. 나는 놀라 상대방의 얼굴을 쳐다봤다. 세인트사이먼 경은 아무 일 없었다는 듯 웃음을 띠었다.

"언제 한번 천천히 말씀 나누고 싶군요."

세인트사이먼 경이 간 뒤 나는 망연히 자리에 앉았다.

혹시 스탬퍼드 말이 사실인가?

내가 생각에 잠겨 있으려니 옆에서 메리가 속삭였다.

"왜 그래요, 여보? 얼굴빛이 안 좋은데요."

"어제 스탬퍼드한테 불쾌한 소문을 들었지 뭐야."

나는 메리에게 털어놨다. "심령주의자들은 런던이 심령 세계라고 믿는 모양이야."

메리는 의아한 듯 눈살을 찌푸리며 "하지만 런던은 당신이 만들어낸 세계인데요"라고 말했다. "그건 탐정소설이잖아요. 심령 세계랑 아무 상관도 없어요."

"세인트사이먼 경의 저택에서 열린 강령 모임에 모리어티 교수의 영혼이 나타났어. 그때 교수가 자신은 런던에 있다고 말했나 봐."

"하지만 모리어티 교수님은……."

메리는 주위를 둘러보더니 목소리를 낮추었다.

"'동쪽의 동쪽 방'에 갇히셨잖아요."

"그걸 아는 사람은 얼마 안 될 텐데 말이지. 아무튼 심령주의자들은 런던이 심령 세계라고 믿고 있어."

"그럼 런던판 홈스담을 읽은 건……."

"탐정소설 애호가가 아니야. 심령주의자인 거야."

내 신작이 '심령소설'로서 심령주의자들에게 받아들여지고 있다면 세인트사이먼 경의 언동도 이해된다. 런던이라는 이세계의 출현과 심령주의자들의 열광은 세인트사이먼 경에게 완전히 예기치 못한 사태였다. 그는 심령주의자들의 움직임이 통제를 벗어난 데 대해 초조함을 느끼고 있을 것이다.

지금 생각하면 재판소 앞에 모여 있는 군중들의 태도도 기묘했다. 기대가 서린 진지한 눈초리는 '탐정소설가 존 왓슨'이 아니라 '심령소설가 존 왓슨'을 향한 것이었나?

"대체 어떻게 된 일이죠?" 메리는 중얼거렸다.

"나도 모르겠어." 나는 말했다. "뭔지 몰라도 묘한 일이 벌어지고 있는데."

그때 법정 경위가 개정을 알리면서 변호사들과 배심원이

들어왔다. 그리고 리치버러 부인이 두 법정 경위 사이에 끼여 피고석에 나타났다. 재판이 시작됐을 무렵에는 빈 껍데기 같던 부인이 생기를 되찾은 것을 보고 놀랐다. 자세는 당당했고 태도는 침착했다. 그녀는 고개를 돌려 천천히 방청석을 둘러봤다. 너무나도 당당한 태도에 방청인들은 숨을 삼킨 것처럼 조용해졌다.

나는 경악했다. 리치버러 부인이 나를 보고 미소 지었기 때문이다.

"배심원 여러분."

재판장은 오른편 배심원석을 향해 말했다.

"여러분은 오랜 시간 검찰 측과 변호인 측의 진술을 들었습니다. 지금부터 심의에 들어가시게 됩니다만, 그전에 피고인에 대해 제출된 용의에 관해 몇 가지 중요한 점을 정리해 다시 한번 말씀드리고자 합니다."

재판장은 리치버러 부인이 기소된 용의에 관해 검찰 측과 변호인 측의 주장을 요약하고 순서대로 명쾌하게 설명했다. 배심원도 방청인도 진지한 표정으로 경청했다. 리치버러 재판의 경과에 관해서는 나도 신문을 통해 아는 정도였지만 재판장의 설명은 간결하면서도 핵심을 잘 짚고 있었다. 리치버러 부인에게 불리한 점이 많아도 그것을 새삼 강조하지는 않았다. 그런대로 공평한 태도였다 할 수 있을 것이다.

"피고인에게 어떤 평결을 내릴지는 여러분 손에 달려 있습니다. 검찰 측 진술에 관해 정당하고 합리적인 의심이 든다면 무죄를 표명해주십시오. 어떤 사람도 불충분한 증거나 억측으로 유죄가 되어서는 안 되기 때문입니다. 확인차 말씀드려둡니다만 본 법정에서는 어디까지나 사실만을 따집니다. 여러분도 아시다시피 피고인은 심령주의라는 분야에서 활약해 교토 안팎으로 널리 이름을 알려온 인물입니다. 그러나 이른바 '심령 세계'라는 것이 존재하는지 아닌지는 여러분이 심의할 문제가 아닙니다. 피고인은 현세를 사는 인간으로서 우리와 마찬가지로 현세의 법에 따라야 합니다. 모쪼록 그 점을 잊지 말고 신중하게 심의하시기를 부탁드립니다."

배심원들이 심의를 위해 퇴정하자 법정은 술렁거리는 소리에 싸였다. 방청인들은 심령주의 진영과 반심령주의 진영으로 나뉘어 있었다.

레스트레이드가 "걱정하지 않으셔도 됩니다"라고 말했다. "리치버러 부인에게 승산은 없습니다. 설마 배심원도 심령주의 업적을 고려해 평결을 내리진 않겠죠. 만에 하나라도 그런 일이 벌어진다면 전 내일 당장 교토 경시청을 사직하고 영매로 이직하렵니다."

"당연히 리치버러 부인이 무죄 방면될 것 같지는 않네만……."

레스트레이드가 의아하게 나를 쳐다봤다.

"뭐 마음에 걸리는 일이라도 있으십니까?"

"잘 모르겠어. 어째 불길한 예감이 든단 말이지."

나는 그렇게 말하며 방청석 앞쪽으로 시선을 돌렸다. 세인트사이먼 경은 거만하게 가슴을 펴고 언짢은 듯 피고인석을 응시하고 있었다. 하얀 옆얼굴에서 불안과 노여움이 느껴졌다. 기르던 개에게 손을 물렸다는 느낌이었다. 반면 리치버러 부인은 태연했다. 당당한 뒷모습은 자신들의 승리를 확신하는 듯 보였다.

이 재판 결과에 관심이 없군.

그렇게 생각한 순간, 재판소 앞에 모여든 군중의 모습이 떠올랐다. 그들은 지금 이 순간도 추운 날씨에 쏟아지는 눈을 맞으며 다닥다닥 붙어 있을 것이다. 그들 또한 판결 외의 어떤 것, 더 큰 뭔가의 도래를 기다린다는 생각이 들었다.

배심원들은 반 시간쯤 지나 법정으로 돌아왔다.

"평결을 말씀해주시겠습니까."

배심장은 긴장한 표정으로 헛기침을 하고 말했다.

"배심원은 다수결로 검찰의 기소 내용대로 피고인을 유죄로 인정합니다."

방청석에 술렁거리는 소리가 번졌다. 서기관이 평결을 기록하는 동안에도 방청석은 계속 소란스러워졌다. 갑자기 소란을 가르듯 "재판장님!"이라 하는 목소리가 울려 퍼졌다.

리치버러 부인이 일어나 재판장을 향해 말하고 있었다.

"발언해도 될까요?"

"인정할 수 없습니다."

"이런 재판은 무의미하다는 말씀을 드리고 싶습니다."

"피고!" 재판장은 질책했다. "발언은 인정하지 않습니다."

그러나 리치버러 부인은 재판장의 말을 무시했다. 기괴하게도 변호사들은 고사하고 양옆에 선 법정 경위들조차 그녀를 제지하지 못했다. 마치 그녀의 위광에 압도되어 꼼짝도 못하는 듯했다.

"세계의 종말이 다가오고 있습니다." 리치버러 부인은 말했다. "현세는 꿈과 같은 것. 이제 곧 피안으로 이어지는 문이 열려 우리는 참된 세계로, 런던으로 돌아가게 되겠죠. 이 세상은 런던의 그림자에 불과합니다."

리치버러 부인은 고개를 돌려 나를 똑바로 바라봤다.

"그렇죠, 왓슨 선생님?"

온 법정의 시선이 내게 쏠리는 게 느껴졌다.

재판장이 "경위!" 하고 엄한 목소리로 말해 리치버러 부인의 입을 다물게 하려 했다.

그러나 법정 경위들은 겁먹은 듯 주위를 둘러볼 뿐이었다. 어둑어둑한 오후의 법정에 기이한 느낌이 차올랐기 때문이었다.

뇌운이 몰려오는 황야에 선 것처럼 온몸의 털이 곤두서는 게 느껴졌다. 방청석에서 불안에 찬 술렁거림이 터져 나오고 단상 위의 재판장이 겁에 질린 듯한 표정으로 몸을 뒤로 빼는 것을 알 수 있었다. 세인트사이먼 경과 아이린 애들러는 파랗게 질려 주위를 돌아봤다. 메리가 말없이 내 손을 꽉 잡았다.

거인의 한숨 같은 소리가 울려 퍼지더니 눈부신 빛이 법정을 메웠다.

그때 내가 떠올린 것은 머스그레이브 가의 '동쪽의 동쪽 방'에서 한 경험이었다. 불가사의한 계단 끝에 떠 있던 거대한 보름달. 법정을 메운 빛은 그때 '동쪽의 동쪽 방'을 낮처럼 환히 비춘 달빛과 똑같았다. 곳곳에서 비명이 터져나왔다.

가까스로 시력이 돌아왔을 때, "누가 있는데!"라고 소리치는 게 들렸다. 몸을 일으켜 법정 중앙을 보니 한 인물이 서 있었다. 법정과는 어울리지 않는 차림새였다. 검은 머리는 헝클어졌고 잠옷 위에 회색 가운을 걸쳤다.

셜록 홈스였다. 가운 주머니에 손을 넣고 당장이라도 물어뜯을 것 같은 눈빛으로 허공을 노려보고 있었다. 마치 평생 숙적이었던 자와 대치하는 듯한 표정이었다.

"할 말이 있으시다면 5분 드리겠습니다, 모리어티 교수님."

다음 순간, 비명과 경악한 목소리가 법정을 메웠다. 홈스의 모습이 물렁하게 일그러지더니 마치 녹은 양초처럼 섬뜩하게 변했기 때문이다. 곧 그것은 다른 사람 모습으로 바뀌었다. 모리어티 교수였다. 검은 망토를 입고 창백한 얼굴을 뱀처럼 흔들거렸다.

"지금 당장 손 떼게, 홈스 군. 아니면 귀군은 비참한 최후를 맞이하게 될 것이야."

법정에 출현한 홈스와 모리어티 교수를 그 자리에 있던 모든 사람이 목격한 것이었다.

느닷없이 법정에 나타난 환영은 나타났을 때와 마찬가지로 느닷없이 사라졌다.

법정은 대혼란에 빠졌다. 기괴한 현상에 겁먹어 도망치려 하는 자, 환영이 나타났던 지점으로 다가가려고 애쓰는 자, 영문도 모르고 수선을 피우는 자. 사태를 제어할 수 있는 사람은 아무도 없었다. 재판장은 단상 위에서 실신하기 직전이었거니와 변호사도 법정 경위도 얼이 나간 듯했다. 세인트사이먼 경은 창백한 얼굴로 미동도 하지 않았다.

공포와 흥분이 휘몰아치는 법정에서 리치버러 부인은 미소 띤 얼굴로 서 있었다. 마치 이렇게 될 줄 예기한 듯했다.

아이린 애들러가 외치는 목소리가 들렸다.

"왓슨 선생님! 메리! 밖으로 나가요!"

그녀는 인파에 휩쓸리며 법정 출구를 가리켰다.

나는 크게 고개를 끄덕이고는 메리의 손을 잡고 그쪽으로 향했다.

메리와 나는 가까스로 법정에서 빠져나와 재판소 현관으로 달려갔다.

현관홀은 이미 눈으로 범벅이 된 심령주의자들로 가득했다. 도망친 사람들을 통해 법정에서 발생한 '심령 현상'을 알게 된 그들은 제지하는 경찰관들을 밀쳐내고 리치버러 부인에게 달려가려 하는 것이었다. 그들은 내게 덤벼들 것 같은 기세로 "왓슨 선생님!" 하고 불렀다. "무슨 일이 일어난 겁니까?"

"아무 일 아닙니다! 아무 일도 아니에요! 다들 진정해요!"

나는 큰 소리로 부르짖었지만 사람들의 흥분을 가라앉히지 못했다.

스탬퍼드와 리치버러 부인 말이 맞는다면 그들은 런던판 홈스담을 '심령소설'로 읽었다. 런던이 심령 세계라고 믿는 것이다. 그들은 애원하는 눈길로 나를 바라봤다. 나는 소름이 돋았다. 어느새 나는 '심령주의 전도사' 같은 존재가 되어 있었다.

현관홀에서 심령주의자들과 밀치락달치락하는데 우리에 이어 법정에서 빠져나온 아이린 애들러가 나타났다.

"왓슨 선생님! 메리!" 그녀가 소리쳤다. "눈을 가려요!"

영문도 모른 채 그녀가 시키는 대로 하자, 쉭 하고 폭죽을 쏘아 올리는 듯한 소리가 나더니 현관홀을 메운 군중이 비명을 질렀다. 눈을 떠보니 주위 사람들이 웅크리고 앉아 머리를 싸안고 있었다. 아이린 애들러가 우리 등을 밀며 "좀 놀라게 한 것뿐이에요. 괜찮아요"라고 말했다. 조명탄 같은 것을 사용한 모양이다.

군중이 주춤한 틈을 타 우리는 재판소를 빠져나왔다. 계속 쏟아지는 눈이 빅토리아 여왕의 숲을 새하얗게 뒤덮었다.

왕립 사법재판소에서 홈스의 거처까지 그리 멀지 않았다.

우리는 마루타마치 거리를 동쪽으로 가다가 데라마치 거리에서 남쪽으로 꺾어졌다. 눈이 사락사락 내리는 데라마치 거리는 오가는 사람도 많지 않았다. 눈으로 뒤덮인 마찻길 양옆으로 늘어선 벽돌집과 회벽을 바른 집도 고요했다. 사방이 하도 조용해 마치 섬뜩한 꿈을 꾸는 기분이었다.

우리가 221B 초인종을 울리자 허드슨 부인이 문을 열었다. 그녀는 눈으로 범벅이 된 우리를 보고 눈을 둥그렇게 떴다. "어머나! 웬일이세요?"

아이린 애들러가 외투의 눈을 털며 물었다.

"허드슨 씨, 안녕하세요. 홈스 씨 계시나요?"

허드슨 부인은 "아뇨"라며 고개를 흔들었다. "홈스 씨는 여행 채비를 하신다고 어제 오후에 나가셨어요. 그러고 아직 안 오시네요."

"벌써 남쪽 바다 섬으로 떠나신 건 아니겠죠?"

"그럴 리는 없어요. 여행 가방이 다 그냥 남아 있는데요."

우리는 계단을 올라가 홈스 방으로 가봤다. 창문에 커튼을 쳤고 벽난로는 불이 꺼져 있었다. 실내는 어둑어둑하고 썰렁했다. 허드슨 부인이 커튼을 걷자 흐릿한 빛이 바닥에 놓인 여행 가방을 비추었다. 짐 중에 허름한 바이올린 케이스도 있었다. 금붕어 왓슨은 홈스의 부탁을 받아 이미 허드슨 부인이 맡아 기르고 있다 했다.

"왜 그러세요? 홈스 씨한테 무슨 일 있었나요?"

우리 표정이 하도 심각하니 허드슨 부인도 걱정이 된 모양이었다.

나는 텅 빈 방을 망연히 둘러봤다. 과거에 홈스와 함께 살던 방 같지 않았다. 이 방은 이미 생명력을 잃은 뒤였다. 그때 나는 확신했다. 셜록 홈스는 이제 이 세상에 없었다.

"홈스는 '동쪽의 동쪽 방'에 들어간 거야."

내가 말하자 아이린 애들러는 입술을 깨물며 나를 봤다.

그녀도 같은 생각을 했을 것이다. 그래도 그녀는 저항하듯 "꼭 그렇다는 보장은 없어요"라고 말했다. "설령 홈스 씨가 '동쪽의 동쪽 방'에 들어갔다 해도 어째서 아까 같은 현상이 일어나는 거죠? 지금까지 그런 일은 한 번도 없었는데요. 윌리엄 머스그레이브나 레이철 씨 때는……."

"다시 말해 지금까지 없던 일이 벌어지고 있다는 뜻입니다."

"머스그레이브 가에 확인해보죠." 메리가 말했다.

계단을 내려가는데 현관 초인종이 울렸다. 누가 필사적으로 문을 두들기고 있었다.

먼저 계단을 내려간 허드슨 부인이 문을 열자 온몸에 눈을 뒤집어쓴 소녀가 뛰어들어왔다. 얼굴은 핏기를 잃어 도자기처럼 하얬다.

아이린 애들러가 소녀를 끌어안아 붙들었다.

"레이철 씨잖아요. 무슨 일 있으세요?"

"도와줘요. 헐스턴에서 무슨 일인가 벌어지고 있어요."

레이철 머스그레이브는 숨을 몰아쉬며 말했다. "뭔가 무시무시한 일이요!"

우리가 아라시야마 역에 도착했을 때, 겨울 해는 이미 거의 저물어가고 있었다.

잿빛 구름으로 뒤덮인 하늘에서 눈이 쉴 새 없이 떨어졌고 가을에 그렇게 북적거리던 역 앞 기념품 상점가도 한산했다. 꼭 다른 곳 같네요, 라고 메리가 중얼거렸다.

개표구 가까이에 머스그레이브 가 문장이 있는 유개 마차가 서 있었다. 창으로 램프 불빛이 흘러나왔다. 마차 옆에 눈으로 범벅 된 남자가 서 있다가 우리를 보더니 각등을 들고 빠른 걸음으로 눈을 밟으며 다가왔다. 머스그레이브 양이 "윌리엄!" 하고 소리치며 달려갔다.

대숲 관리인 윌리엄 씨는 얼굴이 초췌했다. 그는 레이철 머스그레이브에게 미소를 짓고는 우리에게 "잘 오셨습니다"

라고 말했다. "마차로 헐스턴까지 모시겠습니다. 사태가 성가셔져서 레지널드는 저택을 비울 수 없거든요."

"홈스는 '동쪽의 동쪽 방'에 들어갔군요?"

나는 윌리엄 씨에게 물었다. "무슨 일이 벌어지고 있는 겁니까?"

"자세한 이야기는 레지널드가 해드릴 겁니다. 자, 타시죠."

윌리엄 머스그레이브는 우리를 마차에 태우고 마부석에 앉았다.

마차는 바로 아라시야마 역을 벗어나 가쓰라 강에 걸린 도게쓰 다리를 건넜다.

널따란 수면이 흐릿한 은색으로 빛나며 고요히 내리는 눈을 빨아들였다. 땅거미 너머에 눈 덮인 아라시 산이 거대한 흰 고래처럼 떠 있었다. 주위는 조용해 마치 삼라만상이 숨죽이고 있는 듯했다. 폭풍 전야가 생각났다.

나는 메리와 바싹 붙어 앉아 있었다. 맞은편 좌석에는 아이린 애들러와 머스그레이브 양이 앉았다. 나는 입을 다물고 창밖을 바라봤다. 마차는 헐스턴을 향해 오래된 가도를 달렸다. 농가와 여관 불빛이 지나갔다.

가도 변에 늘어섰던 집들이 끊기자 눈 쌓인 목초지가 펼쳐졌다. 그때 눈밭 저편에 누가 서 있는 게 보였다.

홈스!

홈스가 틀림없었다. 법정에서 봤을 때와 똑같은 모습으로 발자국 하나 없는 눈밭 한복판에 유령처럼 우두커니 서 있었다. 마차가 지나치는데 모리어티 교수의 모습으로 바뀌더니 이윽고 멀어졌다. 내가 숨을 삼키고 있으려니 맞은편에서 머스그레이브 양이 "보셨나요, 왓슨 선생님"이라고 속삭였다. 얼굴이 창백했다.

망상과 현실의 경계가 모호해진 느낌이었다.

이 세상은 런던의 그림자에 불과합니다.

리치버러 부인의 불길한 목소리가 귓가에 되살아났다.

마차는 머스그레이브 가 영내로 들어서 어두운 대숲을 지났다.

이윽고 헐스턴 부지에 들어서니 하늘이 탁 틔고 주위가 파르스름한 빛에 싸였다. 완만하게 물결치는 잔디밭은 온통 눈으로 덮여 있었다. 눈 속에 파묻힌 정원에 천막이 쳐져 있고 모닥불과 램프 불빛이 반짝였다. 사람들이 저택 밖으로 피난한 모양이었다.

헐스턴에 무슨 이변이 벌어졌다는 것은 금세 알 수 있었다. 창문마다 달빛 같은 불가사의한 빛이 흘러나오고 안에서 수많은 사람들 목소리가 들려왔다. 섬뜩한 목소리는 하나로 어우러져 마치 저택 자체가 으르렁거리는 듯했다.

마차가 모닥불 옆에 멈춰 섰다. 우리는 눈 위에 내려섰다.

팔랑팔랑 날리는 눈 속에 레지널드 머스그레이브가 모닥불을 등지고 서 있었다. 어쩔 줄 몰라하는 모습이었다. 머스그레이브 양이 달려가자 레지널드 머스그레이브가 동생 손을 잡고 고민 어린 표정으로 우리에게 고개를 끄덕였다.

"어제 오후에 홈스가 찾아왔습니다."
레지널드 머스그레이브는 모닥불을 바라보며 이야기하기 시작했다.
"갑작스러운 방문이라 놀랐지만 전 매우 기뻤습니다. 연초에 홈스가 은퇴를 선언했을 때부터 내내 걱정했거든요. 저택에서 자고 가기로 돼서 만찬 뒤엔 서재 벽난로 앞에서 이야기를 나눴습니다. 홈스는 작년에 왔을 때보다 훨씬 좋아 보이더군요. 온몸에서 힘이 넘쳤죠. 도무지 은퇴한 사람 같지 않았습니다."
홈스는 남쪽 바다 섬으로 떠날 여행에 관해 한참 이야기했다고 한다.
밤이 깊었을 무렵 홈스가 문득 정색하더니 "떠나기 전에 꼭 해결해야 할 사건이 있어서"라고 말했다. 미해결 사건은 모두 아이린 애들러에게 인계했지만 유일하게 남겨둔 사건이 있다. 왜냐하면 그건 '그 어떤 명탐정도 해결할 수 없는' 사건이기 때문이다.
말할 것도 없이 머스그레이브 가의 '동쪽의 동쪽 방'을 둘러싼 사건이었다.
"그건 지나가는 배가 반드시 난파되게 하는 암초 같은 거야." 홈스는 말했다. "그런 저주받은 사건을 애들러 씨에게 인계할 순 없네. 내가 매듭을 지어야 해."

"어떻게 하려고?"

"지금부터 '동쪽의 동쪽 방'에 들어갈 생각이네."

홈스는 몸을 내밀었다. "그리고 모리어티 교수를 도로 데려오겠어."

레지널드 머스그레이브는 소스라치게 놀랐다.

"무모해. 무사히 돌아올 수 있다는 보장이 전혀 없지 않나."

"모르는 척하려고 해봤지만 나한테는 무리야. 그 수수께끼는 지금도 자네들을 위협하고 있지 않나. '동쪽의 동쪽 방' 수수께끼는 외부에서 푸는 게 불가능하네. 12년 전 내가 실패한 건 그게 이유였어. 그 수수께끼는 내부에서만 풀 수 있는 거야."

머스그레이브 씨는 생각을 바꾸도록 설득했으나 홈스의 결의는 확고했다.

홈스가 구관의 '동쪽의 동쪽 방'으로 간 뒤, 레지널드 머스그레이브는 서재 벽난로 앞에서 기다렸다. 불안은 시시각각 커졌다. 시간이 지나도 셜록 홈스는 돌아오지 않았다. 동틀 녘을 앞두고 레지널드 머스그레이브는 어느새 잠이 들었던 모양이다. 퍼뜩 잠이 깨 몸을 일으키니 주위는 쥐 죽은 듯 고요했다. 커튼 틈으로 하얀 빛이 비쳐들고 있었다. 창문으로 다가가 커튼을 걷자 바깥은 눈으로 뒤덮여 있었다.

머스그레이브 씨가 벽난로에 장작을 더 넣는데 등 뒤에서 인기척이 느껴졌다. 돌아보니 서재 중앙에 셜록 홈스가 서 있었다. 그런데 모습이 심상치 않았다. 머리는 헝클어졌고 어느새 입은 옷도 달라져 있었다. 뭣보다도 머스그레이브 씨를 불안하게 한 것은, 마치 평생 숙적이었던 자를 노려보는 듯한 증오 어린 눈빛이었다. "할 말이 있으시다면 5분 드리겠습니다, 모리어티 교수님"이라고 홈스가 말했다. 머스그레이브 씨가 망연히 바라보는데 홈스의 모습이 모리어티 교수의 모습으로 바뀌더니 "지금 당장 손 떼게, 홈스 군. 아니면 귀군은 비참한 최후를 맞이하게 될 것이야"라고 말했다.

그때 머스그레이브 씨는 '이건 환영이군' 하고 깨달았다.

전에는 없었던 이변이 벌어지고 있어.

서재에서 달려 나온 머스그레이브 씨가 본 것은 현관홀이며 계단참, 구관으로 이어지는 복도에 점점이 서 있는 홈스와 모리어티 교수의 환영이었다. 홈스에서 모리어티 교수로, 모리어티 교수에서 홈스로. 환영들은 쉴 새 없이 모습을 바꾸며 조금 전 서재에서 들은 것과 같은 말을 했다.

주위에 메아리치는 환영의 목소리가 소름 끼치는 술렁거림이 되고 사방에서 하인들의 비명이 들려왔다. 환영이 헐스턴을 점거한 것이었다.

머스그레이브 씨가 기괴한 이야기를 하는 동안 우리는 숨죽이듯 침묵했다. 주위 풍경은 한층 현실감을 잃어갔다. 시커먼 하늘에는 별도 하나 보이지 않았고, 헐스턴 저택은 으르렁거리며 섬뜩한 석등처럼 빛났다. 저택에서 피난한 하인들은 천막 밑에 불안한 표정으로 모여 머스그레이브 가 사람들을 지켜보고 있었다.

"왓슨 선생님."

레지널드 머스그레이브가 말했다.

"홈스가 선생님에게 편지를 남겼습니다."

친애하는 왓슨에게

만일의 사태에 대비해 머스그레이브에게 이 편지를 맡기네.

우선 자네와 아무런 상의도 하지 않은 것을 사과하고 싶어.

이런 무모한 모험에 자네를 끌어들일 수는 없었어. 부디 용서해줘.

솔직히 고백하자면 애들러 씨에게 사건을 모두 인계한 것도, 은퇴 선언을 한 것도, 이렇게 '동쪽의 동쪽 방'에 도전하기 위해서였네. 그렇게 해서 신변을 정리하지 않으면 결심이 서지 않더군.

실제로 이렇게 '동쪽의 동쪽 방'에 들어가기 직전인 지금도 '모든 것을 잊고 남쪽 바다 섬으로 떠난다'라는 선택에 다소 미련이 남아. 하지만 역시 모리어티 교수를 저버릴 수는 없는 데다, 나 자신도 '동쪽의 동쪽 방'의 수수께끼에 매력을 느끼거든. 결국은 지는 싸움일지도 모르겠네만 할 수 있을 데까지는 해보고 싶어.

만약 내가 돌아오지 못할 경우, 데라마치 거리 221B의 뒷정리는 자네에게 맡기겠네. 개인적 자산 같은 것은 거의 남아 있지 않아. 대신이라 하기에는 뭣하네만, 양철 궤에 자네를 만나기 전 조사했던 사건의 기록이 들어 있으니 신작 집필에 활용해줘. 그나저나 런던판 홈스담을 앞으로 읽지 못하게 된다면 아쉬운데. 걸작인데 말이야.

그럼 안녕히. 메리와 애들러 씨, 허드슨 부인에게 인사 전해주고. 내 마음은 늘 자네와 함께 있다는 것을 기억해줘.

자네의 충실한 벗 셜록 홈스

얼굴을 들자 주위에서 사람들이 조용히 나를 지켜보고 있었다. 머스그레이브 가 사람들, 아이린 애들러 그리고 메리. 탁탁 소리를 내며 타오르는 모닥불이 땅거미 속에 그들의 얼굴을 환히 비추었다. 나는 헐스턴을 올려다봤다. 불가사의한 빛에 싸인 저택에서 여전히 섬뜩한 으르렁 소리가 들려왔다. 내 결심은 이미 확고했다.

"홈스를 구하러 가야겠어."

"그건 무모해요, 왓슨 선생님!"

아이린 애들러가 말했다. "그러다 선생님까지 못 돌아오게 되면……."

"지금 이렇게 예상 밖의 이변이 벌어지는 건 홈스가 모리어티 교수님을 도로 데려오려고 싸우고 있기 때문입니다. 그 친구에겐 파트너가 필요합니다."

그때 내 가슴에 기이한 확신이 번졌다.

먼 옛날부터 전해지는 머스그레이브 가의 '동쪽의 동쪽 방' 수수께끼도, 재작년 가을부터 시작된 홈스의 슬럼프도, 모리어티 교수가 만들어낸 '런던'이라는 이세계도, 리치버러 부인을 둘러싼 심령주의 소동도, 모두 물밑에서는 이어져 있다.

그것들은 각각 별개의 현상이 아니라 하나의 '비탐정소설적 사건'이며, 우리는 지금 그 핵심에 접근하고 있었다.

아이린 애들러가 메리의 팔에 손을 얹었다.

"네 생각은 어때, 메리. 뭐라고 말 좀 해봐."

메리는 나를 응시했다. 촉촉하게 젖은 눈 속에서 모닥불 불길이 춤추었다.

왜 당신이 가야 하는데요, 하고 메리의 눈빛이 말했다. 당신은 홈스의 기록자에 불과한데요. 이미 그 사람 때문에 많이 힘들었잖아요. 왜 그 사람이 무모한 모험을 벌였다고 당신까지 거기에 동참해야 하는데요.

하지만 그런 말은 끝내 나오지 않았다.

"꼭 돌아와요. 약속하는 거예요."

메리는 그렇게 말하고는 나를 꽉 끌어안았다.

"약속할게, 메리." 나는 말했다. "꼭 돌아올게."

몸이 움찔했다.

여기가 어디지?

천천히 일어나 앉아 주위를 둘러봤다.

그곳은 선창船倉 같은 다락방이었다. 비스듬하게 기운 낮은 천장, 군의관 시절을 상기시키는 간이침대, 안락의자와 작은 테이블, 장식 없는 난로……. 정면에 있는 지붕창으로 흐릿한 빛이 들었다. 그렇지만 지저분한 유리창으로 내다보이는 풍경은 즐거운 것이라 할 수 없었다. 포석을 깐 안마당을 끼고 4층 벽돌집이 음울한 벽처럼 늘어서 있을 뿐이었다. 매연으로 덮인 하늘은 밋밋한 잿빛이었다. 그리고 창가 책상에는 두꺼운 원고 뭉치와 잉크병, 깃털 펜, 흡수지, 재떨이 등이 어수선하게 흩어져 있었다.

책상에 앉아 있다가 잠이 든 모양이다.

나는 크게 기지개를 켜고 나서 원고 마지막 페이지를 다시 읽었다.

메리는 나를 응시했다. 촉촉하게 젖은 눈 속에서 모닥불 불길이 춤추었다.

왜 당신이 가야 하는데요, 하고 메리의 눈빛이 말했다. 당신은 홈스의 기록자에 불과한데요. 이미 그 사람 때문에 많이 힘들었잖아요. 왜 그 사람이 무모한 모험을 벌였다고 당신까지 거기에 동참해야 하는데요.

하지만 그런 말은 끝내 나오지 않았다.

"꼭 돌아와요. 약속하는 거예요."

메리는 그렇게 말하고는 나를 꽉 끌어안았다.

"약속할게, 메리." 나는 말했다. "꼭 돌아올게."

『셜록 홈스의 개선』 4장은 거기서 끝났다.

소설을 쓰다가 막힌 뒤로 벌써 일주일이 지났다. 그다음 전개를 어떻게 할지 모르겠다는 것도 있었고 자꾸 메리 생각을 하게 돼서 그런 것도 있었다. 그 장면을 읽을 때마다 메리의 온기가 생각나 가슴이 미어졌다.

그렇게 원고를 응시하는데 문을 노크하는 소리가 들렸다.

"왓슨 선생님?"

집주인의 부드러운 목소리가 들렸다.

"계십니까? 리치버러예요."

나는 일어나 방을 가로질러 복도에 면한 문을 열었다. 리치버러 부인의 허옇고 큰 얼굴이 보였다. "제가 방해가 됐나요?"

"아뇨, 괜찮습니다. 리치버러 부인."

"너무 열심히 일하시면 몸이 축납니다. 괜한 오지랖을 부릴 생각은 없지만, 전에 이 방에 살던 학생도 책상에 너무 오래 붙어 있다가 이상해졌거든요. 가끔은 쉬셔야 해요."

"안 그래도 바람 쐬러 나갈까 하던 참입니다."

나는 말했다. "무슨 일로 오셨는지요?"

리치버러 부인은 오늘 밤 열리는 강령 모임에 초대하러 온 것이었다.

하숙집 주인은 열렬한 심령주의 신봉자였다. 종종 일층 자기 방에 영매를 불러 강령 모임을 주최하는데, 그때마다 하숙인들에게 참가하지 않겠느냐고 권했다. 그녀는 남편과 여동생의 죽음을 계기로 심령주의를 접하게 됐다고 들었다.

심령 취미를 빼면 리치버러 부인은 흠잡을 데 없는 하숙집 주인이었다. 기품이 있고 친절하고 집세도 적당했다. 강령 모임에 부르는 것도 가엾은 하숙인들에게 영혼의 평안을 주고 싶어서일 것이다. 옥신각신하기도 귀찮아 나는 "그럼 가보죠"라고 말했다. 리치버러 부인은 생긋 웃었다.

"기대할게요. 분명히 멋진 모임이 될 거예요."

리치버러 부인은 총총히 계단을 내려갔다.

나는 문을 닫고 창가 책상으로 다가갔다. 관절이 여기저기 쑤셨고 배도 고팠다. 계속 책상 앞에 붙어있어봤자 『셜록 홈스의 개선』에 진척이 있을 것 같지 않았다. 리치버러 부인에게 말한 대로 기분 전환하러 나갔다 오는 게 좋을 듯했다.

나는 외출복으로 갈아입고 계단을 내려가 하숙집 현관을 통해 밖으로 나왔다.

포석을 깐 작은 안마당에서는 동네 아이들이 돌멩이를 차며 놀고 있었다. 아이들 목소리가 누런 벽돌벽에 반향했다. 멀리서 손풍금 소리가 들려왔다.

대영박물관 옆으로 뻗은 거리 한구석에 작은 식당이 자리하고 있었다.

자재문自在門을 밀어 안으로 들어가니 점심시간의 혼잡도 지나 어둑어둑한 가게 안은 한산했다. 옆자리에서 상인 같은 분위기의 남자들이 침울한 목소리로 세상 돌아가는 이야기를 할 뿐이었다. 나는 늘 앉는 자리에 앉아 양고기 파이와 커피를 주문했다. 식사를 하고 있어도 내게 관심을 보이는 이는 아무도 없었다.

존 H. 왓슨이 세상에서 모습을 감춘 지 꽤 오래됐다.

일세를 풍미했던 〈셜록 홈스의 모험〉의 작가, 명탐정 셜록 홈스의 파트너이자 전기작가이기도 한 왓슨 씨가 블룸즈버리의 다락방에 살며 싸구려 식당 구석에서 기름기 많은 양고기 파이를 먹을 줄 누가 상상이나 하겠나. 가끔 잡담을 주고받는 식당 주인도 나를 '밥줄이 끊긴 삼류 문인'이라 믿었다.

하지만 사실상 나는 이제 '삼류 문인'이라고 불릴 자격조차 없었다.

지난 반년 동안 나는 발표할 가망도 없는 『셜록 홈스의 개선』을 써왔다. 이런 황당무계한 소설을 홈스담 애독자들이 받아들일 리 없으니 출판사도 구태여 세상에 내려 하지 않을 것이다. 게다가 이 소설은 완전히 막다른 길에 부닥쳐 있었다.

빅토리아 시대 교토의 존 H. 왓슨은 셜록 홈스를 구하기 위해 머스그레이브 가의 '동쪽의 동쪽 방'으로 쳐들어간다. 하지만 '동쪽의 동쪽 방'의 정체는 무엇인지, 그 '저편'에 대체 어떤 세계가 펼쳐져 있는지 아무것도 떠오르지 않았다. 나는 어떻게 하면 좋을지 알 수 없었다. 이제는 왜 이런 소설을 그렇게 푹 빠져 썼는지도 이해되지 않았다.

식사를 마친 뒤 나는 식당에서 나와 토트넘코트 거리 쪽으로 이어지는 뒷골목을 걸어갔다. 매연에 찌든 벽돌로 마름질된 좁은 하늘은 여전히 음울하게 흐렸다. 과자 상점 진열창에 부랑아들이 들러붙어 있다가 내가 다가가니 볼멘 표정으로 뿔뿔이 도망쳤다.

뒷골목에서 토트넘코트 거리로 나가는 모퉁이에 고서점

이 있는데, 그 앞을 지날 때면 늘 옛날 생각이 난다. 나는 서점 앞에 멈춰 서서 소설책이 가득 든 궤를 들여다봤다. 런던대학에 다니던 의학생 시절, 떨이하는 책이 든 궤를 뒤져 건진 소설책을 읽는 것만이 소소한 낙이었다. 그 시절만큼 닥치는 대로 책을 읽은 적이 없었거니와, 점심 먹을 돈으로 책을 산 적도 많았다. 명탐정 홈스의 '전기작가'로서 필요한 지식과 기술은 모두 고서점 궤에서 건져 올린 것이라 해도 될 것이다.

헌책을 구경하는데 누가 말을 걸었다.

"실례합니다만 왓슨 선생님이신지요?"

상대방은 검은 프록코트를 입고 실크해트를 쓰고 콧수염을 기른 미모의 청년 신사였다. "어디서 뵌 적이 있던가요?"라고 묻자 "웨스트민스터의 세인트제임스 홀에서"라고 청년은 말했다.

"공개 낭독회에서 한 번 뵈었죠."

"아, 그러셨군요. 고맙습니다."

나는 가볍게 고개를 끄덕이고 총총히 옥스퍼드 거리 방향으로 걸음을 뗐다.

그런데 청년은 사뭇 기쁘다는 듯 눈을 반짝이며 따라왔다. "뵙게 돼서 영광입니다. 저희 가족 모두 홈스담의 열렬한 팬이라, 《스트랜드 매거진》에 실린 단편은 빠짐없이 읽고 있고 『주홍색 연구』와 『네 사람의 서명』도 샀답니다. 신작은 언제쯤 읽을 수 있을까요?"

"신작은 이제 두 번 다시 안 나옵니다. 전 이제 홈스의 파트너가 아니니까요."

쌀쌀맞게 대하려니 마음이 켕겼지만 나는 진심으로 넌더리가 나기도 했다. 홈스와 결별한 지 벌써 1년이 지나려 하고 있었다. 이제 와서 그 시절로 돌아가고 싶지는 않았다. 나는 걸음을 재촉했지만 청년은 어지간히 열렬한 애독자인 듯 "그럴 수가", "왓슨 선생님" 하고 서글프게 말하며 따라왔다.

"그럼 어제 폭파 사건도 모르십니까?"

"폭파 사건?"

나는 청년을 돌아봤다. "무슨 이야기죠?"

청년은 대답 대신 맞은편 옥스퍼드 거리 모퉁이를 가리켰다. 신문팔이가 방울을 흔들고 있었다. 가판대에 '셜록 홈스 씨, 습격당하다!'라고 쓴 종이가 붙어 있었다. 나는 급히 신문을 사 선 채로 신문을 펼쳤다.

'어제 오후 2시경, 저명한 명탐정 셜록 홈스 씨 자택에서 폭발이 일어나 이른 오후의 베이커 거리에 소란이 벌어졌다. 집주인 여성은 외출 중이라 구사일생으로 목숨을 건졌다. 스코틀랜드 야드의 레스트레이드 경위는 본지 취재에 대해 이 사건은 셜록 홈스 씨를 노린 암살 미수라고 말했다. 현장에서 시신은 발견되지 않았으나 홈스 씨의 행방은 여전히 알 수 없는 터라 안부가 염려된다.'

신문 지면을 노려보는데 청년이 딱하다는 듯 말했다.

"정말 모르셨던 겁니까, 왓슨 선생님?"

오랜만에 찾은 베이커 거리는 언뜻 보면 이전과 다른 데가 없었다.

예전에 드나들던 담배 가게와 이발소, 하얀 회를 바른 주택, 거리 북쪽 끝에는 리젠트 파크의 초목이 보였다. 겉으로 보기에는 더없이 평화로웠다.

그러나 221B 현관 앞에 서니 어제 폭파 사건이 남긴 생생한 상흔을 알 수 있었다. 과거 블라인드에 홈스의 그림자가 비치던 이층 창문이 깨져 산산조각 난 유리 파편이 인도에서 반짝였다. 초인종을 울리자 허드슨 부인이 문을 열어주었다.

"허드슨 씨, 오랜만이야."

"왓슨 선생님!"

허드슨 부인은 얼마 동안 숨을 멈춘 채 나를 쳐다봤다.

이윽고 눈물을 글썽이며 "메리 씨 일은 정말 뭐라 드릴 말씀이 없어요"라고 말했다. "왜 모습을 보여주지 않으셨나요? 홈스 씨도 얼마나 왓슨 선생님을 걱정하셨는데요."

"걱정을 끼쳐 미안하군."

나는 허드슨 부인 손을 잡았다.

"신문 봤어. 허드슨 씨도 많이 힘들었지."

이층 홈스의 방은 처참했다. 베이커 거리를 내다보는 창문은 산산이 깨져 찬바람이 불어들었다. 부서진 의자와 테이블을 방구석으로 밀어놓았다. 벽에 걸려 있던 초상화와 사진은 모조리 날아갔고 화학 실험 도구도 잡동사니 무더기로 변했다. 도무지 이전 홈스와 함께 살았고 수많은 모험의 출발점이 된 방 같지 않았다.

"제가 외출했다가 막 돌아왔을 때였죠."

허드슨 부인이 장을 보고 베이커 거리를 걸어오는데, 이른 오후의 거리에 갑자기 펑 하는 소리가 울리더니 221B 창문에서 연기가 나오는 게 보였다. 인도를 오가던 사람들이 우뚝 멈춰 서고 사방에서 비명 소리가 들렸다. 망연히 서 있던 허드슨 부인은 퍼뜩 홈스 생각이 나 비틀거리며 달리기 시작했다. 221B 문을 열었지만 천장에서 아직 분진이 떨어졌고 계단 위는 새하얀 연기로 덮여 아무것도 보이지 않았다. "홈스 씨!" 하고 소리치며 계단을 뛰어 올려가려는데 폭발음을 듣고 달려온 경찰관이 붙들었다고 했다.

"홈스 씨가 안 계셨던 건 불행 중 다행이었어요."

나는 불탄 양탄자에서 홈스가 애용하던 스트라디바리우스의 잔해를 집었다.

베이커 거리 221B의 폭파. 현재 홈스가 처한 위험은 지금까지와는 비교도 되지 않을 만큼 강대했고 악의 어린 '적'의 존재가 느껴졌다.

"홈스 녀석, 어지간히 위험한 상대와 적이 된 모양이군."

"정말 무서운 일이에요."

"그 친구는 지금 어디 있는데?"

"꽤 오래전부터 안 돌아오시지 뭐예요."

허드슨 부인은 불안스레 말했다. "무사하시면 좋을 텐데요."

이런 방에서 차도 마실 수 없으니 우리는 일층 허드슨 부인의 거실로 갔다.

허드슨 부인답게 간소하고 고풍스러운 거실이었다. 창에 걸린 레이스 커튼 너머로 북적이는 베이커 거리가 비쳐 보였다. 나는 꽃무늬 긴 의자에 앉아 홍차와 스콘을 먹었다. "부인도 이런 곳에서 안심하고 지낼 수 없겠지." 나는 말했다. 홈스가 맡은 사건이 마무리될 때까지 베이커 거리를 떠나는 게 어떻겠냐고 제안했지만 허드슨 부인은 고개를 흔들었다. 셜록 홈스가 무사히 돌아올 때까지 221B를 지키는 게 하늘이 내린 사명이라고 생각하는 모양이었다.

생각하면 허드슨 부인도 특이한 집주인이었다.

셜록 홈스만큼 성가신 하숙인도 없을 것이다. 생활은 불규칙하고 기분 변화도 심한 데다 당치도 않게 게으르다. 끊임없이 찾아오는 손님 중에는 신원을 알 수 없는 무뢰한과 부랑아들도 있다. 평범한 하숙집 주인이라면 이미 오래전에 계약을 파기하고 홈스를 내쫓았을 것이다. 허드슨 부인의 다소 상궤를 벗어난 인내심 없이는 홈스의 생활과 직업은 유지될 수 없다. 내가 그런 말을 하자, 허드슨 부인은 자랑스레 살짝 가슴을 폈지만 표정은 여전히 어두웠다.

"홈스 씨는 이 '사건'에 사로잡히셨지 뭐예요."

"사건? 어떤 사건인데?"

"몰라요. 좌우지간 아주 까다로운 사건인가 봐요."

대략 반년 전부터 홈스는 새로 받는 사건 의뢰를 줄이더니 석 달 전부터는 의뢰인을 만나는 것조차 하지 않았다고 했다. 그런데도 홈스는 점점 바빠져 잠잘 시간도 모자랄 지경이었다. 맹렬한 기세로 파이프를 빨며 생각에 잠겨 있는가 하면 갑작스레 나가 며칠씩 돌아오지 않았다. 겨우 돌아왔나 싶으면 몸을 질질 끌고 계단을 올라가 다시 방에 틀어박혀 생각에 잠겼다.

아주 난해하고 신경을 소모하는 사건을 조사 중인 듯하다는 것은 허드슨 부인도 어렴풋이나마 알 수 있었다.

셜록 홈스라는 사내는 재미있는 사건에 푹 빠지면 말 그대로 침식을 잊고 일에 몰두하는 인간이다. 경이로운 집중력, '수수께끼 풀기'에 대한 초인적인 집착이 있기에 홈스가 희대의 명탐정일 수 있는 것이다. 그래도 이런 식으로 몇 달씩 긴장 상태가 이어지는 것은 허드슨 부인이 알기로 처음 있는 일이었다. 식사도 걸핏하면 거르니 홈스의 얼굴은 나날이 수척해졌다. 처음에는 잠자코 지켜보던 허드슨 부인도 그쯤 되니 걱정되기 시작했다.

"지금으로부터 2주쯤 전이었어요."

한밤중에 소리가 들린 듯해서 허드슨 부인이 램프를 들고 침실에서 나와보니, 홈스가 어두운 계단 중간쯤에 웅크리고 있었다. 심야에 돌아와 방으로 올라가려다가 도중에 기력이 다한 듯했다. 그녀는 계단을 올라가 홈스를 부축해 일으켰다. 램프가 비춘 얼굴을 보고 허드슨 부인은 경악했다. 뺨이 홀쭉하게 여윈 얼굴은 핏기가 없이 마치 죽음을 앞둔 노인 같았다.

홈스는 힘없는 목소리로 "허드슨 씨"라고 말했다. "물과 빵을 주시겠습니까?"

허드슨 부인은 서둘러 내려가 물을 가득 따른 컵 그리고 빵과 냉육을 담은 접시를 가져왔다. 홈스는 계단에 주저앉은 채 벌컥벌컥 소리 내어 물을 마시고 굶주린 사람처럼 덥석덥석 먹었다. 그런 그의 모습을 지켜보며 허드슨 부인은 서글퍼졌다. 어째서 명탐정 셜록 홈스씩이나 되는 사람이 이렇게까지 스스로를 몰아붙여야 하나. 그렇게까지 해야 하는 사건은 대체 어떤 것인가.

"홈스 씨, 계속 이렇게 지내시면 안 돼요."

허드슨 부인은 타일렀다. "당장 일을 중단하고 쉬세요."

"그건 무리입니다, 허드슨 씨. 쉴 겨를이 없어요."

홈스는 지칠 대로 지친 목소리로 말했다. "이러는 동안에도 적은 잇따라 다음 행동에 나서고 있습니다. 하루라도 뒤처졌다간 지금까지 한 고생이 모두 허사가 됩니다. 아시겠습니까, 허드슨 씨. 지금 제가 싸우고 있는 적이 바로 악의 근원인 겁니다. 녀석을 쓰러뜨릴 수 있다면 설령 목숨을 잃는다 해도 여한이 없습니다."

허드슨 부인은 이럭저럭 홈스를 달래 잠자리에 들게 했지만, 이튿날 아침 일어나 이층으로 가보니 침대는 이미 텅 비어 있었다. 홈스는 그 뒤로 돌아오지 않아 허드슨 부인의 불안은 점차 커졌다. 언젠가 큰일이 벌어질 것 같았다. 불길한 예감은 어제 벌어진 폭파 사고로 뒷받침되고 말았다.

"이제 두 번 다시 홈스 씨를 못 볼 것 같지 뭐예요."

"걱정할 것 없어, 허드슨 씨. 지금까지도 여러 번 위험한 범죄자들을 상대하지 않았나. 분명 잘 해낼 거야."

"이번엔 전하고 다른 것 같아요."

허드슨 부인은 뭔가 숨기는 게 있는 듯했다.

그러나 그녀는 그 이상은 아무 말도 하지 않았고 나도 굳이 묻지 않았다.

나는 식어가는 홍차를 마시고 창밖 베이커 거리로 시선을 돌렸다. 평소와 다름없는 무미건조한 풍경이 펼쳐져 있었다. 하지만 홈스는 그런 풍경 뒤에 감춰진 세계, 런던이 미궁처럼 펼쳐지는 무대 뒤로 들어가 가공할 적을 잡으려 하고 있었다. 내가 다락방에 틀어박혀 망상에 빠져 있는 동안에도 그는 혼자 고독한 싸움을 계속해왔을 것이다.

"왜 더 일찍 오지 않으셨죠?"

문득 허드슨 부인이 비난조로 말했다.

"왓슨 선생님이 곁에 계셨다면 얼마나 좋을까 몇 번을 생각했는지 몰라요."

나는 시선을 떨어뜨리고 찻잔 바닥을 응시했다.

"안 돼, 허드슨 씨. 홈스한테는 사건이 전부라고. 풀어야 할 수수께끼만 있으면 되지. 하지만 난 그 친구하고는 다른 인간이네. 나한테는 내 인생이 있어. 이제 두 번 다시 홈스한테 말려들 생각은 없네."

"그럼 왜 찾아오신 건가요?"

그렇게 물으니 나는 아무 말도 할 수 없었다. 말려들기 싫으면 홈스 따위 모른 척하면 그만이다. 그런데도 옥스퍼드 거리에서 폭파 사건 기사를 읽은 순간, 나는 가만있을 수 없어서 베이커 거리로 달려왔다.

나는 내심 두려워하고 있었던 것이다. 이대로 가면 메리뿐 아니라 홈스까지 잃게 될지 모른다고.

"홈스 씨한테는 왓슨 선생님이 필요해요."

허드슨 부인은 말했다. "왓슨이 있기에 홈스가 있다, 예요."

"베이커 거리를 떠날 생각은 없단 말이지?"

헤어질 때 나는 한 번 더 허드슨 부인에게 물어봤다. 그녀는 미소 지으며 고개를 흔들었다. 홈스가 돌아왔을 때 맞아줄 사람이 아무도 없으면 딱하다고 했다.

"잘 가세요, 왓슨 선생님."

"잘 있어, 허드슨 씨. 허드슨 씨도 조심하고."

내가 혼잡한 베이커 거리를 걷기 시작한 다음에도 허드슨 부인은 현관 앞에 서서 언제까지고 나를 배웅해주었다. 허드슨 부인은 우리가 관계를 회복해 다시 공동생활을 시작하면 모든 게 좋은 방향으로 풀릴 것이라 믿고 있었다. 싸움으로 사이가 틀어진 형제를 지켜보는 어머니 같은 기분일 수도 있었다.

그 뒤로 해가 질 때까지 나는 홀로 하이드 파크를 걸었다.

푸릇푸릇한 잔디밭이 펼쳐진 공원에는 밤나무 및 느릅나무 숲이 불가사의한 섬들처럼 드문드문 자리했다. 사람들은 제각각 저물어가는 해를 즐기고 있었다.

메리와 결혼해 켄징턴에 진료소를 개업한 뒤로도, 홈스의 전보를 받고 베이커 거리로 갈 때면 종종 이 공원을 통과해 달음질치곤 했다. 나는 아주 의기양양해 보였을 것이다. 홈스와 함께 맞서나갈 모험 생각을 하며 늘 가슴을 두근거렸다. 그게 내 인생의 의미라고 믿었다.

허드슨 부인은 모를 수도 있지만 딱 한 번 "베이커 거리로 돌아오지 않겠나" 하고 홈스가 말한 적이 있다.

지금으로부터 반년 전 늦가을, 메리의 장례를 치른 바로 그날이었다.

장례가 끝나고 몇 안 되는 조문객들이 돌아간 뒤, 홈스와 나는 묘지를 걸으며 말을 주고받았다. 할리 거리의 전문의에게 진단을 받은 이래로 나는 베이커 거리를 찾아가지 않았던지라 그와 이야기를 하는 것도 반년 만이었다. 무척 추운 날이었다. 안개 같은 비가 주위를 부옇게 흐려 묘지 변두리의 낙엽 진 나무들이 그림자극처럼 보였다.

"지금 당장은 어렵겠네만."

홈스는 그런 말로 운을 떼며 베이커 거리로 돌아오지 않겠느냐고 말했다.

그러나 메리를 잃은 날부터 내 세계는 변하고 말았다. 중앙에는 구멍이 뻥 뚫려 있었다. 베이커 거리로 돌아간들 구멍이 메워질 리 없었다. 그런 일이 가능하다고 생각하는 것 자체가 내게는 용납할 수 없는 일이었다.

내가 셜록 홈스의 '전기작가'로서 열심히 베이커 거리를 드나들던 시기에 메리의 가슴을 좀먹은 병마가 은밀히 자랐던 것이다. 그때까지 나를 매료했던 것은 남김없이 증오의 대상으로 변했다. 추리도, 모험도, 탐정소설도, 그리고 셜록 홈스도.

"난 이제 자네 파트너가 아니야, 홈스."

나는 홈스를 묘지에 두고 빗속에 부옇게 번져 보이는 교회로 돌아갔다.

"용서해줘, 왓슨."

홈스의 목소리가 뒤쫓아왔다.

"어떻게 해야 자네를 구할 수 있을지 모르겠네."

그날 이래로 홈스를 한 번도 만나지 않았다.

왓슨이 있기에 홈스가 있다니, 그런 것을 믿는 사람은 허드슨 부인 정도일 것이다.

우리가 인연을 끊은 뒤로도 홈스는 순조롭게 성과를 거두어왔다. 작년 말에는 프랑스 정부의 의뢰를 받아 대륙으로 건너갔다고 했다. '존 H. 왓슨'이라는 파트너가 없어도 명탐정 홈스의 활약은 여전했다. 아닌 게 아니라 지금은 강적과 싸우는 모양이었지만, 홈스 같은 인간에게는 그런 상황이 인생을 사는 의미다.

셜록 홈스는 항상 만만치 않은 사건을 원했다. 명탐정인 자신에게 걸맞은 사건, 자신과 대등하게 맞설 수 있는 범죄자, 예술적일 정도로 아름다운 수수께끼……. 그에 대한 욕구가 너무나도 강하기에 홈스는 기골 있는 천재적 범죄자의 등장을 기다렸다. 선량한 일반 시민은 받아들이기 어려운 이야기이겠으나 그게 셜록 홈스라는 사내였다.

'홈스는 잘 해낼 거야. 내 도움 따위 필요 없어.'

아름다운 해 질 녘의 공원을 바라보며 스스로를 그런 말로 타일렀다.

서펀타인 연못을 한 바퀴 돌아 옥스퍼드 거리로 돌아올 무렵, 서녘 하늘은 석양에 타오르고 있었다. 널따란 잔디밭도, 신록이 우거진 나무도, 파크 레인의 고급 주택가도, 모든 게 피를 덮어쓴 듯한 색으로 물들어 있었다. 옥스퍼드 거리는 귀갓길을 재촉하는 사람들과 마차로 가득했다.

나는 어두운 기분으로 혼잡한 옥스퍼드 거리를 걸었다.

생각에 잠겨 있었던 탓이겠지만 자꾸만 다른 사람과 부딪혔다. 북쪽으로 길을 건널 때는 하마터면 삯마차에 치일 뻔해 마부에게 욕설을 들었다. 휘청거리다가 인도에 멈춰 서서 길 건너를 둘러보는데 어떤 인물이 눈에 띄었다. 브래들리 담배 상점 앞에서 이쪽을 똑바로 보고 있었다. 석양에 비친 얼굴은 명암이 뚜렷이 나뉘어 있었다. 아까 고서점 앞에서 내게 말을 건 미모의 청년이었다.

때마침 합승 마차가 지나갔다. 마차가 지나가고 나니 청년의 모습은 사라지고 없었다.

뭐지?

설마 유령은 아니겠지만 기묘한 인상이 남았다.

옥스퍼드 거리에서 곁길로 접어들자 큰길의 소음은 멀어졌다. 건물과 건물 사이는 이미 쪽빛 땅거미에 젖어 있었다.

하숙집으로 돌아오니 현관홀에 가스등이 환히 밝혀져 있었다.

리치버러 부인의 강령 모임은 밤 9시부터 시작될 예정이었다. 일단 다락방으로 돌아가 쉬자고 생각해 나는 어둑어둑한 계단을 올라갔다. 삼층에 접어들었을 때 카트라이트 군이 발소리를 듣고 문을 열었다. "왓슨 선생님, 안녕하세요."

"저런, 꽤나 이르군. 벌써 햄프스티드에서 돌아온 건가?"

"오늘 밤은 강령 모임이 있으니까요."

그는 그렇게 말하며 짐짓 점잔 뺀 표정을 지었다.

카트라이트 군은 아직 스무 살 될까 말까 한 젊은 화가다. 런던 미술계에 새로운 바람을 일으킨다는 대망을 가슴에 품고, 죽은 아버지에게 물려받은 미술 교사 일로 생계를 꾸리면서 주말이면 런던 교외에 사는 어머니와 여동생을 만나러 간다. 여기 하숙집으로 처음 이사 왔을 무렵, 리치버러 부인의 소개로 만난 이 인상 좋은 청년과 금세 친해졌다. 밍밍한 홍차를 벌컥벌컥 들이켜며 밤을 새워 그의 회화론을 듣는 게 내게 유일한 기분 전환이었다.

"오늘은 왓슨 선생님도 참가하시죠?"

"가끔은 얼굴을 내밀지 않으면 리치버러 부인이 딱하지 않나. 난 심령주의에 관심은 없고 자네만큼 정열도 없지만 말이야."

카트라이트 군은 어색한 듯 헛기침했다.

사실은 카트라이트 군의 목적이 정말 심령주의에 있는지

미심쩍다고 나는 생각하고 있었다. 처음 만났을 당시에는 그도 나와 마찬가지로 심령주의에 회의적인 태도였다. 그런데 리치버러 부인이 레이철이라는 젊은 영매에게 푹 빠지게 된 뒤로, 청년은 갑작스레 태도를 바꾸어 강령 모임에 열심히 참가하기 시작했다. 내가 조금이라도 그 이야기를 넌지시 비추면 카트라이트 군은 매번 어물거렸다.

"괜찮으시면 제 방에 잠깐 들어왔다 가시겠습니까?"

"그래도 되고."

"오늘 새 초상화가 완성됐거든요."

카트라이트 군은 기쁘게 그렇게 말하며 나를 자기 방에 들어오게 했다.

초라한 가구와 미술 재료로 어수선한 방은 물감 냄새가 배어 있었다. 유리창으로 희미하게 비쳐드는 석양빛이 실내를 푸르스름하게 물들였다. 카트라이트 군은 구석에서 완성된 초상화를 가져와 방 중앙에 놓인 이젤에 세웠다.

"어떻게 생각하세요, 왓슨 선생님?"

캔버스에 그려진 것은 한 초로의 남자였다.

그 인물은 거뭇한 프록코트를 입고 뒷짐 진 손에 실크해트를 들고 있었다. 비스듬히 오른쪽 앞을 노려보듯 하며 냉혹해 보이는 얇은 입술을 굳게 다물었다. 어깨도 가슴팍도 얇은 데다 등이 심하게 굽었는데, 날카로운 눈빛 때문에 힘없는 인상은 전혀 없었다. 당장이라도 사납게 물어뜯을 듯한 야성미가 풍기는 한편, 창백하고 벗어진 이마에서는 심오한 지성이 느껴졌다.

"모리어티 교수님이군."

"제법 괜찮지 않습니까?"

모리어티 교수는 이따금 리치버러 부인을 찾아오는 인물이었다.

리치버러 부인의 남편이 생전에 신세 진 인물이라는데 자세한 사정은 잘 모른다. 창백한 뱀 같은 얼굴을 흔들며 물어뜯을 것처럼 상대방을 응시하는 버릇이 있는 섬뜩한 인물이었다. 리치버러 부인의 소개로 인사하게 됐을 때, 모리어티 교수는 마치 중대한 비밀을 털어놓듯 '난 탐정소설 애호가랍니다'라고 귓속말로 말했다. 내가 쓴 홈스담도 빠짐없이 읽었다고 했다. 그래도 섬뜩한 인상은 사라지지 않아 친밀감을 가질 수 없었다.

카트라이트 군은 초상화를 보며 자랑스레 말했다.

"분명히 마음에 들어하실 겁니다. 모리어티 교수님은 각계에 얼굴이 널리 알려진 분이시라니까 출세의 발판을 만들수 있을지도 모르죠. 행운이 찾아왔어요."

"그럼 요크셔 이야기는 거절할 생각인가?"

카트라이트 군 제자의 부모가 소개한 일자리였다.

요크셔 대지주의 저택에서 미술 가정교사로 지내며 그 집 두 딸에게 수채화를 가르치는 한편 저택에서 소장하는 미술

품 컬렉션을 정리하고 목록을 작성하는 일이었다. 지낼 방도 생기는 데다 생활이 보장되고 급료도 월등히 좋았다. 또 명가의 미술품 컬렉션을 접하는 것은 카트라이트 군 같은 청년에게 많은 공부가 될 터였다.

나는 꼭 가는 게 좋겠다고 권했지만 카트라이트 군은 추천장을 보내려 하지 않고 계속 꾸물거리고 있었다.

"그것도 괜찮은 자리이긴 하죠. 그렇지만 요크셔에 가면 모리어티 교수님 연줄 덕을 못 보잖아요."

"그런 생각은 좋지 못한데. 모리어티 교수님을 의지하지 않아도 자네는 충분히 해나갈 수 있어. 왜 더 자기 능력을 믿지 않는 건가?"

"그럼 선생님은 선생님 혼자 힘으로 여기까지 오셨다는 겁니까?"

"아니, 그렇게는 도저히 말할 수 없네만……."

"그거 보세요."

카트라이트 군은 쾌활하게 웃었다.

"입신출세를 위해서라면 뭐든 이용해줄 겁니다."

막연히 불안한 기분이 들어 나는 다시 초상화로 시선을 옮겼다.

이 인물은 영 어딘가 마음에 걸리는 부분이 있었다. 여기 하숙집에서 마주칠 때마다 마치 겉껍데기뿐인 인형을 마주하는 듯한 인상을 받았다. 그런데도 『셜록 홈스의 개선』을 쓸 때, 어째서 모리어티 교수에게 '홈스의 동거인'이라는 중요한 역을 부여했는지 스스로도 잘 알 수 없었다.

"확실히 잘 알 수 없는 분이긴 하죠. 돈이 썩어 날 정도로 많은 데다 각계에 은근히 영향력이 있고 말이에요. 어째서 그런 대단한 인물이 세간의 이목을 피해 조용히 사는 걸까요. 댁에 찾아가봐도 늘 조용해선 찾아오는 사람도 거의 없더라고요."

"뭔가 내막이 있을 것 같단 말이지."

"모리어티 교수님이 너무 위대해서 그런 게 틀림없습니다. 그 사람한테는 속세의 인간들이 하는 짓이 애들 장난이나 다름없겠죠. 우주 끝에서 인간의 마음속 깊은 곳까지 모리어티 교수님의 통찰이 미치지 않는 곳이 없어요. 그 사람은 모든 걸 계산할 수 있죠. 런던에서 가장 대단한 사람일지도 모릅니다. 현대의 아리스토텔레스일지도요."

카트라이트 군은 그에게 완전히 심취한 모양이었다.

그날 밤 9시, 내가 다락방에서 나와 계단을 내려가니 현관 홀에서 카트라이트 군이 레이철과 선 채로 이야기하고 있었다. 가스등 불빛 아래 보닛을 쓴 작고 창백한 얼굴이 보였다. 그녀는 머뭇머뭇 눈을 위로 뜨고 나를 보더니 "안녕하세요" 하고 인사했다.

이 영매 소녀는 전에도 몇 번 만난 적이 있었다.

레이철은 그레이트오먼드 거리에 점포가 있는 잡화점 딸이었다. 영매로서 알려진 것은 지난 반년 전부터인데, 전부터 그녀의 불가사의한 힘이 동네 주민들 사이에서 종종 화제가 됐다 한다. 아버지는 신앙심이 깊고 보수적인 인물이라 그런 소문을 언짢게 여겼지만, 지금은 잡화점 손님들 중에도 지지자가 늘어 묵인할 수밖에 없게 된 모양이다.

그녀의 명성을 지탱하는 것은 리치버러 부인 같은 일반 시민들이었다. 레이철은 그들의 초대를 받아 인근 지역을 돌며 거실에서 강령 모임을 열었다. 대가를 요구하는 일은 결코 없었다. 그것도 사람들이 그녀를 신뢰하는 이유일 것이다.

"안녕하세요. 오늘 저녁은 저도 참가할 겁니다."

내가 인사하자 그녀는 곤혹스러운 듯 얼굴을 숙였다.

"너무 기대는 하지 마세요. 잘될지 아닐지 모르거든요."

레이철은 늘 이렇게 자신 없는 모습이었다. 경험도 많은 영매인데 좀 더 당당해도 될 것 같건만, 그녀는 언제나 자신의 불가사의한 힘을 주체하지 못하며 불안하게 여긴다는 인상을 주었다. 회의적으로 해석하자면 그렇게 소극적인 태도를 보이는 것도 영매로서 신뢰를 얻기 위한 책략일 수 있었다.

리치버러 부인의 방으로 가니 그녀는 기쁜 표정으로 우리를 맞이했다. 거실 커다란 테이블에는 촛대가 놓여 있었다. 리치버러 부인은 차를 따르며 말했다. "카트라이트 씨, 가정교사 이야기는 수락하셨겠죠?"

"아뇨, 그게 말이죠."

카트라이트 군은 헛기침했다.

"솔직히 말씀드리면 아직 고민 중이라서요."

"어머나! 그걸 상의하러 햄프스티드에 가셨던 게 아니었나요?"

리치버러 부인은 과장되게 눈을 동그랗게 떴다. "언제까지 고민하시려고요? 멋진 저택에 살면서 신분이 높으신 분들과 친분도 생기고 화가로서 공부도 할 수 있고…… 죄 좋은 점뿐이잖아요. 이렇게 좋은 기회는 늘 있는 게 아니라고요!"

"말씀은 그렇게 하시지만 이제 겨우 지금 하는 일에 가능성을 느끼기 시작한 참이거든요. 조건이 좋다고 학생들을 그냥 버리고 갈 순 없습니다. 게다가 제가 요크셔로 가면 어머니랑 여동생은 어떻게 하고요?"

"어머님은 뭐라고 하시나요?"

"원하는 대로 하라고 하시더군요."

요크셔의 일자리를 두고 리치버러 부인과 카트라이트 군이 말다툼을 벌이는 동안 입을 다물고 고개를 수그리고 있던 레이철은 이따금 걱정스러운 시선으로 카트라이트 군을 봤다. 그걸 카트라이트 군도 눈치챈 듯했다. 젊은 두 사람이 주고받는 무언의 대화를 못 알아차리는 사람은 리치버러 부인뿐이었다.

카트라이트 군은 자세를 바로 하고 헛기침했다.
"아무튼 지금은 런던을 떠나고 싶지 않습니다."
그 말을 듣고 레이철은 내심 안도한 듯했다.

『셜록 홈스의 개선』에 등장하는 리치버러 부인은 심령주의자인 동시에 사기꾼이기도 하며 섬뜩한 카리스마를 지닌 인물이다. 그러나 현실 속 리치버러 부인은 다소 오지랖은 넓어도 지극히 마음씨 좋은 하숙집 주인이었다.

리치버러 부인이 심령주의에 눈뜬 것은 남편과 여동생의 죽음이 발단이었다고 들었다. 충격에서 헤어나지 못하고 지내던 중에 하숙인의 권유로 강령 모임에 갔다. 거기서 남편 및 동생의 영혼과 이야기를 주고받은 덕에 비로소 마음의 평안을 얻을 수 있었다고 한다. 그녀가 우리를 강령 모임에 부르고 싶어하는 것도 자신이 심령주의에서 구원을 얻었기 때문이다. 나는 심령주의를 믿지 않지만, 그게 힘이 되는 사람들도 있다는 것까지 부정할 생각은 없었다.

리치버러 부인이 커튼을 치고 가스등을 끄자 거실은 어둠에 싸였다. 둥근 테이블 중앙에 놓은 촛대의 불빛이 테이블을 둘러싼 참가자들의 얼굴을 비추었다.

리치버러 부인의 지시를 따라 우리는 테이블 위에 두 팔을 얹어 좌우 사람과 손을 잡았다. 내 왼쪽은 카트라이트 군, 오른쪽은 리치버러 부인이었다.

"그럼 시작해주세요."

리치버러 부인이 엄숙한 목소리로 말했다.

영매 소녀는 눈을 감고 고개를 떨어뜨려 기도문을 읊기 시작했다.

얼마 동안 우리는 잠자코 레이철의 목소리를 들었다. 리치버러 부인은 기대 어린 눈빛으로 소녀를 쳐다봤다. 카트라이트 군도 못지않게 진지한 눈초리였다.

레이철의 머리가 깊이 수그려지고 기도하는 목소리도 작아졌다.

전에 강령 모임에 참가했을 때는 리치버리 부인의 동생과 카트라이트 군의 큰할아버지라는 영혼이 나타났다. 영혼들이 소녀의 입을 통해 한 이야기는 모두 아무나 할 수 있는 말뿐이라 심령주의를 믿을 마음은 나지 않았다. 그렇다고 레이철이 의도적으로 속임수를 쓰는 것이라고까지 말할 생각은 없었다. 이 소녀는 남보다 갑절은 쉽게 자기암시에 걸리는 것이리라.

얼마 뒤 레이철이 천천히 고개를 들었다. 촛불이 흔들렸다. 조금 전까지 보이던 불안의 빛은 얼굴에서 사라지고 어딘지 모르게 요염한 분위기마저 느껴졌다. 그녀는 눈을 감은 채 테이블 반대편에 앉은 내게 얼굴을 향하고 "왓슨 씨" 하고 조용히 말했다.

"왓슨 씨랑 이야기하기를 원하는 영혼이 있어요."

테이블을 에워싼 사람들의 시선이 자연히 내게 쏠렸다.

내가 침묵하자 리치버러 부인이 물었다.

"어떤 영혼이죠?"

"젊은 여성이에요."

"이름은요?"

"메리 씨예요. 왓슨 씨 부인이라고 말씀하세요."

레이철이 아내 이름을 말했을 때 내가 느낀 것은 혐오감이었다.

잘 알지도 못하는 소녀가 내 과거를 알 리 없다. 그렇다면 리치버러 부인 아니면 카트라이트 군이 사전에 그녀에게 귀띔했다는 뜻이다. 죽은 사람을 모독당한 기분이 들어 나는 나도 모르게 일어섰다. 그 순간, 카트라이트 군이 손을 뻗어 내 왼팔을 꽉 붙들었다. 마치 바이스로 조이는 듯한 힘이었다.

"부디 그대로 앉아 계세요, 왓슨 선생님." 리치버러 부인이 말했다. "여기 하숙집에 오신 이래로 당신은 내내 고통 속에 지내왔죠. 메리 씨 영혼과 마주하기를 겁내시는 거예요."

영매 소녀가 테이블 반대편에서 말했다.

"왜 날 겁내죠, 존? 내 목소리를 들어줘요."

등골에 찬물을 맞은 것처럼 오싹했다.

조금 전까지와는 완전히 다른 사람 같았다. 어두운 황야 저편에서 부르는 듯한 목소리였다. 방 안 공기가 한겨울처럼 차가워졌다. 리치버러 부인은 엄숙한 표정으로 머리를 수그리고 카트라이트 군도 내 왼팔에서 살그머니 손을 뗐다.

나는 휘청휘청 뒷걸음쳤다. 숨도 쉴 수 없었다.

"용서해줘, 메리. 내가 어리석었어."

"왜 그런 말을 해요?"

"난 남편이었어. 의사였어. 그런데도 당신을 구하지 못했어."

왕진을 부탁한 할리 거리 전문의의 엄한 표정이 떠올랐다. 메리의 진찰을 끝내고 침실에서 나온 그는 '어째서 이 지경이 되도록 그냥 둔 겁니까?'라고 말했다. 진단 결과는 좁쌀결핵이었다. 폐 한쪽은 이미 기능하지 않았고 또 한쪽도 결핵에 감염되어 있었다. 길어봤자 3개월이라는 진단을 받고 나는 발밑에 어두운 구멍이 난 듯한 공포를 느꼈다.

여보, 홈스 씨 일을 좀 줄일 순 없어요?

진단이 내려지기 얼마 전 메리가 그런 말을 한 적이 있었다.

그러다 쓰러지겠어요.

괜찮아, 메리. 요새는 다리도 괜찮거든.

그 무렵, 명탐정 셜록 홈스의 명성은 한층 자자했다.

영국만이 아니라 유럽 각지에서 흥미로운 사건 의뢰가 잇따라 베이커 거리 221B에 날아들었다. 《스트랜드 매거진》에 연재 중인 사건 기록도 대중 독자의 열광적인 지지를 얻고 있었다. 홈스가 화려한 모험을 벌이는데 전기작가인 왓숨이 어떻게 느긋이 쉰다는 말인가. 나는 메리의 말을 귀담아듣지 않았다. 셜록 홈스에게서 전보가 올 때마다 베이커 거리로 달려가서는 사건 현장을 찾아가 밤늦게서야 집에 갈 때도 많았다. 켄징턴의 진료소 경영에도 점차 소홀해졌다.

이런 생활을 계속하면 어딘가에서 말썽이 생길 테지.

그런 생각이 머리를 얼핏 스쳤음을 부정할 수 없다.

그러나 결정적인 파국이 아내의 병이라는 형태로 덮쳐들 줄은 몰랐다.

메리가 세상을 떠나기까지 반년간 나는 베이커 거리에는 걸음하지 않고 아내의 간병에 전념했다. 그때까지 떠들썩했던 나날과는 반대로 고요하고 평온한 나날이었다. 메리는 나를 책망하지 않았다. 단둘이 시간을 보내게 되어 되레 행복해 보일 때마저 있었다. 나는 어리석었던 자신을 저주했지만 이미 돌이킬 길이 없었다.

메리의 영혼은 테이블 반대편에서 말했다.

"난 당신을 원망하지 않아요. 홈스 씨와 하는 일은 당신한테 인생의 낙이었어요. 우리 사이를 맺어준 것도 홈스 씨였죠. 당신을 그 사람한테서 떼어낼 권리는 나한테 처음부터 없었던 거예요."

나는 몸을 돌려 리치버러 부인의 거실에서 달아났다. 카트라이트 군이 "왓슨 선생님!" 하고 부르는 목소리가 쫓아왔지만 나는 멈춰 서지 않았다. 가스등을 켠 현관으로 나와 어둑어둑한 계단을 달려 올라갔다.

다락방에 뛰어들어 문에 등을 댄 채 숨을 돌렸다.

리치버러 부인의 강령 모임에 나타난 메리의 영혼은 지금까지 내가 외면하려 해온 추억을 가슴속에 되살아나게 했다. 그때까지 나는 심령 현상 따위 믿은 적이 없었지만 레이철의 입을 통해 영계에서 전달된 메리의 목소리는 내게 큰 충격을 주었다.

얼마 동안 나는 어둠 속에서 아픔을 견디듯 눈을 감고 있었다.

똑똑.

작은 소리가 들렸다.

뭔가가 창유리를 두드리는 듯한 소리였다.

나는 천천히 창가 책상으로 다가가 성냥을 그어 램프를 켰다. 소리는 아닌 게 아니라 커튼을 친 창 너머에서 들려오고 있었다. 커튼을 걷자 지저분한 유리에 내 얼굴이 비쳤다. 거기에 겹치듯 셜록 홈스의 얼굴이 떠 있었다. 순간 오싹해 뒷걸음쳤지만, 홈스는 창유리를 똑똑 두드리며 작은 목소리로 "열어줘"라고 말했다. 환각이 아닌 모양이었다.

내가 서둘러 지붕창을 열자 홈스가 스르르 들어왔다.

"홈스! 이런 데서 뭘 하는 건가?"

"자네가 현실로 돌아오게 하려고 온 거야."

홈스는 그렇게 말하며 창가 책상에서 바닥에 내려서더니, 민첩한 몸놀림으로 다락방을 가로질렀다. 문에 귀를 대고 아래층 소리에 귀를 기울였다.

"뭘 하는 거지?"

"난 지금 쫓기는 몸이라 말이네. 조심해서 나쁠 거 없지."

홈스는 외투 주머니에서 담배를 꺼내 책상 위 램프로 다가갔다. 몸을 굽혀 담뱃불을 붙이고 연기를 후 내뱉었다.

내가 침대에 앉자 홈스는 나무 의자에 걸터앉았다.

홈스의 뺨은 홀쭉하게 여위었고 눈은 형형하게 빛났다. 허드슨 부인이 걱정한 것처럼 '최대의 적'과의 싸움에 신경을 소모하는 나날을 보내는 것이리라.

"안색이 형편없군, 홈스."

"잠을 설쳐서. 잠이 들면 또 자꾸 묘한 꿈만 꾸고 말이네."

스위스인지 어디인지 거대한 폭포의 꿈이라고 했다. 어마어마한 물소리가 우르릉 울리고 주위는 부옇게 물보라가 흩어지고 있다. 홈스는 홀린 듯이 깎아지른 절벽으로 다가간다. 까마득히 먼 용소에서 거품이 세차게 일고, 심연을 향해 세계 전체가 영원히 무너져 내리는 느낌이다. 그때 시커먼 그림자가 뒤에서 소리 없이 다가와 홈스를 용소로 밀어 떨어뜨린다.

"늘 똑같은 꿈이란 말이지. 아주 진저리가 나."

"꽤 애먹는 모양인데."

"하는 수 없어. 몇 년 전부터 뒤쫓아온 사건이 중대 국면을 맞이했거든."

홈스는 말했다. "자네가 이 다락방에서 조용히 여생을 보내고 싶다면 그걸 말릴 권리는 물론 나한테 없네. 의사를 존중해 가만히 내버려두는 게 친구로서 도리일지도 몰라. 하지만 그런 소리를 하고 있을 때가 아니게 돼서 말이네."

"무슨 뜻인가?"

내가 말하자 홈스는 몸을 내밀며 물었다.

"자네는 모리어티를 알지?"

"리치버러 부인의 지인 말이지?"

나는 말했다. "가끔 여기 하숙에 오는데."

자네한테 처음 하는 이야기네만, 하며 홈스는 운을 뗐다.

"이미 몇 년 전에 난 런던에서 일어나는 여러 범죄의 배후에 일종의 힘이 작용한다는 걸 깨달았네. 모종의 조직적인 힘이 악당들의 범죄를 거들고 사법 기관으로부터 보호하고 있어.

그 수수께끼 같은 힘은 너무나도 섬세하고 교묘하게 행사되기 때문에 증거는 아무것도 없었어. 몇몇 흔적을 꿰어 맞춰 막연히 추측하는 게 고작이었지. 그 때문에 자네한테도 털어놓을 수 없었던 거야. 내 망상일지 모른다고 생각한 것도 한두 번이 아니네. 그래도 난 포기할 수 없었어. 정의감이라기보다는 지적 호기심에 가까웠지. 이 기괴한 범죄 조직은 누가 어떻게 해서 만들었나. 그게 꼭 알고 싶었어.

하지만 내 실력으로도 정체불명 조직의 전모를 밝혀내기는 쉽지 않았네. 누군가의 의도가 분명히 작용하고 있을 텐데도, 깊이 파고들다 보면 모든 게 우연의 장난으로만 보이게 되는 거야. 마치 런던의 중심에 시커먼 구멍이 난 것 같더군. 아무리 열심히 탐색의 실을 따라가도 모든 게 그 텅 빈 구멍으로 빨려들어. 아무리 눈을 크게 뜨고 어둠 속을 뚫어지게 봐도 숨어 있는 자의 모습이 보이지 않아. 수수께끼의 핵심에 마침내 접근할 수 있었던 건 작년 가을이었네. 그게 모리어티 교수였던 거야."

"모리어티 교수가 범죄 조직의 두목이라고?"

"아무렴."

"아무리 그럴 리가! 그 사람은 그냥 은퇴한 대학교수에 불과해."

"모두가 그렇게 생각하지. 아니, 모리어티 교수의 이름조차 들어본 사람이 얼마 없을걸. 그게 가장 두려운 점이네. 내가 레스트레이드 경위를 끌어들이기 전까지는 스코틀랜드 야드조차 모리어티 교수를 의심한 적이 한 번도 없었어. 내가 알아차리지 못했다면 앞으로도 내내 그랬을 거야. 그리고 수십 건의 미제 사건만이 남아 수수께끼는 영원히 어둠에 묻혔을 테지.

나조차도 지금도 믿기지 않을 정도라고. 이 대도시에서 일어나는 계획범죄 중 약 절반이 단 한 사람의 머리에서 나온 다니 말이야.

 모리어티 교수는 거미줄 중심에 도사리는 사악한 거미 네. 그자의 거미줄은 온 런던을 망라해. 범죄가 일어나도 그 자 본인은 손가락 하나 까딱하지 않는단 말이지. 그저 팰맬 의 자기 집 서재에서 계획을 짜 타인을 조종하기만 해. 물론 부하는 무수히 많네. 가령 서류를 훔친다든지, 어떤 사람을 제거한다든지, 모리어티 교수가 어떤 범죄를 실행할 생각을 하면 부하들이 순식간에 실행에 옮기거든. 하지만 그런 부 하들조차 뿔뿔이 존재하는 도구에 불과하네. 전모를 파악하 며 모든 걸 조종하는 사람은 오로지 모리어티 교수뿐이야.

 모리어티 교수는 인간 자체를 계산할 수 있는 거야. 그자 는 온갖 인간을 방정식처럼 조작할 수 있지. 그렇기에 그자 의 조직은 말단까지 철저하게 통제돼서 마치 살아 있는 생 명체처럼 원활하게 움직여 그 어떤 범죄도 실행에 옮길 수 있네. 요컨대 그건 그자의 의도를 실현하는 것만이 목적인 완벽한 기계인 거야. 그런 조직을 그자는 혼자 힘으로 만들 어냈거든. 난 두려운 마음까지 드네. 그자 같은 완벽한 범죄 자는 지금까지 나타난 적이 없거니와 앞으로도 결코 나타나 지 않을 테지. 모리어티 교수는 움직이지 않는 중심인 거야. 모든 사람이 그자 손에 놀아나고 있어."

 홈스의 말투에는 뭔지 모를 소름 끼치는 느낌이 있었다.

홈스 씨는 이 '사건'에 사로잡히셨지 뭐예요.

베이커 거리에서 허드슨 부인이 한 말이 생각났다.

"꼭 모리어티 교수를 칭찬하는 것처럼 들리는군."

"드디어 전력으로 맞서 싸울 상대방을 찾았으니 말이지."

홈스는 미소 지었다. "그자는 범죄계의 나폴레옹이야. 그자의 재능에 경의를 표하고 싶군."

반년 전부터 홈스는 모리어티 교수를 체포하기 위해 사력을 다했다고 했다. 스코틀랜드 야드의 협조도 얻어 교수의 신변에 그물을 놓았다.

"모리어티 교수는 위험이 닥쳐오는 걸 눈치채고 혈안이 돼서 내 행방을 뒤쫓고 있어. 베이커 거리 221B가 폭파됐다는 건 알지?"

"오늘 오후 가보고 왔네. 상태가 말이 아니더군."

"허드슨 씨에게 미안하게 됐어. 지난 2주 동안 난 내내 지하에 잠복해 있었거든. 날 찾지 못해서 모리어티 교수는 초조해하고 있네. 차라리 그자들이 검거될 때까지 대륙으로 피할까 하는 생각도 해봤네만 그것도 안 되겠고."

"어째서?"

"자네가 있어서야, 왓슨."

홈스는 말했다. "모리어티의 손이 자네 신변에 뻗치고 있어."

자네는 줄곧 감시를 받고 있었어, 라고 홈스는 말했다.

"모리어티 교수는 그 때문에 이 하숙집에 드나든 거네. 리치버러 부인도, 카트라이트 군도, 영매 레이첼도 모두 모리어티 교수의 부하지. 오늘 밤 리치버러 부인이 강령 모임에 초대하지 않던가?"

"그걸 어떻게 알았지?"

"그 정도는 예상할 수 있어."

홈스는 말했다. "그자들은 심령 사기 그룹의 멤버라네. 가짜 강령 모임이란 수단을 써서 사람을 조종해 모리어티 교수의 조직에 기여해왔지. 오늘 밤 강령 모임도 전부터 빈틈없이 준비했을걸. 메리의 영혼이 나타났겠지?"

"그게 전부 가짜였단 말인가?"

"그럼 자네는 진짜 메리의 영혼이 나타났다고 믿나?"

홈스는 내 팔을 붙들고 기운을 북돋아주듯 흔들었다.

"정신 차려야 해, 왓슨. 사전에 준비해두면 메리의 영혼을 연기하는 것쯤은 누구든 할 수 있어. 자네는 메리에 대한 죄책감 때문에 고통받아왔네. 그자들은 가짜 강령 모임이란 수단을 써서 자네 약점에 파고들려 한 거야. 그런 일을 한 이유는 물론 자네가 셜록 홈스의 옛 파트너라서고. 우리가 어째서 결별했는지 모리어티 교수는 다 꿰뚫어보고 있거든. 그자는 자네의 슬픔과 노여움을 이용해 자네를 조종해서 내게 맞서는 수단으로 이용하려 하고 있어. 그게 교수가 쓰는 수법이라네."

홈스는 일어나 벽난로로 다가갔다. 담배꽁초를 불판에 버리고는 맨틀피스에 등을 기대고 머리를 떨구었다. 지칠 대로 지친 모습이었다.

창문으로 불어드는 미풍에 램프의 불이 흔들렸다.

"자네가 나를 미워한다는 건 아네."

홈스는 조용히 말했다.

"그래서 『셜록 홈스의 개선』을 쓴 거지?"

그 말을 듣고 나는 창가 책상으로 시선을 돌렸다. 두툼한 원고 뭉치가 놓여 있었다. 내가 "읽었나?"라고 묻자 홈스는 "그래"라며 고개를 끄덕였다.

"지금까지 여러 번 숨어들어 읽었어."

홈스는 그렇게 말하고는 맨틀피스에 기대고 있던 몸을 일으켰다.

"『셜록 홈스의 개선』은 참으로 기묘한 탐정소설이야. 지금까지 자네가 《스트랜드 매거진》에 발표해온 사건 기록과는 성격이 전혀 다르네. 이야기의 무대는 빅토리아 시대 교토라는 이세계이네만, 나와 자네, 허드슨 씨, 메리, 아이린 애들러, 심지어 모리어티 교수까지 등장한단 말이지. 자네가 어째서 이런 소설을 썼는지 매우 흥미가 생기더군. 읽어나가는 과정에서 알게 된 건, 이게 탐정소설이란 형식을 가장한 다른 어떤 것이라는 사실이었어. 자네는 탐정소설을 쓸 생각이 없었던 거야. 자네가 노린 건 오히려 정반대였네."

홈스는 이쪽으로 다가와 다시 의자에 앉았다.

"셜록 홈스에게서 명탐정의 힘을 빼앗기 위해 자네는 빅토리아 시대 교토라는 세계를 지어냈을 테지. 홈스는 무엇 때문에 슬럼프에 빠졌나. 그건 이 세계의 원리 그 자체라 따져봤자 의미가 없는 물음인 거야. 그게 작가의 의도니까 등장인물들은 어떻게도 할 수 없어. 따라서 셜록 홈스의 '개선' 따위 있을 수 없네. 홈스가 슬럼프에서 헤어나지 못하는 한, 빅토리아 시대 교토란 불멸의 왕국에서 자네는 언제까지고 메리와 함께 살아갈 수 있을 터였어. 안 그런가?"

나는 호흡하는 것도 잊고 홈스의 목소리를 듣고 있었다.

내가 쓴 소설을 홈스가 그런 식으로 읽고 열의를 담아 이야기하는 것은 처음이었다. 막다른 길에 몰린 범죄자처럼 분한 심정을 느끼는 한편, 어깨에서 무거운 짐을 덜어낸 듯한 안도감도 있었다. 처음으로 홈스가 나를 참된 의미에서 이해해준 느낌이었다.

"하지만 자네가 의도한 대로 되지 않았어."

홈스는 몸을 굽혀 무릎에 양 팔꿈치를 얹고 나를 똑바로 봤다.

"빅토리아 시대 교토란 세계가 아무리 생기 넘치게 느껴져도 그건 결국 자네의 바람이 만들어낸 세계, 현실 도피 수단에 불과하네. 펜을 멈추고 주위를 둘러보면 자네 자신은 여전히 현대 런던에 있지. 작중의 메리에게 아무리 생명을 불어넣어도 현실 속 메리가 다시 살아나진 않아. 그보다 더 고통스러운 일이 있을까. 소설을 쓰면 쓸수록 자네는 자기기만을 견딜 수 없게 돼. 자기가 창조한 빅토리아 시대 교토란 세계를 사랑하는 동시에 거센 증오를 느끼게 돼. 그 증오심이 머스그레이브 가의 '동쪽의 동쪽 방'이란 부조리한 균열을 낳아 이 소설을 파탄으로 몰아넣은 거네."

나는 망연히 다락방을 둘러봤다.

나름 애착이 있었던 방이 이제는 전혀 다른 모습이었다.

창가 책상, 헌 옷장, 싸구려 다기를 얹은 둥근 테이블, 검댕투성이 벽난로……. 램프가 비추는 그것들이 모래사장에 올라앉은 난파선의 화물처럼 빛바래 보였다. 뿐만 아니라 방이 너무나도 갑갑하게 느껴진다는 것도 뜻밖이었다. 낮은 천장은 비스듬히 기울었고 창문이라곤 작은 지붕창 하나뿐이었다. 그런데도 신경 쓰이지 않았던 것은 이 방에서 산 지난 반년간 내 마음이 다른 세계를 살고 있었기 때문이다. 지붕창 너머, 현실 속 런던을 마음에서 몰아내고 '무대 뒤의 미궁'을 헤매고 있었던 사람은 나 자신이었다.

나는 일어나 책상으로 다가가 『셜록 홈스의 개선』을 손에 집었다.

두툼한 원고의 묵직함은 여기 다락방에서 지낸 반년간의 무게였다. 종이 다발 속에 빅토리아 시대 교토가 있고, 데라마치 거리 221B가 있고, 아름다운 카모 강이 흘렀다. 강변의 저녁 풍경을 떠올리자 내 옆을 걷는 메리의 모습이 보였다. 아내는 내 손을 잡고 석양에 볼을 물들이며 웃고 있다. 우리는 영원히 함께 걷는다.

눈물처럼 따스한 슬픔이 가슴속에 번졌다. 끝났구나, 하고 나는 생각했다. 이제 두 번 다시 그 교토로 돌아갈 수 없을 것이라고.

"베이커 거리로 돌아가자고, 왓슨."

셜록 홈스는 말했다.

"존 H. 왓슨의 개선이네. 다시 한번 둘이서 새롭게 시작하는 거야."

그제야 비로소 깨달았다. 하숙집은 이상하게 조용했다. 리치버러 부인과 카트라이트 군은 뭘 하는 걸까. 마치 하숙집 전체가 숨죽이고 우리 대화를 엿듣는 듯했다. 홈스를 보니 그의 얼굴에도 긴장의 빛이 보였다.

그때 노크 소리가 들렸다.

"왓슨 선생님?"

리치버러 부인 목소리였다.

홈스가 일어나 입술에 손가락을 갖다댔다.

홈스는 책상으로 다가가 램프를 불어 껐다. 책상 위에 훌쩍 뛰어올라 지붕창을 살며시 밀어 열었다. 그동안 리치버러 부인은 집요하게 문을 계속 두드렸다. 목소리에 섞인 초조함과 짜증이 점점 강해지는 게 느껴졌다. "왓슨 선생님? 안에 계시죠?" 그녀가 말했다. "문 열어주세요. 아주 중요한 용건이 있어요."

지붕창을 통해 밖으로 나간 홈스가 손을 내밀었다.

"왓슨, 같이 가주겠지?"

나는 책상에 기어올라 창밖으로 나갔다.

완만하게 경사가 진 기와지붕에 벽돌 굴뚝이 솟아 있었다. 밤공기는 찼고 어슴푸레한 달빛이 비쳤다. 창틀을 잡고 다락방을 들여다보니 마치 세상 밖으로 나온 기분이 들었다. 그때 리치버러 부인이 문을 열고 들어왔다. 그녀는 창밖에 있는 나를 보더니 "뭐 하시는 거예요!" 하고 비명을 질렀다.

홈스는 지붕을 기어 올라갔다.

"굴러떨어지지 말라고, 왓슨."

그 뒤를 따라 지붕을 기어오르는데 다락방에서 벌어진 소동이 들려왔다. 거친 발소리, 의자를 차 쓰러뜨리는 소리, "어디 갔어?", "밖이야!" 하는 다급한 목소리. 카트라이트 군이 창문으로 몸을 내밀어 "왓슨 선생님!" 하고 부르는 소리가 들렸다.

"돌아오세요! 모리어티 교수님이 선생님을 기다리십니다!"

내가 아랑곳하지 않고 계속 올라가자, 청년 화가는 "빌어

먹을!" 하고 소리치더니 날카롭게 호루라기를 불었다. 안마당에 각등 불빛이 흔들리고 "저기다!" 하는 고함과 분주한 발소리가 메아리쳤다. 하숙집 주변에 모리어티 교수의 부하들이 대기하고 있었던 모양이다.

주위는 벌집 쑤신 것처럼 소란스러워졌다. 이웃 주민들이 무슨 일인가 싶어 창문으로 얼굴을 내밀었다.

홈스와 나는 지붕 꼭대기를 달려 이 지붕에서 저 지붕으로 건넜다.

"이래서야 완전히 우리가 범죄자 같지 않나!"

나는 소리쳤다. "왜 당장 모리어티 교수를 체포하지 않은 건가?"

"어쩔 수 없었어." 홈스는 태연히 말했다. "모리어티를 체포해도 부하들은 사방으로 흩어져 달아날 거야. 그래선 법정에서 모리어티의 유죄를 입증하지 못하네. 무슨 수를 써서라도 조직을 총망라해 생포해야 했던 거야."

"이대로 가다간 우리가 생포될 것 같은데, 홈스."

눈 아래 건물들이 빽빽이 들어선 런던의 뒷골목이 펼쳐져 있었다. 램프 불빛이 흘러나오는 작은 창문, 배 갑판 같은 빨래 건조대, 복잡하게 뒤얽힌 지붕과 무수한 굴뚝……. 마치 정교한 그림자극처럼 보였고 신비한 수수께끼를 감춘 듯 느껴졌다.

홈스가 왼쪽을 가리켰다. "이쪽이야, 왓슨!"

우리는 경사진 지붕을 미끄러져 내려가 옆 건물 옥상으로 건너뛰었다.

어슴푸레한 달빛이 빨래 건조대와 굴뚝을 비추었다. 우리는 옥상 구석에 있는 출입구를 통해 안으로 들어가 발소리를 죽이며 계단을 내려갔다. 주민은 잠든 모양이었다. 일층은 먼지투성이 잡동사니를 흙바닥에 쌓은 고물상이었는데, 거리에 면한 유리문으로 드는 가스등 불빛이 금 간 삼면거울과 구식 장롱 및 테이블을 비추었다. 우리는 몸을 숙이고 고물 사이를 빠져나갔다. 홈스는 갑옷 옆에 세워져 있던 녹슨 칼을 들었다.

마침 그때 추적자들이 유리문 밖에 이르렀다.

한 명이 유리문에 이마를 갖다대고 안을 둘러봤다. 홈스는 칼을 안고 어두운 바닥에 엎드렸고 나는 장롱 옆에 숨었다. 얼마 동안 숨죽이고 기다리면 상대방은 포기하고 그냥 지나갈 줄 알았다. 그런데 그때 가게 안쪽에서 눈부신 빛이 비쳤다. 주인으로 보이는 노인이 각등을 들고 서 있었다. 쉰 목소리로 "거기 누구요?"라고 말했다.

그 즉시 남자 넷이 문유리를 차고 들어왔다.

"힉!"

노인이 각등을 버리고 안으로 도망쳤다.

홈스는 바닥에서 벌떡 일어나 녹슨 칼을 휘둘러 순식간에 두 명을 때려눕혔다.

나는 장롱을 넘어뜨려 적이 주춤한 틈을 타 혼신의 힘으로 들이받았다. 상대방은 쓰러지면서 무너져 내린 고물들에 파묻혔다.

동료를 잃은 마지막 한 명은 간신히 고물상 밖으로 넘어질듯 달려나가더니 "여기 있다!" 하고 소리쳤다. 골목 저편에서 불온한 발소리 여럿이 들려왔다.

홈스와 나는 어두운 미궁 같은 골목길을 필사적으로 달리기 시작했다.

옥스퍼드 거리까지 나와서야 간신히 숨을 돌릴 수 있었다. 번화가에는 가스등과 술집의 불빛이 늘어서 있었고, 밤이라도 다니는 사람이 많았다.

홈스는 휘파람을 불어 삯마차를 세웠다.

"스코틀랜드 야드로 가줘!"

마차는 즉각 옥스퍼드 거리를 서쪽으로 달리기 시작했다.

홈스와 이렇게 함께 마차를 타고 있으려니 처음 만났을 때부터 함께해온 모험의 나날이 주마등처럼 뇌리를 스쳤다. 1881년, 목숨만 겨우 간수한 상태로 아프가니스탄에서 귀국해 런던에 왔을 때 맛봤던 불안은 지금도 잊지 못하겠다. 차가운 비에 젖은 거리는 그저 한없이 음울하고, 역 앞을 오가는 사람들은 모두 몹시 지쳐 보였다. 총상과 티푸스 탓에 무용지물이 된, 아프가니스탄에서 돌아온 전직 군의관에게 누가 관심을 가져주겠나. 매연으로 덮인 이 대도시에서 앞으로 어떻게 살아가면 좋을지 알 수 없었다.

그런 상황을 단숨에 바꿔놓은 것이 셜록 홈스와의 만남이었다.

홈스를 만나기 전 런던과 베이커 거리 221B에서 살기 시작한 뒤 런던은 전혀 다른 세계처럼 느껴졌다. 전자는 차갑고 비인간적이며 서먹서먹한 도시, 후자는 온갖 모험의 가능성이 가득한 불가사의의 도시였다.

지저분한 독과 하역장으로 북적이는 템스 강변, 미로처럼 복잡한 시내 어두운 골목길, 밤의 어둠 속에 늘어선 푸르스름한 가스등, 극장에서 나온 남녀로 들끓는 광장. 그런 풍경 하나하나가 가슴 설레는 모험으로 이어지는 문이 됐다. 회색 런던은 어느새 하룬 알 라시드 왕이 행색을 초라하게 꾸미고 떠도는 바그다드처럼 매력적이고 불가사의한 도시로 변했다. 셜록 홈스는 런던에 마법을 건 것이다.

마차는 채링크로스 거리로 나와 남쪽으로 달려갔다.

"모리어티 교수도 이제 얼마 남지 않았네." 홈스는 말했다. "내주 초면 모리어티 교수와 조직 간부들을 일제 검거하기로 돼 있거든. 금세기 최대 형사 재판이 열려 미제 사건 수십 건이 해결되고 전원이 종신형에 처해질 거야."

"축하하네. 큰 공을 세웠군, 홈스."

"물론 마지막까지 방심은 금물이네만 말이지. 모리어티 교수는 내 숨통을 끊으려 하고 있고 실제로 이루 셀 수 없을 만큼 습격을 받았다고. 하지만 녀석과 맞서 싸우기로 한 이상, 그 정도는 각오해야지. 설령 내 몸에 무슨 일이 생기더라도 문제없네. 수사 자료는 스코틀랜드 야드 수사본부에 넘겨놨고 레스트레이드가 다 파악하고 있으니까."

그러고 보면 레스트레이드와도 오래 알고 지냈다. 처음 만난 것은 로리스턴 가든스에서 벌어진 괴사건, 즉 내가 『주홍색 연구』라는 제목으로 발표한 사건이었다. 그때부터 수많은 사건 현장에서 레스트레이드와 얼굴을 마주했다.

홈스는 레스트레이드의 추리력에 관해서는 신랄한 말을 많이 했지만 형사로서의 성실함과 끈기는 높이 평가했다. 모리어티 교수와 대결하면서 레스트레이드와 손을 잡은 것도 그만큼 그를 신뢰하기 때문일 것이다.

"모리어티 교수가 자네 목숨을 노리는 건 알겠네."

나는 생각에 잠겨 말했다. "하지만 어째서 나를 찾으려고 하는 거지? 나를 한패로 끌어들인다고 해서 별 도움이 될 것 같지도 않은데. 솔직히 말해서 리치버러 부인이나 카트라이트 군이 모리어티의 부하였다는 것도 여전히 믿기지 않는군."

"난 오랫동안 모리어티 교수의 범죄를 밝히려 했네."

홈스는 마차가 달려가는 방향을 똑바로 바라보며 말했다.

"이런 경우, 내가 종종 쓰는 수법은 자네도 알 테지. 범죄자의 입장이 돼서 생각해보는 거야. 내가 모리어티라 생각하며 녀석의 사고를 따라가봐. 당연히 모리어티도 똑같은 일을 하고 있네. 그자도 자기가 셜록 홈스라 생각하며 이쪽 사고를 읽고 있어. 난 모리어티의 생각을 읽을 수 있고 모리어티도 내 사고를 읽을 수 있는 거야. 셜록 홈스에게 존 H. 왓슨이 얼마나 소중한 존재인지 모리어티보다 더 잘 이해하는 인간은 없을 테지."

홈스의 말을 듣고 나는 가슴이 벅찼다.

"왓슨이 있기에 홈스가 있다?"

"허드슨 씨 말이 맞네. 왓슨이 있기에 홈스가 있어."

홈스는 쾌활하게 말하고 미소 지었다.

"난 늘 거만하게 행동해왔네. 만약 이 세상이 탐정소설이라면 주역은 나고 왓슨은 충실한 기록자여야 한다고 믿었어. 이제 생각하면 돌이킬 수 없는 잘못이었어. 자네한테는 자네 인생이 있고 사랑하는 사람이 있는데 날 위해 희생을 강요해서 괜찮을 리 없지. 메리 일은 진심으로 미안하게 생각하네. 지난 1년간, 모리어티 교수와 싸우면서 난 정말 고독하고 힘들었어. 자네가 곁에 있어줬다면 얼마나 든든했을까 몇 번을 생각했는지 몰라. 자네만이 내가 나일 수 있게 해줘. 그 점을 실감할 수 있게 해준 것만으로도 모리어티 교수한테 감사해야겠지."

상쾌한 밤바람이 우리 뺨을 어루만졌다. 밤거리를 순조롭게 달리는 마차는 마차와 사람으로 붐비는 트라팔가 광장을 지나 웅장한 화이트홀 관청가에 접어들었다. 오른편에 해군성 및 대장성 건물이 늘어서 있었다. 스코틀랜드 야드에 가까워질수록 홈스의 얼굴이 긴장했다. 이제부터 시작될 대대적인 체포극을 생각하는 것이리라.

홈스의 눈은 거리의 불빛을 받아 소년처럼 반짝였다.

스코틀랜드 야드 문 앞에서 내리니, 템스 강 제방은 짙은 안개에 잠겨 강변을 따라 늘어선 가스등이 푸르스름한 구체가 되어 흐릿하게 떠 있었다. 축축한 밤공기가 몸에 들러붙었다. 웨스트민스터 다리 방향에 국회의사당의 시계탑이 시커멓게 솟아 있었다.

우리는 빠른 발걸음으로 문을 지나 정면 현관으로 향했다. 크고 넓은 벽돌 청사는 불이 환히 밝혀져 있었다. 주위는 안개에 싸여 고요했다.

홈스가 문득 멈춰 섰다.

"이상한데."

"뭐가?"

"유난히 조용하지 않나. 꼭 아무도 없는 것 같군."

홈스 말이 맞았다. 아무리 밤늦은 시각이라지만 스코틀랜드 야드가 이 정도로 정적에 싸여 있다는 것은 이상했다. 현관으로 들어가니 로비도 안내 카운터도 텅 비었고 당직을

서는 경찰관도 보이지 않았다. 홈스는 안내 카운터로 다가가 "아무도 없나?" 하고 불러봤지만, 그의 목소리는 사무실의 높은 천장에 공허하게 울릴 뿐이었다.

홈스는 눈살을 찌푸리며 카운터를 톡톡 쳤다.

"어쨌거나 수사본부로 가보지."

우리는 로비에서 오른쪽으로 뻗은 복도를 나아가 이층으로 올라갔다.

그런데 이층 복도는 역시 섬뜩하리만큼 한산했다. 차가운 회벽에 회색 문이 단조롭게 끝없이 이어졌다. 나는 범죄수사과가 쓰는 방 중 하나를 들여다봤다. 낡은 캐비닛과 책상이 빽빽하게 놓여 있고 그 안쪽에는 형사 이름이 붙은 사무실이 있었다. 불이 환하게 밝혀져 있는데도 사람은 아무도 없었다. 마치 어떤 무시무시한 것이 나타나 모두 허겁지겁 도망친 듯 보였다.

이윽고 홈스는 어느 문 앞에 멈춰 섰다.

"여기야."

그는 그렇게 말하며 문을 열었다.

나는 실내에 발을 들여놓자마자 움찔해서 멈춰 섰다.

수사본부는 어둡고 텅 비어 있다시피 했다. 마치 어둡고 황량한 들판에 들어선 느낌이었다.

휑뎅그렁한 방 중앙에 책상이 달랑 하나 놓여 있고 녹색 갓을 씌운 램프에 불이 들어와 있었다. 한 남자가 우리 쪽을 보고 책상 앞에 앉아 있었다. 책상에 양 팔꿈치를 얹은 자세로 두 손으로 얼굴을 가렸다. 어쩔 줄 몰라 당혹한 듯했다.

창밖에는 템스 강의 안개가 악몽처럼 꿈틀거리고 있었다.

"어떻게 된 거지?"

나는 망연히 중얼거렸다.

책상 앞에 앉아 있던 남자가 몸을 움찔하며 고개를 들었다. 램프 불빛이 레스트레이드 경위의 얼굴을 비추었다. 뺨은 홀쭉하게 여위었고 수염이 거뭇거뭇하게 자란 데다 시체처럼 핏기가 없었다. 얼굴을 뒤덮은 것은 깊은 절망감이었다.

왓슨 선생님, 하고 그는 기어드는 목소리로 말했다.

"무슨 일로 오신 겁니까?"

나는 레스트레이드에게 달려갔다.

"뭐 하는 건가. 수사본부는 어떻게 됐어?"

"해산했습니다."

"뭐라고?"

"해산했다고요. 수사는 중지됐습니다."

레스트레이드는 짤막하게 말하고 일어섰다. 램프 불빛에서 떨어지자 레스트레이드의 모습은 검은 그림자가 됐다. 내가 다가가려 하자 그는 팔을 휘저으며 몸을 뒤로 뺐다. 마치 방의 어둠에 몸을 감추려 하는 듯 보였다.

"그럼 모리어티 교수의 범죄는 어떻게 되고?"

"모리어티 교수의 범죄라고요? 그런 건 없습니다."

레스트레이드는 겁에 질린 것처럼 목소리를 낮추었다. "경찰청장도 내무대신도 모두 모리어티 교수의 부하입니다. 그 사람은 영국 정부 그 자체라고요. 그런 인간을 어떻게 체포하라는 거죠? 수사는 중지됐고 증거는 전부 처분됐습니다."

"말도 안 돼, 레스트레이드!"

"말도 안 되는 건 이 세상입니다. 모리어티 교수가 모든 걸 좌지우지하고 있어요. 그자 부하가 없는 데가 없다고요. 항상 감시를 받고 있고 동료는 누구 하나 믿을 수 없습니다. 홈스 씨한테 연락하고 싶어도 어디로 사라졌는지 알 수 없죠. 전 고립무원이었단 말입니다. 온 세상을 상대로 어떻게 싸우라는 겁니까?"

"무슨 소리인가? 홈스라면 여기 있지 않나."

나는 뒤를 돌아봤다가 경악했다.

등 뒤에 아무도 없었다.

깊은 굴 속에 떠밀려 추락한 느낌이었다.

"홈스? 자네 어디 있나?"

"꿈이라도 꾸시는 겁니까, 왓슨 선생님? 홈스 씨는 2주 전에 사라졌단 말입니다. 외국으로 도망쳤거나 템스 강에 빠져 고기밥이 됐거나 둘 중 하나겠죠."

"무슨 터무니없는 소리야?"

"물론 왓슨 선생님은 받아들이기 어려우시겠죠. 하지만 그것도 너무 염치없는 거 아닙니까? 홈스 씨가 목숨 걸고 싸우는 동안 왓슨 선생님은 어디서 뭘 한 겁니까? 이제 와서 나타나 그렇게 잘난 척해도 되는 겁니까?"

화가 치밀어 홱 떠밀자 레스트레이드는 비틀거리다가 엉덩방아를 찧었다. 서글프게 고개를 떨어뜨린 채 일어서려 하지 않았다. 마치 끈 끊어진 꼭두각시 인형 같았다.

수사본부가 해산됐다면 모리어티 교수 일당을 검거하는 것은 불가능하다. 홈스의 계획은 수포로 돌아갔고 형세가 역전된 것이다. 나는 뒷걸음치며 "홈스!" 하고 소리쳤다. 그러나 대답은 들리지 않았다.

나는 레스트레이드를 두고 수사본부에서 뛰쳐나왔다. 복도는 휑뎅그렁했고 홈스는 어디에도 보이지 않았다. 꼭 처음부터 존재하지 않았던 것처럼.

나는 홈스를 부르며 스코틀랜드 야드 청사를 돌아다녔다.

이윽고 허탕 치고 현관홀로 돌아왔을 때, 나는 내가 적의 수중에 떨어졌다는 것을 알았다. 수많은 형사와 제복 경찰이 소리 없이 나를 기다리고 있었다.

그들 중앙에 호리호리한 신사가 서 있었다.

"안녕하세요, 왓슨 선생님."

청년은 실크해트를 벗어 인사했다.

아름다운 얼굴을 본 순간, 오늘 오후 고서점 앞에서 '낭독회에 참가했습니다'라며 말을 건 청년이라는 것을 깨달았다. 또한 해 질 녘 옥스퍼드 거리 담배 상점 앞에서 나를 보던 청년이기도 했다. 십중팔구 모리어티 교수의 명으로 나를 줄곧 감시했을 것이다. 청년이 신호를 보내자 경찰들이 나를 포위했다.

내가 망연히 바라보자 청년이 다가왔다.

"모리어티 교수님께서 초대장을 보내셨습니다."

그는 그렇게 말하며 카드 한 장을 내밀었다. 캄캄한 밤 같은 검은색 바탕에 흰 글씨로 '검은 제전'이라고 쓴 두껍고 탄탄한 종이였다. 카드를 뒤집자 '피커딜리 서커스 크라이테리언 극장'이라고 쓰여 있었다. 오늘 밤 모리어티 교수의 조직 구성원들이 처음으로 한자리에 모인다고 했다.

"내가 왜?"

"당신은 셜록 홈스의 기록자니까요."

청년은 미소 지었다. "결말에 입회하셔야죠."

정체불명의 청년의 재촉을 받아 나는 스코틀랜드 야드의 현관을 나섰다.

안개가 한층 짙어져 템스 강 건너편은 유령들이 사는 안개의 나라처럼 보였다. 청사 문을 지나자 마차 한 대가 우리를 기다리고 있었다. 말 두 마리가 끄는 호화로운 유개 사륜마차였다. 창으로 차내등 불빛이 흘러나왔다.

"크라이테리언 극장으로 가지."

청년은 마부에게 말하고 나를 마차에 타게 했다.

마차가 피커딜리 서커스를 향해 밤거리를 달리기 시작했을 때, 시간을 알리는 빅벤의 종소리가 런던 시가지에 울려 퍼졌다. 귀에 익을 종소리가 오늘 밤은 전혀 다른 것으로 들렸다. 세계 바깥에서 들려오는 것처럼 섬뜩하고 공허한 소리였다.

자네가 현실로 돌아오게 하려고 온 거야.

다락방을 찾아왔을 때 셜록 홈스는 그렇게 말했다.

하지만 내가 지금 경험하고 있는 것은 정말 '현실'일까. 스코틀랜드 야드는 모리어티 교수의 뜻에 굴복했고, 셜록 홈스는 돌연히 연기처럼 사라졌으며, 나는 호화로운 마차에 실려 '검은 제전'으로 가고 있었다. 『셜록 홈스의 개선』이라는 꿈에서 깨어나 한층 기괴한 악몽 속으로 빨려드는 듯했다.

맞은편에 앉은 청년이 실크해트를 벗었다. 콧수염을 떼고 머리핀을 빼자 풍성한 금발이 쏟아졌다. 나는 그제야 상대방의 정체를 알아차렸다.

"아이린 애들러!"

"기억해주시는군요."

아이린 애들러. 그 이름을 잊은 적이 없었다.

홈스에게 이긴 유일한 여성인 그녀를 그는 항상 경의를 담아 '그 사람'이라고 불렀다. 그렇기에 나는 『셜록 홈스의 개선』에 홈스의 라이벌 탐정으로 그녀를 등장시킨 것이었다. 그러나 내가 현실에서 그녀의 모습을 본 것은 '보헤미아

스캔들' 사건 때 딱 한 번뿐이었다. 그녀의 남장을 간파하지 못한 것도 어쩔 수 없었다.

아이린 애들러는 나른하게 맞은편 좌석에 몸을 기댔다.

차내등이 비춘 창백한 얼굴은 아름다웠다. 하지만 그 아름다움은 깨지기 쉬운 인형을 연상케 했다. 양 어깨를 잡고 흔들면 산산조각 날 것 같았다.

"오랜만입니다, 왓슨 선생님."

"대륙으로 건너가 행복하게 사는 줄 알았네만."

"그렇게 생각하시도록 의도한 거랍니다." 그녀는 미소 지었다. "성공했죠? 사실은 아무것도 해결되지 않았는데, 보헤미아 국왕도, 홈스 씨도 이제 문제는 해결됐다고 믿었어요. 이 여자는 '참된 사랑'이란 걸 발견해 행복해졌으니 이제 두 번 다시 자기들을 귀찮게 하지 않을 거라고 말이죠. 아닌 게 아니라 고드프리는 쓸모 있는 사람이었지만 좋은 배우자는 아니고, 서로 사랑하는 사이도 아니었어요. 제가 원하는 건 그런 게 아니에요. 사랑 따위, 약한 자신을 외면하기 위한 궤변인걸요. 전 강한 사람이 되고 싶었어요. 타인의 뜻대로 되는 건 딱 질색이에요."

"그래서 모리어티 교수와 손잡은 건가?"

"네, 그래요."

그녀는 짤막하게 말하고 창밖으로 시선을 돌렸다.

유개 사륜마차는 트라팔가 광장을 지나 리젠트 거리로 들어섰다.

양쪽으로 늘어선 건물에는 창이란 창마다 칠흑처럼 검은 깃발이 걸려 있었다. "저건 모리어티 교수의 승리를 축하하는 깃발이랍니다"라고 아이린 애들러가 말했다. 섬뜩한 깃발의 행렬은 끝없이 이어져 그 끝에 기다리는 '검은 제전'으로 우리를 인도하는 듯했다.

"모리어티 교수님보다 더 위대한 사람은 없어요."

아이린 애들러는 검은 깃발을 올려다보며 자랑스러운 듯 말했다.

"그 사람은 모든 걸 계산할 수 있고 온갖 인간을 생각대로 움직일 수 있어요. 유일한 예외가 셜록 홈스였어요. 오로지 그 사람만이 모리어티 교수님의 위대한 계획을 저지하겠다고 부질없는 저항을 계속했던 거예요. 하지만 상대가 못 된 모양이네요."

"아직 승패가 난 게 아닌데."

"그런 탐정이 이제 와서 뭘 할 수 있다고요?"

아이린 애들러는 유쾌하게 큰 소리로 웃었다.

"셜록 홈스의 모험은 끝났어요. 이렇게 되기를 당신도 바란 게 아닌가요? 당신은 홈스를 미워했잖아요. 지난 반년간 우리는 계속 당신을 감시했지만 당신은 결코 홈스를 도우려 하지 않더군요. 현명한 선택이었어요, 왓슨 선생님. 명탐정 홈스의 시대는 이미 끝났고 모리어티 교수님의 시대가 왔으니까요. 모리어티 교수님은 이제 모든 걸 장악해 영국 정부 그 자체가 됐어요. 그렇지만 그건 계획의 첫걸음에 불과하죠. 오늘 밤 마지막 강의에서 모리어티 교수님은 위대한 계획의 전모를 밝혀주실 겁니다."

이윽고 유개 사륜 마차는 피카딜리 서커스에 들어섰다.

밤이 깊었는데도 축제처럼 술렁거리는 소리가 큰 광장을 메우고 있었다. 사방팔방에서 밀려드는 마차가 혼잡을 이뤄 마부들이 여기저기서 고함쳤다. 마차에는 검은 야회복을 입은 사람들이 타고 있었다.

너무나도 혼잡한 탓에 크라이테리언 극장에 접근도 하지 못한 채 광장을 돌던 우리 마차는 이윽고 꼼짝도 할 수 없게 됐다.

"여기서 내리죠. 걸어가면 돼요."

아이린 애들러는 답답하다는 듯 말하며 마차를 세웠다.

우리는 소방서 앞에 내려 오도 가도 못하는 마차로 가득 찬 광장을 가로질러 크라이테리언 극장으로 갔다. 창마다 불을 밝힌 극장은 마법의 성처럼 빛났다. 그 빛을 받아 시커멓게 보이는 사람들의 모습은 각설탕에 몰려드는 나방 떼를 연상케 했다. 그들은 떠들썩하게 웃으며 양옆에 검은 깃발을 내건 현관으로 빨려들었다.

"'검은 제전'에 오신 걸 환영합니다."

아이린 애들러는 그렇게 말하며 나를 극장 안으로 인도

했다.

붉은 양탄자를 깐 로비에 샹들리에의 눈부신 불빛이 쏟아졌다.

오른쪽으로는 완만하게 아치를 그리는 큰 계단이 위층 무대석으로 이어졌다. 왼쪽, 천장이 높은 바는 야회복을 입은 남녀로 가득했다. 안개처럼 자욱한 담배 연기 저편에서 떠들썩한 웃음소리가 들려왔다. 그들은 그렇게 한잔하며 모리어티 교수의 '마지막 강의'가 시작되기를 기다리는 모양이었다.

나는 로비를 오가는 사람들을 둘러봤다.

"이 사람들이 모두 모리어티 교수의 부하인가?"

"네, 그래요. 보세요, 저기 리치버러 부인이 있네요."

나는 얼굴을 들어 아이린 애들러가 가리키는 쪽을 봤다.

체격이 큰 검은 드레스 차림의 여자가 실크해트를 쓴 남자와 함께 큰 계단을 올라가는 모습이 보였다. 이윽고 계단을 다 오른 그녀는 난간에 느긋이 몸을 기대고 아래층 로비를 내려다봤다. 그녀는 분명히 리치버러 부인이었다. 하지만 내가 알던 친절한 하숙집 주인 리치버러 부인의 모습은 어디에도 없었다.

당당한 행동거지에서는 저명한 영매 같은 불가사의함이 느껴졌다. 로비에 선 나를 발견한 리치버러 부인은 짙게 화장한 허옇고 커다란 얼굴로 의기양양하게 히죽 웃었다. '그거 봐요'라는 느낌이었다. '이렇게 될 줄 알았다니까요, 왓슨 선생님.'

리치버러 부인 옆에 서서 친밀하게 말을 나누는 사람은 성격이 까다로워 보이는 마른 체격의 남자였다. 나이는 홈스 정도 될까. 거만하게 머리를 쳐든 자세는 타고난 귀족이라는 인상이라, 리치버러 부인과의 조합이 다소 기이하게 느껴졌다. 대체 누굴까 생각하고 있으려니 등 뒤에서 "레지널드 머스그레이브입니다"라고 누가 말했다. "서섹스 헐스턴 저택의 주인이죠. 잉글랜드에서 으뜸가는 명가라던데요."

돌아보니 카트라이트 군과 레이철이 서 있었다.

"자네들도 왔나!"

"당연히 오죠." 카트라이트 군이 웃었다.

"오늘은 잊지 못할 밤이니까요." 레이철도 미소 지으며 말했다.

옷을 갖춰 입고 나란히 선 두 사람은 마치 쇼윈도에 장식된 한 쌍의 인형처럼 아름다웠다. 그들은 양심의 가책을 전혀 느끼지 않는 듯했다. "다락방에서 빠져나가다니 꽤나 과감하시군요." 카트라이트 군이 씩 웃었다.

"잠깐 이 일을 어쩌나 싶었다니까요. 당신이 군 출신이라는 걸 깜빡했습니다. 그나저나 성가신 사람이군요. 결국 이쪽에 붙을 거면 그런 소동을 벌일 필요는 없었잖습니까."

"왓슨 선생님은 혼란스러우셨던 거예요."

레이철이 나를 위로하듯 말했다.

"어쨌거나 홈스의 옛 파트너니까요."

"그러게." 카트라이트 군은 고개를 끄덕였다. "어쨌거나 옳게 판단하신 겁니다. 홈스는 모리어티 교수님의 위대함을 전혀 알지 못했어요. 녀석의 계략 탓에 교수님 '계획'의 실현이 대폭 늦어졌다던데요. 옛 파트너라고 해서 그런 멍청한 인간하고 운명을 함께할 필요는 없죠."

"홈스를 모욕하지 말게, 카트라이트 군."

나는 분연히 말했다. "난 범죄자와 한패가 된 게 아니네."

"저런! 아직도 그런 소리를 합니까?"

카트라이트 군은 어이없다는 듯 말했다. "범죄란 낡은 질서에 대한 반역입니다. 모리어티 교수님이 승리를 거둬 새로운 질서가 낡은 질서를 대신한 지금, 과거의 범죄는 영웅적 행위로 찬미됩니다. 여기에 '범죄자'는 한 명도 없어요."

"모리어티 교수님의 '마지막 강의'를 들으면 왓슨 선생님도 납득하실 거예요."

레이철이 말했다. "모리어티 교수님은 영국을 지배하고, 영국은 세계를 지배합니다. 수학적으로 조화를 이루는 아름다운 세계가 될 테죠. 이 '검은 제전'에 모인 사람들이, 우리도, 물론 왓슨 선생님도, 그 정점에 군림하는 거예요."

"그럼요. 우리는 선택된 사람들인 겁니다."

카트라이트 군은 그렇게 말하며 레이철에게 부드럽게 미소 지었다.

나는 절망적인 기분으로 눈앞의 젊은 두 사람을 바라봤다. 그들은 그런 과대망상 같은 이야기를 철석같이 믿는 모양이었다. 하도 말이 통하지 않으니 두 사람이 카트라이트 군과 레이철의 탈을 쓴 가짜처럼 보였다. 레이철을 좋아하는 감정 탓에 번민하며 요크셔에 가기를 주저하던 순박한 청년 화가는 어디로 사라졌을까. 겨우 몇 시간 전 주고받은 말이 마치 아득히 먼 옛날 일처럼 느껴졌다.

"그럼 요크셔에는 안 가는 건가?"

내가 묻자 카트라이트 군은 어리둥절한 표정을 짓더니 "아하하" 하고 웃었다.

"세상에! 그 가정교사 자리 말입니까? 왜 이제 와서 요크셔까지 가서 시골 귀족 딸들하고 놀아줘야 하죠? 앞으로는 모든 게 뜻대로 이뤄질 텐데요. 이 극장에 모인 우리가 신시대의 귀족이라고요. 자, 그런 이야기는 됐고 우리 동료를 소개해드리겠습니다. 다들 왓슨 선생님을 기다렸거든요."

카트라이트 군은 친근하게 내 어깨를 치고는 나를 바 쪽으로 데려갔다.

그제야 나는 아이린 애들러가 보이지 않는 것을 깨달았다. 로비를 둘러봐도 어디에도 없었다.

"여러분, 존 왓슨 선생님이 오셨습니다."

카트라이트 군은 극장의 바 입구에서 소리 높여 선언했다.

그때까지 높은 천장에 반사되던 사람들 목소리가 조용해지더니 이윽고 따뜻한 박수 소리가 일었다. 나는 카트라이트 군에게 떠밀려 드문드문 놓인 테이블 사이로 걸음을 뗐다. 어느 쪽을 봐도 검은 야회복 차림의 남녀가 내게 미소를 지었고, 열렬하게 악수를 청하는 사람에 명랑하게 휘파람을 부는 사람도 있었다. 허물없이 어깨를 두드리는 신사도 있었다. 파도 소리 같은 박수는 그치기는커녕 점차 커졌다. 마치 반가운 옛 동료들에게 돌아온 듯했다. 당혹스러운 기분으로 사람들에 둘러싸여 있는데 상인 같은 분위기의 뚱뚱한 붉은 머리 인물이 눈에 띄었다.

'붉은 머리 연맹' 사건의 의뢰인인 저베즈 윌슨 씨였다.

그걸 깨닫고 나니 주위에서 요란하게 웃는 이들 중에서 과거에 마주친 사람들 얼굴이 속속 눈에 들어왔다. 명랑하게 웃으며 시가를 피우는 것은 '실버 블레이즈' 사건의 마주 로스 대령이었고, 같은 테이블에는 '장기 입원 환자' 사건의 트레블리언 의사의 모습도 보였다. 다른 테이블에는 '외로운 자전거 타는 사람' 사건의 바이얼릿 스미스와 '입술이 씰그러진 남자' 사건의 세인드클레어 부처가 있었다. 또 다른 테이블에는 '두 번째 얼룩' 사건의 전 수상 벨린저 경과 호프 경 부처가 앉아 있었다.

전에 알던 이들을 다시 만난 기분이 드는 것도 당연했다.

과거에 홈스와 조사했던 사건 관계자들이 한데 모여 있었으니까.

"이야기 들었습니다. 화끈하게 한판 벌이셨다죠, 왓슨 선생님!"

몸차림이 야단스러운 남자가 말을 걸어왔다. 고급 야회복, 눈처럼 새하얀 조끼, 반들반들 광 나는 에나멜 구두. 세인트사이먼 경이었다. 『셜록 홈스의 개선』의 묘사가 떠올랐다. 화려한 차림새 때문에 멀리서 보면 젊은 청년 같지만 실제 나이는 마흔이 넘었다. 머리는 희끗희끗했고 자세히 보면 얼굴 피부도 그 나이 때 것이었다.

"뭐, 기분은 이해합니다."

세인트사이먼 경은 유유히 말했다.

"셜록 홈스한테도 동정할 여지는 있으니까요."

연신 드는 생각은 물론 홈스에 관한 것이었다.

그는 어째서 스코틀랜드 야드에서 연기처럼 사라진 걸까. 수사본부의 해산을 알고 모리어티에게 패배한 것을 깨달아 도망쳤나?

아니면 일단 몸을 숨겨 어딘가에서 역전의 기회를 노리고 있나?

하지만 그런 것이라면 내게 무슨 말인가 남겼을 터였다. 수사본부 문을 열 때까지 그런 조짐은 어디에도 없었다. 그의 행동은 너무나도 불가해해 그때 함께 있던 홈스는 내 바람이 만들어낸 환상 같기까지 했다.

나는 망연히 안쪽 카운터 자리로 다가갔다. 한 남자가 턱을 괴고 히죽거리며 나를 보고 있었다. 유난스레 허물없는 느낌이었다. 불현듯 상대방의 이름이 생각나 나는 나직이 소리쳤다.

"스탬퍼드!"

"드디어 생각났나, 왓슨."

의학생 시절 친구는 기쁜 표정으로 술잔을 들었다.

"그나저나 인생이란 게 참 묘하지. 아프가니스탄에서 돌아온 자네와 마주친 것도 바로 여기, 크라이테리언의 바였잖나. 당시 자네는 어지간히 외로웠는지 내가 이렇게 어깨를 쳤더니 얼마나 기뻐하던지. 그 뒤, 내가 자네를 세인트바살러뮤 병원으로 데려가서 셜록 홈스를 소개했잖나. 그때부터 자네 인생은 순풍에 돛 단 배였고. 다시 말해 난 자네한테 더없이 중요한 은인인 셈이야. 그런데도 자네는 『주홍색 연구』 이래로 내 이야기는 한 글자도 써주지 않았지."

나는 한숨을 쉬며 스탬퍼드 옆에 앉았다.

"설마 자네도 모리어티 교수의 부하였을 줄이야."

"응, 뭐, 우여곡절이 있어서." 스탬퍼드는 말했다. "도박에서 크게 지는 바람에 횡령이니 뭐니 해서 일하던 병원에 있을 수 없게 됐을 때 모리어티 교수가 건져준 거야. 여기 있는 인간들은 다들 비슷한 처지라네. 붉은 머리 윌슨 씨는 장물 매입 전문가고, 로스 대령은 경마 승부 조작의 주모자고, 바이얼릿 스미스는 사기꾼이란 말이지. 우리는 모두 모리어티 교수를 위해 일해온 거야. 셜록 홈스의 활약 탓에 얼마나 고생했는지 아나? 뭐, 그런 걱정도 이제 끝이네만."

스탬퍼드는 내 쪽으로 몸을 내밀어 속삭였다.

"모리어티 교수가 자네를 아주 좋게 본 것 같던데."

"그런 소리는 듣고 싶지 않네!"

"무슨 소리인가? 자네가 이런 곳에 있을 수 있는 것도 그 때문인데."

스탬퍼드는 웃었다. "하여간 자네 같은 악당은 없어. 셜록 홈스와 손잡고 실컷 단물을 빨아먹다가 막판에 와서 모리어티 교수 쪽에 붙다니 말이야. 어떻게 환심을 샀는지 모르지만 가히 천재적인데."

나는 카운터에 팔꿈치를 얹고 씁쓸하게 술을 들이켰다. 스탬퍼드가 한 말은 모두 틀렸지만 반박할 기력도 나지 않았다.

"아니, 왜 그렇게 기운이 없나?"

스탬퍼드는 내 등을 두드리며 쾌활하게 웃었다.

"한 바퀴 빙 돌아 원점으로 돌아온 것뿐이잖나. 이제부터 새로 시작하면 되지. 앞으로는 모리어티 교수의 시대야. 그 사람은 정말 대단하거든. 난 신비주의자가 아니네만 모리어티 교수의 능력은 인간을 초월했어. 마치 세상의 중심에서 모든 걸 관장하는 것 같은 인물이네. 자네이니까 하는 말인데, 그날 여기 크라이테리언에서 자네를 만난 것도, 셜록 홈스한테 소개해준 것도, 사실은 우연이 아니라 교수가 뒤에서 조작한 게 아닐까 싶을 때까지 있다고."

"모리어티 교수는 신이란 말이라도 하고 싶은 건가?"

"그런 말은 아닌데."

스탬퍼드는 씩 웃었다.

"하지만 혹시 그렇다고 해도 난 놀라지 않을걸."

나는 단숨에 술잔을 비우고 몸을 돌려 야회복 차림의 사람들을 둘러봤다.

그들은 어느새 나를 주목하기를 그만두고 각각 하던 대화로 돌아가 있었다. 카트라이트 군과 레이철은 붉은 머리 윌슨 씨와 즐겁게 이야기하고 있었다. 자욱한 담배 연기 너머에서 샴페인을 따는 소리가 들렸다. 주위의 떠들썩한 소리를 듣고 있으려니 악몽을 꾸는 듯한 느낌은 한층 강해졌다.

만약 스탬퍼드의 말대로 우리가 크라이테리언에서 만난 것조차 모리어티 교수가 꾸민 일이라면? 이보다 더 끔찍한 상상은 없었다. 처음부터 이 황량한 결말에 이를 운명이었다면······.

그때 나는 떠들썩하게 웃는 인파 저편에서 눈에 익은 얼굴을 발견했다. 그 인물은 간소한 검정 드레스를 입고 어둑어둑한 구석 테이블에 홀로 동그마니 앉아 있었다.

나는 카운터를 벗어나 걷기 시작했다.

"어이, 어디 가?" 스탬퍼드가 말했다.

나는 돌아보지 않았다. 상대방에게서 시선을 떼지 않은 채 테이블 사이를 지났다. 기쁜 목소리로 말을 거는 사람들을 밀쳐내고 악수를 청하는 손을 거칠게 뿌리쳤다. 소란이 벌어졌다. 그때 내가 다가가는 상대방이 얼굴을 들어 결심이 선 것처럼 나를 바라봤다. 베이커 거리 221B의 집주인, 허드슨 부인이었다.

'검은 제전'에서 그녀를 발견했을 때 맛본 절망을 어떻게 표현하면 좋을까.

베이커 거리 221B라는 주소는 내게 상징적인 의미가 있었다. 그곳은 모든 모험이 시작되는 장소이자 모든 모험이 끝나는 장소이기도 했다. 말하자면 세상의 중심이었다. 그리고 그곳에는 거의 언제나 허드슨 부인의 모습이 있었다. 셜록 홈스의 생활도, 직업도 허드슨 부인의 존재가 있기에 가능했다. 그렇기에 나는 마음속 어딘가에서 그녀만은 결코 홈스를 배신하지 않을 것이라고 믿었다.

"왜 허드슨 씨가 이런 곳에 있지?" 나는 허드슨 부인에게 따졌다. "베이커 거리에서 홈스가 돌아오길 기다린다고 했잖나."

"기다려봤자 소용없으니까요."

허드슨 부인은 힘없는 목소리로 말했다.

"홈스 씨는 이제 베이커 거리로 돌아오시지 않을 거예요."

얼굴에는 아무런 표정도 없었다. 마치 모든 것을 체념한 듯했다.

당신만은 한편인 줄 알았는데. 그런 말이 나올 뻔해 나는 입을 다물었다. 그런 소리를 할 자격이 없다는 것은 알고 있었다. 홈스가 모리어티 교수와 싸우는 동안 나는 아무 도움도 되지 못했다. 그런데 어떻게 허드슨 부인을 탓할 수 있을까.

나는 힘이 쭉 빠져 그녀 옆에 앉았다.

어두운 구석 테이블에서는 바에서 떠들썩하게 이야기하는 사람들 모습이 잘 보였다.

스탬퍼드는 이제 내게 관심을 잃고 검은 드레스를 입은 바이얼릿과 이야기를 나누고 있었다. 카트라이트 군과 레이철은 다른 테이블 사람들과 잔을 들어 건배했다. 주식 중개인인 파이크로프트 씨, 은행장 홀더 씨, 코벤트가든의 도매상 브레킨리지 씨, 수압 기사 해덜리 씨. 하나같이 홈스와 조사했던 사건을 통해 만난 인물들이었다. 그들이 모리어티 교수의 부하인 줄 몰랐다면 아주 즐겁고 화기애애한 모임이라 생각했을 것이다.

허드슨 부인은 떠들썩한 사람들 틈에 끼지 않고 조용히 테이블에 앉아 있었다. 작은 몸을 곧게 펴고 석상처럼 미동도 하지 않았다. 눈에는 깊은 체념이 어려 있었다. 이 사랑스러운 사람이 범죄에 가담한다는 것은 상상도 할 수 없었다. 대체 그녀는 어떤 범죄에 관여했을까. 어떻게 모리어티 교수의 계획에 기여해 '검은 제전'에 초대됐을까.

"홈스 씨는 늘 왓슨 선생님 말씀을 하셨어요."

허드슨 부인은 말했다.

"아주 많이 걱정하셨답니다."

"알아. 미안하게 생각하고 있어."

"하지만 사실은 홈스 씨 자신이 도움을 필요로 하셨던 거예요."

허드슨 부인은 테이블을 응시하며 강한 어조로 말했다.

"홈스 씨는 인정하지 않으셨지만 전 알고 있었어요. 왓슨이 있기에 홈스가 있다, 인걸요. 그래서 전 입이 닳도록 왓슨 선생님을 만나러 가라고 말씀드렸다고요. 그런데 홈스 씨는 도저히 그럴 수가 없었던 거예요. 홈스 씨께도 메리 씨가 돌아가신 게 아주 큰 충격이었으니까요. 왓슨은 분명 나를 용서하지 않을 거라고 늘 고민만 하셨죠. 난 다른 사람을 사랑해본 적이 없다, 어떻게 해야 왓슨을 구할 수 있을지 모른다, 그렇게 말씀하시면서요."

그녀의 비통한 목소리를 들었을 때, 가랑비를 맞으며 우두커니 선 홈스의 모습이 떠올랐다.

그날 기억은 지금도 선명하게 돌이킬 수 있다. 메리의 장례식 날. 잊으려도 잊을 수 있는 게 아니다. 차가운 비에 부옇게 흐린 묘지, 관에 흙이 떨어지는 소리, 기도문, 천천히 흘러가는 침울한 검은 우산들.

하지만 작별을 고했을 때 홈스의 얼굴만은 아무리 해도 생각나지 않았다. 아무리 기억을 더듬어도 차가운 가랑비의 베일 너머 멀리 쓸쓸하게 선 그림자만 떠올랐다. 그때 나는 그의 얼굴을 보려 하지 않았다. 그 정도로 나는 홈스를 용서할 수 없었던 것이다. 그가 내 인생에 가져다준 온갖 것이 묘석에 달라붙은 낙엽처럼 색채를 잃어 그저 귀찮게만 느껴졌다.

그러나 이제는 안다. 내가 잘못 생각한 것이었다. 내가 용서할 수 없었던 사람은 나였다. 메리를 구하지 못한 나 자신이었다. 그렇건만 나는 내 죄를 홈스에게 떠넘기고 그가 내민 손을 거칠게 뿌리쳤다.

"홈스는 만나러 와줬어, 허드슨 씨."

내가 말하자 그녀는 놀라 숨을 들이마시며 나를 봤다.

"방금 전까지 함께 있었어. 홈스는 날 그 다락방에서 데리고 나와줬어. 다시 한번 둘이 새로 시작하자고 말해줬어. 내가 잘못 생각하고 있었던 거야. 허드슨 씨 말대로 좀 더 일찍 베이커 거리로 돌아갔어야 했어."

"홈스 씨를 만나셨군요."

허드슨 부인은 한숨을 쉬었다.

"정말 다행이에요."

"그런데 홈스가 갑자기 사라져버린 거야."

나는 말했다. "무슨 일이 생긴 건지 모르겠어. 왜 나를 두고 간 걸까."

주위의 시끄러운 소리는 계속 커졌다. 높은 모자이크 무늬 천장에 반사되는 목소리는 이국의 음악처럼 왕왕 울려 의미를 띠는 말은 한 마디도 알아들을 수 없었다. 샴페인 따는 소리에 이어 와르르 웃음소리가 일었다.

불쾌한 소음은 풀솜처럼 나를 에워싸고 있었다. 지금 여기서 법석을 떠는 인간들은 모두 모리어티 교수의 승리를 진심으로 축복하고 있었다. 홈스는 정말 외톨이구나, 하는 생각이 들었다. 곁에 있어야 할 왓슨에게 묘지에서 버림받은 뒤로 홈스는 온 세상을 상대로 홀로 싸워온 것이다.

허드슨 부인이 내 팔을 살며시 건드렸다.

"왓슨 선생님."

그녀는 확인하듯 속삭였다.

"어떤 경우에도 홈스 씨 편으로 계셔주실 거죠?"

나는 놀라 허드슨 부인을 봤다. 조금 전까지 공허하던 표정은 간 데 없이 그녀는 힘찬 눈길로 나를 응시하고 있었다. 문득 내가 크라이테리언 극장의 바에 있는 게 아니라 베이커 거리 221B로 돌아온 것처럼 느껴졌다.

내가 고개를 끄덕이자 허드슨 부인은 이야기를 시작했다.

"전 그냥 하숙집 주인이니까 홈스 씨가 하시는 일의 내용은 잘 몰라요. 하지만 그게 아주 별나다는 건 알고 있답니다. 매일 다양한 의뢰인이 찾아오는 데다 홈스 씨의 생활 태도도 엉망이니까요. 이상한 실험을 하다가 소방 마차를 불러야 하게 되질 않나, 권총을 쏴서 벽에 구멍을 내질 않나……. 그러니까 홈스 씨가 심야에 아무 말씀 없이 나가실 때도 처음엔 아무 생각 없었어요. 여느 때 같은 일이려니 했죠.

그러다가 좀 묘하다고 생각하기 시작한 건 매번 뒷문으로 나가시는 걸 깨달았을 때부터였어요. 밤중에 일어나 앉아 귀를 기울이고 있다 보면, 천천히 계단을 내려오는 발소리가 들리고는 뒷문 쪽으로 가는 거예요.

그런 일이 여러 번 이어지길래, 어느 날 밤 여느 때처럼 발소리가 들렸을 때 결심하고 복도로 나가봤거든요. 시커먼 그림자가 뒷문으로 슬며시 나가는 게 보이더군요. 뒤를 쫓아 뒷마당으로 나갔더니 노인이 달빛 속에 서 있지 뭐예요."

"노인?"

"네, 새카만 외투를 입은 노인이었어요."

거기까지 말한 허드슨 부인은 주위를 둘러보고는 목소리를 한층 낮추었다.

"제가 말을 걸었더니 상대방이 돌아봤어요. 그렇게 무시무시한 얼굴은 처음 봤어요! 꼭 악마 같더군요. 창백한 얼굴을 독사처럼 흔들면서 저를 노려보는 거예요. 얼마나 무서운지

숨이 쉬어지지 않아서 전 풀썩 주저앉고 말았어요. 노인은 아무 말도 하지 않고 몸을 돌려 뒷마당을 가로질러선 담을 넘어 나갔어요.

그 사람이 모습을 감춘 뒤로도 전 얼마 동안 꼼짝도 못 했어요. 그 표정이 머리를 떠나지 않더라고요. 그 노인은 대체 누구일까요. 무슨 목적으로 집에 드나드는 걸까요. 어쨌거나 홈스 씨에게 알려야겠다 싶어서 전 급히 집 안으로 돌아와선 홈스 씨 침실로 올라갔어요. 그런데 침대는 텅 비어 있었어요. 홈스 씨는 없었던 거예요."

나는 숨을 멈춘 채 듣고 있었다. 입안이 바싹 말랐다.

허드슨 부인이 가공할 진상에 서서히 다가갈수록 모리어티 교수의 승리에 도취한 주위의 소란은 멀어져갔다.

"언제부터 그런 일이 시작된 거지?"

"작년 가을, 메리 씨가 돌아가셨을 무렵부터일 거예요."

허드슨 부인은 말했다.

"올해 들어 홈스 씨는 중대한 사건을 조사 중이라고 하시면서 아주 바빠지셨거든요. 외박도 잦아졌고요. 그래도 홈스 씨가 베이커 거리 221B에 계실 때는 매번 한밤중에 계단을 내려와 조용히 뒷문으로 나가는 발소리가 들리는 거예요. 가보면 침대는 텅 비어 있고요. 다음 날 아침이면 홈스 씨는 어느새 방에 돌아와 계셨어요. 홈스 씨는 그에 관해 아무 말씀도 없으셨고 제가 먼저 여쭤볼 용기도 없었어요. 뒷마당에서 본 악마 같은 노인 생각을 하면 그게 절대로 언급해선 안 되는 무시무시한 비밀처럼 느껴져서 말이에요."

그렇게 불안한 나날이 이어지다가 지난번 폭파 사건이 벌어진 것이다.

폭파 현장을 조사하러 온 레스트레이드 경위는 얼마 동안 다른 곳에서 지내라고 권했지만, 허드슨 부인은 도망치지 않았다. 221B를 지키는 게 자신의 사명이라고 생각했다.

하지만 불길한 예감을 떨칠 수 없는 것도 사실이었다. 셜록 홈스는 이제 두 번 다시 돌아오지 않는 게 아닐까.

"그런데 오늘, 왓슨 선생님이 다녀가신 다음이었어요."

저녁식사를 마친 뒤 허드슨 부인은 거실에서 책을 읽고 있었다.

저녁 7시가 지났을 무렵, 그녀는 흠칫 놀라 고개를 들었다. 누가 뒷문을 열고 베이커 거리 221B로 들어온 것이다. 그 인물은 천천히 복도를 지나 삐걱삐걱 소리를 내며 계단을 올라갔다. 그동안 허드슨 부인은 꼼짝하지 않고 어스름 속에서 숨죽이고 있었다.

발소리는 홈스의 방으로 들어갔다. 주위는 쥐 죽은 듯 고요했다. 얼마 동안 귀 기울여 들어봤지만 이제 아무 소리도 들리지 않았다. 허드슨 부인은 일어나 램프를 들었다. 거실 벽에 걸린 거울에 자신의 얼굴이 비쳤다. 죽은 사람처럼 핏기 없이 하앴다.

허드슨 부인은 마귀를 쫓는 부적처럼 램프를 들고 이층으로 올라갔다.

"홈스 씨?"

불러봐도 대답이 없었다.

베이커 거리 221B가 이 정도로 생경하게 느껴진 것은 처음이었다. 허드슨 부인은 숄을 걸친 어깨를 부르르 떨었다. 홈스의 방문은 활짝 열려 있었다. 그녀가 겁에 질려 우두커니 서 있는데 "허드슨 부인" 하고 부르는 목소리가 들렸다.

노인의 쉰 목소리였다.

"이쪽으로 오게. 걱정할 것 없어."

"누구세요?"

"제임스 모리어티 교수. 홈스의 친구네."

허드슨 부인은 램프를 들고 홈스의 방으로 들어갔다.

마치 바람이 휘몰아치는 황야에 발을 들여놓는 기분이었다. 폭파 사고 때 창유리가 깨진 탓에 차가운 밤바람이 들었다. 어슴푸레한 달빛이 가구의 잔해를 비추었다. 폐가 같은 방 안쪽을 보니 노인이 불 없는 벽난로에 기대서 있었다.

"멋대로 들어와 미안하네. 홈스가 살던 집을 봐두고 싶어서 말이야."

"아무것도 남아 있지 않아요. 폭탄이 터졌거든요."

"알고 있네."

모리어티 교수는 미소 지었다.

"내가 지시한 일이니까."

허드슨 부인은 숨을 멈춘 채 상대방을 응시했다.

"당신이군요. 홈스 씨가 맞서 싸우는 상대방이."

"싸우고 있었다, 라고 과거형을 써야 할 테지." 모리어티 교수는 미소 지었다. "셜록 홈스의 모험은 끝났어. 그 친구는 지금까지 훌륭하게 싸워왔고, 분투하는 모습을 구경하는 건 내게도 지적인 즐거움을 주는 일이었네. 하지만 그 친구가 아무리 사력을 다해도 이 세상엔 풀 수 없는 수수께끼란 게 존재하거든."

모리어티 교수는 벽난로에 기대고 있던 몸을 일으켜 지팡이를 짚으며 다가왔다.

흐릿한 달빛이 검은 망토를 휘두른 몸을 비추었을 때, 허드슨 부인은 무시무시한 진상을 깨달았다. 달의 뒷면에 버려진 듯한 절망이 그녀를 집어삼켰다.

셜록 홈스가 모리어티 교수이고, 모리어티 교수는 셜록 홈스인 것이다. 그러나 홈스 자신은 그 사실을 알지 못했다. 다름 아닌 자기 자신과 사투를 벌여온 것을 모르고 있었다.

허드슨 부인은 자신도 모르게 모리어티 교수를 잡고 흔들었다.

"홈스 씨!"

그녀는 필사적으로 속삭였다.

"당신은 홈스 씨예요. 제발 정신 차리세요!"

그러나 모리어티 교수는 허수아비처럼 몸을 내맡긴 채 꼼짝하지 않았다. 그녀가 필사적으로 하는 말도 전혀 들리지 않는 듯했다. 상대방의 눈을 들여다본 허드슨 부인은 우주 같은 공허함에 움찔했다. 도무지 이 세상 사람 같지 않았다.

"고맙게 생각하네, 허드슨 부인. 깊이 감사하고 있어."

모리어티 교수의 목소리는 마치 이세계에서 들려오는 목소리처럼 공허하게 들렸다.

"이 세상에서 믿을 수 있는 것은 신도, 사랑도, 물질도 아니야. 확실한 건 온갖 것이 끝난다는 것, 모든 것이 영원한 어둠으로 회귀한다는 것뿐이지. 그것이 바로 진리요, 세계의 본질이고, 형언할 수 없이 아름다워. 나는 모든 것을 끝내러 온 것이야."

허드슨 부인이 이야기하는 동안, 우리는 주위의 소음으로부터 떨어져 있었다.

그때 우리는 화려한 크라이테리언 극장이 아니라 베이커 거리 221B의 홈스 방에 있었던 것이다. 폭파로 인해 황폐해진 방의 모습을 나는 눈앞에 생생히 그려볼 수 있었다. 가구의 잔해를 비추는 달빛, 깨진 창문으로 불어드는 밤바람 그리고 검은 망토를 입고 서 있는 모리어티 교수. 허드슨 부인이 한 것처럼 나도 모리어티 교수의 공허한 눈을 들여다보고 있었다. 별이 없는 우주 같은 심연이 그 안에 있었다.

"그 사람은 그런 말을 남기고 나갔어요."

허드슨 부인은 말했다. "그때 이걸 준 거예요."

그러면서 그녀는 '검은 제전' 초대장을 테이블 위에 놓았다.

"그렇게 된 일이었군." 나는 중얼거렸다. "이제 모든 걸 알았어."

셜록 홈스는 사상 최고의 탐정이다. 그리고 그와 호각으로 맞서 싸우며 그를 막다른 길에 몰아넣을 수 있는 적은 홈스 자신 말고는 아무도 없다. 그가 벌여온 모리어티 교수와의 싸움은 하나의 육체를 둘러싼 두 인격의 사투이기도 했던 것이다.

하지만 나는 이미 오래전에 이 진상을 눈치챘을 터였다.

나는 『셜록 홈스의 개선』에 모리어티 교수를 등장시켰다. 그는 홈스의 새 동거인이고, 그와 마찬가지로 슬럼프로 인해 힘들어하고, 마치 그림자처럼 곁에 붙어 있다. 그리고 그들은 둘 다 머스그레이브 가의 '동쪽의 동쪽 방'에 집어 삼켜진다. 그건 내가 무의식중에 그들이 동일 인물이라는 것을 알아차렸기 때문이 아닌가.

베이커 거리 221B는 폭파되어 홈스가 자기 자신으로 돌아올 수 있는 장소는 사라졌다. 그래도 허드슨 부인의 필사적인 부름이 홈스의 영혼을 깨운 것이다.

다락방에서 나를 데리고 나와준 홈스는 그가 혼신의 힘을 다해 이룬 '마지막 변신'이었을 게 틀림없다. 그 뒤, 스코틀랜드 야드에서 모리어티 교수에게 패배했음을 인정하지 않을 수 없게 됐을 때 육체의 주도권을 완전히 빼앗긴 것이다.

"이대로 가다간 큰일 날 거예요."

허드슨 부인이 말했다. "홈스 씨를 말려야 해요."

내가 고개를 끄덕이자, 허드슨 부인은 안심한 듯 눈을 감았다.

주위의 소음이 우르르 밀려들듯 다시 돌아왔다. 야회복을 입은 사람들은 자리에서 일어나 흥분해 소곤거리며 이동하기 시작했다. 모리어티 교수의 '마지막 강의'가 시작되는 모양이었다. 멀리서 스탬퍼드가 "어이, 왓슨"이라며 손을 흔들었다.

검은 드레스로 갈아입은 아이린 애들러가 스르르 다가왔다. 그녀는 "자리로 안내할게요"라 말하며 내 팔에 손을 얹었다. 나를 안내한다기보다 절대로 놓치지 않겠다는 느낌이었다.

아이린 애들러는 나를 무대 정면 특등석으로 안내했다.

무대에는 아무것도 놓여 있지 않았다. 강단이나 의자조차 없이, 검은 벨벳 현수막을 배경으로 먼지투성이 공간에 흐릿한 빛을 비출 뿐이었다. 황량한 공간에서 뭔가 섬뜩한 기운이 느껴졌지만 신경 쓰는 사람은 아무도 없는 듯했다.

객석은 맨 꼭대기까지 '검은 제전' 참가자들로 꽉 차 있었다.

그들은 참새처럼 조잘거리며 기대에 찬 시선으로 무대를 바라보고 있었다.

5장 설록 홈스의 개선

이제 곧 런던의 어둠 속에 몸을 감추고 있던 진짜 지배자가 모습을 드러낸다. 참가자들의 얼굴에서 자신들은 모리어티에게 선택된 인간이라는 자부가 엿보였다.

카트라이트 군과 레이철이 2층석에 사이 좋게 앉아 있었다. 무대 오른쪽 박스석에는 레지널드 머스그레이브 씨가 보였다. 리치버러 부인이 그 곁에 당당히 앉아 오페라글라스를 들여다보고 있었다. 나를 발견하자 우아하게 손을 흔들었다.

아이린 애들러는 내 옆에 앉아 있었다. 검은 드레스를 입은 그녀는 한층 창백해 보였다. 극장 내의 열기에 초연했다.

"허드슨 부인과 무슨 이야기를 하셨나요?"

"별거 아니야."

"그런 것치곤 꽤 오래 이야기하던데요."

아이린 애들러는 무대에서 시선을 떼지 않은 채 말했다.

"홈스 씨 생각을 하시는 거라면 얼른 포기하는 게 좋을 거예요. 모리어티 교수님께 이길 가능성은 만에 하나도 없으니까요."

극장 내의 전기 조명이 어두워지기 시작했다. 보드라운 벨벳 같은 어둠이 객석에 드리워지자 열심히 귓속말을 주고받던 참가자들이 입을 다물었다. 깊어가는 고요 가운데 아이린 애들러가 나직이 침을 삼키는 소리가 들렸다.

검은 벨벳 현수막을 보름달처럼 둥근 빛이 비추었다.

이윽고 현수막에 잔물결이 이는가 싶더니 빛 속에 등이 굽은 노인이 나타났다. 검은 실크해트를 쓰고 검은 망토를 입은 탓에 핏기 없는 사나운 얼굴만이 공중에 뜬 것처럼 보였다. 벗어진 이마, 희끗희끗하고 숱 적은 머리, 냉혹하게 다문 입술.

청중은 마른침을 삼키며 '두목'의 말을 기다리고 있었다.

"제군은 내가 누구인지 모른다. 하지만 나는 제군을 속속들이 알고 있다. 코벤트가든의 상인, 다트무어의 마주, 외무성 관리, 가정교사……. 세계 곳곳에서 제군은 내 '계획'의 실현을 위해 일해왔다. 제군의 활약에 감사한다. 우리는 바야흐로 런던을, 영국을, 세계를 수중에 넣으려 하고 있다. 오늘 저녁, 제군을 이 극장에 소집한 것은 우리 '계획'이 달성됐음을 선언하기 위해서다."

모리어티 교수가 말을 끊자 박수갈채가 장내를 메웠다.

"내게 '계획'의 전모를 밝히라고 요구하는 자가 있다. 나는 누구이며 무엇을 하려 하는가. 제군을 어디로 인도하려 하는가. 그러나 그런 의문에 답하기 전에 먼저 한 위대한 인물에게 애도의 뜻을 표해야 한다. 고명한 탐정인 그자는 사력을 다해 우리와 싸워왔다. 수수께끼를 푸는 것이 그자의 사명이기에 내게 도전하지 않을 수 없었던 것이다."

홈스다, 홈스 이야기다, 하는 소곤거리는 소리가 퍼졌다.

"홈스 씨와의 싸움은 내게도 지적인 즐거움을 안겨주었다."

모리어티 교수는 말을 이었다.

"그러나 홈스 씨가 아무리 뛰어난 탐정이라 해도 우리 조직의 강대함은 그자의 상상을 월등히 뛰어넘는 것이었다. 최초의 발단, 어둠 속에 숨은 내 존재를 그자가 알아차렸을 때부터 홈스 씨는 승산이 없었던 것이다. 막다른 길에 몰린 홈스 씨는 스위스로 도망쳤으나, 굴욕적인 패배를 받아들이지 못해 라이헨바흐 폭포에서 몸을 던졌다. 이제 그자가 우리를 괴롭힐 일은 두 번 다시 없을 것이다. 셜록 홈스의 모험은 끝났다."

모리어티 교수는 자랑스레 말을 맺었다. 다시 열렬한 박수가 일었다.

나는 한밤중의 베이커 거리 221B를 떠올렸다. 홈스가 침대에서 빠져나와 침실 거울 앞에 서 있다. 분장이 끝나면 거울에 비치는 것은 모리어티 교수의 얼굴이다. 그는 검은 망토를 몸에 휘감고 천천히 계단을 내려간다. 그리고 베이커 거리 221B 뒷문을 통해 런던의 어둠으로 나가 부하들을 동원해 가공할 범죄를 실행한다.

셜록 홈스는 수수께끼를 푸는 일에 사로잡혀 있었다. 사건을 해결하는 것만이 삶의 의미였고 존재 이유였다. 평온하고 따분한 하루하루만큼 홈스가 싫어한 것이 없다. 도전할 맛이 있는 수수께끼, 교묘하게 계획된 범죄, 스릴 넘치는 모험의 나날이 홈스가 언제나 원하던 것이었다. 모리어티 교수는 홈스가 만들어내 스스로 길러낸 어둠의 분신이었다.

아무리 수수께끼를 풀어도 홈스는 모리어티 교수라는 수수께끼의 핵심에 다다르지 못한다. 왜냐하면 그건 자기 자신이기 때문이다. 그렇기에 그는 그 수수께끼에 한층 매료되어 뒤쫓지 않을 수 없었을 것이다. 홈스가 모리어티의 정체에 접근하면 할수록 모리어티는 그의 추적을 피하기 위해 또 새로운 수를 쓴다. 끊임없는 투쟁이 이어지는 과정에서 수수께끼를 낳는 범죄 기구는 더욱 복잡하고 거대해질 것이다. 이윽고 범죄 기구는 스코틀랜드 야드를 장악하고 영국 정부를 장악해, 급기야 모리어티라는 공허한 분신이 망상의 폭포에 홈스를 밀어 떨어뜨린다.

"셜록 홈스는 지지 않았어!"

나는 일어나 소리쳤다. "당신 말은 거짓말이야!"

아이린 애들러가 내 팔을 붙들며 차갑게 노려봤다. 만장의 박수갈채가 잦아들더니 증오 어린 소곤거림과 혀 차는 소리로 변했다. 극장을 가득 메운 사람들의 얼굴에는 노골적인 적의가 서려 있었다. "왓슨 군." 모리어티 교수가 단상에서 불렀다.

"그게 무슨 뜻인가?"

"셜록 홈스는 살아 있어."

나는 말했다. "당신이 홈스니까."

술렁거리는 소리가 그치고 주위는 물을 끼얹은 듯 조용해졌다.

"정신 차려, 홈스. '모리어티 교수' 따위 실제로는 존재하지 않아."

내가 그렇게 말해도 단상에 선 모리어티 교수의 얼굴은 근육 하나 움직이지 않았다. 마치 밀랍인형 같았다. 공허한 눈을 마주하니 깊이를 알 수 없는 구멍에 돌을 던지는 기분이 들었다. 내 말은 홈스에게 전달되고 있을까.

모리어티 교수는 미소 지으며 "그게 끝인가?"라고 말했다. 우둔한 제자를 딱하게 여기는 듯한 어조였다. "망상에 사로잡힌 사람은 귀군인 것 같군."

그 순간, 웃음이 와르르 터져 나왔다.

만장의 조소를 받으며 나는 고개를 돌려 주위를 둘러봤다.

객석을 가득 메운 사람들은 남녀노소 모두 하얀 가면을 쓴 것처럼 똑같은 표정이었다. 모리어티 교수를 숭배하든 두려워하든 오늘 저녁 이 극장에 모인 자들은 셜록 홈스의 장대한 자작자연에 말려들었다는 것을 모른다. 사람들이 내게 조소를 퍼붓는 가운데 허드슨 부인만이 웃지 않았다. 그녀는 이층 정면 맨 앞줄에 앉아 기도하듯 두 손을 꽉 쥐고 나를 똑바로 보고 있었다.

모리어티 교수가 문득 말했다.

"제군, 그렇게 웃는 게 아니야."

그 말에 웃음이 뚝 그쳤다.

왓슨 군, 하고 모리어티 교수는 나를 향해 말했다.

"귀군의 심정은 내 잘 아네. 과거 베이커 거리 221B에서 셜록 홈스와 함께 살며 충실한 기록자 역할을 한 사람으로서 현실을 받아들이기 힘든 것도 자연스러운 일이겠지. 허나 이 결말은 귀군 자신이 내심 바라던 것이 아닌가? 귀군은 셜록 홈스를 미워했네. 그렇기에 이런 것을 썼을 테지?"

모리어티 교수는 그렇게 말하며 『셜록 홈스의 개선』을 꺼냈다.

"지난 반년간 나는 계속 귀군을 감시했네. 아내의 죽음을 계기로 결별했다고는 해도 귀군은 셜록 홈스의 전 파트너야. 유사시에 귀중한 협상 수단이 될 테지. 허나 귀군은 결코 홈스를 용서하지 않았네. 홈스가 사력을 다해 싸우는 동안, 귀군은 단 한 번도 홈스에게 도움의 손길을 내밀려 하지 않았어. 우리는 셜록 홈스를 증오하는 마음으로 엮여 있네. 우리는 공범자야."

"난 당신 공범자가 된 적 없어."

나는 말했다. "난 이제 셜록 홈스를 미워하지 않아."

모리어티 교수의 얼굴이 문득 아픔을 견디듯 일그러졌다.

그것도 잠깐뿐이었다. 그는 곧 냉정한 표정을 되찾고 검은 망토를 펄럭이며 팔을 크게 흔들었다. 『셜록 홈스의 개선』 원고가 객석에 흩날렸다. 사람들은 환성을 지르며 손을 뻗어서는 허공에 춤추는 원고를 잡아 찢어발겼다. 원고는 무수한 종이 쪼가리가 되어 극장 바닥에 버려졌다.

 앞으로 뛰쳐나가려 했으나 아이린 애들러가 내 팔을 붙들고 있었다.

 "어쩌려고요?"

 "홈스를 구하겠어."

 "그래서 무슨 소용이 있죠?"

 아이린 애들러는 비웃듯 말했다.

 "저 사람의 정체 따위 이제 와서 아무래도 상관없어요. 우리에게 의미가 있는 건 저 사람이 가진 힘뿐이라고요. 저 사람이 홈스가 죽었다고 말한다면······."

 아이린 애들러는 갑자기 입을 다물었다.

 의아스레 눈살을 찌푸리더니 "이게 뭐지?"라고 중얼거렸다.

 섬뜩한 땅울림이 크라이테리언 극장을 뒤흔들고 있었다. 멀리서 어떤 거대한 것이 무너져 내리는 것 같은, 지금껏 맛본 적이 없는 느낌이었다. 극장 안에 웅성거리는 소리가 번졌다. 객석에 앉은 사람들은 불안한 듯 마주 보거나 난간 너머로 몸을 내밀었다.

 천장에서 흙먼지가 후두둑 떨어지고 검은 벨벳 현수막이 물결치듯 흔들렸다. 심상치 않은 느낌이 주위를 메워도 단상의 모리어티 교수는 태연했다. 뿐만 아니라 만족스레 웃음을 짓고 있었다.

"고맙게 생각하고 있어. 제군에게 진심으로 감사하네."

모리어티 교수는 천천히 청중에게 말했다.

"제군의 충실한 활약 덕에 나는 내게 주어진 임무를 완수할 수 있었다. 나는 이 세계를 끝내러 온 것이다. 제군은 자신들이 진짜 인물이라고, 진짜 인생을 살고 있다고 믿었을 테지. 허나 제군은 작가가 창조해낸 꼭두각시 인형일 뿐이다. 제군은 '셜록 홈스'라는 명탐정이 주인공인 탐정소설의 조역이다. 셜록 홈스의 모험이 끝난 지금, 제군이 존재할 이유는 없어졌다. 애초에 이 세계 자체가 명탐정 홈스를 위해 만들어진 가짜 세계니까."

이 런던은 진짜 런던의 그림자에 불과하다.

모리어티 교수는 그렇게 말했다. 섬뜩하리만큼 부드러운 목소리였다.

모리어티 교수가 청중에게 이야기하는 동안에도 땅울림은 계속 커졌다.

극장 밖에서 쉴 새 없이 대포를 쏘는 듯한 소리가 들려왔다. 마치 적국의 병력이 쳐들어와 런던이 함락되기 직전인 듯한 느낌이었다. 곳곳에서 날카로운 비명이 들렸고 도망치는 사람도 생겼다. 그러나 모리어티 교수는 아랑곳없이 환희에 찬 표정으로 이야기를 계속했다. 그의 목소리는 걸핏하면 땅울림과 비명에 묻혔다.

"이 세상에서 믿을 수 있는 것은 신도, 사랑도, 물질도 아니다. 확실한 것은 온갖 것이 끝난다는 것, 모든 것이 영원한 어둠으로 회귀한다는 것뿐이다. 그것이 바로 진리요, 세계의 본질이고, 형언할 수 없이 아름답다. 나는 모든 것을 끝내러 온 것이다……."

아이린 애들러가 내 팔을 꽉 잡았다.

"저 사람은 대체 무슨 소리를 하는 거예요?"

그렇게 중얼거리는 그녀의 얼굴은 공포로 경련을 일으키고 있었다.

그때 크라이테리언 극장이 크게 흔들렸다. 밑에서 솟아오르는 듯한 충격에 주위 사람들이 말 그대로 펄쩍 뛰어오르는 모습이 보였다.

이어서 극장 전체가 장난감 집처럼 좌우로 흔들리더니 오른편 객석이 눈사태처럼 붕괴해 추락했다. 그 순간, 리치버러 부인의 새된 목소리가 들린 것 같았지만 피어오르는 흙먼지가 쓰나미처럼 밀려와 눈 깜짝할 새에 아무것도 보이지 않게 됐다. 그것을 계기로 패닉이 벌어졌다. 사람들은 좌석을 넘어 통로로 몰려들어 일제히 극장에서 달아나려 했다. 단상의 '두목'을 돌아보는 이는 이제 아무도 없었다.

나는 아이린 애들러의 손을 뿌리치고 정면 무대로 갔다.

"홈스!"

내 목소리는 장내를 가득 메운 아비규환에 파묻혀 들리지 않았다.

가까스로 무대에 기어오른 나는 모리어티 교수에게 달려들었다.

가까이에서 보니 혈색 나쁜 뱀 같은 안색도, 노인다운 깊은 주름도 교묘하게 꾸민 가짜라는 것을 알 수 있었다. 나를 뿌리치려 하는 완강한 힘은 학계에 몸담은 노인 것이 아니었다. 한바탕 몸싸움을 벌인 끝에 나는 무시무시한 힘으로 떠밀려 나동그라졌지만, 손에는 상대방의 백발을 쥐고 있었다. 가발 밑에서 헝클어진 검은머리가 나타났다.

그곳에 있는 사람은 틀림없이 셜록 홈스였다.

그러나 그는 자기 자신을 되찾은 것 같지 않았다.

"나는 작가의 대리인이다."

모리어티 교수는 나를 노려보며 으르렁거리듯 말했다.

"자신이 창조한 가공의 명탐정이 미증유의 인기를 얻을수록 작가는 홈스를 미워하게 됐다. 사소한 계기에 만들어낸 명탐정 탓에 자신은 정당한 평가를 받지 못한다. 세상 사람들은 셜록 홈스라는 명탐정에만 관심이 있고 작가를 흡사 홈스의 충실한 기록자처럼 취급한다……. 이래서는 주객이 전도된 것이다. 용서할 수 없는 반역이다. 분통 터지는 홈스와 연을 끊고 '탐정소설'이라는 굴레에서 자신을 해방한다. 그 목적을 달성하기 위해 작가는 나라는 존재를 이 세계에 파견한 것이다."

"홈스, 정신 차려!"

나는 소리쳤다. "자네는 망상에 사로잡힌 거야!"

"망상이라고? 그럼 지금 일어나고 있는 일을 어떻게 설명할 생각인가?"

그는 두 팔을 벌리며 물었다. "내가 초능력을 쓴다고 할 셈인가?"

나는 일어나려다가 휘청였다. 발밑이 기우뚱하게 기우는 게 느껴졌다. 거인이 갖고 노는 것처럼 극장 전체가 요동쳤다.

사람들은 달아나지도 못하고 흙먼지를 뒤집어쓴 채 밀치락달치락하고 있었다. 그곳에 있는 것은 공포와 혼란뿐이었다. 카트라이트 군도, 레이철도, 허드슨 부인도, 아이린 애들러도 어디에 있는지 알 수 없었다. 자욱한 흙먼지와 아수라장이 모두 집어삼키고 말았다.

홈스는 오만한 사내였다고 모리어티 교수는 말했다.

"온갖 사건을 자신의 힘으로 해결해왔노라고 자만하고 있었다. 이 세계가 '탐정소설'에 불과하며 모든 게 작가 뜻대로였다는 것을 알지 못했다. 그를 창조한 작가 자신의 미움을 사게 됐을 때 홈스의 운은 다한 것이다."

그는 검은 망토를 펄럭이며 무대 왼쪽으로 달려 들어갔다.

모리어티 교수를 뒤쫓아 무대 옆에 발을 들여놓으니 검은 커튼에 가로막혀 극장의 아비규환이 멀어졌다. 주위는 어둑어둑했다.

"홈스! 어디 있나?"

나는 어둠 속을 더듬으며 안쪽으로 들어갔다.

마치 폭풍에 휘말린 배 선실에 있는 느낌이었다. 주위에서 물건들이 마찰을 일으키는 소리, 뭔가가 무너지는 소리가 쉴 새 없이 들려왔다. 거리의 모습을 그린 시커먼 무대 장치가 흐릿하게 신비스러운 빛을 발했다. 연극 무대 장치를 보관하는 곳인 듯했다. 안락의자와 테이블, 벽난로, 덧문이 달린 창문, 문, 마차 좌석, 종이를 발라 만든 벽돌담…… . 극장이 한쪽으로 기울 때마다 그것들이 굴러 변모를 계속하는 미로처럼 내 앞을 가로막았다.

이 런던은 진짜 런던의 그림자에 불과하다.

모리어티 교수가 하는 말은 상궤를 벗어났다.

이 세계 자체가 탐정소설이고 우리가 그 소설의 등장인물이라는 말을 어떻게 믿을 수 있겠나. 셜록 홈스가 모리어티 교수라는 망상에 빠져 있다면, 모리어티 교수는 한층 기괴한 망상에 빠져 있다고 생각할 수밖에 없었다.

그러나 모든 게 한 인간의 망상에 불과하다면 '검은 제전'에 호응하듯 밀려든 파국의 징조는 무엇인가. 만약 이 세계가 셜록 홈스를 위해 만들어진 탐정소설이라면 나는 무엇 때문에 이곳에 있는 걸까. 내 인생 자체가 무의미한 가짜였을까. 홈스와 함께한 가슴 설레는 모험도, 메리와의 슬픈 이

별도…….

가까스로 무대 옆에서 빠져나오자 벽에 회를 바른 좁은 통로가 이어졌다. 벽도 천장도 금이 가 흙먼지가 우수수 떨어졌다. 전등은 곧 꺼질 것처럼 깜박거렸다. 얼마 동안 통로를 걷자 왼편에 계단이 나타났다. 그 앞에 회색 꽃 같은 것이 떨어져 있었다. 주워보니 구겨버린 원고지였다.

깜박이는 전등 밑에서 나는 원고를 훑어봤다.

차갑고 맑은 하늘은 이국의 그릇처럼 보랏빛을 띤 청색이었고, 강변 풍경도 물속에 잠긴 듯 푸르스름했다. 왼편으로 헐벗은 겨울 제방이 한없이 이어지고 오른편으로는 어두운 수면 너머 시모가모의 불빛이 반짝였다. 주위는 인적 없이 한산했다. 세상이 그렇게 아름다워 보인 것은 오랜만이었다. 나는 휘파람을 불며 정처 없이 북쪽으로 걸었다.

얼마 지나자 뒤에서 누가 불렀다.

"존 왓슨!"

돌아보니 메리가 서 있었다.

"이런! 언제부터 거기 있었어?"

"아까부터 내내 뒤에 있었다고요."

메리는 기쁘게 웃으며 경쾌한 발걸음으로 다가왔다.

『셜록 홈스의 개선』 한 구절이었다.

가모 강의 저녁 풍경이 눈앞에 생생히 떠오르고 내 옆에 붙어선 메리의 온기가 느껴졌다. 마치 진짜 추억 같았다. 극장이 한층 크게 흔들리더니 전등이 한숨 쉬듯 꺼지면서 주위가 어둠에 싸였다.

그래도 두렵지 않았던 것은 손에 『셜록 홈스의 개선』을 쥐고 있어서였다. 쪼가리라도 상관없었다. 가모 강의 저녁 풍경이 어둠 속에 빛을 발한 불꽃놀이처럼 눈에 아로새겨져 있었다. 뭔가가 마음속 깊은 곳에서 꿈틀거리고 있었다. 아무리 해도 생각나지 않는 추억을 필사적으로 떠올리려 하는 것 같다.

나는 벽을 짚으며 무너져 내리는 극장 계단을 올라갔다.

극장 중앙에 우뚝 솟은 건물 옥상에 다다랐다.

나는 문을 활짝 열어젖히고 비틀비틀 밖으로 나왔다.

발밑은 거친 바다를 항해하는 범선의 갑판처럼 흔들리고 불온한 바람이 윙윙 불어닥쳤다. 버티지 못해 흉벽에 달라붙었을 때 눈 아래 시가지가 보였다. 솜먼지처럼 흩어진 안개 사이로 기이한 풍경이 펼쳐져 있었다.

런던 시가지는 흡사 벌레 먹은 마른 잎 같았다. 거리가 있던 자리가 함몰해 깊이를 알 수 없는 커다란 구멍이 나 있었다. 시야를 가로막는 게 없어진 탓에 트라팔가 광장이 고스란히 보였다. 세인트제임스 파크 일대가 송두리째 함몰해 화이트홀 관청가는 마치 가파른 벼랑 끝으로 내몰린 듯 보였다.

내가 멍하니 바라보는 사이에도 세계가 통째로 삐걱거리는 듯한 땅울림이 이어지면서 대성당의 둥근 지붕도, 스코틀랜드 야드도, 시계탑이 드높이 솟은 국회의사당도 잇따라 나무 블록처럼 추락했다. 템스 강 건너는 이미 아무것도 남아 있지 않았다. 칠흑처럼 검은 하늘과 구분되지 않는 심연만 펼쳐져 있었다.

나는 흉벽에 달라붙은 채 심연 저편을 살펴봤다.

영원한 어둠.

섬뜩한 바람은 심연에서 불어오는 듯했다.

모리아티 교수는 흉벽 위에 서서 정면 피커딜리 서커스를 내려다보고 있었다. 불어닥치는 바람을 받아 거대한 까마귀처럼 검은 망토가 펼쳐졌다. "귀군도 이제 알았겠지?" 그는 말했다. "나는 세계를 끝내기 위해 온 것이야."

"우리는 어떻게 되는 거지?"

"왜 그런 것을 신경 쓰지?"

모리아티 교수는 말했다. "애당초 제군은 존재하지 않는데."

그러더니 그는 흉벽에서 훌쩍 몸을 던졌다. 조금도 주저하지 않았다.

필사적으로 달려갔지만 내 손이 잡은 것은 허공뿐이었다.

흉벽에서 몸을 내밀자 예전 모습이 온데간데없이 사라진 런던 시가지가 눈 아래 보였다. 홈스와 함께 살았던 베이커 거리도, 메리와 살았던 켄징턴도, 하숙집이 있었던 블룸즈버리도 모두 사라지고 없었다. 칠흑처럼 어두운 골짜기 같은 균열이 도시를 찢어놓아 거리는 뿔뿔이 흩어진 파편으로 변해가고 있었다. 무시무시한 균열은 눈 아래 피커딜리 서커스까지 닥쳐, 바로 밑에 심연이 보였다.

모리어티 교수는 검은 망토를 나부끼며 떨어져갔다.

이제 끝장이야.

그렇게 생각한 순간, 누군가가 나를 끌어안는 것처럼 느껴졌다.

"꼭 돌아와요." 메리 목소리가 들렸다. "약속하는 거예요."

그리운 목소리에 응답하듯 모닥불에 비친 아내의 얼굴이 떠올랐다.

우리는 교토 서부 머스그레이브 가에 있었다. 레지널드 머스그레이브와 머스그레이브 양이 어떻게 해야 좋을지 모르겠다는 듯 우리를 지켜보고 있었다. 그들을 위협하는 것은 창이란 창마다 싸늘한 빛을 발하며 섬뜩하게 울부짖는 헐스턴 저택이었다. 그리고 나는 메리에게 작별을 고하고 홈스와 모리어티 교수를 도로 데려오기 위해 '동쪽의 동쪽 방'으로 향했다.

그때 나는 불현듯 깨달았다.

어째서 나는 『셜록 홈스의 개선』을 썼나. 그게 진실이고 이 세계의 진짜 모습이기 때문이다. 우리는 지금도 머스그레이브 가의 '동쪽의 동쪽 방'에 갇혀 있다. 런던이라는 이 '현실'은 '동쪽의 동쪽 방'이 만들어낸 꿈의 세계다. 그러나 셜록 홈스도, 모리어티 교수도, 자신들이 어떻게 이 세계에 왔는지 기억하지 못한다.

셜록 홈스가 다락방에서 나를 데리고 나와주었을 때, 나는 '소설은 끝났다'라고 생각했다. 그런데 아니었다. 소설은 아직 끝나지 않았다. 원래 있던 세계로 돌아가는 길을 잊지 않기 위해 나는 『셜록 홈스의 개선』을 써온 것이었다.

나는 흉벽을 타넘어 모리어티 교수를 따라 몸을 던졌다.

피커딜리 서커스의 균열을 통과하자, 현기증 날 듯한 광경이 펼쳐졌다.

깊이를 알 수 없는 심연을 향해 런던의 단편이 눈처럼 떨어지고 있었다. 크고 작은 도시 조각들은 불가사의하게도 가로등이며 창문의 불빛이 여전히 들어와 있어, 전구를 장치한 모형 시가지처럼 반짝였다. 조금 전까지 쉴 새 없이 들려오던 땅울림은 뚝 그치고 이제 귓가에서 윙윙거리는 바람 소리만 들렸다. 시간의 흐름이 멈춘 듯한 정적이 주위를 메우고 있었다.

나는 모리어티 교수를 찾아 총알처럼 허공을 추락했다.

심연을 떨어져 내려가는 동안, 몇몇 도시 조각이 내 곁을 지나쳤다.

그것들은 칠흑처럼 검은 바다에 뜬 벽돌 군도 같았다. 거리가 가까워지면 그곳에 있는 사람들 얼굴 표정까지 보였다. 길모퉁이 주점에서 홀로 곤드레만드레 취한 남자, 다락방 창문으로 하늘을 올려다보는 노부인, 누더기를 걸치고 뒷골목을 떠도는 부랑아, 삯마차를 세워놓고 고개를 떨군 마부……. 그러나 누구 하나 나를 보지 않았다. 뿐만 아니라 그들은 자신들의 세계가 사라지려 하는 것조차 알아차리지 못했다. 내가 숨을 삼킨 채 응시하는 사이에 런던의 단편들은 어둠 저편으로 멀어져갔다.

앞쪽에는 심연만이 아가리를 벌리고 있을 뿐 아무것도 보이지 않았다.

어디서 내가 앞질렀나?

나는 불안해졌지만 이제 와서 돌아가는 것은 불가능했다.

어느새 런던의 단편은 등 뒤로 멀어져 밤하늘에 뜬 별처럼 반짝이고 있었다.

이윽고 물보라가 안개처럼 피어오르나 싶더니 어둠 속에서 거대한 폭포가 나타났다. 템스 강이었다. 강물은 부글부글 거품을 일으키며 허공을 흘러내려 세계의 중심에 선 기둥처럼 우뚝 솟아 있었다. 물이 떨어지는 곳을 봐도 용소는 보이지 않았고 그저 시커먼 심연이 있을 뿐이었다. 심연을 향해 세계 전체가 영원히 무너져 내리는 느낌이었다.

절망에 빠지려던 그때 드디어 모리아티 교수를 발견했다.

팔랑팔랑 춤추는 검은 망토가 폭포 바로 곁으로 미끄러지듯 떨어졌다. 애써 따라잡아 망토 자락을 붙든 순간, 우리는 균형을 잃고 나뭇잎처럼 회전했다. 멀어져가는 런던 시가지의 불빛이 천체처럼 빙빙 돌았다.

그래도 나는 망토를 놓지 않았다.

나는 그를 끌어당겨 보호하려는 것처럼 꽉 끌어안았다.

모리아티 교수는 기절한 듯 눈을 감고 입을 살짝 벌리고 있었다. 창백한 얼굴은 마치 죽은 사람 같았다. 폭포에서 튀는 물보라를 맞으면서 변장용 화장이 지워져 셜록 홈스의 얼굴이 드러났다. 홈스, 하고 불러도 그는 아무런 반응도 보이지 않았다. 나는 그를 꽉 끌어안으며 어서 깨어나라고 반복해서 말했다.

주위는 한층 어두워져 급기야 폭포도, 홈스도 보이지 않게 됐다.

이제 내가 알 수 있는 것은 우리가 속수무책으로 떨어지고 있다는 것, 그리고 품 안에 홈스가 있다는 것뿐이었다. 돌아가고 싶었다. 그리운 정경이 뇌리에 떠올랐다. 시조 큰다리를 오가는 사람들, 석양에 물든 다이몬지 산, 아침 안개가 깔린 시모가모의 숲.

"교토로 돌아가자고, 홈스. 다시 한번 둘이서 시작하는 거야."

 품 안에서 문득 셜록 홈스가 희미하게 움직이는 게 느껴졌다.

 캄캄한 심연 속에 작은 빛이 나타났다. 둥글게 잘린 어둠 저편에서 환한 빛이 비쳤다. 가까워질수록 빛은 더욱 강하고 커졌다.

 따스한 빛이 어디서 오는지 나는 물론 알고 있었다.

 그 빛 저편에 교토 시가지가 있고, 허드슨 부인이 있고, 레스트레이드 경위가 있고, 아이린 애들러가 있었다. 레지널드 머스그레이브가 있고, 레이철이 있고, 카트라이트 군이 있다. 그리고 다름 아닌 메리가 있었다.

 우리가 함께 있어야 할 이들이 우리가 돌아오기를 기다리고 있었다.

 셜록 홈스의 개선이다.

 나는 생각했다.

 갑자기 눈부신 빛이 우리를 감쌌다.

"잘 잤나, 왓슨."

 셜록 홈스의 목소리가 들렸다.

"멋진 아침이야. 언제까지 잘 생각인가."

"잘 잤나, 왓슨."

셜록 홈스의 목소리가 들렸다.

"멋진 아침이야. 언제까지 잘 생각인가."

눈을 뜨자 『다케토리모노가타리』 그림으로 장식된 격자 천장이 보였다.

나는 팔꿈치를 짚으며 몸을 일으켰다. 여러 작은 창문으로 아침 해가 비쳐들어 살풍경한 마룻바닥을 비추었다. 주위를 둘러보니 커다란 벽난로와 강령 모임에 썼던 테이블이 보였다. 나는 머스그레이브 가의 '동쪽의 동쪽 방'에 돌아온 것이다.

셜록 홈스가 곁에 한쪽 무릎을 꿇고 이상하다는 듯 나를 바라보고 있었다.

"왓슨, 가르쳐주겠나? 어떻게 우리를 도로 데려온 거지?"

"자네는 런던을 기억하나?"

"런던?"

홈스는 눈살을 찌푸리며 중얼거렸다.

"아니, 자네가 날 부르던 것밖에 생각나지 않는데."

나는 홈스의 도움을 받아 일어섰다. 몸이 마디마디 쑤셨다. '동쪽의 동쪽 방'은 무시무시하게 추워 홈스가 내쉬는 숨도 허앴다.

모리어티 교수는 벽난로 앞 바닥에 누워 있었다. 검은 망토에 싸인 몸을 움츠리고 있었다. 내가 한쪽 무릎을 꿇고 어깨를 흔들자 교수는 몸을 움찔했다. 홈스가 "모리어티 교수님" 하고 부르자 그는 부스스 일어나 앉아 "저런"이라며 눈을 껌벅였다.

"홈스 군 아닌가. 게다가 왓슨 군까지."

"기분은 어떻습니까?" 홈스가 물었다.

"음, 나쁘지 않군. 그나저나 이 방은 너무 추운데!"

모리어티 교수를 부축해 일으켜 세운 뒤 우리는 주위를 둘러봤다.

사방이 조용했다. 창문으로 드는 빛 속에 무수한 먼지가 춤추고 있었다.

만약 내가 홈스와 모리어티 교수를 깨우지 못한 채 암흑의 용소에 집어 삼켜졌다면 어떻게 됐을까. 그런 생각을 하려니 런던의 모리어티 교수가 '검은 제전'에서 이야기한 진상이 기억났다. 그는 그 세계 자체가 '탐정소설'이라고 말했다. 자신은 그 세계를 끝내기 위해 '작가'가 파견한 인물이라고.

이 런던은 진짜 런던의 그림자에 불과하다.

붕괴하는 런던 뒤로 '작가'의 모습이 비쳐 보였다. 그 인물은 구부정한 자세로 책상 앞에 앉아 자신이 지은 탐정소설 시리즈에 막을 내리기 위해 마지막 이야기를 쓰고 있다. 자신이 창조한 명탐정을 죽이고 자신이 창조한 런던을 소멸시키려 하고 있다. 그건 저주받은 거울에 비친 나 자신의 모습이기도 했다……

"무슨 일이 있었는지 기억하십니까?"

내가 묻자 모리어티 교수는 "아니"라며 고개를 흔들었다.

"하지만 귀군이 나를 부른 것만은 기억나는군."

"우리는 런던에 있었던 겁니다, 모리어티 교수님. 악몽이 따로 없었습니다."

우리는 정말 돌아온 걸까. 만약 돌아온 것이라면 얼마나 오래 '저쪽'에 있었을까. 주변을 보건대 몇 백 년 지난 것 같지는 않았다. 그런데 '동쪽의 동쪽 방'에서 이제 요기가 느껴지지 않았다. 그곳은 이제 그냥 오래된 빈방에 불과했다.

그때 복도를 달려오는 발소리가 들렸다.

"누가 왔나 본데."

홈스가 문으로 시선을 돌렸다.

다음 순간, 아이린 애들러가 '동쪽의 동쪽 방'에 뛰어 들어왔다.

　나중에 들은 이야기로는, 머스그레이브 가 사람들과 다른 사람들은 내가 '동쪽의 동쪽 방'에 들어간 뒤 밤새도록 저택 밖에서 기다린 모양이다. 이윽고 날이 밝아 아침 해가 영내 대숲을 비추기 시작할 무렵, 그때까지 저택을 점거하고 있던 홈스와 모리어티 교수의 환영이 사라지고 저택 전체가 정적에 싸였다. '그들이 돌아왔구나' 하고 직감으로 깨달은 아이린 애들러는 즉시 '동쪽의 동쪽 방'으로 달려온 것이었다.

　아이린 애들러는 우리를 보더니 "역시나!" 하고 소리쳤다.

　"저런! 애들러 씨 아닙니까. 좋은 아침입니다."

　홈스가 인사하자, 그녀는 잠시 어안이 벙벙해하다가 문득 맹렬한 기세로 달려와 "어째서 이런 무모한 일을 하신 거죠?"라고 따졌다. 홈스는 당황하며 "아니, 그게"라고 했다. "어차피 슬럼프겠다, 잃을 게 아무것도 없다 싶어서 말입니다."

　"잃을 게 아무것도 없다고요? 잃을 게 아무것도 없다니 그게 무슨 말씀이에요?"

　아이린 애들러는 진심으로 화를 냈다.

　"저희는 죽는 줄 알았다고요!"

　그러나 홈스에게 대드는 아이린 애들러의 목소리도, 문간에 메리가 나타나자 귀에 들어오지 않게 됐다. 공포와 불안에 사로잡혀 하룻밤을 지낸 탓에 메리의 얼굴은 창백했지만, 방을 가로질러 다가오는 발걸음은 확실했다.

창으로 비쳐드는 빛을 받아 메리의 머리는 새벽의 초원처럼 반짝였다.

"약속대로 돌아왔네요."

"당연히 돌아오지, 당신하고 약속했는데."

그렇게 말하며 메리를 끌어안았을 때, '런던'의 기억이 우리를 둘러싸고 회전목마처럼 도는 게 보였다. 또 하나의 인생에서 경험한 여러 장면이 눈앞을 스치더니 아침 햇빛을 받아 색을 잃어갔다. 메리의 장례식, 홈스와의 결별, 다락방에서 보낸 나날, 모리어티 교수의 '검은 제전'……. 그건 마치 환상적인 커튼콜 같기도 했다.

그제야 비로소 나는 돌아왔다는 것을 실감했다.

메리는 내게 미소를 지은 다음 셜록 홈스 쪽으로 돌아섰다. 메리는 다소 어색한 표정의 홈스에게 서슴없이 다가가더니 그를 포옹했다. 그 자리에 있던 모든 이가 놀랐지만, 아마 당사자인 홈스가 가장 놀랐을 것이다.

순간 난처한 듯 굳었던 홈스는 메리의 등에 어색하게 손을 얹었다.

"여러모로 미안했네, 메리."

"괜찮아요, 홈스 씨. 이제 됐어요."

메리는 온화하게 말했다. "용서해드릴게요."

이상이 '동쪽의 동쪽 방'에 관련된 사건의 전말이다.

물론 모든 게 끝난 것은 아니었다.

교토 서부에서 귀환한 뒤, 우리는 '리치버러 재판'의 여파에 휘말렸다.

어쨌거나 전대미문의 사건이었다. 왕립 사법재판소에서 심령주의자들이 일으킨 폭동으로 여러 사람이 체포된 데다 리치버러 부인은 혼란을 틈타 도주했다고 한다. 그 뒤, 시조오미야 정차장에서 봤다느니, 고조 부두에서 배를 타는 모습을 봤다느니 다양한 목격 정보가 들어왔지만 리치버러 부인은 현재에 이르기까지 행방을 알 수 없다.

세인트사이먼 경이 부인의 도주에 협조한 게 아닌가?

그런 소문도 돌았지만 세인트사이먼 경은 단호히 부정했다.

그는 법정에서 목격한 기괴한 현상에 충격을 받아, 폭동이 계속되는 동안 내내 방청석에서 기절해 있었다고 한다. '심령주의 후계자'를 자처하는 인간치고 꽤나 소심하다 싶지만 있을 수 없는 일은 아닐 것 같다. 어쨌거나 그렇게 큰 소동이 벌어진 이상, 세인트사이먼 경도 계속 발뺌만 하고 있을 수는 없게 됐다. 그는 '앞으로 심령주의에 일절 관여하지 않겠다'라고 정식으로 표명하고 시골에 틀어박혔다. 교토 경시청이 강도 높은 수사에 나서자 위협을 느꼈을 것이다.

우리도 혐의를 면하지 못했다.

리치버러 재판 당시 법정에 출현한 홈스와 모리어티 교수로 보이는 환영을 많은 사람이 목격한 데다, 폭동을 일으킨 심령주의자들은 '런던판 홈스담'을 애독했다. 게다가 리치버러 부인은 도주하기 직전 내게 말을 걸었다.

"아무것도 모른다고 우기는 수밖에 없을 테지."

그게 셜록 홈스의 의견이었다.

우리는 교토 경시청으로 소환되어 조사를 받았다. 그러나 법정에 환영을 출현시킨 트릭은 밝혀지지 않은 데다, 심령주의자들이 우연히 '런던판 홈스담'을 애독했다고 해서 작가를 처벌할 수도 없는 노릇이고, 우리가 리치버러 부인의 도주에 가담했다는 명백한 증거도 찾지 못했다. 수사는 전혀 진척이 없는 채로 이윽고 흐지부지 끝나고 말았다.

교토 경시청의 조사가 일단락된 뒤, 아이린 애들러와 레스트레이드 경위, 머스그레이브 가의 활약에 힘입어 점차 여론의 방향이 바뀌었다. 리치버러 부인이라는 거물 영매가 모습을 감추고 세인트사이먼 경이라는 강력한 뒷배를 잃으면서 그때까지 교토 안팎을 석권했던 '심령주의 붐'이 급속히 힘을 잃은 것도 큰 이유였을 것이다. 봄이 다가오면서 교토 안팎을 뒤덮었던 불온한 분위기는 잠잠해져, 기타노덴만구의 매화나무 숲에 꽃이 필 무렵 리치버러 재판에 대한 관심은 한풀 꺾였다.

3월 하순, 다음과 같은 광고가 각 신문에 실렸다.

'은퇴 선언' 철회 선언

당신의 문제를 해결해드리겠습니다. 오시라, 교토 안팎 사람들이여.

사립탐정 셜록 홈스

데라마치 거리 221B

당초, 작은 광고는 세상 사람들의 조소를 샀다. '은퇴 선언'을 한 지 두 달도 지나지 않았을 때였다.

처음 얼마 동안은 찾아오는 의뢰인도 거의 없었거니와, 들어오는 사건도 사소한 것뿐이었다. 그래도 홈스는 전력을 다해 조사했다. 차근차근히 성공을 거듭하는 사이에 그가 해결한 사건이 다시금 간간이 신문을 장식하게 됐다. 특히 '다누키다니 산 후도인의 철학박사 괴사 사건'의 해결은 명탐정 홈스의 부활을 세상에 확실하게 알리는 계기가 됐다.

그렇게 되자 당연히 세상 사람들은 다음과 같은 의문을 가졌다.

셜록 홈스는 어떻게 부활했나?

그러나 신문 및 잡지 기자들이 아무리 물어도, 홈스는 슬럼프에서 탈출한 경위를 절대로 이야기하려 하지 않고 '벤텐 사당에 매일 참배를 드렸거든', '달마 오뚝이에 한쪽 눈을 그려넣고 기도했지' 같은 말로 얼버무렸다. 실제로 머스그레이브 가의 '동쪽의 동쪽 방'을 둘러싼 사건은 합리적으로 설명할 수 있는 부분이 아무것도 없었다. 벤텐이나 달마 오뚝이의 효험이라 하는 편이 그나마 재치가 있었다.

셜록 홈스는 '동쪽의 동쪽 방'에 관해 아무런 말도 하지 않았다.

마치 수수께끼 그 자체가 사라진 것 같은 태도였다. 그리고 그건 모리어티 교수도 마찬가지였다.

어느 날, 데라마치 거리 221B를 찾아가자 모리어티 교수가 뒷마당에서 모닥불을 피우고 있었다. 슬럼프 중에 쓴 방대한 양의 메모와 함께 '모형 시가지'를 태우는 것이었다. 나는 교수 곁에 서서 '런던'이 재가 되는 모습을 지켜봤다.

"괜찮으시겠습니까?"

"그래. 이제 필요 없네."

모리어티 교수는 연기에 실눈을 뜨며 말했다.

신록이 산뜻한 5월 초순 아침이었다.

나는 느긋이 마차를 타고 데라마치 거리 221B로 향했다.

그날은 아침부터 거짓말처럼 아름다웠다. 이 정도로 소풍 가기에 완벽한 날씨는 평생 여러 번 만날 수 있는 게 아닐 것이다. 뺨을 어루만지는, 차가운 심이 든 바람에서 어렴풋이 꽃향기가 났다. 진열창을 구경하며 걷는 사람들도 모두 가뿐한 봄옷 차림이었다.

데라마치 거리 221B에 도착하자 허드슨 부인은 소풍 채비에 여념이 없었다. 현관홀에는 바구니 여러 개가 쌓여 있었다.

"아니, 이런, 허드슨 씨, 이걸 다 가져가겠다고?"

"다과회를 열려면 이 정도는 있어야 해요. 안 그래도 참가자가 많은데요. 홈스 씨에 왓슨 선생님, 메리 씨, 애들러 씨, 모리어티 교수님 그리고 레스트레이드 경위님도 오시는걸요. 제 눈에 흙이 들어가기 전엔 엉터리 소풍은 용납할 수 없어요."

"다이몬지 산을 올라가야 하는데?"

"다 같이 분담해서 운반하면 되잖아요."

허드슨 부인은 즐겁게 말했다. "날씨가 좋아 다행이네요."

이층 홈스 방으로 가니 블라인드 너머로 환한 빛이 비쳐 들었다.

모리어티 교수가 벽난로 앞 긴 의자에 앉아 있었다. 사이드 테이블에 놓인 어항에서는 뻔뻔스럽게 생긴 '왓슨'이 반짝이는 물에 떠 있었다. 교토의 혹독한 겨울 추위를 넘기면서 한층 관록이 붙었다. 이 건강한 금붕어는 필시 장수할 것이다.

모리어티 교수는 금붕어 왓슨에게 먹이를 주며 말했다.

"잘 있었나, 왓슨 군. 소풍하기 딱 좋은 날씨로군."

"안녕하세요."

"바구니 봤나? 허드슨 부인이 아주 의욕이 넘치는군."

그러는 모리어티 교수도 꽤나 의욕이 넘치는 듯 보였다. 시원할 듯한 흰 마 옷을 입고, 각반을 단정히 차고, 반들거리는 밀짚모자를 무릎에 올려놓았다.

모리어티 교수는 여전히 여기 하숙 삼층에 살지만 요새는 일 때문에 머스그레이브 가에서 지낼 때도 많다. 이렇게 얼굴을 보는 것도 4월 서훈식 이래로 처음이었다. 인상이 꽤나 달라졌다. 얼굴에 살이 붙어 표정이 온화해졌고 혈색도 좋았다. 눈빛에서 사나움이 사라지면서 원만한 지성이 느껴졌다.

"홈스 군은 자는군."

모리어티 교수는 침실 문을 가리켰다.

"많이 피곤한가 보지. 요새 대활약 중이니 말이야."

홈스가 '은퇴 선언'을 철회한 지 한 달이 지났다.

여기서 잊어서는 안 될 것은 홈스의 복귀와 때를 같이 해 또 한 인물이 조용히 복귀했다는 사실이었다. 모리어티 교수는 현재 레지널드 머스그레이브의 의뢰를 받아 선대의 사후에 동결된 '달 로켓 계획'의 재시동을 준비하는 중이었다. 최근 그가 교토 서부 헐스턴에서 종종 지내는 것도 그 때문이었다.

나는 안락의자에 앉으며 말했다. "하시는 일은 어떻습니까?"

"아직 이제 막 시작했을 뿐이야. 카트라이트 군의 도움도 받아 로버트 머스그레이브 시대의 성과를 재검토하는 중이네. 그리 대단한 건 할 수 없지만, 새로운 아이디어도 몇 개 떠올랐으니 조만간 달 로켓 기지도 규모를 축소해서 재건

하고 싶군. 그런데 '동쪽의 동쪽 방' 말이지. 고쳐서 '달 로켓 계획' 준비실로 쓰기로 했다네."

나는 놀랐다. "그것참 과감한 결단을 내리셨군요."

"머스그레이브 양의 제안이야. 우리가 생환한 뒤로는 '동쪽의 동쪽 방'에서 괴현상이 목격된 적이 없고 묘한 느낌이 드는 일도 없어졌거든. 지금에 와선 대체 우리가 뭐에 이끌렸는지 알 수 없을 정도라네. 그 방에 어떤 마력이 깃들어 있었든지 간에 그건 이제 완전히 사라졌어. 덮어놓고 두려워하기보다 새로운 빛을 들이는 편이 낫지."

"그러게요. 분명 그 편이 좋을 겁니다."

온화하고 자신에 찬 목소리를 듣고 있으려니 모리어티 교수의 행복감이 내게까지 느껴지는 듯했다. 교수의 애제자 카트라이트 군도 한동안 심취해 있던 심령주의로부터 완전히 멀어져 이제는 차분하게 연구에 몰두하고 있다 했다.

"일을 할 수 있다는 건 좋은 일이야. 그것만으로도 충분히 행복하네."

모리어티 교수는 미소 지었다. "레지널드 머스그레이브 씨도, 머스그레이브 양도 이 계획에 아주 열의를 보이고 있어. 물론 내 생전에 달세계 여행이 실현될 일은 없을 테지. 그건 나도 잘 알고 있네. 허나 레지널드 씨와 머스그레이브 양이 나이가 들어 그들의 자식이나 손자 세대가 되면 인간은 분명 달에 도달할 수 있을 것이야."

모리어티 교수는 "자, 그럼"이라며 무릎을 쳤다.

"이제 그만 홈스 군을 깨우는 게 좋겠지."

그는 일어나 홈스의 침실 문을 노크했다. 문 안에서 언짢은 듯 으르렁거리는 소리가 들려왔다. 모리어티 교수는 아랑곳없이 노크를 계속하며 내게 물었다. "오늘 소풍에 메리 씨도 참가하지? 같이 오지 않았나?"

"애들러 씨와 일 관계로 의논할 게 있다는군요."

나는 창문으로 다가가 블라인드를 올렸다. "아직 안 끝났나?"

데라마치 거리 맞은편에 아이린 애들러의 사무소가 보였다. 메리가 이층 창문 앞을 왔다 갔다 하며 뭐라 열심히 말하는 모습이 보였다.

이윽고 나를 발견한 메리는 생긋 웃으며 손을 흔들었다.

드디어 일어나 침실에서 나온 셜록 홈스는 조갯살 괴물처럼 찌무룩했다. 머리는 덥수룩하고 플란넬 잠옷에 회색 가운을 걸쳤다. 그는 "자네인가, 왓슨"이라고 부루퉁하게 말하더니 안락의자에 털썩 주저앉아 눈을 까뒤집었다.

"홈스, 얼른 준비하라고. 소풍 가야지."

"소풍?"

홈스는 공허한 목소리로 말했다.

"난 사양하겠네. 난 상관 말고 다녀와."

"그건 안 되네. 전부터 약속한 일 아닌가."

모리어티 교수가 나무랐다. "허드슨 부인이 슬퍼하면 어쩌려고 그러나."

"전 지금 넝마가 되도록 쓴 수건처럼 후줄근하단 말입니다." 홈스가 말했다. "지난 일주일 동안 사건을 몇 건 해결했는지 아십니까? 이놈이고 저놈이고 다 재미있을 것 같은 사건만 가져오는 통에 마음 편하게 잠잘 시간도 없다니까요!"

"들어오는 족족 의뢰를 받아들이니 그러지."

"안 그러면 아이린 애들러가 가로채는데 어쩝니까."

"그럼 자업자득이군." 나는 어이가 없어 말했다. "좌우지간 자네는 너무 불평불만이 많아. 슬럼프였을 땐 징징거리기만 하더니 슬럼프에서 빠져나온 지금은 투덜거리기만 하는군. 사건을 해결할 수 있게 된 것만으로도 고마운 줄 알아야지."

"자네야 상관없겠지. 속 편한 신분이니까."

"그게 무슨 말인가?"

"마음 내키면 훌쩍 들러서 재미있을 것 같은 사건만 거들고 말이야."

홈스는 일어나 벽난로로 다가가더니 맨틀피스에 놓인 애용하는 파이프를 집었다. 지금부터 소풍을 간다는데 외출 준비를 할 기색이 전혀 없다. 그는 파이프에 담배를 담으며 "그래서, 왓슨"이라고 말했다. "《스트랜드 매거진》 연재는 언제 다시 시작할 건가? 이제 그만 독자의 기대에 부응해야 하지 않나."

"어제 편집부와 이야기하고 왔어. 다음 달부터 재개할 예정이네."

홈스는 흥 하고 코웃음을 쳤다. "그거 잘됐군."

"내가 쓰는 글에 관심도 없으면서."

"그렇지 않아. 왓슨이 있기에 홈스가 있다, 이니 말이지."

홈스는 개구쟁이 같은 웃음을 지으며 담배를 피웠다.

그때 아래층에서 초인종 소리가 들려왔다. 허드슨 부인이 현관문을 열고 뭐라 시끌시끌하게 말을 주고받았다. 이윽고 아이린 애들러와 메리가 나타났다. 두 사람 다 가벼운 등산용 복장을 하고 부츠를 신고 꽃을 장식한 밀짚모자를 썼다. 잠옷 차림으로 파이프를 문 홈스를 보더니 두 사람 다 눈을 동그랗게 떴다.

"아직 준비 안 하신 거예요, 홈스 씨!"

"전 방금 일어났는데요."

"그건 늦잠 잔 홈스 씨 잘못이죠." 아이린 애들러가 말했다.

"전 피곤하단 말입니다, 애들러 씨." 홈스는 얼굴을 찡그렸다. "이거 보세요, 전 탐정으로서 1년 이상 공백 기간이 있었다고요. 당분간 느긋하게 지낼 생각이었는데, 훈장 따위를 받는 바람에 눈 깜짝할 새에 일거리가 늘어났지 뭡니까. 여왕 폐하도 참 쓸데없는 일을 하셨지."

"무슨 그런 말씀을 하세요?"

아이린 애들러는 눈살을 찌푸렸다.

"훈장을 받다니 명예로운 일이잖아요."

"전 훈장을 받으려고 탐정 노릇을 하는 게 아닙니다."

홈스는 실쭉한 표정으로 가슴을 폈다. "저한테는 일 그 자체가 보수란 말입니다."

창가 책상을 보니 수표책, 흡수지와 함께 여왕에게 수여받은 훈장이 아무렇게나 놓여 있었다. 메리가 내 곁으로 다가와 속삭였다.

"홈스 씨는 여전하네요."

"사실은 훈장 받은 게 좋아 죽으면서 저래."

나는 메리에게 귓속말을 하며 책상 위 훈장을 가리켰다. "그걸 들키기 싫으니까 일부러 저렇게 막 두는 거지. 더 솔직하게 기뻐하면 되는 걸."

"그러게 말이에요."

"뭘 그렇게 속닥대는 거지?"

홈스가 노려보기에 우리는 시치미 뗐다.

곧 허드슨 부인이 문간에 나타나 씩씩거렸다.

"얼른 옷 갈아입으세요, 홈스 씨. 이러다가 해가 지겠어요!"

다이몬지 산 나들이 계획은 허드슨 부인이 몇 주 전부터 꼼꼼히 세워온 것이었다. 천하의 명탐정이라 해도 그걸 망치는 일은 용납되지 않았다.

홈스는 이내 파이프를 빼앗기고 침실로 쫓겨났다. 그가 옷을 갈아입는 동안 모리어티 교수가 인근 마차 업자에게서 사륜 마차 두 대를 불러와, 우리는 산더미 같은 바구니와 담요, 양산을 마차에 실었다. 어찌나 짐이 많은지 아이린 애들러는 어이없다는 표정으로 "얼마 동안 산에서 살아도 되겠네요!"라며 웃었다.

이윽고 중절모를 쓴 홈스가 부루퉁한 얼굴로 내려왔다. 마차 한 대에 여자들이, 다른 한 대에 남자들이 타기로 했다.

"잠깐만, 홈스. 아직 레스트레이드 경위가 안 왔어."

"그거 안됐군. 그럼 출발할까. 다이몬지 산으로!"

우리를 태운 마차가 달리기 시작한 직후, "어이, 기다려 줘!" 하고 외치는 소리가 들려왔다. 창으로 얼굴을 내밀자 레스트레이드 경위가 죽을 힘을 다해 쫓아오고 있었다. 이윽고 마차에 올라탄 레스트레이드는 손수건으로 땀을 훔치며 원망스레 말했다.

"너무합니다. 두고 가는 게 어디 있습니까."

홈스는 웃으며 "지각하는 사람이 잘못이지"라고 말했다.

마차는 마루타마치 거리를 북쪽으로 건너 긴 궁전 담장을 따라 달려갔다.

나는 창밖을 내다봤다. 상쾌한 봄바람이 불어들었다. 왼편으로 이어지는 담장 너머로 신록의 숲이 보였다. 근위병이 지키는 문 앞을 지날 때, 궁전의 푸릇푸릇한 전정前庭에 선

빅토리아 여왕의 모습이 언뜻 보인 듯했다.

셜록 홈스가 '은퇴 선언'을 철회한 지 얼마 안 됐을 때, 빅토리아 여왕의 사자가 데라마치 거리를 찾아왔다. 사자는 정중한 태도로 셜록 홈스, 아이린 애들러, 모리어티 교수 이상 세 명에게 각각의 공적을 치하해 훈장을 수여한다는 내용의 문서를 낭독했다. 여왕의 요망에 의해 갑자기 결정됐는데 이는 대단히 이례적인 일인 모양이었다.

4월 초순에 서훈식이 거행됐다.

마침 벚꽃이 활짝 필 무렵이라 정장을 하고 궁전으로 가는데 하얀 벚꽃 꽃잎이 마차 안으로 날아든 게 기억난다. 메리도 나도 긴장해 빳빳하게 굳어 있었다. 우리가 훈장을 받는 것은 아니라도 처음으로 궁전에 발을 들여놓는 것이었다.

붉은 양탄자를 깐 알현실에서 셜록 홈스, 아이린 애들러, 제임스 모리어티 교수 이상 세 명은 빅토리아 여왕에게 훈장을 수여 받았다. 커다란 창으로 눈부신 햇빛이 비쳐드는 알현실은 화려했고, 참석한 사람들 중에 정부 요인의 모습도 보였다. 홈스도 이때만은 다소 긴장한 표정이었다. 서훈식 뒤에 예정된 원유회에는 레스트레이드 경위를 비롯한 교토 경시청 관계자와 머스그레이브 가 사람들, 허드슨 부인도 초대됐다.

이윽고 서훈식이 끝나 참가자들이 이동하기 시작했다. 메리와 함께 알현실을 나섰을 때, 시종장이 서둘러 다가와 "왓슨 선생님" 하고 불렀다.

"잠시 시간을 내주시겠습니까."

"무슨 일이신지요?"

"매우 중요한 용건입니다."

시종장은 목소리를 낮추고 말했다. "이쪽으로 오시죠."

말투는 정중했지만 거절을 용납하지 않는 위압감이 느껴졌다. 나도 모르게 메리와 마주 봤다. 어째 묘한 이야기였다. 셜록 홈스 같은 탐정이면 또 몰라도 일개 의사 겸 기록자에 불과한 내게 무슨 용건이 있다는 말인가. 그러나 시종장은 그 이상 아무 말도 하지 않고 내 대답을 기다리고 있었다.

뭔가를 눈치챘는지 메리가 내 팔에 손을 얹으며 "먼저 원유회에 가 있을게요"라고 속삭였다. 나는 고개를 끄덕이고 "알겠습니다"라 대답했다.

시종장은 앞장서서 나를 궁전 안쪽으로 안내했다.

긴 복도를 따라가자 금세 참가자들의 떠들썩한 소리가 멀어졌다.

처음에는 시종 및 시녀의 모습도 보였으나, 우리가 지나가면 그들은 머리를 숙여 절하고 재빨리 물러났다. 여기저기에서 문 닫는 소리가 들리더니 이윽고 인기척이 사라졌다. 정말 아무도 없는지, 그게 아니면 모두 숨죽이고 있는 건지 판단할 길이 없었다. 어느새 주위는 기이한 정적에 싸여 양탄자를 밟는 내 발소리가 들릴 지경이었다. 나는 침묵을 견디지 못하고 시종장에게 물었다.

"무슨 용건이신지요?"

"죄송합니다만 제 입으로는 말씀드릴 수 없습니다."

시종장은 담담하게 말했다. 나를 돌아보려 하지도 않았다.

우리는 초상화와 풍경화가 장식된 복도를 지나고 천장이 둥근 홀을 지나 다시 긴 복도를 걸었다. 이윽고 복도 끝에 중후한 두짝문이 나타났다. 시종장은 문을 열고 "들어가시죠"라고 말했다. 그리고 내가 안으로 들어가자 밖에서 문을 닫았다.

내가 안내된 곳은 궁전 도서실인 듯했다. 오른쪽 벽과 맞은편 벽은 천장 높이까지 전체가 붙박이 서가로, 곳곳에 이동식 사다리가 놓여 있었다. 왼쪽 커다란 창 너머는 푸릇푸릇한 잔디를 깐 중정으로, 꽃이 핀 벚나무 한 그루가 서 있었다.

방 중앙에는 커다란 직사각형 테이블이 있었다. 어머니 또래로 보이는 몸집이 작은 여자가 나를 등지고 의자에 앉아 있었다. 뭔가 열심히 조사하는 듯 내가 들어온 것도 모르는 것 같았다. 내가 "방해해서 죄송합니다"라고 말하자 그녀는 고개를 들고 돌아봤다. 빅토리아 여왕이었다. 나는 자세를 바로 했다.

"여왕 폐하. 존 왓슨입니다."

"잘 왔어요."

빅토리아 여왕은 고개를 끄덕였다.

"이쪽으로 오겠어요? 보여줄 게 있습니다."

나는 가볍게 머리를 숙이고 여왕 가까이로 다가갔다. 테이블에는 육필 원고로 보이는 것이 몇 무더기로 나뉘어 쌓여 있었다. 상태가 무척 좋지 않아 갈가리 찢긴 것을 잘 이어 붙인 흔적이 보였다. 여왕이 그중 한 장을 내게 주었다.

지난 몇 년간, 나는 셜록 홈스 씨의 허가를 얻어 그가 조사한 사건의 기록을 잡지 《스트랜드 매거진》에 발표해왔다. 교토 안팎의 탐정소설 애호가들이 그의 모험담에 열광해 명탐정 셜록 홈스의 명성이 만천하에 자자했다.

아닌 게 아니라 셜록 홈스는 천재였다.

그러나 그의 명성은 홈스 혼자만의 힘으로 얻은 것이 아니다.

나는 원고에서 눈을 떼지 못한 채 얼마 동안 얼어붙은 것처럼 꼼짝하지 못했다.

그건 『셜록 홈스의 개선』 원고였다. 런던의 다락방에 틀어박혀 쓴 원고는 모리어티 교수의 '검은 제전'에서 갈가리 찢겼다.

"폐하께서 어떻게 이 원고를……."

나는 쉰 목소리로 말했다.

"그 런던은 환영이 아니었던 겁니까?"

"그래요, 환영이 아닙니다. 당신들이 '동쪽의 동쪽 방'에 들어가 있는 동안 런던은 분명히 존재했습니다. 오히려 이 세계 쪽이 환영에 불과했어요. 당신들이 무사히 돌아오지 않았다면 모든 게 꿈처럼 사라졌을 테죠."

"사라지다니요?"

"'동쪽의 동쪽 방'은 이 세상에 존재해선 안 될 것이었습니다."

빅토리아 여왕은 담담히 말을 이었다. "하지만 내 힘으로는 어떻게도 할 수 없었어요. 여러분 힘을 빌릴 수밖에 없었습니다. 홈스 씨, 모리어티 교수 그리고 당신에게 정말 미안하게 됐습니다. 사과의 뜻으로는 아니지만 이 원고를 구하는 것만은 가능했어요. 받아주겠죠?"

얼마 동안 나는 망연히 여왕을 바라봤다.

궁전 깊숙한 곳에 자리한 도서실은 시간이 멈춘 것처럼 정적에 싸여 있었다.

빅토리아 여왕은 천천히 일어나 중정에 면한 창으로 다가갔다. 어린아이 같은 눈빛으로 활짝 핀 벚꽃을 바라보는 모습은 조금 전 서훈식 때보다 훨씬 작고 나이 들어 보였다.

그때 잔디밭에 석상이 하나 있다는 것을 깨달았다.

나뭇가지를 향해 두 손을 내미는 소녀 상은 날아오르려 하는 아름다운 새를 연상케 했다. 이상하게도 석상의 옆얼굴에 머스그레이브 양과 아이린 애들러 그리고 메리의 얼굴이 겹쳐 보였다. 벚나무 가지 바람에 가볍게 흔들려 하얀 꽃잎이 흩날렸다.

어딘지 모르게 수수께끼 같은 느낌이 드는 정경이었다. 언젠가 이 장면을 꿈에서 본 것 같았다.

"만약 저희가 돌아오지 않았다면 어떻게 하실 생각이셨습니까?"

내가 묻자 빅토리아 여왕은 주저 없이 "당신들과 운명을 함께했을 테죠"라고 대답했다.

"나는 지켜보는 것밖에 못 하니까요."

우리는 긴카쿠지 뒤 등산로로 다이몬지 산 정상을 향했다.

울창한 숲은 공기가 싸늘했지만 조금 걸으니 금세 땀이 솟았다.

고령인 허드슨 부인과 모리어티 교수의 발이 가장 빨랐다. 생각해보면 허드슨 부인은 매일 하숙집 계단을 오르내리며 부지런히 일하고, 모리어티 교수도 슬럼프 시기에 밤새도록 걸어다녔으니 다리는 튼튼했다. 출발할 때는 그렇게 툴툴거리던 홈스도 아이린 애들러와 논쟁을 벌이며 거침없이 올라갔다.

레스트레이드와 내가 낑낑거리고 있으려니 메리가 걱정스레 돌아봤다.

"존, 괜찮아요? 잠깐 쉴까요?"

"걱정 말고 당신 먼저 가."

나는 메리에게 손을 흔들었다. "우리는 느긋하게 따라갈 테니까."

레스트레이드는 바구니를 내려놓고 손수건으로 땀을 닦았다. 허드슨 부인이 준비한 바구니는 다 같이 분담해서 운반하는데도 상당히 무거웠다.

"바쁜가 보군, 레스트레이드. 신문에 자네 이름이 실리지 않는 날이 없어."

"바쁜 정도가 아닙니다."

과장되게 한탄하는 듯한 말투와는 달리 레스트레이드의 표정은 반짝였다.

"애들러 씨와 손잡으면서 안 그래도 바쁜 통에 홈스 씨도 복귀하셨으니 말이죠. 두 분이 잇따라 사건을 해결하니까 범죄자들이 교토 경시청 문 앞에 줄을 섰다고요. 태평하게 다이몬지 산이나 오를 때가 아니라고요, 사실은."

"다른 형사들한테 조금은 공을 양보하지그래?"

"그건 사양하겠습니다."

레스트레이드는 그렇게 말하며 씩 웃었다.

강한 바람이 신록의 숲을 흔들면서 먼 폭포처럼 술렁거리는 소리가 들려왔다.

땀에 흠뻑 젖어 오른 만큼 다이몬지 산 불터에 다다르니 기분이 상쾌했다. 레스트레이드가 "오, 이거 근사한데요"라며 감탄했다. 나무를 벤 경사면에 시원한 바람이 불며 푸른 풀을 흔들었다. 돌을 쌓아 만든 노爐가 여기저기에 보였다. 매년 백중이면 노에 불을 지펴 여름밤 하늘에 큰대 자를 그린다.

경사면에서 옅은 안개에 싸인 시가지가 한눈에 보였다.

다이몬지 산 기슭에는 중세 시대의 요새 같은 대학가가 있었다. 주변은 한가로운 전원 지대로, 곳곳에 작은 숲이 있다. 느긋하게 흐르는 카모 강 너머에는 울창한 숲으로 둘러싸인 빅토리아 여왕의 궁전이 보인다. 그 외에는 돌과 기와를 인 지붕이 이어지며 분지 바닥을 가득 메웠다. 마치 모리어티 교수의 '모형 시가지' 같았다.

"어이, 왓슨. 이쪽이야."

홈스가 경사면 한구석에서 손을 흔들었다.

화창한 날씨와 허드슨 부인의 수완 덕에 아주 근사한 소풍이었다. 우리는 담요를 펴고 앉아 샌드위치와 스콘을 곁들여 차를 마셨다.

만족스러워 보이는 허드슨 부인 곁에서 셜록 홈스와 아이린 애들러는 열띤 논쟁을 벌이고 있었다. 얼마 전 홈스가 해결한 위조 금화 사건에 관해 그녀가 그의 추리 과정에 의문을 제기한 것이다. 물론 홈스가 얌전히 물러설 리 없다. 그들의 논쟁은 점점 과열되어 이 훌륭한 경치도 눈에 들어오지 않는 모양이었다.

홈스는 먹던 샌드위치를 휘두르며 말했다.

"아닌 게 아니라 당신 말씀에도 일리는 있습니다. 하지만 제 생각으로는……."

그때 푸른 하늘에서 검은 그림자가 날아 내려왔다. 검은 그림자는 눈 깜짝할 새에 홈스 손에서 샌드위치를 낚아채 날아갔다. 커다란 솔개였다.

"아뿔싸, 당했다!"

셜록 홈스가 소리쳤다. "이 도둑놈이!"

"범인을 놓치셨네요, 홈스 씨."

아이린 애들러는 그렇게 말하며 후후 웃었다.

나는 다른 이들을 남겨두고 다이몬지 산의 경사면을 걸었다. 혼자 묘지에 앉아 있으려니 메리가 나타났다.

"전망이 좋네요."

"그러게."

메리는 내 곁에 사뿐히 앉았다.

탐정소설 연재 말인데요, 하고 메리는 말했다.

아이린 애들러와 의논한 결과 다음 달부터 연재를 다시 시작한다고 했다. 〈셜록 홈스의 모험〉과 〈아이린 애들러의 사건 기록〉, 무기한 중단됐던 두 탐정소설의 연재가 동시에 재개되는 것이다. 편집부는 꽤나 기뻐하고 있을 것이다. 내가 "메리가 있기에 아이린이 있다"라고 말하자 메리는 미소 지었다.

우리는 얼마 동안 말없이 바람을 맞았다.

이윽고 메리는 속삭이듯 말했다.

"당신이 돌아와줘서 다행이에요."

"당신 덕분이야."

꼭 돌아와요. 약속하는 거예요.

메리의 목소리가 우리를 구했다고 믿는다.

아니면 깊이를 알 수 없는 심연이 우리를 집어 삼켰을 것이다.

"요새 계속 드는 생각이 있는데." 나는 말했다. "지금까지 우리는 내내 '동쪽의 동쪽 방'에 '마력'이 깃들어 있다고 믿었지. 하지만 진실은 그 반대가 아니었을까."

"반대라니 그게 무슨 뜻이에요?"

"이 세계 자체가 '마력'에 의해 만들어지는 거야."

그렇게 말한 순간, 기묘한 확신이 들었다. "머스그레이브 가의 '동쪽의 동쪽 방'은 '마력'이 미치지 않는 곳이었다고 생각하면 어떨까. 그건 세계에 난 구멍 같은 거라 누군가가 기워야 했어. 그 때문에 우리는······."

문득 메리의 따스한 손이 내 손을 감싸 쥐었다.

"그 생각은 이제 하지 말기로 해요. 전에 홈스 씨도 그랬잖아요. 세상엔 건드려선 안 되는 수수께끼란 게 존재한다고."

나는 잠시 생각한 끝에 고개를 끄덕였다.

"응, 그렇군."

"'마법'은 이제 두 번 다시 풀리지 않으면 좋겠어요."

메리는 내 어깨에 머리를 기대고 안심한 듯 눈을 감았다.

나는 바람에 귀를 기울였다. 다른 이들의 떠들썩한 목소리가 들렸다.

4월 초순에 있은 서훈식 이래로, 나는 여왕에게 받은 원고를 이어서 써왔다.

이보다 더 불가사의한 경위로 쓰인 원고는 없을 것이다. 1장부터 4장까지는 런던의 하숙집 다락방에서 쓰였고, 그다음부터는 교토의 진료소 서재에서 쓰였다. '동쪽의 동쪽 방'을 사이에 두고 두 세계를 오가면서 『셜록 홈스의 개선』은 탄생한 것이다. 원고가 완성되면 빅토리아 여왕에게 헌정할 생각이다.

그때, 여왕이 속삭이는 목소리가 들린 듯했다.

나는 지켜보는 것밖에 못 하니까요.

어느새 안개가 걷혀 눈 아래 시가지가 이상하리만큼 선명하게 보였다.

명탐정 셜록 홈스는 앞으로도 여러 사건을 해결할 것이다. 그리고 그의 모험을 기록하는 사람은 존 H. 왓슨뿐이다.

셜록 홈스의 개선은 존 H. 왓슨의 개선이기도 하다.

편집자의 말

서로를 구하는 이야기,
서로를 그리는 이야기

* 결말 내용 일부가 포함되어 있습니다. 반드시 책을 다 읽고 읽어주세요.

빅토리아 시대 교토, 데라마치 거리 221B번지. 허드슨 부인의 하숙집에서 슬럼프에 빠진 셜록 홈스가 두문불출하고 있다. 그의 친구 왓슨은 메리와 결혼해 시모가모에 진료소를 차렸지만, 친구 걱정에 데라마치 거리를 제 집처럼 드나든다. 설상가상으로 위층에 이사온 모리어티 교수까지 홈스의 허송세월에 동참하는데…….

모리미 도미히코의 『셜록 홈스의 개선』의 설정이다. 분명 뭔가 이상한데, 어디부터 이상하다고 말해야 할지 모르겠다. 홈스와 왓슨이 베이커 거리가 아닌 데라마치 거리에 있다는 것? 애당초 '빅토리아 시대 교토' 같은 것은 존재하지 않는다는 것? 모리어티 교수는 홈스의 적이지 이웃이 될 수 없다는 것? 천하의 셜록 홈스가 깊은 슬럼프에 빠졌다는 것? ……무엇보다 세상의 중심이 홈스가 아닌 왓슨에게 있다는 것? 그러나 이것은 '교토의 천재 작가' 모리미 도미히코가 만들어낸 세계의 시작에 불과하다. 페이지를 넘기는 사이 독자는 모리어티가 가모 강을 건너 니조 성에 다다랐다는 사실(!)보다 그가 배회한 이유를 더 궁금해하게 된다.

홈스의 슬럼프는 글감을 잃어버린 왓슨의 슬럼프이기도 하다. 흥미롭게도 작가 모리미 도미히코 역시 슬럼프의 한가운데에서 『셜록 홈스의 개선』을 썼다고 한다. 초등학생 시절 『바스커빌 가의 개』를 읽은 후로 셜록 홈스 시리즈의 열렬한 애독자로 살아온 그이지만, 자신이 셜록 홈스 이야기를 쓰게 될 줄은, 그리고 이 이야기가 아무것도 쓰지 못하던 자신을 일으켜줄 줄은 몰랐다고 작가는 인터뷰에서 밝힌 바 있다.(자신과 셜록 홈스의 생일이 1월 6일로 같다는 TMI도 곁들이면서.) 홈스를 중심에 놓는 대부분의 2차 창작과 달리 『셜록 홈스의 개선』이 왓슨을 중심인물로 삼은 까닭이 짐작되는 대목이다. 모리미 도미히코가 '작가 자신'과 '셜록 홈스'라는 1인 2역을 맡아 나눈 '망상대담'(《다빈치》 2024년 3월호)에서 홈스는 "작가와 탐정은, 서로의 슬럼프를 해결하는 파트너일지도 모릅니다"라고 작가를 위로한다. "왓슨이 있기에 홈스가 있다"는 말은 처음에는 자신감의 발로나 우정의 표현으로 읽히지만, 결말에 이르면 '쓰는 사람'의 존재를 일깨우는 찬사가 된다. 존 왓슨은 관찰자이자 기록자이며, 세계를 증언하는 자다.

「베오울프」나 『반지의 제왕』처럼 거대한 악에서 세계를 구하는 서사이든, 한 사람의 방구석 고군분투이든, 인류는 오래전부터 세상을 구하는 이야기에 천착해왔다. 한 권의 책을 쓴다는 것은 곧 하나의 세계를 창조하는 일이고, 세계를 만든 자는 그 세계를 지킬 책임을 지니기 때문인지도 모른다. 『셜록 홈스의 개선』은 이 이야기의 책임을 왓슨의 손에 쥐어준다. 메리를 잃고 실의에 빠진 런던의 왓슨은 교토를 배경으로 한 소설을 써서 메리를 되살리고, 교토의 왓슨은 슬럼프라곤 모르고 승승장구하는 런던의 홈스 이야기를 쓴다. 에셔의 판화 〈손을 그리는 손〉처럼 런던과 교토는 서로를 비추는 거울상이다. 그리고 두 세계를 통째로 짓이겨 버릴 듯 짙은 어둠이 시시각각 다가오고 있다. 이 미스터리를 풀기 위해 런던으로 건너가는 홈스와 그를 구하러 떠나는 왓슨. 과연 왓슨은 홈스를 구할 수 있을까? 나아가 교토의 왓슨이 런던의 왓슨과 홈스를 구해낼 수 있을까? 분명한 것은 그가 쓰는 일을 멈추지 않는다는 것이다. "원래 있던 세계로 돌아가는 길을 잊지 않기 위해 나는 『셜록 홈스의 개선』을 써온 것이었다"라고 왓슨은 천명한다. 그리고 휘몰아치는 이야기의 폭풍우 속에서도 원고를 사수하고 지켜보는 이, 즉 독자가 있다. 이에 힘입어 홈스와 왓슨은 마침내 제자리로 돌아온다.

이 소설이 셜로키언들에게 특별히 매혹적인 이유는 홈스와 왓슨이라는 캐릭터를 빌려왔기 때문만은 아니다. 모리미 도미히코는 셜록 홈스의 테마뿐 아니라 작가인 아서 코난 도일이 살던 빅토리아 시대의 공기와 작가 개인의 삶, 당대 독자들의 반응까지 '셜록 홈스라는 텍스트'의 안과 밖을 통째로 재직조한다. 이중 미로처럼 맞물린 두 세계를 동시에 위협하는 존재에서 셜록 홈스를 향한 애증에 시달린 아서 코난 도일의 그림자를 느끼지 않을 수 없다. 그는 홈스를 죽였고, 독자들은 그를 되살렸다. 작가에 의해 창조된 순간 작중인물은 스스로 생명력을 가지며, 독자의 손에 닿는 순간 그 세계는 작가만의 것이 아니게 된다. 『셜록 홈스의 개선』은 그렇게 쓰는 사람과 읽는 사람이 함께 세계를 구하는 이야기가 된다. 읽는 사람이 날로 희귀해지는 요즘, 기꺼이 이야기의 이세계가 되어주신 독자 여러분께 감사드린다.

2025년 문준식

옮긴이 권영주

서울대학교 외교학과를 졸업하고 동 대학원에서 영문학을 전공했다. 옮긴 책으로 무라카미 하루키의 『오자와 세이지 씨와 음악을 이야기하다』, 『애프터 다크』, 미야베 미유키의 『세상의 봄』, 미쓰다 신조의 도조 겐야 시리즈, 와카타케 나나미의 『나의 미스터리한 일상』, 『나의 차가운 일상』, 온다 리쿠의 『나와 춤을』, 『유지니아』 등이 있으며, 『삼월은 붉은 구렁을』로 제20회 노마문예번역상을 수상했다. 『데이먼 러니언』, 『어두운 거울 속에』 등 영미권 작품도 꾸준히 옮기고 있다.

셜록 홈스의 개선

1판 1쇄 인쇄 2025년 6월 10일
1판 1쇄 발행 2025년 6월 25일

지은이 모리미 도미히코
펴낸이 문준식
디자인 공중정원
제작 제이오

펴낸곳 내 친구의 서재
등록 2016년 6월 7일 제2020-000039호
주소 서울시 성북구 청릉로305, 104-1109 우편번호 02719
전화 070-8800-0215 **팩스** 0505-099-0215
이메일 mytomobook@gmail.com **인스타그램** mytomobook

ISBN 979-11-91803-46-4 03830